KB245924

별의 혼

별의 혼(魂)

초판 1쇄 찍은 날 § 2007년 2월 6일
초판 1쇄 펴낸 날 § 2007년 2월 16일

지은이 § 이조영
펴낸이 § 서경석

편집장 § 문혜영
편집책임 § 이종민
편집 § 한지윤

펴낸곳 § 도서출판 청어람
등록번호 § 제1081-1-89호
등록일자 § 1999. 5. 31
어람번호 § 제5-0128호

주소 § 경기도 부천시 원미구 심곡1동 350-1 남성B/D 3F (우) 420-011
전화 § 032-656-4452 팩스 § 032-656-4453
http://www.chungeoram.com
E-mail § eoram99@chollian.net

ⓒ 이조영, 2007

ISBN 978-89-251-0541-3 03810

별의 혼

이조영 지음

도서출판
처어람

"**유**현아!"

"그러자, 우리."

"갑자기 왜?"

"태주 씨에겐 갑자기일지 몰라도 난 아니야."

"이러지 마."

사정하듯 일그러지는 남자의 얼굴을 담담하게 바라보며 유현은 찬찬한 목소리로 자신의 뜻을 끝까지 관절했다.

"그러는 게 좋겠어. 나 그럴 거야."

태주의 낯빛은 더욱 참담해졌다. 갑작스러워서 어떻게 해야 좋을지 도무지 생각이 나지 않았다. 조금도 흔들림 없는 유현의 눈빛이 너무나 낯설어서 지금 눈앞에 앉아 있는 여자가 유현이 아닌 다른 여자인 듯싶었다. 그녀는 대체 언제부터 그런 결심을 하게 된 것일까.

아무리 기억을 더듬어보려 해도 그간 자그마한 낌새도 느껴 본 적이 없었다. 유현은 오늘도 여느 때와 똑같은 모습이었고, 헤어질 내색 하나 없이 함께 식사를 했다. 활달한 성격은 아니었지만 마냥 우울한 타입도 아니었다. 때로는 지나치게 건조해서 그녀와 있을 때면 목구멍이 늘 맵싸한 느낌은 들었지만 간혹 내뱉는 유머에 그런 불만일랑 고스란히 사라져 버리고는 했었다.

태주는 유현을 사랑했고, 그녀 또한 그렇다고 믿었다. 이제껏 유현을 만나 행복했기에 유현 또한 그럴 거라고 안심했다. 그런데 그녀가 헤어지자고 한다. 밥 잘 먹고, 영화도 잘 보고, 자주 오던 커피숍에 앉아 서로 좋아하는 취향에 맞게 커피를 마시다가 문득.

가슴이 먹먹해서 아무런 생각도 떠오르지 않았다. 멀쩡히 손에 잘 쥐고 있던 소중한 것을 누군가가 무참하게 빼앗아 가버린 상실감이 태주의 가슴을 우썩 가르며 지나갔다. 이날 이때껏 유현과 헤어질 거라고는 꿈에서도 생각해 본 적 없었다. 은연중 무언가를 잘못해서 섭섭한 마음에 헤어지자는 연인들의 흔한 협박 정도였으면 좋겠다. 정말 그런 거라면 좋겠다.

하지만 안타깝게도 유현은 그런 부류의 여자가 아니었다. 연애하면서 아주 안 싸웠다고 말할 수는 없지만 그렇다 해서 쉽게 헤어지자, 말자 내키는 대로 말을 내뱉는 가벼운 성격도 아니었기에 오늘 유현이 한 말은 그녀 말대로 심사숙고 끝에 내린 결정이었으리라.

그것이 태주는 두려웠다.

"다시 한 번 생각해 주면 안 되겠니?"

침착하려 애쓰는 흔적이 역력했으나 떨리는 목소리만은 감출 수 없었다. 유현의 지나친 찹찹함에 숨통이 막혔지만 무작정 화를 내고 으를 수만도 없는 노릇이다. 만일 그렇게 한다면 그녀의 성격에 더 튕겨 나갈 게 분명하니까. 유현의 고집과 성격을 잘 아는 태주로서는 무조건 감정만 갖고 대처할 일이 아니었다. 그보다는 유현에게 생각할 시간을 주고 싶었다. 지금으로서는 그것 외에 달리할 수 있는 일이 없었다.

마지막 희망이라도 되는 양 태주는 간절한 눈빛으로 유현에게 호소했다. 제발 한 번만 돌이켜 생각해 달라고, 네가 왜 이러는지 나는 이해할 수가 없다고.

태주의 시선을 비켜 눈길을 깔며 눈앞의 커피 잔을 한동안 응시하던 유현이 조용히 입을 열었다.

"사랑은 군것질과 같아. 맛있고, 재미도 있지. 하지만 결혼은…… 마주 앉아 정식으로 식사를 하는 것과 같아. 태주 씨와의 결혼, 곰곰이 생각해 보았는데 자꾸 빈 그릇을 앞에 둔 기분이 들더라. 어느 날 아, 이건 아니다 싶었지."

"결혼에 겁을 먹은 거니? 아니면 시간을 더 가질까?"

그와 연애한 지가 일 년 반. 짧다면 짧고 길다면 긴 시간이었다. 나이가 있으니 연애만 하고 말 상대는 아니라고 처음부터 생각하고 시작한 사이였고, 지향하는 바도 비슷해서 주위 사람들은 천생연분이라고까지 둘 사이를 인정했다.

태주는 간도, 쓸개도 모조리 빼줄 것 같은 다정다감한 성격은 아니었으나 남자다웠고, 연애를 즐길 줄 아는 감각 정도는 지닌 사람이었다. 스타일도 멋있고 점잖았으며, 여자에 대해 고리타분한 선입견을 품고 있지도 않았다. 또한 박식하고 매사에 긍정적인 사고방식의 소유자였다. 과거에 유현은 저 정도의 남자면 괜찮겠다, 내심 생각했었다. 저 정도의 넉넉한 남자라면 자신의 모든 허물도 모조리 감춰줄 것이라고. 하지만 지금은 언제부터 마음이 버성긴 것인지 정확히 알 수 없었다. 그와 함께 있으면서도 어딘가 모르게 한쪽 마음이 늘 허전한 느낌. 그걸 처음 느꼈을 때 몰려오던 사랑에 대한 괴리감. 커다란 구멍이 뚫린 듯 등골이 서늘할 정도의 쓸쓸함이 가슴 깊숙이 자리 잡더니 좀처럼 사그라지지 않았다.

그날 이후 태주의 곁에 있으면서도 유현은 줄곧 외로웠고, 홀로 그와의 이별을 준비해 왔다. 아니, 굳이 준비라고 할 것까진 없었다. 새 시나리오 막바지 작업 때문에 바빴고, 사실은 그것 때문에 견딜 수 있었던 것인지도 모른다.

시기는 적당했다. 시나리오 때문에 내내 긴장하고 곤두서 있던 신경들이 일시에 허물어지면서 주위를 돌아보게 되었으니까. 그동안 밀린 청소를 하듯 가장 먼저 정리 대상이 된 것이 태주였다. 더불어 사랑까지.

"사랑은 이제 싫어."

유현은 남의 이야기 하듯 빙긋 웃으며 말했고, 태주는 그 한마디로 더는 돌이킬 수 없는 상황이란 것을 확실히 깨달았다.

"그럼 먼저 일어날게. 미안해, 태주 씨. 아마…… 내 인생에 사랑은 태주 씨가 끝이 아닌가 싶어. 그래서 일부러 잊으려고 노력 같은 건 안 할래."

"유현아……."

"작별의 인사말도 안 하고 싶어. 혹, 나중에라도 길에서 마주치면 우습잖아. 실컷 작별 인사하고 또 만나면."

태주는 절망감에 휩싸였다. 그 말은 곧, 다시는 볼 일 없을 거라는 말과 같았으므로.

그녀가 떠난다. 사랑하는 유현이. 아름다운 유현이.

"사랑해, 유현아."

"태주 씨."

유현의 이마가 살짝 찌푸려졌다.

"내게도 네가 마지막 여자야. 모르겠니?"

"태주 씨 진짜 짝꿍이 들으면 섭섭하겠는데? 그래. 그래도 그런 말 듣고 헤어지니 나쁘진 않다."

잔인한 유현이.

유현이 미련없이 자리에서 일어났다. 태주는 넋을 잃고 고개를 반쯤 숙인 채 앉아 있었다. 매달리고 싶었지만 그럴 수 없었다. 마음은 그러한데 몸이 따라주지 않았다. 여기서 유현을 떠나보내면 평생 후회할 것 같은 예감은 들었지만 이미 늦었다는 생각이 더 빠르게 머릿속을 지배했다. 이젠 끝이다. 끝…… 이었다.

유현이 홀연히 떠나간 자리에서 태주는 버석버석 모래가 묻어나올 것 같은 건조한 얼굴을 두 손으로 벅벅 문질렀다. 이상하게도 눈물은 나오지 않았다. 그저 멍멍할 뿐.

그 시각, 유현은 커피숍 앞의 건널목을 건너고 있었다. 가을이었고 약간은 스산한 느낌이 드는 바람이 목덜미를 스치며 어깨까지 늘어진 머리카락을 가벼이 흩어놓았다. 마음이 개운할 줄 알았는데 뜻밖에 복잡 미묘했다. 이별의 후유증인가?

피식 웃고는 숙였던 머리를 꼿꼿하게 들었다. 전방의 녹색 신호등이 반을 건너기도 전에 깜박깜박하며 예정된 시간이 다 했음을 알렸다. 그 길만 건너면 이별이 더 완벽하게 매듭지어질 것처럼 걸음을 빨리해 건널목을 마저 건넜다.

"으차!"

마지막 발을 인도로 올려놓으며 경쾌하게 외쳤다. 슬며시 입술을 비집고 웃음이 흘러나온다. 이젠 정말 끝이로구나, 하는 안도감에 유현은 새로운 시대를 여는 개척자처럼 전율했다. 과거는 더 이상 오지 않을 것이고, 태주와의 이별은 곧 과거와의 절연(絕緣)을 의미하는 것이었다.

길가 포장마차에서 떡볶이를 나눠 먹으며 서로를 흐뭇하게 바라보는 이십대 초반 정도의 남녀가 보인다. 서로를 바라보는 눈길 속에서 사랑하는 사이임을 알 수 있다. 맹목적으로 사랑할 수 있는 열정적인 나이. 그들은 행복해 보이고 또한 앞으로도 그러기를 바란다. 사랑이 사람을 배반하지 않기를.

유현은 그들을 유유히 스쳐 지나가며 진심으로 축복했다. 그리고 스물여덟, 인생에서 마지막 사랑을 접으며 그녀만의 세계로 부지런히 발걸음을 떼었다.

＊

'별의 혼(魂)' 시사회장은 발 디딜 틈 없이 북적거렸다. 불이 꺼지기 전 자리에 앉아 연성은 팸플릿을 펼쳐 보았다. 개봉하는 영화는 거의 다 보다시피 하고 잘 알려지지 않은 단편 영화까지 챙겨 보는 마니아였지만, 사실 오늘 보게 될 영화에 큰 기대를 걸고 온 것은 아니었다. 시적인 제목과 슬픈 멜로 영화라는 점, 그리고 주연 배우, 감독, 시나리오 작가 모두 신인이라는 것 외에는 딱히 특기할 점이 없는 영화였다. 그래도 눈길을 끈 부분을 억지로 꼽자면 극중의 여주인공이 백혈병에 걸렸다는 정도?

신선할 것 같은 기대 반, 불안함 반으로 팸플릿을 접자 곧 영화관의 불이 꺼졌다.

그런데 웬걸. 영화가 시작되고부터 화면에서 시선을 뗄 수 없게 만들더니 3분의 1 정도가 지나자 곳곳에서 여자 관객들의 흐느끼는 소리가 들려왔다. 여자들처럼 소리 내어 울지는 않았지만 연성 역시 눈시울이 붉어져 있었다.

여주인공 '이나'는 백혈병을 앓는 스물한 살의 아가씨다. 아가씨라기보다는 소녀에 가까운. 맑고 깨끗한 무공해의 산소 같은 '이나'는 사랑하는 남자 '운'과 서해의 '모항'이라는 곳으로 이별 여행을 떠난다. 시적인 제목만큼이나 영상은 시종일관 한 편의 풍경화를 방불케 한다. 영화를 위해 일부러 지은 것인지 실제로 존재하는 곳인지 분간이 가지 않는 바닷가의 카페 '릴케'도 배경 면에서 단단히 한몫을 차지한다.

우리나라에 저리 아름다운 곳이 있었던가. 서해의 바다가 저리도 아름다웠던가. 영화가 진행되는 동안 바다와 카페, 그리고 '이나'와 '운'은 누가 배경이고 누가 주인공이랄 것도 없이 한데 뒤섞여 파스텔 톤의 수채화를 만들어간다. 원색처럼 강하진 않으나 은은히 빠져들게 하는 영화, 그래서 더 감동적인 영화 '별의 혼(魂)'.

관객들은 어느 순간 탄성을 내지르다가는 이내 숨죽여 흐느끼면서 철저히 영화에 동화되어 간다. 예견된 죽음 앞에서 호들갑스럽지 않고 우울하지 않고 절망하지 않는 그들의 사랑이 예쁘다. 그럼에도 그들의 사랑이 너무나 절절하게 가슴에 와 닿아 연성은 자기도 모르게 눈물 한줄기를 흘린다.

사랑하는 이를 떠나보내는 '운' 의 사랑이 마음에 든다. 그는 이별을 슬퍼하지 않는다. 하늘을 원망하지도 않는다. '이나' 보다 씩씩하게 그 아픔을 견딘다. 죽음을 준비하고 맞는 당사자는 의외의 대담함을 보여도 남은 자의 슬픔과 상실감은 그 무엇에도 견줄 바 못 될 터인데, '운' 은 '이나' 가 소란스럽지 않게 이별 준비를 하는 동안 그녀의 곁에서 자기 나름대로 또 다른 이별을 준비한다. 가야 할 자와 보내야 할 자의 이별은 엄연히 다를진대, 그런 면에서 두 사람은 완전한 하나다. 이별이 가까워 올수록 그들은 더욱더 완벽한 하나가 되어간다.

어느 누가 이별이 슬프다 하였던가. 그들의 이별이 슬퍼서 눈물이 나는 것이 아니라, 그들의 사랑이 안타까워서 가슴이 미어지는 것이 아니라, 그 이별까지도 사랑하는 그들이 아름다워서 하염없이 눈물이 쏟아졌다. 미치도록 아름다워서 가슴이 먼저 울었다.

영화 프롤로그 부분, 첫 장면이 시작되기 바로 직전 검은 스크린을 통해 작가는 '별의 혼(魂)' 을 시작하기에 앞서 이렇게 운을 뗐었지.

〈세상의 모든 이별은 슬프다. 그러나 사랑한 사람들은 아름답다.〉

'별의 혼(魂)' 을 함축적으로 표현한 그 말은, 마지막에 와서야 사람들의 가슴속에 깊은 굴절을 만들며 선명하게 각인된다.

　마침내 영화가 끝났을 때 관객들은 모두 기립박수를 치고 휘파람을 불어 영화에 대한, 그리고 ‘별의 혼(魂)’을 만든 스태프들에 대한 무한한 존경심과 애정 어린 찬탄을 보냈다. 숱한 영화를 보아왔지만 흔하고 단순한 소재를 한 권의 풍경이 있는 시집을 보는 듯 흠잡을 데 없이 표현해 낸 작품은 실로 오래간만이었다. 십여 분이 흘러도 사람들의 격려와 함성은 멈추지 않는다. 연성도 터질 것 같은 행복감에 가슴이 무한대로 벅차오른다.

　무대 위로 인사를 하고자 감독과 배우들이 걸어나왔다. 관객의 뜨거운 반응에 그들의 얼굴엔 의아함과 감격이 교차한다. 시사회 시작 전에 이미 그들의 인사가 있었지만 영화가 끝난 후의 그들은 또 달라 보인다. 관객들의 격찬 속에서 그들은 위대해 보이기까지 하다. 영화가 시작되기 전엔 그 아무도 영화가 끝난 후의 반응을 예견치 못했듯이 영화의 새로운 발견, 놀라운 성과가 아닐 수 없다.

　연성은 문득 시나리오를 쓴 작가가 궁금해졌다. 어떤 사람이기에 저리 가슴에 콕콕 박히도록 아름답게 글을 쓸 수 있을까. 자막이 올라갈 때 유심히 지켜보았더니 맨 마지막에 작가의 이름이 올라왔다. 정유현.

　‘정유현…….’

　영화의 분위기도 그렇고 이름의 어감도 여자이지 싶은데, 얼굴도 모르는 그녀의 이름이 낯설지 않다. 아니, 이전부터 아주

잘 아는 사람처럼 가깝게 느껴진다. 영화를 통해 교감을 이뤄서 이겠지? 어쩌면 작가는 '별의 혼(魂)'을 통해 실제 자신이 겪은 이별과 사랑을 이야기한 것은 아니었을까. 연성이 눈으로만 아닌 가슴으로 영화를 느낄 수 있었던 이유가 그의 경험담이 고스란히 담겨 있어서였기 때문인 것처럼.

이제는 가고 없는, 또 하나의 '별의 혼(魂)'이 되어버린 그녀. 그의 첫사랑.

그랬다. 영화를 보는 내내 연성은 오래전 백혈병으로 아까운 생을 마감한 첫사랑을 떠올렸었고, 그래서 더더욱 '별의 혼(魂)'의 작가가 궁금했다.

과연 '정유현'이라는 작가는 어떤 여자일까?

제1장 별의 혼(魂)

한여름으로 가는 계절이라 날씨가 몹시 후텁지근하다. 창
문을 열어 간간이 불어오는 바람을 맞으며 유현은 느긋하게 담
배를 한 대 피워 물었다. 미약한 바람이나마 얼굴을 맡겨놓고
있으니 묵직했던 머리가 조금은 덜어지는 듯하다.

"언니!"

발랄한 목소리에 담배 낀 손을 들어 위층을 향해 가볍게 흔들
어 보였다.

"언니! 열무 비빔밥 해먹을 거니까 올라와!"

그 목소리는 한 층 위인 오층에 사는 지민이었다. 지민은 주
인집 조카였는데 혼자 사는 이모네 집에서 살고 있었다. 그녀의

이모는 몇 달 전 하와이에 사는 딸네 집에 일 년 정도 머물 계획을 하고 떠났다. 때문에 지민은 제 세상을 만난 듯 날마다 틈만 나면 음식을 해다가 유현에게 같이 먹자고 불러댔다. 천성이 싹싹하고 붙임성 또한 좋아서 낯가림이 심한 유현과도 만나자마자 오래전부터 잘 알던 사람처럼 곰살궂게 굴었다.

며칠 전에 열무김치를 담갔다더니 그새 익은 모양이다. 젊은 애가 암팡지게 못하는 음식이 없다. 라면도 겨우 끓여 먹는 유현에 비하면 요리에 관한 한 천재성을 타고난 아이임이 틀림없다.

요리라……. 유현은 시골에서 어머니가 불시에 들이닥칠 때가 가장 곤욕스럽다. 천생 옛날 분이라 반찬 사 먹는 걸 절대 이해 못했다. 텅텅 비어 있기 일쑤인 유현의 냉장고에 일일이 만든 밑반찬과 된장, 고추장, 쌈장까지 챙겨 넣어주며 어머니는 잔소리 대신 마른 한숨만 푹푹 쏟아내곤 했다. 그때의 미안함이라니. 제대로 챙겨 먹지 못하는 건 자신인데 어머니에게 죄송스러운 마음만 가득했다. 어머니처럼 손끝이 여물면 얼마나 좋을까, 매번 생각만으로 그친다는 게 문제라면 문제일 터였다.

여느 날처럼 밤을 새우고 한낮이 되어서야 잠에서 깬 유현은 제멋대로 엉킨 머리카락을 마르고 긴 손가락으로 성깃성깃 빗어 넘기며 담배를 한 모금 깊숙이 빨아들였다. 밤새 말라붙었던 목구멍이 따끔거렸으나 정신은 도리어 화하게 맑아지는 듯하다. 눈을 조금 크게 떠서 자꾸만 들러붙는 잠을 억지로 떨치고 담배를 마저 알뜰하게 피우고서 한쪽에 놓아둔 재떨이에 비벼 껐다. 그러면서 오늘은 꼭 방충망을 달아야지 했다.

샤워를 하고 오층으로 올라갔더니 지민은 벌써 식탁에 하나 가득 음식을 차려놓은 채였다. 그새 된장국도 끓인 모양이다. 부지런도 하지.

지민이 없었더라면 굶어 죽었거나 영양실조로 입원했을 거란 생각이 들었다. 혼자 해먹는 음식이니 변변치 않기도 하거니와, 여름이라 입맛도 없을뿐더러 당최 무엇을 어떻게 해먹어야 할 지 난감하기 짝이 없다. 겨우 해봐야 시켜 먹거나 일품요리를 사다가 데워 먹는 것이 고작일 텐데, 그 또한 하루 이틀이지 어 떻게 매번 사 먹겠나.

커다란 양푼에 밥을 썩썩 비비며 지민이 예쁜 눈망울을 떼구 루루 굴렸다.

"언니 언제 일어나나, 창문 밖으로 몇 번을 내다봤는지 몰 라."

지민의 말에 식탁 앞에 주저앉으며 유현이 희미하게 웃었다. 아닌 게 아니라 깨어나 가장 먼저 하는 일이 거실 창문 열어놓 고 담배부터 피우는 것이었고, 지민은 또 아래층에서 올라오는 담배 연기와 냄새 덕에 유현이 일어난 시간을 용케도 알아맞히 는 것이다. 그러던 것이 어느새 둘만의 암호처럼 되어버렸다.

비빔밥은 발그름한 빛깔이 식욕을 한껏 돋웠다. 밤을 새워 피 로로 깔깔하던 입 안에 금세 침이 한가득 고인다. 유현은 지민이 챙겨놓은 수저를 들어 양푼 그대로 한 숟갈 크게 떠먹었다.

"으음, 제대로다! 열무김치 진짜 맛있게 익었네."

유현이 진심으로 감탄하며 따로 덜 것도 없이 양푼째 가운데 놓고 지민과 누가 많이 먹나 내기라도 하듯 아귀아귀 퍼먹었다.

그렇게 게 눈 감추듯 밥을 먹고 나서는 지민이 평소처럼 커피를 타 유현 앞에 놓아주었다. 이제 날이 더 더워지면 지민은 시키지 않아도 알아서 냉커피로 메뉴를 바꿀 것이다. 냉커피든 뜨거운 커피든 어차피 유현에겐 별 상관 없었지만.

"언니, 혹시 저녁 일곱 시쯤에 바깥에 내다본 적 있어?"

"저녁 일곱 시쯤? 글쎄, 있었겠지. 왜?"

지민이 뜬금없이 배시시 웃음을 흘리기에 유현은 커피를 마시다 말고 흥미로운 눈빛으로 건너다보았다. 재미있는 일이 있는지 털어놓지 않고는 못 배기겠다는 표정이 유현의 호기심을 더욱 자극했다.

"오늘 저녁에 한번 내다볼래? 요 앞에 슈퍼 있지?"

집과 바로 마주 보이는 곳에 슈퍼 하나가 있었다.

"근데?"

"거기 매일 들르는 남자가 있거든? 흰색 지프차 몰고 다녀."

"그래서?"

"어떤가 한번 봐달라고."

"남자, 아니면 차?"

지민이 살짝 눈을 흘겼다.

"당연히 남자지!"

스물여섯인 지민은 그런 면에선 좀 어린 구석이 있었다. 소녀 같달까.

유현이 피식 웃고는 말했다.

"멀어서 잘 안 보일 것 같은데?"

"그래도 봐줘. 나한텐 아주 중요한 일이야."

사뭇 진지한 말투에 유현은 어깨를 으쓱했다. 지민이 그렇게 중요한 일이라 못 박으니, 유현도 문득 그 남자가 궁금해진다. 대체 어떤 남자기에?

그날 저녁 일곱 시. 유현은 지민의 요청대로 시간에 맞춰 창밖을 내다보았다. 지민의 말대로 흰색 지프차 한 대가 슈퍼 앞에 멈춰 서더니 한 남자가 운전석에서 내렸다. 그러나 거리가 있기에 안경까지 쓰고 보았지만 남자의 상태(?)를 정확히 파악하기에는 무리가 있었다. 그저 먼빛으로 보기에 훤칠하여 시원시원한 키와 적당히 살이 붙어 더 보태고 말고 할 것도 없이 날렵한 몸매, 반소매 청록색 티 차림과 멋스러운 구제 청바지가 썩 잘 어울려 언뜻 아프리카 평원의 표범이 떠오른다. 그리고 뒷목을 살짝 덮는 감색 파마 머리 또한 자유분방한 이미지와 절묘하게 맞아떨어진다는 정도?

하지만 얼굴 생김새는 슈퍼에 들어갔다가 나올 때 얼핏 본 게 다였다. 남자가 산 물건을 들고 나와 곧장 차를 몰고 제 갈 길로 가버렸기 때문에, 멀어져 가는 차의 뒤꽁무니를 바라보다가 유현은 왠지 허탈한 기분만 들었다. 지민이 봐달라고 한 건 전체적인 외양이 아닌 좀 더 정확한 생김새와 느낌일 터인데. 지민이 물어보면 뭐라고 한다? 아프리카 표범 같아. 흠, 그렇게 애매한 대답이 또 어디 있을까.

그러면서 아차, 했다. 방충망 단다는 걸 또 까마득히 잊고 있었다. 주인집에 얘기하면 되겠지만, 주인도 없는데 지민이에게 일일이 말하기가 뭣해서 직접 주문을 하기로 했던 것이었다. 그러고도 몇 날을 그냥 보내었는지. 바쁜 일상도 아니건만 왜 이렇게 넋을 놓고 사는지 모르겠다. 이래저래 한심하여서 유현은 뱅충맞은 자신에게 혀를 끌끌 찼다. 이제 곧 모기가 들끓을 텐데 그전에 얼른 달아야지. 내일은 기필코 시장에 다녀오리라.

초인종이 울리기에 언뜻 지민인 것 같더니만 예감은 적중했다. 문을 열어주자 지민이 안으로 폴짝 뛰어들어 오며 발랄하게 외쳤다.

"봤어, 언니?"

"응. 근데 얼굴은 자세히 못 봤어. 각도도 안 맞고 먼발치라 흐릿하게 보이던걸."

"그래도 분위기는 괜찮지?"

"글쎄."

뭐라고 시원한 대답을 해줄 수가 없어 유현은 하릴없이 머리만 긁적거렸다. 지민의 부탁을 성의없게 넘긴 것 같아 무척이나 맥쩍다.

지민은 유현의 대답이 미흡하자 불만스레 입술을 비틀었다.

"뭐야? 자세히 좀 보라고 했더니."

"야, 안경 갖고는 어림도 없겠더라. 망원경이면 모를까."

"난 망원경으로 보는데."

그래 놓고 지민이 혼자 깔깔거리며 웃기에 유현도 어이가 없어서 헛웃음을 치고 말았다. 그래서 잘 보였던 거로군.

커피를 타서 유현과 소파에 마주 앉은 지민은 그 남자에 대해 흥분조로 떠들어댔다.

"며칠 전에 우연히 발견했는데 왠지 필이 팍 오는 거야. 언니, 그런 느낌 알지? 그 왜, 강한 예감 같은 거 말이야. 아, 저 사람이랑 나랑 뭔가 있겠구나 하는 거."

"얼굴도 모르고 말이니?"

"응. 그냥 슈퍼에서 나오는 남자를 보는데 순간 그런 느낌이 오더라니까. 그런 느낌은 처음이어서 기분이 정말 이상했어. 그다음날에는 아예 망원경으로 봤다? 얼굴 보니까 더 확실한 느낌이 드는 거 있지. 깎아놓은 듯한 미남형은 아닌데 뭐랄까, 그 사람만의 독특한 매력이 있어. 아무튼, 근사해."

"후후, 다다히 빠졌구나?"

유현은 문득 자신에게도 그런 때가 있었다는 걸 깨달았다. 스물네 살 때 한 번, 스물여섯 살 때 한 번. 그것도 결국엔 다 부질없는 짓이 되어버렸지만. 유현의 입가로 씁쓰레한 미소가 머물다 사라졌다.

다음날, 지민의 성화에 못 이겨 유현은 망원경으로 남자의 얼굴을 확인하기에 이르렀다. 지민이 말하는 근사함이란 과연 어느 적정 수준인지 모르겠으나 남자에게서 나이를 가늠할 수 없는 앳된 얼굴과 세상에 때 묻지 않은 깨끗함을 느낄 수 있었다. 청담(淸淡)한 인상이 꽤 마음에 들었다. 남자는 어제와 똑같은 청록색의 셔츠를 입고 있었는데, 하루 새 동색(同色)의 티와 셔츠를 번갈아 입는 걸로 보아 청록색을 무척 선호하는 모양이었다. 어제의 캐주얼한 티와 청바지 차림이 아닌 세미 정장 차림이었지만, 세련된 이미지는 크게 다를 바 없었다. 키가 크고 몸매가 틀이 잡혀 모델처럼 옷태가 난다고 할까. 분위기와 이미지가 멋스러워서 지민이 한눈에 반한 것도 무리는 아니겠다는 생각이 들었다. 그리고 무엇보다 요즘 같은 세상에 보기 드물게 순수한 인상인 것만은 확실하여, 망원경에서 눈을 떼며 유현이 어제보다는 긍정적으로 평가했다.

“괜찮네.”

“그치, 언니? 괜찮지?”

“응. 네 말대로 근사하다. 근데 나이가 좀 어려 보이네.”

“몇 살쯤 됐을까?”

“너랑 비슷하겠는데? 아니면 더 어리든지.”

지민이 나이는 별로 상관 않는 듯 앞으로 저 남자에게 어떻게 접근할 것인가에 고민하기 시작했다. 그러나 애석하게도 유현은 그런 쪽으로는 경험이 없어서 아무런 조언도 해줄 수가 없었

다. 자기 앞가림도 못하는 주제에 남의 연애사에 감 놔라, 배 놔
라, 코치해 줄 처지가 못 되었다.

　지민은 하루의 초점이 죄다 그 남자에게 집중해 있는 듯했고,
내일은 직접 그 시간에 슈퍼에 가서 일부러 마주치는 정도의 접
근을 시도해 보기로 결정을 내린 후 제 집으로 올라갔다.

　"이거 얼마예요?"
　동네 어귀 사거리에 있는 대형 마트의 과일 코너 앞으로 왔을
때 연성의 귀에 청아한 목소리가 들려왔다. 마침 그도 딸기를
사려던 중이어서 가격을 묻는 여자 말에 자연스레 귀가 기울여
졌다. 과일 파는 아저씨 말이 한 박스에 팔천 원, 두 박스를 사
면 만 오천 원이란다. 하얀 스티로폼에 담긴 딸기는 적당한 크
기에 붉은색이 무척 맛깔스러워 보였다. 가족 수를 생각하여 두
박스를 사야겠다고 생각하고는 아저씨에게 말하려는데, 곁에
선 여자가 먼저 한 박스를 달라고 주문했다. 아저씨가 능숙한
솜씨로 딸기 박스를 빨간 끈으로 칭칭 묶어주는 동안 연성은 잠
깐 그 곁에서 차례를 기다렸다.
　다소 창백하다 싶게 낯빛이 투명한 여자가 딸기를 받아 짐차
에 싣고 그의 앞을 지나질 때였다. 분득 연성의 얼굴에 어! 하는
놀라움이 어렸다. 손수건을 이용해서 하나로 대충 묶어 올린 머
리와 겨울 바다처럼 서늘한 눈매, 새하얀 피부 탓에 딸기만큼이
나 붉은, 약간 작은 듯 꼭 다물린 입술이 어딘가 눈에 익었다.

설마……?

저만치 앞서 걸어가는 여자의 뒷모습을 멍하니 바라보다가 딸기 사는 것도 잊은 채 자기도 모르게 뒤를 따라붙었다. 여자는 딸기를 끝으로 더 살 것이 없었는지 곧장 계산대로 향했고, 잠시 후 한 손에는 커다란 비닐봉지를, 다른 한 손에는 딸기 박스를 들고 마트를 걸어나갔다. 연성도 부랴부랴 걸음을 빨리해 뒤를 쫓아갔다. 기억이 맞는다면, 여자는 꿈에나 그리던 바로 그녀일 것이다. 영화 '별의 혼(魂)'의 작가, 정유현.

그날 시사회장에서 영화를 본 이후로 '별의 혼(魂)'에 관한 자료는 모조리 찾아보았었다. 특히 시나리오 작가인 정유현에 대해서는. 영화가 히트하자 당연히 작가에게도 초점이 모아졌는데, 영화 잡지 인터뷰에서 보아 그런지 그녀는 매우 눈에 익었다. 그녀를 잡지에서 처음 보았을 때 연성은 갈비뼈가 뻐근하도록 쿵쿵 뛰었던 것을 상기했다. 유현은 상상했던 그 이상이었다. 방금 보았던 것처럼 한눈에 겨울바다를 연상케 하던 여자.

그날 이후 머릿속에서 한시도 떠나지 않던 얼굴이다. 비록 집에서 아무렇게나 입고 나온 평상복 차림새나 가꾸지 않은 용모라 할지라도 그녀의 생김새만큼은 그간 보고 또 보았던 잡지 인터뷰에서와 똑같았으니까. 정말 그녀가 맞는다면 얼마나 좋을까. 아니, 제발 그녀가 맞기를!

연성은 그녀를 쫓아가는 내내 주체할 수 없는 흥분으로 가슴이 마구 두근두근 뛰었다. 서둘러 주차장으로 달려가 차를 몰고 마트를 빠져나갔다. 그런데 아뿔싸! 마트 밖으로 걸어나가는 그녀를 마지막으로 확인하고 주차장으로 갔는데, 그새 어디로 갔는지 보이지 않는 것이다.

놓친 건가? 안타까운 마음이 들어 입술을 꾹 깨문 채 이쪽저쪽을 살펴보았다. 마트 앞에 있는 건널목에도 없고, 좌측 우측 길을 모두 살폈지만 그녀의 모습은 감쪽같이 사라진 뒤였다. 아쉬운 마음이 커서 애꿎은 핸들을 손바닥으로 쾅, 내려쳤다. 그냥 마트 안에서 물어볼 걸.

모양새로 보아서는 그리 멀지 않은 곳에 사는 게 틀림없다. 이 동네 사는구나. 한동네 산다는 걸 뒤늦게 깨닫고 반가움을 넘어서 신기하다는 생각에 연성의 얼굴에 비로소 경이로운 미소가 서렸다. 어떻게 유명한 작가님과 한동네에 산단 말이냐! 혹여 매일 마트에 죽치고 있어보면 언젠가 한 번은 또 부딪치려나?

막연히 그런 생각을 하다가 연예인에게 목매는 사춘기 소년이 된 기분에 맥없이 픽 웃고 말았다. 그래도 그녀만 생각하면 가슴이 진동하듯 와들들 떨린다. 살면서 꼭 한 번, 오늘처럼 우연히 한 번 부딪치는 날이 온다면 그건 반드시 운명이라 여겼었는데, 드디어 그 순간이 온 것이다! 비록 허무하게노 한낮의 꿈결처럼 스쳐 지나가는 짧은 순간이긴 했지만 한동네에 산다는 마지막 보루가 연성에게 새로운 힘이 솟게 했다.

마트를 나와 집으로 가는 길. 혼자서 별 생각을 다 하고 있느라 빗방울이 점점이 흩날려 차창에 부딪히는 것도 몰랐다. 작은 비 알갱이들이 금세 소낙비로 변하더니 엄청스레 좍좍 쏟아진다. 와이퍼를 켜 창에 부딪혀 오는 빗방울들을 쓱쓱 닦아냈다. 방금까지 멀쩡하던 하늘이어서 갑작스런 비가 어쩐지 생뚱맞게 느껴질 정도다. 그러고 천천히 언덕을 오르는데 저만치 길가로 낯익은 뒷모습이 나타났다.

"어!"

연성의 눈이 커져서는 고개를 약간 숙여 비 내리는 창가 너머로 어른거리는 모습을 세심히 살폈다. 어어, 그녀다!

"와우!"

막연한 기대감이 조우로 이어지자 연성은 자기도 모르게 작은 탄성을 내지르고는 감격에 젖은 낯으로 그녀 가까이 차를 몰아 다가갔다. 당장은 무엇보다 그녀에게 우산이 필요했다. 그녀는 무거워 보이는 짐을 양손에 들고서 비를 쫄딱 맞은 채 걸어가고 있었으니까.

오후 늦게 시장에 가서 방충망을 주문해 놓고 근처의 마트에 가서 이것저것 필요한 생필품과 딸기를 사서 언덕길을 올라가고 있자니, 그새 하늘이 꾸물꾸물해지면서 한 방울 두 방울 빗방울이 흩날리기 시작했다. 유현은 시커먼 구름이 몰려드는 하늘을 올려다보며 가늘게 인상을 찌푸렸다. 한바탕 쏟아질 기세다. 혹여 중간에 비라도 만날까 부지런히 발걸음을 옮겼으나,

반도 못 올라와서 소나기처럼 비가 퍼부어졌다.

"이런!"

양손에 짐을 들고 있어 뛰기가 여의치 않다.

"젠장."

하는 수 없다. 비닐봉지 안에 비가 새어 들어가지 않도록 잘 봉한 뒤 고개를 약간 숙인 채 느긋하게 걸었다. 딸기가 세찬 빗줄기에 뭉개질 것이 염려되었지만 어차피 맞은 거 이제 와서 뛰나, 안 뛰나 똑같다는 생각이었다. 이럴 때 지민이 같으면 영민하게 비부터 피한 뒤 전화를 해서 우산을 갖다 달라고 부탁했을 테지만 유현은 고지식하게도 그럴 생각일랑 아예 하지 못했다.

"아, 맞다."

몇 발짝 더 걸어서야 집 거실 창문을 열어놓고 나왔다는 것을 깨달았다. 지금쯤 비가 집 안으로 모조리 들이치고 있을 것이다.

"일을 만드는군."

유현이 입속으로 우물우물 투덜대고 있을 때였다. 옆으로 스르륵 지프차 한 대가 와서 멈춰 서기에 지나가는 차인 줄 알고 무심코 한쪽으로 비켜서 걷는데, 차에서 내려선 누군가가 큰 걸음으로 성큼성큼 다가오더니 머리 위로 우산을 척 받치는 것이 아닌가.

"들어드릴까요?"

아무 생각 없이 고개를 돌려 쳐다보았다가 유현은 깜짝 놀랐다.

'어……!'

지민이 말하던 그 남자다. 남자는 망원경으로 보던 것보다 가까이에서 보니 인상이 훨씬 깨끗하고 부드러웠다. 더 어려 보이기도 했고. 엷게 자리 잡은 쌍꺼풀이 검고 맑은 눈동자와 기묘히 어우러져 눈매가 매우 선명했다. 천야만야(千耶萬耶) 깊은 물속이 그렇지 아니할까.

순식간에 남자의 눈 속으로 빨려 들어가 멍해져 있던 유현은 퍼뜩 정신을 되돌렸다. 남자의 눈을 보고 매혹적이라고 느끼기는 또 처음이라 속으로 적이 당황했다. 마치 상상 속에서만 존재하던 글 속의 남자 주인공을 현실에서 만난 듯 얼떨떨한 기분이다. 허공으로 붕 떠올랐던 마음이 정신을 되돌리고 나서도 묘한 여운으로 남았다.

"댁이 어디세요? 태워다 드릴게요."

약간 긴장한 듯한 말투인데, 설마 별일있겠어, 싶은 마음으로 기울어지는 찰나 입에서는 벌써 거절의 말이 튀어나왔다.

"아니, 괜찮은데요. 집에 거의 다 왔는걸요."

낯선 남자가 차에 태워다 준다고 호의를 베풀 때는 어느 여자든 경계부터 하게 마련. 멀쩡한 얼굴로 끔찍한 일을 벌이는 인간들이 오죽 많아야지. 특히 이렇게 여자의 시선을 홀 빠지게 만드는 남자는.

남자가 싱긋 웃고는 쑥스러운 투로 말했다.

“저 이상한 사람 아닌데요. 아니면 차 말고 그냥 걸어서 들어다 드릴게요. 비 엄청 오는데.”

남자의 말마따나 비는 이제 폭포수처럼 쏟아져 머리 위 우산으로 자갈들이 굴러다니는 듯한 소리가 무섭게 울렸다.

이를 어쩌나.

난감하여 입술을 잘근잘근 씹다가 유현이 마지못해 부탁했다.

“그럼 집 앞까지만 같이 가주시겠어요? 이 언덕만 올라가면 되는데.”

멀쩡한 차를 놔두고 걸어가 달라는 것이 제대로 된 방어겠지.

실은 옷이 흠뻑 젖어서 차에 탔다가는 시트를 버려놓을 것이 더 걱정이었다. 그제야 유현은 자신의 모습이 얼마나 추레한지 인식했다. 무릎은 툭 튀어나오고 허름하기 짝이 없는 운동복 차림에 낡은 조리 샌들과 대충 손가락으로 빗어 하나로 묶은 부스스한 머리. 이래서 나이는 못 속이는 게지.

서른한 살의 노처녀는 영락없는 아줌마의 전형이었다. 자기도 모르게 한숨이 푹 나왔다. 어디 가서 독신녀라는 말을 말아야지. 산뜻하게 자기 삶을 개척해 나가는 멋쟁이 독신녀들이 보면 단체로 쌍심지를 켤 일이다.

“그러죠 뭐. 짐 이리 주세요.”

남자가 선뜻 비닐봉지에 싸인 짐 하나를 받아갔다.

“고맙습니다.”

남자를 힐끗 쳐다본 후에 유현도 언덕을 걸어 올라가기 시작했다. 남자는 우산을 유현 쪽으로 기울여 씌워주느라 한쪽 어깨가 고스란히 비에 젖어가고 있었으나 전혀 개의치 않는 표정이었다. 젖어가는 남자의 어깨가 신경 쓰여 유현은 자꾸 눈길이 그리로 갔다. 집까지 데려다 주고 나면 그는 제 차가 있는 곳까지 되돌아 내려가야 하리라. 그냥 차를 탈 걸 그랬나? 미안한 마음이 들어 슬며시 변명을 늘어놓았다.

"미안해요. 옷을 다 버려서 차에 타면 안 되겠더라고요. 괜히 이중 걸음 시키네요, 저 때문에."

"괜찮아요. 세상이 워낙 험하잖아요."

남자는 유현이 왜 차에 타기를 거부했는지 다 안다는 투다. 남자의 너그러운 미소에 유현은 속내를 들킨 것 같아 찔끔했다.

"그러게요. 그쪽처럼 인상 좋은 남자가 태워준다면 얼른 타야 맞는 건데."

말 같지도 않은 말을 둘러대 놓고 멋쩍게 헛기침을 흠, 했다. 이래서 무슨 시나리오 작가라고. 한심하네.

집 앞에 도착해서야 남자는 가뜩이나 훤한 얼굴이 더 환하게 밝아졌다. 비 때문에 세상은 온통 흑백 톤인데, 남자 혼자만 선명한 컬러처럼 단연 튀어 보인다. 그러고 보니 오늘도 청록색 셔츠네. 가슴에 좀 더 짙은 색깔로 유니크한 문양이 새겨진 셔츠. 이제 봤더니 청록색 마니아였군.

하지만 똑같은 색의 옷을 입고도 이렇게 멋쟁이로 보일 사람이 과연 몇이나 될까. 별안간 마주 선 남자와 대조적으로 비교되는 자신의 나태함과 무심함이 한없이 보잘것없고 초라하게 느껴진다. 이 남자처럼 옷차림 하나에도 올인 하는 사람이 있는가 하면, 자신처럼 세상 모든 게 시들하고 열의가 없는 사람도 있는 것이다. 물론, 앞의 남자처럼 열정적인 사람에 비해 자신은 다 꺼진 불씨처럼 허연 재 같다는 거야 말하나 마나지.

어! 그런데 왜 이 남자를 열정적인 사람이라고 단정해 버린 거지?

눈앞의 남자를 관심있게 올려다보았다. 지민이 다시 이 남자에 대해 묻는다면, 이젠 말할 수 있었다. 모르긴 몰라도 매우 열정적인 사람일 거라고. 그에게서 풍겨 나오는 독특한 이미지가 그러했고, 그의 형형한 눈동자만 보아도 그 속에 얼마나 많은 기지와 정열이 숨어 있는지 알 것 같았다.

유현은 낯선 이 남자에게서 굉장한 부러움을 느꼈다. 어디 그런 열정을 파는 가게는 없을까? 그렇다면 이렇게 재미없고 나른하고 무료한 생활 따위 키 까부르듯 훌훌 털어버리고 예전의 활기찬 정유현으로 돌아갈 수 있을 텐데.

"아하, 여기 사시는구나. 저 매일 여기 슈퍼에 들르는데."

대단한 발견이라도 한 듯 남자의 목소리가 경쾌해졌다.

그거야 알죠.

유현이 의미심장한 웃음을 씩 짓고는 남자의 손에서 짐 꾸러미를 받아 들었다.

“고마워요, 들어다 줘서.”

“뭐 하나 물어봐도 돼요?”

“네, 그럼요. 뭔데요?”

“혹시, 시나리오 작가 아니세요?”

앗! 그걸 어떻게 알았지?

유현이 깜짝 놀란 얼굴로 물끄러미 응시하자 남자는 맞구나, 하는 듯이 비 온 뒤 햇살처럼 환하게 웃음이 살아났다. 싱글싱글 웃음도 잘 짓는 남자다.

“정말 맞았네?”

“그렇긴 한데…… 어떻게 알아요?”

유현은 자기를 알아보는 남자가 신기해서 물었다. 남자는 흔연히 대답했다.

“예전에 영화 잡지에서 본 적 있었어요. ‘레옹’이라는 잡지에서 인터뷰한 적 있으시죠? ‘별의 혼(魂)’이라는 영화가 그때 한창 붐이었잖아요.”

‘별의 혼(魂)’이라면 유현이 삼 년 전, 태주와 헤어질 즈음에 끝냈던 시나리오다. 그 후 일 년간에 걸쳐 만들어진 영화는 남자가 말한 대로 대박이었고, 유현도 덩달아 유명세를 탔다. 영화판에서 이젠 ‘정유현’ 하면 모를 사람이 없을 정도니까. 하지만 그 이후로는 ‘별의 혼(魂)’만큼 대단한 작품을 내지 못했다. 때문에 일반 사람들 기억 속에서 ‘정유현’도 점차 사라져 갔다. 놀랍게도 이 남자는 기억하고 있었지만. 이 년 전에 했던 흔한 영화 잡지 인터뷰 기사를 기억하고 있을 만큼.

혹, 이 남자도 영화계에 종사하는 사람인가? 유현은 문득 그런 의문을 품고 고개를 갸우뚱했다. 영화에 직접적으로 관련된 사람이 아니라면 영화나 배우들, 그리고 감독 이름 외에는 크게 관심을 두지 않는 게 보편적이지 않은가.

"안 그래도 아까 마트에서 잠깐 뵈었는데, 어딘지 낯이 익더라고요. 그런데 제 기억이 확실했네요. 와, 떨려라!"

남자는 얼굴이 상기되어 흥분조로 목소리를 높였다. '떨려라' 에 묘한 뉘앙스를 느끼며 유현은 겸연쩍게 웃고 말았다. 아직도 기억해 주는 사람이 있다니, 그런 떨림은 그녀 역시 느끼던 참이다.

"혹시 시나리오 작가 지망생이세요?"

유현의 질문에 남자는 얼토당토않다는 듯이 펄쩍 놀라는 시늉을 했다.

"제가요? 아뇨! 그런 재주하고는 거리가 멀어요. 영화광인 건 사실이지만요. 하하, 그래서 시나리오 작가들 보면 존경스러워요. 어떻게 그런 상상력으로 글을 쓸까 싶어서. 저 거짓말 하나도 안 보태고 '별의 혼(魂)' 오십 번은 봤을 거예요. 집에 DVD로도 소장하고 있고요. 그에 관련된 건 거의 수집해 놓았죠. 언제 한번 기회 되면 보여 드릴게요."

'기회 되면?

"음, 그렇구나. 저도 기분 좋네요. 세월 많이 흘렀는데 아직도 알아봐 주는 사람도 있고. 아직 '정유현' 안 죽었다. 하하."

"왜요? 요즘 작업하고 계신 거 아니에요?"

"하고야 있죠. 아시다시피 '별의 혼(魂)'만한 작품이 안 나와서 문제죠."

유현이 자신의 부진함에 쓸쓸하게 웃자 남자는 크게 걱정할 것 없다는 듯 짐짓 위로의 말을 던진다.

"그 영화의 포스가 너무 커서 그래요. 하지만 아직 기다리는 팬들은 많아요. 저처럼요."

실은 그게 더 부담으로 다가온다는 걸 이 남자는 알까. 유현은 괜스레 울적해졌다.

"그럼…… 다음에 또 봬요."

무언가 더 할 말이 있는지 약간의 머뭇거림 끝에 남자는 학생처럼 꾸벅 인사를 하더니 즉각 비 오는 거리로 나섰고, 기다란 다리로 겅중겅중 빗물을 튀기며 뛰어가는 남자의 뒷모습을 멍하니 바라보고 섰다가 유현도 이내 계단을 올랐다.

집에 들어오자마자 유현은 거실 창문부터 닫고 몸에 칙칙 달라붙어 불쾌하기 짝이 없는 젖은 옷을 벗었다. 샤워를 한바탕 하고 난 후에는 젖은 머리를 수건으로 닦으며 새로 사 온 담뱃갑에서 담배 한 개비를 꺼내 입에 물었다. 라이터를 켜 불을 붙이자 치익, 하며 타 들어가는 소리가 경쾌하게 들린다. 눅눅하던 공기가 잠깐이나마 쾌적해지는 느낌이 들어 기분 좋게 담배 연기를 폐부로 깊숙이 빨아들였다. 비가 억수같이 쏟아지니 집 안도 어두컴컴해서 나른한 기운이 몸속으로 소리없이 스며든다.

소파에 길게 드러누워 천천히 담배를 피웠다. 담배 때문인지 날씨 탓인지 몽롱하게 가라앉는 몽환적 기분이 썩 괜찮았다. 가물가물 이대로 잠들었으면 딱 좋겠다 싶은데, 마침 전화벨이 울리며 그녀의 몽롱한 기운을 갈라놓았다.

유현은 담배를 입에 문 채 늘어지는 목소리로 전화를 받았다.

"여보세요?"

[나여.]

남자와 별반 구별 없는 컬컬하고 무뚝뚝한 목소리.

유현은 상대방을 눈앞에서 대하는 듯 벌떡 일어나 앉아 테이블 위에 놓인 재떨이에 재빨리 담배를 비벼 껐다.

"예, 어머니."

[시방 어디 갔다 오냐? 전화를 안 받더구먼 그랴.]

"잠깐 시장에요. 휴대전화로 하지 그러셨어요?"

매번 그렇지만 어머니는 휴대전화로 전화를 걸지 않는다. 번호가 길어서 외우질 못하기 때문이다. 오로지 아는 번호가 집 전화 하나뿐인데, 그걸 알면서도 유현 또한 습관적으로 그렇게 말하는 것일 뿐이다. 한편으로는 어머니가 되어서 딸의 휴대전화 번호 징도는 외워주길 바라는 마음도 함께 남아.

[왔으니 됐구먼. 들어가.]

그리고 언제나 그렇듯 어머니는 전화를 걸어놓고도 별말씀이 없다. 흔하디흔한, 잘 지냈느냐 소리 한 마디 하지 않는다. 어지간해선 두 마디도 넘지 않는다. 유현도 그런 어머니에게 섭섭함 따윈 애당초 없다. 어머니에 대해 누구보다 잘 아는 탓이다.

"예. 별일없으시죠?

[별일있어 전화하믄 워쩌. 아무 일 없으니께 전화하는 것이재.]

그래서일까. 어머니의 전화가 뜸하면 걱정부터 된다. 별일있는 건 아닐까 싶어서.

"예."

그새 전화는 끊기고 유현은 뚜─뚜─ 하는 신호음 속에서 예, 하고 대답한다. 그 공명 속에 가만히 어머니의 목소리를 음미해보았다. 축축 가라앉던 기분이 어머니의 목소리 때문에 경직되어 버리긴 했지만 구태여 나쁜 징조랄 수도 없었다. 어머니라는 존재만으로 느껴지는 긴장감은 그녀에게 익숙한 지 오래였으니.

창문 아래는 아직 닦지 못한 빗물이 고여 있었다. 얼른 닦아야지 싶으면서도 일어나기가 싫어 소파에 다시 길게 드러누웠다. 긴장감이 차츰 뼛속으로 녹아들자 저절로 눈이 스르르 감긴다.

얼핏 잠이 들었던 것 같은데, 이번에는 초인종 때문에 깨어났다. 이불 없이 잔 탓인지 등줄기를 타고 으슬으슬 한기가 올라

왔다. 허적거리며 걸어가 문을 열자 지민이 쪼르르 달려들어 오
면서 무엇이 그리도 못마땅한지 대뜸 투덜거렸다.

"아이 참, 아무리 기다려도 안 와."

"누가?"

"그 남자 말이야. 일층에서 내도록 기다려도 안 오는 거 있지.
오늘은 일찍 갔나? 아니면 다른 일이 있어서 늦게 오는 건가?"

유현은 속으로 아차, 했다. 그 남자는 지금쯤 제 집에 있을 게
분명하니까. 미처 그 생각을 하지 못했다. 매일 일곱 시 정각에
오는 사람이 오늘은 왜 그렇게 일찍 왔는지 말이다. 하지만 지
민에게 낮에 있었던 일들을 이야기해 주기에는 어쩐지 멋쩍은
데다, 지민이 창 아래 고인 빗물을 보더니 흥감을 떨며 잔소리
를 해대는 바람에 말할 기회마저 놓쳐 버렸다.

"비 언제까지 온대?"

그래서 괜스레 말머리를 돌리며 그 남자와의 일 따위 머릿속
에서 깨끗이 지워 버리고자 했다. 그게 뭐 그리 대단한 일이라
고 십대 아이들처럼 융합하듯 떠벌릴 수는 없는 노릇 아닌가.

"모르겠어. 태풍 온다는 소리도 있고. 오늘 저녁에 뉴스 잘 봐
둬야지."

"응."

비가 많이 와서 방충망도 내일 달자고 가게에 전화를 넣어놓
고, 유현은 그간 지민에게 잘 얻어먹은 턱을 시장에서 사 온 찬
거리로 대신했다. 물론 대부분의 음식은 지민이 만들었지만.

비는 그야말로 폭우였다. 유리를 박살 낼 듯 창에 부딪히는 빗줄기가 짐승의 발톱처럼 꽤 날카롭고 사납다. 집을 송두리째 삼키기라도 하려는지 악다구니를 쓰듯 기세 좋게 끝없이 덤벼드는데 저절로 어깨가 옹송그려진다. 이런 밤은 혼자 지내기가 으스스하고 서글픈데, 마음이 통했는지 지민이 혼자 자기 무섭다며 일찌감치 내려와 유현에게 엉겨 붙었다. 두 여자가 침대에 누워 한참 이런저런 수다를 떨다가—엄밀히 말하자면 지민 단독의 수다였지만—저녁에 먹다 남은 김치찌개로 소주를 한 잔씩 하기로 의기투합했다. 잠옷 바람으로 식당에 나온 두 여자는 찌개를 데운다, 낮에 유현이 사다 놓은 소주를 꺼낸다, 부산을 떨었다. 그리하여 얼마 후에는 식탁에 마주 앉아 고즈넉하게 소주잔을 기울이기에 이르렀다.

우르르 쾅! 번쩍!

하늘을 깨부술 것 같은 천둥과 번개가 어둑한 거실로 아가리를 쩍 벌리며 확 달려들었다가 주춤 물러나기를 몇 차례. 지민이 그 서슬에 놀라 작은 어깨를 움츠리며 진저리를 치다가는 앞에 놓인 소주를 홀딱 들이켰다.

"아유, 정말 싫다. 내가 제일 싫어하는 게 번개잖아. 꼭 내 머리 위로 떨어질 것 같아."

"죄지은 게 많구나?"

유현이 짓궂게 웃었고, 지민도 언제 무서워했냐 싶게 명랑하게 깔깔 웃어 젖혔다.

"그런가 봐. 그래도 생각해 보면 그다지 나쁘게 산 것 같진 않은데 말이야."

유현이 담배를 한 대 꺼내 물며 지민 앞에 놓인 잔에 소주를 자란자란 따라주자 지민은 애교있게 직접 불을 붙여주었다.

"언니, 나도 담배 배워볼까?"

"아서라. 애초에 말아야지."

"하긴. 솔직히 난 남자든 여자든 담배 피우는 거 무진장 싫어했거든? 누가 담배 피우는 여자가 멋있다고 그러더라? 그래서 난 그랬지. 그건 영화나 포스터의 영향이 크다고 말이야. 실지는 하나도 안 그렇다고. 근데 이상하게 언니는 멋있더라고."

"뭔가 늘 속이 허전했어. 스물여덟에 독신녀 선언하고 이제 내 속에 결혼이니 남자니 그런 시시껄렁한 것들 말고 좀 더 멋진 인생으로 채워보자 그랬지. 근데 채워 넣는다는 게 고작 담배 연기였어. 열여덟 호기심도 아니고 스물여덟에 담배라니, 지금 생각하니까 너무 한심한 거 있지. 내가 그때 왜 담배에 손을 댔을까 정말 후회돼. 자꾸 속이 허전했어. 그렇다고 뭘 먹어서 채운다는 것도 한계가 있고, 결국 배부르지 않은 담배로 손이 가게 된 거지. 담배 피우는 사람들은 뭔가가 허해서 그래. 그건 멋있는 게 아니라 그 사람의 밑바닥을 보는 것과 같아."

유현의 얼굴은 지독히 쓸쓸했다. 태주와 헤어지고 인생에서 사랑을 접은 것이 스물여덟. 어느덧 세월은 흘러 삼 년이 지난 지금, 그때 홀가분한 기분으로 그 커피숍을 나왔을 때처럼 생기 있고 활기차게 살고 있나? 그건 아니었다. 여전히 빈 그릇을 들고 식탁 앞에 앉아 있는 기분. 그렇다 해서 태주와 헤어진 것을 후회한다는 뜻은 아니다. 태주는 그 후로 전혀 소식을 알지 못했고, 유현의 입장에서 치자면 더 이상 알 까닭도, 필요도 없었다. 시간이 지나면서는 태주와 사귀었던 일 년 반이 더욱 무의미해져만 갔고, 사랑 껍데기조차 못 되었다는 것이 갈수록 명백해졌다. 슬픈 사실이긴 했으나 종작없이 그와 결혼을 한 것보다는 백배천배 잘한 결정이었다.

"언니는 결혼할 남자 없었어?"

"없었다면 거짓말이겠지. 두 번 있었어."

"두 번?"

"응."

유현의 표정이 급격히 어두워지기에 지민은 더 자세한 건 캐묻지 않는 게 좋겠다고 생각했다. 유현이 독신녀라는 건 익히 알고 있었지만 두 번의 사랑 실패가 그녀의 인생에 막대한 영향을 끼쳤을 거라는 건 누구나 짐작할 만한 일이었다.

"그렇구나. 아유, 나도 언니처럼 그렇게 쿨하게 살면 얼마나 좋을까. 근데 난 절대 혼자는 못살 거야. 특히 오늘 같은 날은 무서워서 혼자 잠도 못 자잖아."

"후후, 그러게. 너도 빨리 좋은 남자 만나서 결혼해."

"그게 마음대로 되나 뭐. 난 사실 고등학교만 졸업하면 시집

가려고 그랬다? 내 친구들도 내가 제일 먼저 시집갈 거라고 했었거든. 근데 이게 뭐야. 여태 남자도 한 번 못 사귀어봤네."

"설마 한 번도 안 사귀어봤을라고."

"언니도 내 말 안 믿기지? 에휴, 나도 안 믿기는데 남들이야 오죽하겠어."

지민은 자기가 생각해도 한심한 듯 한숨을 푹 내쉬며 소주를 들이켰다. 그러면서 결연히 말을 이었다.

"이번엔 기필코 애인을 만들겠어!"

지민이 누구를 두고 하는 말인지 알 것 같았다. 그 남자. 낮에 장대 같은 빗속에서 우산을 씌워주었던. 그 남자의 청청하고 매혹적인 눈동자 속에서 잠깐 허우적댔던 것이 떠올라 유현은 피식 실소했다. 남자를 안주 삼아 술 먹을 나이는 지났는데. 성격상 별로 맞지 않기도 했고. 하지만 지민에게 맞춰주려니 오늘 밤은 어쩔 수가 없다.

유현이 술잔에 별로 손을 대지 않는 반면, 지민은 꽤 많은 양의 술을 마셨다. 그래서 유현은 지민이 정말 외롭구나, 생각했다.

지민이 개개풀어진 눈으로 넋두리를 늘어놓았다.

"나는 있지, 언니. 사랑은 날씨 같은 거라고 생각해. 솔직히 사시사철 맑음일 수는 없잖아. 비가 내리는가 하면, 어느 날은 서로 냉랭해져서 눈이 오기도 하고. 그러다 언제 그랬냐 싶게 봄날처럼 화창해지기도 하지. 참으로 변화무쌍한 게 사랑이다 싶어.”

변화가 없는 건 사랑이 아닌 걸까? 사시사철 단비만 내리거나 햇볕만 쨍쨍한 것은 사랑이 아닐까?

유현은 조금 피곤했다. 글을 쓰자면 필수적으로 생각해 봐야 할 ‘사랑’에 관한 문제는, 언제나 그렇듯 개운치가 않았다. 그렇다 해서 사랑을 아주 못해본 것도 아니건만 그 문제에만 닥치면 커다란 난관에 부딪힌 것처럼 가슴부터 답답해진다. 오늘 밤에도 명료한 해답을 얻지는 못하리라. 애당초 뚜렷한 정답을 얻기는 어려운 과제가 아니던가.

지민은 사랑에 대한 넋두리를 한 시간가량 더 늘어놓은 후에 술에 취해 잠이 들었고, 피곤으로 금방 잠이 들 줄 알았던 유현은 내도록 뒤척거리다가 일어나 노트북을 폈다. 이제 어지간해서는 밤에 일을 하지 말자고 다짐해 놓고 생활 리듬이 그렇게 굳어진 지 오래라 하루아침에 바꾸기는 어려울 모양이었다. 더욱이 내일 새벽부터는 영어학원에 다니기로 진작 수강 신청을 해놓았던 참이다. 점점 게을러지는 것 같아서 새벽 여섯 시 수강을 신청해 놓고 첫날부터 빼먹는 건 아닌지 모르겠다. 이럴 줄 알았으면 넉넉한 시간대로 잡는 건데. 제대로 지키지도 못할 일을 벌여놓고 수습이 안 되어 고생한 일이 어디 한두 번이랴.

✳

새벽 시간임에도 교실은 빈자리를 찾기 어려울 정도로 꽉 차 있었다. 간신히 시간에 맞춰 허둥지둥 교실로 들어온 유현은 한쪽 구석에 남아 있는 자리로 가서 앉았다. 이 새벽에도 향학열에 불타는 사람들이 생기발랄한 모습으로 칠판 앞에 서 있는 강사를 주목했다. 오십 대 양복 차림의 점잖은 아저씨도 보였고, 중학생 정도의 어린 학생도 있었다. 이 시각에 이리 많은 사람이 있을 줄은 몰랐던 탓에 유현은 적이 놀랐다.

간밤에 두 시쯤 잤던 것 같은데 하마터면 못 일어날 뻔했다. 새벽 대여섯 시면 유현에게는 한밤중이나 다름없었으니까. 다행히도 지민이 화장실에 가느라 일어나서 부스럭거리는 바람에 덩달아 잠이 깨서 세수도 하는 둥 마는 둥 부랴부랴 나왔던 참이었다. 첫날이라 바싹 정신 차리고 듣자 했지만 얼마 못 가 쏟아지는 졸음을 참을 길이 없어졌다. 역시 세 시간가량 자고 영어 공부를 하기는 무리였나 보다. 그렇게 반은 졸고 반은 건성으로 들으며 수업이 끝났으니 참으로 허무한 수업이랄밖에.

첫날부터 죽을 쒀서 허탈한 기분으로 터덜터덜 교실을 나오는데 누군가 뒤로 성큼 다가와 손가락 끝으로 어깨를 톡톡 친다. 유현이 무심결에 뒤를 돌아보자 상대가 싱긋 웃으며 상쾌한 목소리로 인사를 해왔다.

“안녕하세요?”

“어······!”

졸려서 멍하던 머리가 일순 방금 닦아놓은 유리창처럼 반질

반질해지는 느낌이다.

"아, 안녕하세요?"

"오늘부터 새로 수강하시나 봐요?"

"네."

유현은 수업 시간에 조는 모습을 고스란히 보았을 남자에게 창피하고 민망하여 계면쩍게 웃음을 흘리고 말았다. 이런 곳에서 또 만나게 될 줄이야. 비 오는 날이나 새벽이나 남자는 여전히 반짝반짝 빛이 나고 생기가 돈다. 흐리멍덩하고 맹탕인 자신과는 유전자 자체가 다른 종자인 모양이다.

"그래도 반갑네요, 아는 사람 만나니까."

남자는 진심으로 그렇게 생각하는 듯 정말로 반가운 얼굴을 하고 있었다. 유현은…… 글쎄, 어제처럼 추레한 옷차림이 아니어서 다행이라고 생각했다. 급히 옷을 챙겨 입고 나오는 바람에 뒤집어 입지나 않았을까, 뒤늦게 힐긋 옷의 솔기를 확인했을 정도였으니.

"커피 한 잔 드시겠어요?"

나란히 걸어서 일층으로 내려왔을 때 연성이 잘 아는 사람에게 하듯 친근감있게 물었다. 유현은 얼떨결에 '네' 하고 대답하고는 습관처럼 입술을 잘근잘근 씹었다. 이럴 때 자주 부딪치는 건 호조일까, 그 반대일까.

자판기 앞에서 동전을 넣는 남자의 손을 물끄러미 바라보다 참 깔끔한 사람이구나, 싶었다. 보통, 남자들이 손톱에는 별 신경을 안 쓰던데 이 남자는 손톱 정리까지 하여 웬만한 여자 손보다 깨끗하고 단정하다. 유현은 문득 자기 손톱은 멀쩡할까, 손을 들어 들여다보았다. 손톱 정리는커녕 어쩔 때는 손톱 깎는 것도 귀찮아 그냥 내버려 둘 때가 많은데, 아니나 다를까, 땅도 팔 수 있을 정도로 손톱이 길다. 얼마나 신상에 신경을 안 썼으면 이렇게 손톱이 긴 것도 의식 못했을까 싶어 점점 게을러지고 있는 자신이 싫어진다. 자기 자신에게 게을러지고 있다는 건 세상만사에도 다 그렇다는 뜻이므로. 언제부터 정유현에게 세상이 이토록 귀찮은 존재가 되어버렸던가. 세상과 적당한 거리를 두자는 의도였지 이처럼 완전히 담쌓자고 독신녀 선언을 한 건 아니었는데, 지금은 모든 게 뒤죽박죽되어 버렸다. 이젠 처음의 의도가 무엇이었는지조차 헷갈릴 정도로. 이건 독신녀라기보다 제 값어치 다 떨어뜨리는 백수 와 다를 바 없었다.

혹시라도 손톱 긴 손을 보게 될까, 남자가 건네는 커피 잔을 조심스레 받아 들고 밤새 내린 폭우에 비하면 많이 얌전해진 빗줄기를 바라보며 창문 가로 다가가 섰다. 커피 맛은 썩 괜찮았다. 분량 맞추기 어려워 집에서 일회용으로 타 먹는 커피 맛과 흡사하다. 이렇게 많은 사람의 입맛에 맞추려면 커피 맛이 좋지 않을 수가 없으리라. 누군지 몰라도 솜씨 한번 기차다.

이게 꿈일까 생시일까? 연성은 유현의 곁에 서서, 커피를 마시며 창밖을 바라보고 있는 그녀의 단아한 옆모습을 흘끔거렸다. 어제와 마찬가지로 아담한 체구의 여자는 화장기라곤 없이 다소 창백해 보이는 낯빛에 수수하고 앳된 얼굴이었다. 동경해 마지않던 '별의 혼(魂)'의 작가를 우연히 만난 것도 놀라울 터에, 어제에 이어 두 번씩이나! 게다가 영어학원까지 함께 다닐 수 있다니! 이건 분명한 하늘의 도우심이 아니고서는 있을 수 없는 일이었다. 어제도 흥분하여 밤새 잠을 못 이뤘었는데.

교실로 들어오는 유현을 본 순간 놀라움과 반가움이 뒤섞여 때와 장소를 말짱하게 잊어버리고 환호를 내지를 뻔했다. 아까

일을 생각하자 새삼 감동이 몰려와 연성은 떨리는 손으로 커피가 담긴 종이컵을 꽉 움켜쥐었다. 오늘은 어떻게든 이대로 헤어져서는 안 된다. 확실히 한 발짝 더 다가서는 거야.

커피를 마시며 공통분모인 영화를 화제 삼아 자연스럽게 이야기를 나누던 두 사람은 관심사가 같아서 그랬는지 꽤 오랜 시간이 흐른지도 모른 채 서로의 이야기에 푹 빠져들었다. 연성은—유현의 표현을 빌자면—한물간 시나리오 작가를 기억할 만큼 영화광인 것이 대화 속에서도 고스란히 드러났는데, 어떤 면에서는 정작 시나리오 작가인 유현보다 박식했다. 때문에 유현은 연성에게 굉장한 호감—당연히 이성으로서의 호감은 아니었다—을 느꼈고, 오랜만에 통하는 사람과 즐거운 대화를 나누어서인지 전에 없던 생기마저 돌았다. 아주 오래전부터 잘 알고 지내던 사이처럼 상대를 편하게 만드는 성격 또한 이 남자의 매력이라면 매력일 터였다.

몇 살일까? 지민이와 나이가 맞으면 좋을 텐데. 어제에 이어 오늘도 만난 걸 보면 지민이와 인연이 있는 것만은 분명하다. 어차피 이렇게 된 거 다리나 놔줘?

혼자 머릿속으로 그런 꿍꿍이를 심어놓고 있을 때, 연성이 살짝 얼굴을 붉히며 미적 말을 건다.

"저기……."

연성이 별안간 목소리를 낮추어 조심스레 말을 꺼내기에 뭔가 어려운 얘기를 하려나 싶어 유현은 일부러 경쾌하게 목소리를 띄웠다.

“네!”

연성은 ‘음’ 하는 비음을 작게 내더니 뒷머리를 긁적이며 넌지시 제안했다.

“제가 저녁 한번 사드리고 싶은데 괜찮으면 시간 좀 내주시겠어요?”

그러면서 소년처럼 해맑은 얼굴이라니!

유현은 속으로 환호했다. 오, 이 얼마 만에 만나는 열렬 팬이뇨. 남자는 분명 나이가 자신보다 훨씬 어릴 것이고, ‘별의 혼(魂)’을 오십 번이나 본 열혈 마니아에다 시나리오 작가 ‘정유현’에 대한 팬 의식 외에는 별다른 사심이 있어 보이지 않았으니까. 게다가 영화에 대해 이 정도로 박식한 사람이라면 이야기를 나누어서 나쁠 건 없다는 생각이 들었다. 시들해진 영화의 혼(魂)이 이 남자와 이야기하는 동안 점차 살아나지 않았던가. 그것은 실로 오래간만에 누려보는 흥분이며 기쁨이었다. 완전히 식어버린 줄 알았는데 이 남자로 인해 아직도 영화에 대한 열정이 남아 있다는 걸 깨달았으니 고마운 마음을 표해야 할 사람은 유현이었다.

“저야 고맙죠.”

그래서 흔쾌히 승낙을 할 수 있었던 일이었다. 만약 팬이 아닌, 그가 ‘별의 혼(魂)’이 뭔지도 모르는 남자였다면 유현의 푸접없는 성격에 어림도 없는 일이었으리라. 그녀의 인생에 ‘남자’는 한낱 거추장스러운 ‘길바닥의 돌’에 불과했으니 말이다.

연성은 거절하면 어쩌나 걱정이 여간 아니었던지 유현의 입에서 승낙의 말이 떨어지자 '후' 하며 긴 한숨까지 쏟아내었다. 그도 그럴 것이 유현과 영화에 대해 이야기하는 내내 어떻게 하면 좀 더 확실한 인연으로 만들어볼까 나름대로 고민한 끝에 용기를 내어 손을 내밀었던 것이었다. 그런데 뜻밖에 그녀는 별 거리낌 없이 제안에 응한다. 이게 웬 횡재란 말인가.

손으로 제 가슴을 길게 쓸어내리는 연성에게서 느껴지는 긴장감이 싫지만은 않아서 유현은 짐짓 만족스러운 미소를 입가에 달았다.

"그럼 토요일 저녁 여섯 시 어때요? 제가 댁으로 모시러 갈게요."

"아뇨! 그냥 약속 장소에서 만나죠."

유현이 급히 거절한 이유는 따로 있었다. 바로 지민이 때문이다. 먼저 이 남자에 대해 알아둘 필요가 있었다. 지금까지는 거슬리는 구석 하나 없이 마음에 들지만 저녁을 같이 먹으면서 대화를 하다 보면 더 확실하게 어떤 사람인지 알게 되겠지. 그런 연후에 자연스레 지민이에게 소개를 해주는 거야.

지금 유현의 머릿속에는 지민을 감동시켜 줄 만한 일이 구상 중이었다.

연성은 친절하게도 직접 전화번호와 약속 장소를 메모하여 유현에게 건네주었다.

<‘피아체(Piace)’ 토요일 p.m 7:○○ 김연성 ○1○—22**—4○**.>

‘김연성……’

이름을 입속으로 가만히 되뇌어보는 유현에게 연성이 친절하게 말을 건네었다.

“지금 댁으로 가시는 거면 태워다 드릴게요.”

“아니에요. 운동 삼아 걸을래요. 별로 멀지도 않은데요 뭐.”

학원이 동네에서 가까운 곳에 있었으므로 유현은 극구 사양했다. 아침부터 같이 차를 타고 갔다가 지민의 눈에 띄기라도 하면…… 그럼 너무 재미없잖아.

“근데 연성 씨는 학생인가요?”

캐주얼한 차림의 연성이 유현은 무척 궁금했다. 이참에 그의 나이라도 알아볼 심산이었다.

“아뇨. 회사 다녀요.”

“아, 그렇구나. 어려 보여서 대학생이라고 해도 믿겠는데요?”

“하하, 그런 말 많이 들어요. 알고 보면 나이 많은데.”

많다고? 얼마나 되기에?

유현은 궁금증을 참지 못하고 넌지시 물었다.

“몇 살인데요?”

“서른이요.”

서른?

말도 안 돼! 어딜 봐서 저 얼굴이 서른이라는 거야? 그럼 나

보다 겨우 한 살 적다는 얘기잖아!

"정말이요? 난 기껏해야 스물대여섯, 아니면 그보다 더 어릴 거라고 생각했어요."

유현이 감탄하기보다 황당한 투인데도 연성은 의례적인 반응이라는 듯이 태연히 말했다.

"남자한텐 악조건이죠. 유현 씨도 그런 소리 많이 듣지 않아요?"

거리감이 느껴지지 않도록 호칭을 일부러 '작가님'이 아닌 '유현 씨'라 불러놓고 연성은 내심 뿌듯해했지만, 당사자인 유현은 별로 의식하지 않는 듯했다.

"저요? 아니, 뭐…… 이십대까지만 해도 그랬는데, 지금은 그런 말 하는 사람 없던데요. 후후후."

"왜요? 지금도 그런데. 전 처음에 나보다 어린 줄 알았어요."

"설마."

입방귀 뀌듯 피실피실 웃음이 새어나왔다. 아직도 남자의 칭찬에 기분이 좋아지는 걸 보면 완벽한 독신녀가 되기엔 그른 모양이다. 그 칭찬이 예의상의 거짓말이라고 해도 말이다.

"비 오면 차 막힐 텐데 어서 가봐요."

"차로 모셔다 드려도 되는데……."

아쉬워하는 연성을 달래듯 보내고 천천히 빗속을 걸어서 학원을 나섰다.

차를 몰고 입구를 나서기 전, 연성이 차창을 열어 내다보며 큰 소리로 말했다.

"그럼 새벽에는 모시러 가도 되죠? 다섯 시 반까지 갈게요. 내일 봬요!"

그러고는 유현이 뭐라고 대답하기도 전에 창문을 닫고 출발해 버렸다.

"어어……!"

잠시 그 자리에 못 박힌 듯 서 있다가 유현은 천천히 걸음을 떼었다. 기분이 오묘하다. 낯선 남자의 적극적인 관심이 왠지 어색하면서도 그렇다고 꼭 불쾌하지만도 않으니. 남자의 첫인상이 좋아서일까? 아니면, 지민이 특별히 관심있어하는 남자이기 때문일까?

물론, 세상의 모든 남자에 대해 마음을 닫기 전이었다면 고민할 필요도 없으리라. 어느 누가 보더라도 멋들어진 남자가 저녁을 같이 먹자고 하는데 심적으로 아무렇지 않을 여자는 그 어디에도 없을 테니까.

그 남자, 연성은 정말로 다음날 새벽 다섯 시 반에 집 앞에 와 있었다. 곤란한 표정을 지으면서도 이번에는 선뜻 연성의 옆 자리에 올라탔던 유현은, 싱글벙글한 그를 보며 께름칙한 기분을 억지로 없앴다. 이건 순전히 지민이를 위한 일이라 여기며.

"부탁있는데……."

차가 출발한 지 얼마 안 되어 유현이 조심스럽게 말을 꺼내

자, 연성은 무슨 부탁이든 흔연히 응할 것처럼 큰 소리로 씩씩
하게 대답했다.

"네! 말씀만 하세요."

"차, 오늘만 탈게요. 내일부터는 오지 말아요."

"왜요? 부담스러우세요?"

"솔직히 그래요."

연성의 얼굴에서 스르륵 웃음기가 거둬지는 대신 서운한 기
색이 드리워졌다. 유현에게 자신이 낯선 사람일 뿐이라는 사실
이 싫었다. 낯선 남자. 경계의 대상.

어떻게 하면, 이 여자와 가까워질 수 있을까?

이 년 동안 동경해 왔던 여자다. 첫인상에서 흔치 않은, 서늘
한 슬픔이 느껴지던 여자. 외모에서 느껴지는 청초함과는 또 다
르게 어딘지 모르게 시니컬해 보이는 분위기. 그러나 제아무리
접근하기 어려운 결계가 있다 할지라도 하늘이 준 절호의 기회
를 쉬이 저버릴 수는 없었다. 아니, 연성에겐 그 결계를 깨뜨려
야 할 의무감마저 불현듯 맹렬히 솟구쳤다. 꿈같은 일이 실제로
일어났는데 제대로 시작도 해보기 전에 맥없이 포기할 수야 없
지 않은가. 그녀가 독신녀이든 아니든, 유명한 시나리오 작가이
든 아니든 지금은 그게 중요한 게 아니었다. 비범치 않은 만남
에 유현에게 강한 운명을 느낀다는 것, 그것 하나면 자신의 모
든 것을 걸을 만했다. 운명은 하늘이 주는 것이다.

연성이 약간 실망의 빛을 내비쳤다.

"계속 데리러 오면 나 미워할 거예요?"

"아니, 뭐…… 미워해야 하는 건가요?"

별안간 뜨악해진 유현의 목소리에 연성은 목청껏 하하 웃었다. 그 소리가 무척 맑고 경쾌하여, 덕분에 마음까지 정화되는 것 같아서 참 듣기 좋다는 생각을 하며 유현은 자기도 모르게 빙그레 미소 지었다.

"어차피 학원에 가는 길이잖아요. 근데 잠을 통 못 주무시나 봐요? 굉장히 피로해 보여요."

연성이 걱정스럽게 묻자 유현은 괜스레 얼굴을 매만졌다. 영락없이 손바닥에 귤껍질처럼 꺼칠꺼칠한 피부가 만져진다. 서른 전에는 그래도 생각날 때마다 마사지 정도는 한 번씩 해주었던 것 같은데, 이제는 생각이 나도 통 가꿀 의욕이 안 생긴다. 의욕이 안 생기는 게 어디 마사지뿐일까만 나이를 먹어 더한 모양인 게지. 삼십대의 비애감 따위를 느낄 정도로 마음의 여유가 없기도 했지만 요즘 들어 부쩍 나태해진 것은 사실이다. 그보다 낯선 남자에게, 아니 팬에게 한심한 작태를 보인 것처럼 창피해서 변명하듯 얼버무렸다.

"밤새는 게 버릇이 돼서요. 그 버릇 고치려고 학원 다니는 거예요, 실은."

"아하, 그렇구나. 아니면 운동을 해보지 그랬어요? 아니다. 그럼 나랑도 못 만났을 거 아냐."

연성이 서둘러 말을 바꾼 탓에 유현은 희미하게 웃고 말았다.

비록 굴절된 인연일지언정 이것도 인연이라면 인연일 터.

학원에 가서는 어제처럼 졸 엄두는 아예 내지도 못했다. 연성이 버젓이 제 옆 자리에 유현의 자리를 잡아주었기 때문이다. 유현은 학원에서 연성을 만난 것이 차라리 잘되었다고 생각했다. 기껏 아까운 시간과 돈 들여 공부하는 거 이참에 확실히 해 보자 싶었다.

한참 수업을 듣다가 곁눈으로 보니 빽빽하게 정리된 연성의 노트가 눈에 뜨인다. 수업에 열중한 그의 모습에서 오렌지 알갱이처럼 달콤하고 톡톡 튀는 활기가 느껴진다. 남자 나이 서른. 여자는 서른부터 슬슬 하락세를 이루는 반면, 남자는 그때부터 비로소 진가를 발휘한다 했던가. 유현은 똑같은 삼십대라도 하늘과 땅 차이 같은 남자와 여자의 나이를 가늠해 보며 속으로 씁쓸하게 웃었다. 어디 가서 막내 동생이라 해도 믿겠다. 후우.

나름대로는 열심히 들었던 것 같은데, 수업이 끝나자 무얼 들었는지 별로 기억나는 게 없었다. 한 단계 낮추어 수강 신청을 할 걸 그랬나 보다. 처음부터 중급반을 듣는 게 아니었는데.

실력은 고려하지 않고 욕심만 앞세운 탓에 때늦은 후회를 하며 교실을 나오는데 뒤따라 나온 연성이 상큼한 미소를 날린다. 쑥 뻗은 표범 허리처럼 맵시있게 휘어지는 눈매가 기상이 느껴져 보기 좋다.

"힘들어요?"

"네, 힘드네요. 너무 오랫동안 영어랑 담쌓고 지낸 게 표가

나. 무슨 말을 하는지 하나도 못 알아듣겠어. 후우, 심란해요.”

유현은 무척 심각한 얼굴을 했다.

“그렇다고 초급반으로 바꾸진 말아요. 그럼 나, 또 초급 들어야 해.”

“연성 씨가 왜요?”

“와, 의리없게. 실컷 아는 사람 만나서 재미있게 수업 듣겠다, 했는데 초급반으로 바꾸면 난 어떡하라고요?”

“그 노트 빌려주면요.”

“노트? 새벽에 데리러 갈 수 있게 해주면 빌려주죠.”

왜 그렇게 그의 노트가 욕심이 났을까.

“대신 집 앞에서 말고 골목 돌아서서요.”

“아하, 주위 사람 눈 의식하는구나?”

따지자면 주위 사람이 아니라 지민이었지만 굳이 부인하지 않았다.

노트 빌려줬으니까 집까지 바래다주는 것도 해야겠다며 그날 연성은 사양하는 유현을 억지로 골목 어귀까지 태워다 주었다.

노트는 그의 이미지만큼이나 깔끔했다. 중요한 부분은 빨간색이나 파란색으로 표시를 해놓기도 했고, 어느 부분은 야광 펜으로 눈에 띄도록 줄을 그어놓아서 꽤 꼼꼼하고 섬세한 성격이라는 것을 짐작할 수 있었다.

여기저기 뒤적이다 문득 어느 한 곳에서 유현의 손길이 멈췄다. 상단 공간에 보라색 펜으로 낙서 비슷하게 해놓은 것을 발견해서다.

〈별에도 혼(魂)이 있을까? 난 있다고 믿어. 그래서 사람이 죽으면 별이 되는 거래. 저렇게 수많은 별 중에 이제 곧 내 별도 생기겠지? 내가 보고 싶을 때면 하늘을 올려다봐. 평소에 보이지 않던 별이 어느 날 떠 있다면, 그게 나인 줄 알아. 그리고 잊지 마. 나도 널 똑같이 보고 있다는 걸.

—별의 혼(魂) 中에서 '이나'의 대사.〉

유현은 별안간 콧날이 시큰했다. 마음에 알싸하니 감동이 밀려왔다. 이 남자, 정말 그 영화를 좋아하는구나.

기실 당시로서는 그런 우울한 이야기가 대박이 나리라고는 전연 예상치 못했었다. 영화 관계자들조차 이례적인 일이라고 했지만 비평가들은 연이어 요즘 같은 인스턴트 시대에 필요한 감성적 영화라고 극찬을 아끼지 않았다. 때문에 한동안 정신을 못 차릴 정도로 바빴고 또한 행복했다.

그리고 천천히 그 행복은 깨어져 갔다. 생활 리듬은 깨진 지 오래고 정신도 자꾸만 피폐해져 가서 이제 유린당한 짐승 뼈처럼 바닥이 허옇게 드러나 보이고 있었다. 생각해 보면 그 얼마나 처참한 일인지. 때때로 가슴을 선뜩하게 하는 일은, 이제 다시는 '별의 혼(魂)'과 같은 글을 쓰지는 못하리라는 두려움이었다. 영화판에서 서서히 도태되는 자신이 유현은 무서웠다. 유현

같은 시나리오 작가에겐 영화판이 곧 천국도, 지옥도 될 수 있었음에야. 살아남느냐 사장(死藏)되느냐, 그 치열한 싸움에서 그녀는 얼마나 부대끼며 아등바등 살아왔던가. 그 때문인지 '별의 혼(魂)' 시나리오를 끝낸 지 삼 년, 영화가 개봉된 때로부터는 불과 이 년이 지나 있었을 뿐이지만 유현에겐 20년, 아니, 200년은 지난 것처럼 아득하게 느껴졌다. 아직은 포기하지 않았으니 지옥까지 내려갔다고는 할 수 없겠고, 그나마 마지막 자존심이 간당간당 견딜 힘이라고 해야 맞을 테지.

분명 자신이 썼을 그 대사는 연성의 노트에서 발견한 순간 상당히 낯설었다. 그저 또 한 명의 관객이 된 듯한 기분. 그 대사를 하면서 사랑하는 이와 이별할 때의 '이나'가 떠올라 눈앞이 부예졌다. 왜 그 애를 죽였을까. 꼭 그래야만 했을까. 극적으로 살려주었더라면, 그래서 사랑하는 이와 행복하게 잘살게 해주었더라면.

가슴이 미어질 듯 이제 와 후회가 된다.

그때는 불행이 단지 하늘의 주어진 운명이라 여겼다. 아무런 죄의식 없이 글을 쓰면서 숱하게 사람을 죽이기도 하고 살리기도 했었는데 대관절 왜 그렇게 불행을 즐겼는지 모르겠다. 그런데 지금은…… 지금은 누군가의 작은 아픔만 보아도 가슴이 무너진다. 잠을 이루지 못할 정도로 그 일에 집착하게 된다. 끊임없이 왜, 라는 질문을 그들에게 또는 자신에게 퍼부어대면서.

'설마 이 남자도 나처럼 남의 불행을 즐겼던 건 아니겠지?'

유현의 인상이 언짢게 찌푸려졌다. 정말 그런 사람이라면 다시는 상대하지 않으리라. 당연히 지민이에게 소개해 주려 했던 애초의 목적도 끝이다.

그 의문을 유현은 토요일에 '피아체'라는 레스토랑에서 연성과 마주 앉았을 때까지 내내 품고 다녔다.

연성은 언제 보아도 청록색이 잘 어울리는 사람이었다. 유독 청록색을 즐겨 입어서 그런지 이제는 그 비슷한 색깔만 보아도 어디서든 그가 제일 먼저 떠올랐다. 덕분에 만난 지 얼마 되지 않았는데 볼 때마다 친숙함이 더해갔다. 연성의 쾌활한 성격도 한몫 단단히 했겠지만.

더군다나 학원이 아닌 카페에 이렇게 마주 앉으니 그는 근사한 외모와 아울러 한층 세련미가 돋보였다. 특히 싱글싱글 웃을 때면 매사 찹찹한 성격의 유현도 마음이 맥없이 노그라지기 일쑤였다. 처음의 튀는 이미지와는 달리 볼수록 겪을수록 편안한 성격이긴 한데, 그런 친밀감이 유현에게는 오히려 불안 요소로 다가오니 별일이었다.

한때는 영화판에서 사느라 수많은 사람을 대했었지. 대다수의 영화인은 스크린에서처럼 멋지고 성격 또한 화끈한 이들이 많았는데, 영화인이라는 자부심이 사람을 그렇게 만드는 것 같았다. 개중에는 괴짜들도 많아서 보통 사람으로서는 상상조차 할 수 없는 독특한 정신세계를 가진 이들도 있었고, 간혹 개념

없는 인간들도 있어서 마찰을 빚는 일이 비일비재했다.

주로 속 썩이는 인간들이 많은 영화는 작업이 끝나고서도 불발로 그치게 마련이고, 그와 반대로 처음부터 끝까지 한 두뇌에서 나온 듯 박자가 척척 맞아떨어지는 영화는 느낌만으로도 대박임을 확신하게 된다. 별의 혼(魂)은 그런 영화 중 하나였다. 오죽하면 그때 만났던 스태프들과는 여태 연락을 하고 지낼까. 그들과는 아직까지도 너나들이할 정도로 우애가 깊다.

"연성 씨 무슨 일 하는지 물어봐도 될까요?"

"디자이너예요. 무슨 디자이너인지 궁금하죠?"

직업 얘기가 나오자 연성의 눈빛이 물고기 비늘처럼 반짝인다.

"네. 무슨 디자이너인데요?"

"어디 한번 맞혀봐요."

"나, 제일 약한 게 퀴즈인데. 큰일났네."

유현은 무척 난감한 얼굴을 했다. 하지만 곧 정말로 맞힐 듯이 골똘한 표정을 지었다. 그의 분위기로 보아서는 미술계 쪽으로 종사하는 사람이라는 게 가위 들어맞는 듯하다. 그나저나 디자인도 어디 한두 군데 소용되는 거라야지. 몇 가지로 줄여 얘기할 수도 없겠다.

"뭘까? 도저히 모르겠는데."

유현은 고개를 갸웃하며 일찌감치 손을 들었다.

"장난감이요."

"네?"

연성이 못 알아들을 줄 알았다는 듯이 하하 웃었다.

"장난감 디자이너라고요."

"아, 장난감 디자이너……."

그런 것도 있었구나. 하기야 만드는 것에는 모두 디자인이 있기 마련이니까.

그럼에도 어쩐지 생소한 느낌이 들어 유현은 멋쩍게 웃었다.

"대개 장난감 디자이너라고 하면 잘 모르더라고요. 장난감 안 좋아해요?"

어른이 장난감을 좋아할 리는 없지만 구태여 싫어하지도 않으리라는 생각이 들었다. 좋고 싫은 개념보다 이미 관심권에서 멀어졌다고 해야 옳겠지. 기껏해야 자식들 때문에 관심을 두는 정도라면 모를까.

"좋다, 싫다 생각을 해본 적이 없네요. 장난감하고 친할 나이는 지났잖아요."

"그러네요. 불행이죠."

유현은 그것을 불행이라고 한마디로 단정하는 연성을 멍하니 바라보았다. 그러고는 약간 망설이듯이 머무적머무적 말을 꺼냈다.

"연성 씨는 '별의 혼(魂)'이 비극이라고 생각해요?"

"'이나'는 행복했어요. 죽을 때의 얼굴…… 정말 아름답고 행복해 보였거든요. 그 마지막 모습을 생각한다면 그녀를 사랑한

'운'이도 불행하게 살지만은 않았으리라고 봐요. 그건 먼저 생과 이별한 '이나'에 대한 예의가 아니니까. 그러니 비극은 아니겠죠? 전 그렇게 봤는데요?"

공연히 십 년도 더 된 첫사랑 이야기를 들먹이며 분위기를 깨놓고 싶지 않아 연성은 객관적인 평으로 그쳤다.

"그럼 연성 씨도 사랑하는 여자가 죽으면 꼭 불행하지만은 않겠군요?"

아, 그 질문에는 사적인 견해를 말하지 않을 수 없었다. 예상했던 것과 달리 잡지 인터뷰에서 '별의 혼(魂)'이 작가의 경험담은 아니라고 밝혔으니, 이번엔 순전히 사랑하는 여자를 먼저 보내본 경험이 있는 남자로서의 사건을 내놓을 차례였다.

"그러고 싶지 않아요. 왜냐하면, 날 정말로 사랑하고 내가 정말로 사랑한 여자라면 남은 사람이 불행해지는 걸 원치 않을 테니까. 불행이란, 삶이 그렇기보다 마음이잖아요."

비교적 어려운 말이긴 해도 유현은 연성이 무슨 말을 하는 건지 대략은 알 수 있을 것 같았다.

"그렇군요. '별의 혼(魂)'을 비극으로 봐주지 않아서 고마워요. 많은 사람이 사랑하는 이가 죽거나 이별을 하면 불행과 연결 짓죠. 전 그게 싫었어요. 다행이에요, 연성 씨가 그런 사람이 아니라서."

무엇이 다행이란 걸까? 그가 남의 불행을 즐기는 타입은 아니라서? 덕분에 지민이를 소개해 줄 애초의 계획이 틀어지지 않아서?

며칠 내내 답답하게 막혀 있던 가슴이 뻥 뚫리듯 후련해지는 기분이 들어 유현은 연성을 만난 이래 처음으로 밝은 표정을 지었다. 그래서 대담하게 그리 물을 수 있었던 것인지.

"혹시 애인 있어요?"

연성이 얼른 고개를 저었다.

"애인 있는 사람이 일 때문도 아니고 다른 여자와 데이트하나요?"

데이트? 이게 데이트라고?

한 방 먹은 듯 멍해진다.

"데이트…… 요?"

되묻고 나니 더 바보 같아졌다. 방금 씹어 삼킨 고기가 명치에 꽉 메는 느낌이어서 유현은 인상을 찌푸린 채 연성을 바라보았다. 연성도 스테이크를 썰던 칼질을 멈추고 뚫어져라 유현을 바라보다가 의아하게 물었다.

"유현 씨, 애인 있는 거 아니죠? 그때 인터뷰에서는 독신녀라고 했던 것 같은데……."

"네, 맞아요! 독신녀인 건 맞지만 독신녀라고 애인 없는 건 아니에요."

변명이랍시고 늘어놓았더니만 연성의 얼굴에서 한순간 핏기가 싹 가신다.

"그럼 애인 있는 거예요?"

목소리가 다소 크게 울렸던 탓에 주위 사람들이 두 사람을 흘 끗 쳐다보았다. 유현은 사람들의 시선이 부담스러워 겸연쩍게 어깨를 으쓱했다.

"애인 없어요. 근데 나, 데이트라고 나온 건 아닌데."

데이트라니. 게다가 그는 비록 한 살 차이이긴 해도 연하가 아닌가. 이건 누가 보더라도 막내 동생과 누나 정도쯤으로 여길 게 당연할 터였다.

민망하여 얼굴이 다 붉어지는데, 연성은 안색을 가다듬더니 능청스럽게 스리슬쩍 말을 주워섬겼다.

"난 데이트 신청한 건데?"

아, 이런! 예상치 못했던 비상사태다. 데이트래, 데이트.

기가 막힌 나머지 유현은 고개를 절레절레 흔들며 단호히 오 금을 박았다.

"아뇨. 데이트였으면 이렇게 나오지 않았을 거예요."

"왜요?"

천진하게 묻는 통에 어이가 없어 헛웃음만 피식피식 나왔다.

"왜라뇨? 처음 만난 사람이랑 데이트라니 말이 된다고 생각 해요?"

황망하게 묻는 유현에게 연성은 되레 어처구니없다는 듯 재 우쳐 물었다.

"유현 씨는 그럼 남자를 몇 번 만나야 정식 데이트가 되는 거 예요? 세 번? 다섯 번? 아님 열 번? 열 번은 너무 많나?"

외모만 표범처럼 날렵한가, 했더니 불도저처럼 강하게 밀어붙이는 연성에게 유현은 어찌할 바를 모르고 애꿎은 이마만 매만졌다. 여기서 확실하게 선을 그어놓지 않으면 지민을 소개해 주는 계획은 물론이요, 그와의 사이도 어정쩡하게 되고 말 게 분명하다. 무엇보다 앞으로의 인생에 남자와 얽히는 일은 없자고 결심한 유현에게 이런 돌발 사태는 절대 용납할 수 없는 일이었다.

"연성 씨, 미안하지만 난 그냥 '별의 혼(魂)' 팬이라고 해서 만난 것뿐이에요."

유현이 딱 부러지게 선을 그어버렸기 때문에 연성은 살짝 우회했다. 성급한 접근은 위험하다는 견지하에. 역시 유현은 독신녀라는 방어벽에 철저히 갇혀 있었다. 당장이야 안타까운 일이었으나 조만간 방어벽을 허물리라, 더욱 결연한 마음이 차 올랐다.

"알아요. 나도 그냥 데이트예요. 내가 좋아하고 존경하는 시나리오 작가님과의 데이트. 그렇다고 작가와 팬과의 만남, 굳이 이렇게 딱딱한 의미를 둘 필요는 없잖아요. 근데 애인 없는 건 확실하죠?"

"그래요, 없어요."

유현이 이마에 진땀이 배어나오는 걸 느끼며 다부진 말투로 다시 한 번 상기시켜 주자, 연성은 매우 고맙다는 듯이 싱긋 웃었다. 저리 매력적인 눈으로 눈웃음까지 지으니 차갑게 대하기가 어쩐지 머쓱해진다. 실컷 같이 밥 먹으러 와서 별안간 냉랭하게 대하기는 더욱 우습지 않겠는가. 자칫 도도하게 보일 수도 있겠고. 까다롭긴 해도 꽉 막힌 사람은 아니라 스스로 여기는 유현에게 도도함은 곧 거만함과 상통했기에 극히 저어하는 부분이었다.

"좋아요. 오늘은 데이트라고 해두죠."

한발 양보했다는 투의 유현에게 연성은 별말없이 웃어 보이기만 했다. 그의 느긋한 태도에 괜스레 초조한 기분이 들었지만 더 이상은 데이트니 뭐니, 그런 어쭙잖은 얘기로 승강이를 하고 싶지 않아 유현도 그쯤 해서 입을 다물었다.

"자, 오늘은 내가 밥 샀으니까 다음에는 유현 씨가 밥 사요."

차에서 내리기 전 연성이 한 말이었다. 오는 동안 어떻게 하면 다음 약속을 잡을 수 있을까 고민에 고민을 거듭한 끝에 모른 척 슬쩍 돌려 말했더니 예상대로 유현은 말도 안 된다는 듯 눈을 동그랗게 뜨고는 목소리를 높인다.

"그런 게 어디 있어요?"

'여기요.'

능청맞게 속으로 냉큼 대꾸를 하고 난 연성은 어차피 이렇게 된 거 배짱 한 번 부려보자, 싶었다.

"어! 그럼 밥 얻어먹고 입 싹 닦으려고요? 유현 씨야말로 그런 법이 어디 있어요? 야박하네."

그래, 따지고 보면 그렇다. 상대방이 한 번 샀으면 이쪽도 당연히 답례를 해야 하는 게 정석이니까. 단순히 생각하면 그리 어려울 일도 아니어서, 유현은 그제야 별것 아닌 일에 펄쩍 뛴 것이 무안해졌다. 아마도 그걸 단순히 밥 사는 문제가 아니라 데이트의 의미로 여겼기 때문이었으리라. '피아체'에서 연성이 데이트 운운하지만 않았어도 그녀 성격에 먼저 답례로 밥을 사겠노라 했을 것이다.

"좋아요. 대신 다음에는 제가 아는 동생이랑 같이 나갈게요."

"좋을 대로요. 자, 그럼 언제 사주실래요?"

약속을 다음 주 토요일로 잡아놓고 유현이 차에서 내리자, 연성은 창밖으로 팔을 내밀어 수인사를 하고는 멀어져 갔다.

그 후로도 연성은 어김없이 새벽이면 골목 어귀에서 기다렸고, 유현도 점차 새벽에 일어나고자 밤이면 억지로 잠자리에 드는 습관을 들였다. 일찍 자고 일찍 일어난 탓에 정신이 맑으니 어느 날부터는 수업 시간에 멍해 있는 시간이 현저히 줄어들었고, 강사가 하는 말도 제대로 귀에 들려오기 시작했다.

금요일쯤이었을 것이다. 옆 자리에 앉은 연성이 책상 위로 무언가를 톡 던지기에 쳐다보았더니 노란 메모지로 접은 비행기다. 오랜만에 보는 종이비행기라 유현의 입가로 자기도 모르게 상긋한 미소가 그려지는데, 가만 보니 날개에 파란색 펜으로 뭐라고 적혀 있다.

〈수업 열심히 듣는 모습, 아주 예뻐요. 굿!〉

학창 시절 수업 시간에 선생님 눈 피해 친구들과 몰래 쪽지를 주고받던 일이 떠올라 유현은 피식 웃고 말았다. 반대쪽 날개에다가 무언가를 똑같이 끼적거렸다.

〈내일 맛난 거 사달라고 아부하는 거죠?〉

톡!
책상에 다시 던져 주자 연성이 들여다보더니 소리 죽여 킥킥 웃었다. 그러더니 이번에는 아래쪽을 뒤집어 무어라 또 적어 보냈다.

〈남의 순수한 마음을 아부로 치부하다니! 너무 삭막해요!〉
〈생겨먹은 게 그런걸요.〉
〈유현 씨 생긴 게 뭐 어때서요? 나이보다 훨씬 어려 보이는 데다 아름답기까지 한걸. 유현 씨 딱 내 이상형이에요.〉
〈연성 씨 달리 보이네. 선천적인 아부형 인간으로. 흥!〉

탁탁!
강사가 손바닥으로 칠판을 내려쳤기에 찔끔한 유현은 어깨를 움츠렸다.

완고한 표정의 강사가 유현과 연성을 번갈아 쳐다보며 따끔하게 주의를 주었다.

"연애는 수업 끝나고 합시다!"

✳

"음, 이쪽은 양지민. 우리 집 바로 위층에 사는 아가씨, 주인집 조카예요. 저한테는 친동생이나 다름없죠. 그리고 이쪽은 김연성 씨."

지민에게는 끝까지 비밀로 해두었다가 어제저녁에나 돼서 연성에 대해 이야기해 주었었다. 지민은 집 안이 떠나갈 듯 환호성을 질러댔고, 유현을 끌어안으며 한차례 난리법석을 떨었다. 하지만 연성에게는 누군가를 소개해 주는 자리임을 알려주지 않았다. 이야기를 하다 보면 자연스럽게 알게 될 것 같아서.

솔직히 그에게는 지독한 실례가 될 줄 알면서 단행했던 일이었다. 처음 연성과 만났을 때부터 의도가 그러했었고, 지민을 하루 빨리 소개해 주는 길만이 그와의 어정쩡한 관계를 정리할 수 있는 일이라 여겼던 탓이었다.

자리에 앉은 세 사람은 처음에는 서름서름한 모습이더니 차츰 시간이 지나면서부터 연성이 가진 특유의 쾌활함과 지민의 선천적인 붙임성 탓에 서서히 화기애애함을 찾아갔다. 연성과 지민의 대화를 들으면서 유현은 서로 이야기가 잘 통하는구나,

안도했다. 그런 두 사람이 눈에 그림 박히듯 보기 좋았다.

어느 정도 시간이 지났을 즈음 작전대로 급한 전화가 온 척하며 슬그머니 자리를 피해주었다.

"미안. 영화사 사장님이 잠깐 보자고 하시네. 어쩌죠, 연성 씨? 나 먼저 가야겠어요."

연성이 뜨악해진 눈으로 물었다.

"지금 이 시간에요?"

"네. 영화사 일이 다 그렇죠. 식사비는 내가 내고 갈 테니까 재미있게 놀아요. 그럼 다음에 봐요."

"……."

"지민아, 언니 간다."

"응? 으응……."

지민은 급격히 안색이 가라앉은 연성의 눈치를 흘끔 보고는 마지못해 대답하는 척했다. 가슴이 조마조마한 것이 꼭 남의 자리 빼앗은 것처럼 찜찜하기가 한량없다. 부랴부랴 레스토랑을 나가는 유현을 보며 연성은 계속 뭔가 마뜩찮은 얼굴이더니 이내 굳었던 인상을 펴고 앞에 놓인 화려한 꽃무늬의 커피 잔을 들었다.

지민이 예의상 살며시 사과 말을 건넸다.

"죄송해요, 연성 씨. 언니가 많이 바쁜가 봐요."

"네, 그런가 보네요."

연성이 편히 대꾸를 했기에 지민은 속으로 안도의 한숨을 내쉬었다. 아주 잠깐이었지만 유현이 간다고 했을 때 몹시 당황하던 연성의 표정을 읽었기 때문이다. 유현의 말로, 연성에게는 부담스러울까 봐 일부러 소개 자리라고 하지 않았다고 했다. 이렇게 자연스럽게 만나는 것이 더 편할 것 같다면서. 벌써 보름가량을 함께 영어학원에 다녔다는 말을 듣고 얼마나 쾌재를 불렀던가. 소개해 줄 기회를 엿보느라 시간이 좀 걸렸다는 유현의 말에 지민은 진심으로 감동했었다. 그리고 이렇게 연성과 단둘만의 자리가 되자 처음보다 더 떨렸다.

"언니가 제 얘기 하던가요?"

"아뇨. 그냥 아는 동생하고 나오겠다고만 했어요."

"그랬군요. 언니, 참 좋죠?"

연성의 얼굴에 확연한 미소가 번졌다. 어디 좋기만 하다뿐인가. 이건 둘도 없는 기회인걸.

"네. 근데…… 어쩌죠?"

"네? 뭐가요?"

연성은 잠깐 신중히 무언가를 생각하다가 이윽고 결심이 선 듯 다부진 어투로 말을 꺼냈다.

"저 좋아하는 여자가 있어요."

"아……! 저, 정말요?"

지민은 당황스러워 얼굴이 빨개지고 말았다. 하긴 저렇게 멋진 남자가 싱글이라는 게 말이 돼?

실망감에 눈물까지 핑 도는데 연성이 계속 말을 잇는다.

"그러고 보니 이 년 됐네요, 그 여자 좋아한 지가."

억수 같은 빗속을 허적허적 걸어가던 여자. 그녀, 유현은 빗물 같다. 그녀는 잡지 인터뷰에서 스스로 건조한 성격이라고 했지만, 연성이 느끼기에는 습한 여자였다. 이리저리 누르면 물이 죽죽 나올 것 같은. '별의 혼(魂)'의 이미지와 너무나도 걸맞은.

일부러 자리를 피해 버린 유현을 생각하며 연성은 쓸쓸하게 미소 지었다. '별의 혼(魂)'의 작가이면서도 유현은 '이나'처럼 정면으로 세상을 끌어안는 용기는 부족한 듯하다. 영화는 단지 유현이 그린 환상에 지나지 않는 것일까.

"유현 씨가 모르고 자리를 마련했나 봐요."

"네, 그러게요. 제가 도리어 죄송하네요. 실례했어요."

지민이 황급히 사과 말을 건네기에 연성은 어느새 여유를 되찾은 모습으로 싱긋 웃었다.

"아뇨, 괜찮아요. 앞으로 편하게 지내죠. 유현 씨 말로 친동생과 같다고 할 정도면 제게도 지민 씨는 똑같은 의미니까요."

똑같은 의미라…… 그거 아는 동생 이상은 곤란하다는 뜻이겠지? 속이 말할 수 없이 쓰려서 지민은 선웃음을 지으며 대답했다.

"네."

한껏 들떠서 나왔던 소개팅이 이렇게 시시부지 끝날 줄 어찌 알았겠는가. 인생이 덧없게까지 느껴지는데, 연성이 문득 자조적으로 읊조린다.

"유현 씨는 참…… 특별한 사람이에요."

"저도 그렇게 생각해요."

"만일 제가 좋아하는 여자가 유현 씨라면 지민 씨가 도와줄 건가요?"

지민은 하마터면 들고 있던 커피 잔을 놓칠 뻔했다. 그녀가 놀란 눈으로 바라보자 연성은 은은하지만 굳건한 눈빛으로 마주 응시하고 있었다.

"그럼 그 이 년 동안 좋아한다는 여자가……?"

"네, 유현 씨예요."

지민은 어깨를 축 늘어뜨렸다. 날벼락이 따로 없었다. 어쩐지 잘나간다 했어. 이렇게 황당한 소개팅이 또 있을까. 자기를 좋아하는 남자를 소개해 주다니, 얼치기 같은 언니!

마음이 구저분하기 이를 데 없어 설마 하는 심정으로 물었다.

"혹시 언니도 알고 있나요?"

"그걸 알면 지민 씨를 소개해 줬겠어요?"

"맙소사! 제 기분 지금 어떤지 알아요?"

"네, 알 것 같아요. 그래서 조금 무서운데요."

"농담이 나오니 다행이네요. 원래 연애사에 악역은 필수라는 거 아시죠?"

지민이 대뜸 눈빛에 날을 세우며 말하자 연성은 손사래부터 쳤다.

"그거 진부한데. 우습게도 악역은 정유현 씨 자체인 것 같거든요.”

“언니요?”

그렇게 묻다가 지민은 그만 하하 웃었다. 졌다는 표정으로.

“한발 늦었네. 아까워라.”

연성이 후후 웃고 나더니 돌연 진지한 얼굴이 되어 지민을 바라보았고, 지민은 더는 말하지 말라는 듯 다소 히스테릭하게 운을 띄웠다.

“물론 이런 걸 실연이라고 하기에는 억지스럽다는 건 알아요. 하지만 최소한 슬픔을 이겨낼 시간은 줘야 하는 거 아닌가요? 아, 둘 다 너무 잔인해!”

“하하하!”

크게 웃어 젖히는 연성에게 샐쭉 눈을 흘긴 지민은 김새는 투로 말을 이었다.

“유현 언니 독신녀인 건 알아요?”

“네. 독신녀 같지 않은 독신녀죠.”

“몰라서 하는 얘기예요. 그 언니, 남자 자체를 별로 안 좋아해요.”

“그런가? 하긴 나한테도 별로로 대하긴 하더라.”

연성의 농담 같은 언사에도 지민은 무척 곤란한 표정이었다.

“제가 아무 도움 못 드려도 원망하지는 말아요.”

“아, 물론. 악역 안 해주시는 것만도 감사히 생각하죠.”

“모르겠네요. 기분 참 이상하다. 기분이 너무너무 나빠야 맞는데, 그냥 멍멍해요. 충격이 커서 그런가?”

“남자 소개시켜 줘요? 원래 실연은 사랑으로 극복하는 거잖아요.”

그 말에는 지민의 표정이 더욱 새치름해졌다.

“나, 그렇게 지조없는 여자 아니거든요? 남자한테 환장한 여자도 아니고…… 궁한 건 사실이지만.”

“후후. 빠른 시일 내에 수소문해 보죠. 너그러이 이해해 주셔서 감사. 그럴 줄 알았지, 내가.”

“뭘 알아요?”

“지민 씨, 소탈한 여자일 줄 알았다고요.”

지민이 코웃음을 흥, 쳤다.

“장담하지 말아요. 소개해 주는 남자, 시원찮으면 배신 때려버릴 테니까.”

3

집으로 돌아오자마자 유현은 핸드백을 한쪽에 휙 내던진
뒤, 네 활개를 치고 침대에 드러누웠다. 지금쯤 지민은 입이 귀
에 걸려 있겠구나. 연성이 마음에 걸리긴 했으나 여태 전화가
없는 걸 보면 한창 재미난 이야기를 나누고 있으리라. 모쪼록
지민이가 마음에 들어야 할 터인데.

그러기를 꽤 늦도록 지민에게도 전화가 없다. 아직 함께 있는
건가? 아니면 벌써 집에 돌아왔나? 전화를 해볼까 하다가 행여
방해가 되면 어쩌나, 전화 걸기를 관두고 샤워를 했다. 그리고
머리카락도 말리는 둥 마는 둥 침대에 잠깐 누웠던 것 같은데
그대로 잠이 들어버린 모양이다. 눈을 떠보니 창밖으로 희붐하

게 여명이 밝아오고 있었다. 방 안의 어둠이 죄다 마음속으로 꾸역꾸역 기어들어 오는 느낌이어서, 마음은 금세 어둠침침해지고 쓸쓸함과 외로움이 늙수그레한 영감처럼 자리 잡는다. 지민은 돌아왔을까?

일요일이니 점심나절이면 성화를 부리듯 밥 먹자고 불러대었을 지민은 한 시가 다 되어가도록 감감무소식이었다. 어제 연성을 만나 행복에 겨운 나머지 아직도 꿈나라인가 싶어 궁금증을 참지 못하고 전화기를 들었다. 아직 자고 있으면 오늘은 먼저 깨워서 밥 먹자고 해야지.

그런데 정작 전화를 받은 지민은 자다 깬 목소리가 아니었다.

[응, 언니.]

"뭐 하니? 밥 안 먹어?"

[응. 별로 생각이 없네. 왜?]

지민의 목소리가 어쩐지 쌀쌀맞게 느껴져서 유현은 말을 하다 말고 머쓱해졌다.

"아니, 뭐……. 어제 어땠어?"

[연성 씨 좋아하는 여자 있다던대?]

"뭐? 진짜? 정말 좋아하는 여자 있대?"

[그렇대도. 이 년 됐대.]

"저런! 어쩌니? 너, 되게 실망했겠다. 그래서 화난 거로구나?"

[아무렇지 않다면 거짓말이겠지. 우울해. 우울해서 오늘은 아

제1장 별의 혼(魂)　83

무엇도 안 하고 싶어.]

"어, 알았어. 그럼 나중에 얘기해."

유현은 쫓기듯 전화를 끊었다. 나한테는 여자 없는 척하더니. 지민이가 마음에 안 들었나?

그러다 누가 밀치기라도 한 것처럼 엉덩방아를 찧듯 소파에 철퍼덕 주저앉고 말았다. 데이트 어쩌고 한 말이 왠지 장난 같지가 않아서다. 그 이 년 됐다는 여자가 혹시…… 나? 오오, 이런. 세상에!

유현의 얼굴이 금세 죽을상으로 찌푸려졌다. 만에 하나 그게 사실이라면 추태도 보통 추태를 부린 게 아니지 않은가. 그러고 보니 처음 빗속에서 만난 것부터 시작해서 영어학원에 이어 데이트 신청까지 모조리 우연이 아닌 듯 느껴진다.

일부러 접근한 건가? 설마 그 정도까지?

"말도 안 돼."

머리를 휘휘 휘둘러 상념을 흐트러뜨렸다. 일종의 직업병인지 모든 상황을 극적으로 몰아가는 데 이골이 났음에야. 때문에 일요일은 우울한 한때를 보내었고, 월요일이 되자 이젠 공개적으로 나올 셈인지 집 앞에 버젓이 차를 세우고 연성이 기다리고 있었다. 유현도 뭔가 결심을 다진 듯 감연히 연성의 차에 올랐다.

연성은 유현을 본숭만숭 차를 출발시키더니 인사말은커녕 평소 잘 짓는 미소조차 없이 무표정으로 일관했다. 화가 난 것 같기도 하고 실망한 것 같기도 하고, 유현으로서는 제대로 가늠하기 어려운 얼굴이었다.

"흠!"

몇 번을 헛기침해 보아도 연성은 통 반응이 없었다. 그러니 유현도 더는 말을 걸어볼 엄두가 나지 않아서 학원까지 입을 다물고 앉아만 있었다. 이런 싸늘한 분위기라니. 때아닌 동(冬)장군이라도 나타날 듯 음산하기 짝이 없다.

학원에 가서도 연성의 서름서름한 태도는 변함이 없었다. 다른 날처럼 쪽지를 보내지도, 장난스럽게 흘끔거리지도 않았다. 꿋꿋이 수업만 경청하다가 끝나기가 무섭게 필기도구를 주섬주섬 챙겨 교실을 앞장서 나갔고, 유현은 그 뒤를 따라가며 그의 차에 타야 할지 말아야 할지 알 수 없어 바깥으로 나와서도 자꾸만 머뭇거렸다. 그런데 연성이 차로 가더니 여느 때처럼 보조석 문을 척 열고 기다리는 것이 아닌가.

약간 주춤했으나 하는 수 없어 차에 올라탔다. 시간이 더 지체되기 전에 이야기를 해보는 게 나을 듯싶었다. 하지만 막상 말을 하려고 마음먹자 입이 접착제로 붙은 양 떨어지지 않았다. 이러니 죽을죄를 지은 대역 죄인이라도 된 것 같다. '피아체'에서 팬 이상으로 호감을 보인다는 건 알았지만 그 감정이 사랑이었을 줄 꿈에나 알았겠나. 그러게 평소 안 하던 짓은 왜 나서서 해서는 이 곤욕이람.

집 어귀에 들어서서야 유현은 입 안에서 뱅뱅 돌던 말을 슬그머니 내뱉었다.

“저기…… 미안해요.”

“뭐가요?”

냉랭한 것까진 아닐지라도 그답지 않게 쌀쌀맞게 들리는 건 어쩔 수 없는 일이었다. 유현의 목소리는 조금 더 기어들어 갔다.

“말 안 하고 지민이 소개해 준 거요.”

“영화사 사장님 만나기로 했다는 것도 거짓말이죠?”

“네.”

“빨리도 사과하십니다?”

잇새로 뇌까리듯 제법 감사나운 말투에 유현은 찔끔했다.

“지민이한테 얘기 들었어요, 좋아하는 여자 있다고.”

“그 여자가 정유현 씨라고는 얘기 안 하던가요?”

유현은 어쩐지 얼굴이 화끈한 느낌이다.

“그래서 말인데, 이건 정말 아니라고 봐요.”

연성이 비웃듯 피식 웃기에, 유현은 인상을 찌푸리며 좀 더 마땅한 이유로 방어를 해야 한다고 생각했다. 이왕이면 확실한 방어가 나을 테지. 그런데 연성이 먼저 쐐기를 박고 나왔다.

“왜죠? 왜 사랑에 겁먹죠?”

길가에 차를 세운 연성은 착잡한 눈빛으로 바라보는 유현을 마주 응시했다. 이 여자는 자기가 사랑에 겁먹고 있다는 것조차 모르나 보다. 복잡한 유현의 시선 속에서 어떤 연민을 느꼈다.

너무 외로워서, 자신이 외롭다는 사실조차도 잊은 듯한 유현이 안쓰러웠다. 그녀에 대해 속속들이 아는 건 아니지만, 겨울 바다같이 스산한 눈동자를 보자 하얀 포말을 일으키며 처연히 철썩이는 파도의 외침처럼 그녀의 내면을 울리는 소리가 귀에 들려오는 듯하다. 난 외로워요, 외로워 미칠 것 같아요. 누군가 날 좀 도와줘요. 날 좀 도와주세요. 이 여자의 눈빛은 왜 이리도 아픈 걸까?

이렇게 눈빛만 봐도 그 속을 알 것 같은데, 이런 여자를 어찌 외롭게 홀로 두랴. 저 얼굴에 한 꺼풀 덧씌워진 그림자를 거둬주고 싶은데, 그래서 '이나'처럼 슬픈 운명도 아름다운 인연으로 바꿔놓고 싶은데. 단지 나만의 욕심인 걸까.

연성은 뚫어져라 바라보는 남자의 시선이 어색해서 죽을 것 같은 유현을 향해 진지하게 말했다.

"사람은 누구나 죽어요. 아무리 기를 써봐야 백 년도 못 살아요. 스무 해를 살다가 죽을 수도 있고, 아흔 살이 돼서 죽을 수도 있어요. 평생 살면서 단 한 번의 사랑을 하는 사람도 있고, 수도 없이 사랑을 하는 사람도 있어요. 단 하루를 살아도 사랑하는 사람과 함께라면 불행하지 않겠죠. 그래서 난 불행하지 않아요. 별의 혼(魂) 중에서 '운'이의 대사."

"……."

"유현 씨가 내 마음속에 걸어 들어오기 정 어려우면 내가 갈게요. 그러니 움직이지 말고 가만있어요."

✳

새벽에 일어날 일이 없어졌다. 이제 겨우 규칙적인 생활 습관을 들이나 했더니만.

며칠은 잠이 정시에 깨지더니 사흘쯤 지나자 말짱 도루묵이었다. 실은 새벽에 깨어 글을 좀 써볼까, 노트북 앞에 앉아 있어 보았지만 한 자도 쓸 수 없었다. 그저 기분이 멍했고, 그러고 앉아 있는 자신의 모습이 처량맞기 그지없어 그걸 번연히 깨달은 후에는 일부러 내리 자버렸다. 지민도 연성의 일로 단단히 삐쳤는지 일주일 내내 두문불출이었다.

몇 번 전화 시도를 해보다가 유현은 포기하고 말았다. 뭐라고 해야 할지 알 수가 없었기 때문이다. 당혹스럽기는 자신뿐 아니라 지민도 마찬가지일 테니까. 연성도 전화가 없는 걸 보니 마음을 접은 모양인데, 우습게도 지민의 두문불출보다 연성의 무소식이 더 불안했다.

"유현 씨가 내 마음속에 걸어 들어오기 정 어려우면 내가 갈게요. 그러니 움직이지 말고 가만있어요."

연성의 말은 부지불식간에 환청처럼 귓가를 맴돌곤 했다. 그 순간에 가슴이 떨리지 않았다면 그건 숫제 사람이 아니라 시체

이리라. 그때 무슨 말로 대꾸를 했더라?

　유현은 치매 걸린 환자처럼 뭐라고 대답을 해주었는지 도무지 기억이 나지 않았다. 무슨 말인가를 해주고 차에서 내리긴 한 것 같은데 이상하게도 그 부분만 생각이 안 난다. 이젠 머리까지 어떻게 되었나 보다. 전화가 더는 없는 걸로 봐서 상처 입을 말을 한 게지. 그러게 지민이하고나 잘해볼 것이지. 그럼 학원도 계속 다닐 수 있었을 테고 편한 사이가 될 수도 있으련만. 좋은 친구가 될 수 있는 사람을 놓친 것 같아 마음 한구석이 못내 씁쓸해진다. 다른 건 몰라도 영화 이야기만큼은 서로 잘 통할 듯싶었는데.

　그렇게 덧없이 일주일이 가고 토요일에는 영화판 사람들 만나서 간만에 죽어라 술을 마신 후, 어찌어찌하여 집까지는 온 모양이었다. 정신없이 곯아떨어져 있다가 요란스러운 휴대전화 벨소리에 언뜻 잠에서 깨어났다. 무의식중에 손을 더듬어 머리맡의 휴대전화를 찾아 든 유현은 잠에 한껏 취한 목소리로 전화를 받았다. 이대로라면 후에 잠에서 완전히 깨어났을 때 누구에게 걸려온 전화인지도 모를 가능성이 농후했다.

　"여보세요."

　[잠꾸러기 아가씨, 해가 중천이라고요. 대체 언제까지 잘 셈이에요?]

　"누구세요?"

　[정유현 씨를 열렬히 사모하는 사람입니다. 기억은 나십니

까? 김연성이라고.]

“아……! 아, 네. 안녕하세요?”

유현의 심장이 쿵! 하고 한 번 크게 뛰었다. 잠이 후닥닥 달아나는 느낌이었지만 지독한 숙취 탓에 여전히 비몽사몽간이었다. 목구멍은 불로 지지는 것처럼 따가웠고, 속이 이루 말할 수 없이 메스꺼웠다. 뒷머리도 거대한 돌덩이로 짓누르는 듯 무겁고 아팠으며, 머리카락은 제멋대로 뒤엉켜 엉망이고, 퉁퉁 부은 얼굴과 갈라지다 못해 메마른 목소리는 현재의 상태를 여과없이 보여주고 있었다. 한마디로 최악의 컨디션이다.

[안녕 못해요. 언제까지 쉴 거예요?]

“뭘요?”

[학원이요. 겨우 보름 다니고 그만둘 거 등록은 왜 한 건지, 참. 비겁하다, 정유현. 남자 피하느라 학원도 관두고.]

“네. 내가 좀 비겁하긴 하죠. 미안한데 연성 씨, 나중에 통화하면 안 될까요? 나 지금…… 욱!”

헉!

벌떡 일어난 유현은 비틀비틀, 쓰러질 것처럼 뛰어서는 화장실로 직행했다. 그리고 화장실로 들어가자마자 허겁지겁 변기 뚜껑을 열고 미칠 듯이 토악질을 해대기 시작했다.

“우욱! 웩!”

[어어! 괜찮아요? 유현 씨!]

아앗, 이런!

이 와중에 휴대전화는 왜 들고 있다는 거람.

"아아, 미치겠네."

말뿐 아니라 휴대전화에 대고 구토 실황을 생중계한 것이 창피해서 미칠 지경이었다. 바보, 멍청이!

[술을 얼마나 마셨기에 그래요? 나 때문에 괴로웠구나?]

"누가 누구 때문에 괴로웠다고……."

속이 아파서 아이고, 소리가 저절로 나오는데 휴대전화 안에서는 연성의 웃는 소리가 계속해서 들려왔다.

[약 사들고 올라갑니다?]

연성의 느닷없는 말에 기진맥진해 있다가 유현이 불에 덴 듯 펄쩍 뛰었다.

"뭐라고요? 여기가 어디라고 와요? 미쳤어요?"

[백날천날 기다려도 유현 씨 하는 걸로 봐선 유현 씨네 집 현관문 구경도 못하게 생겼잖아요. 구토, 마저 해요. 올라가서 상태 많이 안 좋으면 병원으로 갈 거니까 그리 알아요.]

"이, 이봐요. 연성 씨. 연성 씨!"

애타게 연성을 불렀지만 전화는 이미 끊긴 뒤였다.

이 일을 어째. 술병 때문이라도 꼴이 말이 아닌데 연성까지 집에 들이닥친다니 비상시대가 따로 없었다. 유현은 부랴부랴 변기의 물을 내리고 옷을 훌훌 벗어 던진 후 샤워부터 했다. 울걱거리며 이를 닦다가는 또 한 차례 구토를 했고, 그 후로는 노란 신물이 꾸역꾸역 올라와 더 죽을 맛이었다.

허둥지둥 화장실을 나와 옷을 갈아입고 드라이기로 젖은 머리카락을 훌훌 말리고 있는데 초인종이 울렸다. 그나마 집 안이 난장판이 아니어서 다행이라 여기며 부리나케 현관으로 가서 문을 열었다.

"어멋!"

눈앞에 나타난 것이 웬 어린아이 얼굴이라 유현은 깜짝 놀라 한 걸음 뒤로 물러섰다. 그것도 하나가 아닌 둘씩이나. 뭐지, 애들은?

아, 그런데 가만 보니 어린아이가 아니라 사람 얼굴과 흡사하게 본따 만든 인형이다. 게다가 어딘지 눈에 익다 했더니 인형화한 자기 얼굴이 거기에 있다. 쌍으로 만들었을 연성 인형과 함께. 아무리 그렇기로 제 얼굴이 인형 같겠냐만 옷차림이나 분위기가 참으로 절묘하게 딱 어우러져 누가 보더라도 '너네!' 할 만하여 유현은 속으로 감탄해 마지않았다. 어쩜 이렇게 기막히게 예쁜 인형이 다 있담. 그리고 정말이지 사람 축소판처럼 정교하게 잘도 만들었다. 그제야 유현은 그것이 구체관절인형이라는 것을 알아챘다.

"나, 상처받았어."

지난번 '피아체'에서 만났을 때 입었던 세미 정장 차림의 '연성 인형'이 그날 유현이 입었던 원피스 차림의 '유현 인형'에게 말했다.

"어머, 난 상처 준 적 없는데?"

어찌나 표정을 제대로 살려 만들어놓았는지 유현이 평소 잘 짓는 찹찹한 얼굴 그대로다. 연성이 말투까지 똑같이 흉내 내니 유현은 더 할 말을 잃고 어이가 없어 입이 벌어졌다.

양손에 들고 있던 인형을 쓱 내리며 그 뒤로 연성의 웃는 얼굴이 짠, 하고 나타나자 유현은 자기도 모르게 피식 웃고 말았다. 심장이 역주하듯 다시 한 번 쿠쿵 뛰어올랐고, 그 순간에 깨물고 싶도록 예쁘고 앙증맞은 인형보다 연성이 더 귀여워 보인다는 사실에 더더욱 아연하고 말았다. 비록 동안(童顔)이긴 해도 서른 살의 남자가 지독스레 귀여워 보인다는 건, 술 탓이라고 치부하기엔 분명히 어폐가 있었다. 허락도 없이 자꾸만 가슴속을 침범하는 낯설고 경망한 감정이 찜찜하고 싫었다. 아직 아무것도 결정지어진 바는 없지만 이제껏 생각한 대로 김연성이란 남자는 처음부터 의도적인 접근을 했을 수도 있잖은가. 그에게서 어떤 실마리를 찾기 전에는 마음을 쉬이 풀어놓아선 안 된다. 그럼, 안 되고말고. 그는 어쨌든 경계해야 할 불청객이니까.

"그래도 역사적인 첫 방문인데 약만 사 오는 것은 비낭만적이잖아요."

인형을 유현의 가슴에 아기 안겨주듯 건네주며 연성이 이어 말했다.

"잘 키워요. 내가 직접 만든 거니까."

유현은 얼결에 인형을 받아 안고 번갈아 쳐다보았다. 이걸 직접 만들었다고? 허! 무슨 남자가 인형을 다 만든담? 그리고 어쩜 이렇게 똑같이! 연구 많이 했네. 혹, 이거 만드느라 그동안 연락 안 했던 건가?

혼자 감탄하고 놀라고 기막혀하다가 번뜩 연성이 장난감 디자이너라는 사실을 떠올렸다. 영화판에서 분장하는 거야 수도 없이 봐왔지만 자기 얼굴 닮은 인형은 또 처음이라 얼떨떨하면서도 기분이 나쁘진 않았다. 이거 두고두고 기념되겠는걸.

인형만 아니었어도 문 앞에서 따끔하게 혼내어 돌려보내려고 했는데, 노력과 정성이 갸륵해서 봐준다. 그런 표정으로 유현이 문 앞에서 쓱 물러섰다.

"들어와요."

낯선 사람을 집 안에 들인다는 게 불안하긴 했으나 이왕 이렇게 된 거 김연성이란 남자에 대해 확실히 알아둘 필요가 있었다. 가당치 않게 진짜 스토커라도 된다면 가만두지 않으리라!

유현은 자기가 되레 남의 집에 온 것처럼 쭈뼛거리며 스스럼없이 집 안으로 들어가는 연성의 뒤를 따랐다. 제 집 행차하듯 뒷짐 지고 느긋이 들어가다 말고 그 자리에 우뚝 멈춰 선 채 한참을 바라보는 그의 얼굴이 몹시 상기되어 있었다. 눈빛은 더할 나위 없이 그윽했으며 많은 걱정과 생각이 담겨 있었다.

"왜 그렇게 봐요?"

부담스러운 눈길에 신경질적으로 물었다. 가뜩이나 갑작스러운 방문에 불만이 가득하던 차인데. 당연하다. 일주일 동안 아무런 연락도 없던 사람이, 이젠 완전히 끝난 인연이라고 무심히 지나쳤던 사람이 멀쩡하게 집까지 쳐들어왔으니 화가 나지 않을 수가 없었다. 자신의 어정쩡한 처사가 마음에 들지 않는 데다가 틈만 보이면 영역을 침범하려 드는 그에게도 자꾸만 부아가 났다. 이 남자가 날 이토록 쉽게 보았었나, 하는 자존심이 꼬리를 홰홰 치며 마음속을 고약스레 휘젓고 다녔다.

“많이 아팠어요?”

연성의 다정한 물음에 유현은 안색을 가라앉히며 슬그머니 딴전을 피웠다.

“아프긴 뭐. 그나저나 웬일이에요, 집까지 쳐들어오고?”

“화나서요.”

“화는 내가 내야 하는 거 아닌가?”

인형을 나란히 소파에 앉혀놓으며 유현은 상당히 불쾌한 어조로 뇌까렸다.

연성은 들리지 않게 한숨을 내쉬고는 체념조로 말했다.

“약이나 드시죠.”

그러면서 잊지 않고 ‘연성 인형’의 팔을 들어 ‘유현 인형’의 어깨에 꼭 둘러놓았다. ‘유현 인형’의 고개가 너무 뻣뻣해 보였는지 살짝 고개를 기울여 ‘연성 인형’의 품에 거의 안기듯 해놓는다. 이게 웬 인형 놀음인가 하고는 유현이 구체관절인형의 장점과 이점에 혀를 내둘렀다. 사람들이 괜히 구관 인형, 구관 인형 노래를 부르는 것이 아니었던 게다. 흠칫할 정도로 사람스러웠으니.

식탁으로 간 연성이 주머니에서 약봉지를 꺼내더니, 줄줄이 달린 약봉지 중 하나를 뜯어 유현의 입으로 가져갔다.

"아, 해요."

과한 친절에 유현은 기겁하여 강력히 거부했다.

"됐어요. 내가 먹어요."

"내가 사 온 거예요. 자, 아!"

절대 받아먹지 않을 것처럼 눈을 지릅뜨고는 도리질을 쳤다.

"싫어, 안 먹어."

"고집. 알았어요, 자요."

연성이 이번에는 순순히 약을 건넨다. 유현은 별꼴이라는 듯 눈을 맵게 흘기고는 위벽을 보호한다는 하얀 액으로 된 약을 입 안에 쭉 짜 넣었다. 먹는 동시에 속에서 격한 욕지기가 올라오기 시작하더니 위를 보호하기는커녕 모처럼 잠잠해져 있던 위가 뒤집힐 듯 경련을 일으켜 댔다. 무슨 맛이 이래?

인상을 있는 대로 찌푸리는 유현에게 연성이 식탁 위에 놓인 물병에서 물을 따라 건네었다. 그러고는 식탁에 두 팔을 디디고 구부정하게 선 채 가까스로 물을 삼키는 유현의 모습을 빙긋 웃으며 지켜보았다.

"그러게 술 좀 어지간히 마시지. 아, 마음 아파라."

연성이 손바닥을 제 심장 부위에 올려놓고 익살을 부리자 유현은 떼꾼한 눈을 흘기며 면박을 주었다.

"연성 씨 때문에 마신 거 아니니까 제발 착각하지 말아주세요."

“하하. 혹, 지민 씨 때문이라면 걱정하지 말아요.”

“걱정 안 될 리가 없잖아요! 내 꼴이 정말 우습게 됐다고요.”

유현이 폭발할 듯이 소리치자 연성은 매우 억울하다는 표정으로 대꾸했다.

“그렇게 일을 벌여놓은 게 누군데 그래요?”

그 부분에선 유현도 크게 할 말 없었지만 여전히 배배 꼬인 관계가 불편하고 껄끄러웠다. 애초에 이 남자를 만나지 않았더라면 더 좋았을 일. 이제 와 후회해 본들 무슨 소용일까 싶으니 더 맥이 빠진다.

“그만 하죠. 나, 연성 씨와 실랑이하고픈 마음 없어요.”

“미 투! 지민 씨 지금 뭐 하고 있는지 알아요?”

지민을 못 본 지가 일주일이다. 그러니 무얼 하고 있는지 알 리가 없잖은가. 그것마저 짜증스러워 퉁명스럽게 대답했다.

“몰라요! 이젠 전화도 안 한다고요! 이게 뭐람.”

유현은 마구 투덜거리면서 소파 테이블로 걸어가 담뱃갑을 집어 들었다. 그런데 어느새 뒤쫓아온 연성이 그녀의 손에서 담뱃갑을 탁 낚아챘다.

“뭐 하는 거예요?”

유현이 황당하여 따져도 연성은 싱긋 웃으며 담뱃갑을 얼른 뒤로 감췄다.

“지금 담배는 몸에 해로워요. 다 낫거든 피우죠?”

시어머니가 따로 없군.

혀를 탁 차고는 어림없다는 듯이 인상을 쓰며 말했다.

"이리 내놔요! 간섭하면 가만 안 둘 거야."

"약, 혼자 먹게 양보했잖아요. 사람이 그럼 못쓰지. 하나 양보했으면 하나는 또……."

"김연성 씨!"

유현에게도 한계가 왔다. 아침부터 남자와 실랑이하는 것 자체가 한심스러워서 죽을 지경인데, 이렇게 뒤죽박죽되어 버린 기분이란.

소리를 바락 지르고 나서는 그 다음이 수습이 안 되어 유현의 얼굴이 붉으락푸르락했다. 연성도 유현의 언성에 격정(激情)이 실리자 잠시 입을 다물고 조용해졌다. 하지만 유현을 바라보는 눈빛만큼은 어떤 연민이 서려 있었다. 어쩔 줄 몰라 하며 우왕좌왕하고 있는 그녀가 안쓰러워 못 견디겠다는 눈치다.

그걸 모를 리 없는 유현은 더욱 화가 났고 지금 마주한 연성의 존재가 심히 못마땅했다. 지우개가 있다면 그의 존재를 깨끗이 지워 버리고 싶었다. 어느 날 자신의 인생에 무단 침입한 그가 불쾌해 견딜 수 없었다. 그와 있으면 뭔지 모르게 자꾸만 심란하고 초조해진다. 무엇보다 남 앞에서 초라한 자신을 인지한다는 건 두려운 일이었다.

잠깐 두 사람 간에 팽팽한 시간이 흘러갔다. 두 사람을 둘러싼 공기마저 무겁게 침잠하며 집안은 때아닌 정적에 휩싸였다. 숨 막히는 시간이 흐르고 흐른 뒤, 결국 제풀에 꺾여 먼저 입을 연 건 유현이었다.

"미안해요, 소리 질러서."

연성은 작게 고개를 주억거렸다. 여전히 섭섭한 기색을 띤 얼굴로.

여기에 무턱대고 쳐들어오기까지 지난 일주일 동안 얼마나 많은 고민을 했는지 그녀가 안다면 이렇듯 매몰차게 대하지는 못할 텐데. 그녀에게 먼저 사과의 전화가 오기를 기다리고 기다렸건만, 전화는커녕 이러다 연락 끊어지지 않으면 다행이겠다는 위기감이 엄습해 왔다. 그러고 나니까 다른 건 생각할 수 없었다. 그녀 외에 아무런 사고도 할 수 없는 사람처럼 되어버렸다. 사랑 앞으로의 돌진. 짧은 지혜로는 아무리 궁리해 봐도 이 방법밖에 없었다. 그런데 역시 정유현이란 여자에겐 무리였던가.

유현은 자신보다 훨씬 상처받은 얼굴인 연성에게 다가가 마주 섰다. 정말로, 진심으로 사과할 생각이었다. 감정적으로 일을 대처하는 것은 그녀에게 어울리지 않았다. 불안정한 마음 탓이려니, 숙취 탓에 컨디션이 최하라 자꾸만 감정적으로 나오게 되는 것이려니 자신을 다독였다.

"실은, 그날 차 안에서 연성 씨에게 무슨 말을 하고 내렸는지 기억이 나지 않아요. 정말 모르겠어. 연성 씨 좋은 사람이라는 거 알아요. 그 눈에 그렇게 쓰어 있어요. 그러니 이쯤 해서 끝내죠. 그냥 끝까지 좋은 사람으로 기억되길 바라요. 연성 씨가 생각하는 것처럼 난 별로…… 음, 그러니까…… 그다지 좋은 사람 못 돼요. 아마 더 깊이 알고 나면 실망할 거야.”

억지로 웃어 보이자 소파 턱에 비스듬히 앉아 있던 연성도 따라서 빙긋이 웃었다. 똑같이 잔잔한 미소였으나 어쩐지 상반된 느낌. 햇빛과 달빛처럼.

“사랑은 한순간이에요. 어느 날 대들보처럼 마음에 들어앉아 조금씩, 조금씩 소모되죠. 누구에게나 똑같아. 다만, 얼마나 끊임없이 충전을 잘 시키느냐에 달렸어요. 물론 사람이니까 실망도 할 수 있겠죠. 그렇다 해서 사랑까지 포기한다는 건 바보나 하는 짓이에요. 유현 씨한테 실망하려면 적어도 한 일 년은 지나야 할 듯싶은데. 사실, 술 먹고 전화에다 대고 구토나 해대는 여자 좋을 리가 없잖아. 방금 샤워하고 나온 모습치고는 섹시하지도 않고.”

화끈. 유현이 얼굴이 볼긋하게 달아오르는데 그걸 눈치 채고 연성은 피식 웃었다.

“그런데도 유현 씨 모습 흉해 보이진 않아요. 오히려 예뻐. 사랑이란 거 그래서 위대하다는 거겠죠?”

“비약이 심하군요. 그 정도 갖고 위대하다고는 않죠.”

유현의 따끔한 지적에 연성은 어깨를 으쓱했다.

“어려울 줄은 알았지만 생각보다 훨씬 강적이다, 유현 씨. 지민 씨가 괜찮다면 유현 씨도 괜찮은 거죠?”

사과하려던 마음은 오간 데 없이 유현은 가당찮다는 듯 냉정히 잘라 말했다.

"이건 지민이와는 또 별개의 문제예요. 그 애 끌어넣지 말아요."

"사과하려면 확실히 해요. 사과하려는 마음 자세가 안 됐어."

유현이 살짝 눈초리를 꼬아 연성을 못마땅하게 흘겼다.

"유현 씨 그거 알아요? 만난 적도 없는 사람에게 마음이 끌린다는 건 그 사람과 이미 인연이 있다는 뜻이에요. 시사회장에서 '별의 혼(魂)'을 처음 보았을 때도 그랬고, 잡지에서 당신을 본 순간 내 마음은 더욱 확고해졌죠. 이 사람을 우연히라도 한 번 만난다면 그건 반드시 운명일 거라고. 그때 이미 당신과 나의 인연이 시작된 거고, 운명으로 이어진 거야."

"……."

연성이 손을 내밀어 유현의 손끝을 살며시 건드렸다.

두근. 유현은 심장이 멎을 것 같은 압박감을 느끼며 가만히 숨을 죽였다. 손가락 끝을 타고 오르는 연성의 손길이 이내 유현의 손 전체를 감싸 쥐었다. 뜨거운 손이다. 연성은 고개를 숙여 잡은 손을 물끄러미 바라보고 있었는데, 그 모습에 이루 말할 수 없는 애틋함이 느껴져서 유현은 자기도 모르는 새 그의 어깨를 안아주고 싶은 충동을 느꼈다. 아, 별스런 감정.

기기묘묘한 기분에 취해 손도 뿌리치지 못하고 인상만 찌푸리고 있자니, 연성이 문득 고개를 들어 올려다보았다. 유현은 괜스레 민망하여 얼굴을 돌렸다.

“유현 씨.”

“…….”

“대답 좀 해봐요. 정유현 씨.”

“왜요?”

불퉁한 유현의 대답 뒤로 연성의 부드러운 목소리가 잇달았다.

“정말 운명인지 아닌지 확인해 보고 싶지 않아요?”

“예, 어머니.”

[목소리가 워째 그랴? 워디 아픈겨?]

아프다고 하면 어머니는 즉각 서울로 올라오실 게 분명하다. 어머니가 괜한 발걸음을 할까, 유현은 속으로만 끙끙 앓으면서 애써 목소리를 밝게 폈다.

“아니에요. 그냥 좀 잤어요. 그래서 그래요.”

[아프면 미련맞게 참지 말고 병원에 가봐. 그러다 병 키우는 법이여.]

어머니의 걱정에 오히려 마음이 푹 놓여 슬며시 미소가 지어졌다.

“예, 그럴게요. 어머니는 어디 편찮으신 데 없죠?”

[그랴. 들어가라.]

“예.”

전화를 끊자마자 맥을 탁 놓아버렸다. 늦은 오후였고, 연성도

돌아간 집 안은 유령 같은 스산함만이 남아 있었다. 연성의 말
로는 지민에게 소개팅을 시켜주고 왔던 참이라 했다. 소개팅이
라니. 그걸 또 좋다고 하러 나간 지민에게도 어이가 없기는 마
찬가지. 일주일 내내 연락도 없이 사람을 불편하게 하더니만 좋
아하던 남자가 소개해 주는 자리에 나가고 싶을까?

속은 여태 쓰리고 아파서 연성이 사다 준 호박죽조차도 종일,
반을 채 먹지 못했다. 맛은 꽤 있던데. 어느 정도 시간이 지나고
부터는 지민이 소개팅에 나갔다는 게 한편으로 안심이 되었다.
억눌린 듯 갑갑하던 마음이 홀가분해지고 한시름 던 기분이랄
까. 상황에 적응하는 일만큼은 타고난 아이라는 생각이 들었다.

침대에 종일 노박이로 누워서 곰곰이 생각해 보았다. 연성이
말한 운명이라는 것, 과연 있기는 한 걸까. 시나리오 쓰면서 운
명 어쩌고저쩌고 꽤나 심각하게 굴던 것과는 다르게 막상 자기
일로 닥치니 어쩐지 우습고 낯설다. 연성이 선물로 주고 간 인
형을 침대 머리맡에 옮겨다 놓았었는데, 유현은 손끝으로 '연성
인형'의 손을 만지작거려 보았다. 소파에서 손을 잡아주던 연성
의 뜨거운 감촉이 되살아나는 듯하다.

"운명이라……."

초인종 소리가 들리기에 얼굴이 파르족족하게 죽은 채 엉금
엉금 기다시피 거실로 나갔다. 인터폰으로 보이는 사람이 지민
이. 유현의 얼굴에 잠깐 생기가 도는가 싶더니 반가운 마음에
속이 아픈 것도 잊고 한달음에 현관으로 뛰어나가 문을 열어주

었다.

지민은 일주일 내내 코빼기도 안 비치던 사람이 맞나 싶게 화사한 얼굴이었다.

"언니! 얼굴이 왜 그래? 어디 아파?"

유현은 어색함을 무마하고자 앓는 시늉을 끙끙 했다.

"술병 났어."

"약은 먹었어?"

"응. 넌 소개팅 갔었다며?"

"연성 씨가 그래?"

"그래. 어떻게 된 거야?"

지민이 소파로 가서 털썩 주저앉으며 대답했다.

"그럼 어째? 구차하게 이미 좋아하는 사람 있다는 남자 붙들고 늘어져?"

유현은 죽을 맛인 듯 쓴 입맛을 다셨다.

"무슨 일이 이따위야?"

"내가 할 소리! 오늘 소개해 준 남자가 개떡 같았으면 나, 언니하고도 의 끊으려고 했잖아."

유현이 큭 웃자 지민은 농담 아니라는 듯이 정색을 했다.

"정말이라니까!"

"그래서 오늘 만난 남자는 마음에 들던?"

"괜찮았어. 역시 동색은 동색끼리 놀더라. 연성 씨 와서 뭐래?"

연성이 지민에게 집에 온다고 말을 한 모양이다.

"뭐라 그러겠어? 뻔하지."

심드렁한 유현의 태도에 지민은 되레 안색을 붉혔다.

"이참에 독신녀 탈피 좀 하지? 그래도 짝사랑한 남자인데 언니한테 차이면 내가 더 비참하잖아."

"쿡쿡. 아, 미안. 기분 상당히 더럽네. 살다 살다 이런 일은 또 첨이다. 그 남자, 보기와는 완전히 딴판이야."

없는 자리에서 연성을 씹는 것이 못마땅했던지 지민은 미간을 잔뜩 모으고 유현을 빤히 노려보았다.

지민의 눈에 자신이 얼마나 한심해 보이는지도 모른 채 유현은 소파에 머리를 젖뜨리며 한숨을 푹 내쉬었다. 싫은 사랑이어라. 연성의 말대로 사랑에 겁을 먹은 건지도 모르지. 더 이상 상처받는 게 두려워 태주에게도 먼저 이별을 선고하지 않았던가.

태주 생각에 유현의 안색이 더욱 어둡게 가라앉았다.

그날 무슨 말을 했었느냐는 질문에 연성은 어이없다는 듯 대답했었다. 세상에서 가장 시시하고 재미없는 게 사랑이라고 했다나? 오만하기도 하지. 어쩜 그런 말을 다 했을까.

설사 사실이 그렇더라도 애 닳은 남자의 순정에 찬물을 끼얹기에는 그만큼 확실한 방법은 없었을 거다. 그런 말을 듣고도 뭐가 좋아서 찾아왔느냐고 했더니, '별의 혼(魂)'을 쓴 작가가 맞는지 탐구할 의무감이 생기더란다. 그래서 영화는 영화일 뿐이니 실지와 착각하지 말아달라 부탁했고, 연성은 또 대꾸했었다. 단 한 번도 사랑을 재미 삼아 해본 적은 없노라고, 사랑을 시시하다고 표현하는 자체가 용납이 안 된다고.

유현도 더는 입씨름을 하기가 싫어 분원(忿怨)하게 뇌까렸었다. 사랑은 영화처럼 아름답지만은 않은 거라고. 그랬다. 사랑의 이면은 사람들이 생각하는 그 이상으로 추악하기 짝이 없는 것이다. 그녀가 알던 사랑, 그녀가 했던 사랑처럼.

환상으로 사랑을 즐기기에는 이미 너무 많은 일을 겪었고, 나이도 먹을 대로 먹었다. 사랑은 알면 알수록 비애감만 안겨줄 뿐이다.

다시 학원에 다니기 시작하고 첫 토요일이었다. 다 늦게 지민이 내려오더니 대뜸 내일 시간을 비워놓으라 한다. 유현은 그때, 징그럽게도 안 외워지는 영어 단어를 붙들고 삼십 분이나 소요하고 있던 참이었다.

"왜?"

"내일 야유회 가기로 했어."

"야유회? 누구랑?"

"누구긴? 재훈 씨랑 연성 씨랑……."

유현이 질겁하며 지민의 말허리를 우썩 잘랐다.

"난 빼다오."

"무슨 소리야? 재훈 씨 어떤가 봐줘야지."

"그러다 또 나 좋다 그러면 어쩌니?"

“언니!”

스스로 생각해도 시답지 않다 여겼던지 유현이 팔푼이처럼 헤 웃고는 즉각 사과했다.

“농담.”

지민이 새치름하게 눈을 흘기고는 부러지는 말투로 소리를 빽 질렀다.

“연성 씨 차기만 해봐! 지금 생각해도 아까워 죽겠고만!”

“그럼 네가 좀 제대로 꼬셔보든지. 멍석 깔아줘도 못하면서.”

유현이 소파에 훌떡 드러누우며 타박하자 지민은 손을 홰홰 내젓고는 신경질을 부렸다.

“몰라, 몰라! 어쨌든 내일 언니 몫까지 김밥 쌀 거니까 알아서 해. 언니 안 가면 연성 씨한테 그거 다 먹으라고 할 거야. 그럼 어떻게 되겠어? 배탈 나겠지?”

유현은 콧방귀를 풍 뀌었다. 지민이답다. 그걸 협박이라고 하다니. 쯧쯧.

“기껏 해봐야 이 인분일 텐데 그걸 먹고 배탈 나는 남자가 어디 남자니?”

“흥! 몰라서 하는 수린데 연성 씨 김 알레르기 있대.”

“뭐?”

유현이 짐짓 놀라는 눈치이자 지민은 의기양양해서는 더욱 새롱거렸다.

“그래서 특별히 연성 씨 건, 따로 유부초밥 싸가기로 했잖아.”

"웃기지 마. 김 알레르기 있다는 말은 생전 처음 들어본다. 그거 연성 씨 아이디어에서 나온 거지?"

유현이 빤한 수가 보인다는 듯 픽픽 코웃음을 치자 지민은 눈 하나 깜짝하지 않고 자리에서 일어나더니 바람개비처럼 팔랑거리며 가버렸다.

"맘대로 생각해. 그러다 정말 탈 나도 난 몰라."

유현은 지민의 말을 대수롭지 않게 넘기고는 영어책에 시선을 꽂았다.

김 알레르기? 웃기지도 않는다, 야.

"무슨 일이니?"

지민이 숨넘어갈 듯 전화를 해온 탓에 일요일 하루 내내 영어 단어와 씨름하고 있다가 다소 짜증스럽게 물었다. 결국, 유현은 야유회에 가지 않았다. 지민이 투덜거리며 도시락 가방을 한 아름 들고 사라진 뒤로 저녁이 다 되어서 전화가 온 것이다. 그렇게 졸라대어도 끝내 같이 안 간 것에 앙심을 품고 2차에 나오라는 술수라 나름대로 추측하였던 유현은 그것마저 탐탁지 않았다. 대체 사람을 왜 이렇게 귀찮게 구는지.

[언니, 여기 병원이야. 지금 빨리 좀 와줘.]

"병원? 연성 씨가 알레르기라도 일으킨 거니?"

[지금 농담할 때유? 알레르기가 아니라 교통사고야.]

실실 웃다가 그제야 영어책에서 퍼뜩 시선을 뗐다.

“교통…… 사고? 아니, 어쩌다?”

[뒤에서 우리 차를 들이받아 버렸어.]

“누가 운전했는데?”

[재훈 씨가. 연성 씨가 뒷좌석에 앉아 있었는데 안전벨트를 안 해서 심하게 부딪쳤지 뭐야.]

“근데 내가 왜 가야 하니? 내가 의사도 아닌데.”

[어휴, 진짜! 언니가 안 와서 오늘 연성 씨 혼자 얼마나 외로웠는지 알기나 해? 게다가 교통사고까지 났다는데 미안하지도 않느냐고!]

유현은 혀를 끌끌 차며 심드렁하게 다시 영어책을 펴 들었다.

“그러게 남의 데이트에는 뭐 하러 낀담? 주책없게시리.”

[그럼 그 많은 도시락을 어떻게 하라고!]

목과 허리가 많이 아파서 경과를 보려고 입원했다는 말을 듣고서야 유현은 영어책을 접어놓고 자리에서 일어났다. 재훈과 지민도 혹시 몰라 하루 정도는 병원에 있는 게 낫겠다고 해서 단체 병문안 겸 가볼 셈이었다. 젊은 사람들이 참 호들갑이다.

택시를 타고 병원에 갔을 때 연성은 흰 바탕에 하늘색 줄무늬가 주죽 그어진 환자복을 입고, 막대 사탕 하나를 입에 문 채 재훈과 지민이 있는 이 인용 병실에서 한창 시시덕거리는 중이었다. 중환자는 바라지도 않았지만 지극히 멀쩡한 모습에 유현은 병실로 들어가는 순간 심한 배신감마저 느꼈다. 뭐, 꼭 연성만을 위한 병문안은 아니었다손 쳐도 말이다. 환자복만 입지 않았다면 그는 영락없이 병문안 온 사람의 모습이었다. 환자복을 입고도 전혀 환자 같지 않은 연성.

"어! 유현 씨!"

연성이 환한 얼굴로 떨떠름한 표정의 유현을 맞이하다가 금세 실망하여 중얼거렸다.

"진짜 너무하네. 어떻게 병문안 오면서 먹을 것도 안 사 온다지?"

연성의 싱거운 농담에 유현은 연성이 한심한 건지 자신이 한심한 건지 모르겠다는 얼굴로 재훈에게 쓱 시선을 돌렸다. 어느새 침대에서 일어나 공손히 고개를 숙여 인사하는 남자는, 연성보다 훨씬 남자다운 인상이었다. 지적인 분위기가 마음에 들었다.

"안녕하세요? 박재훈이라고 합니다."

"네, 안녕하세요? 정유현이에요."

재훈이 싱그럽게 웃으며 말했다.

"연성이한테 말씀 많이 들었습니다. 이렇게 만나뵈니 영광이네요. 자리가 좀 불량스럽긴 합니다만. 하하."

"그러게요. 환자치고는 너무 멋있으시네요. 반가워요."

두 사람의 대화를 잠자코 지켜보던 연성이 별안간 앓는 소리를 냈다.

"아이고, 허리야. 아무래도 무리했나 보다. 나, 그만 가서 누워야겠다."

엄살일 게 뻔하여 유현은 연성을 본체만체 부러 무심히 대꾸했다.

“그래요, 그럼. 연성 씨는 여기서 봤으니까, 따로 더 안 봐도 될 것 같네요. 몸조리 잘해요.”

연성이 그 방법도 안 먹힌다 싶었던지 막무가내로 유현의 손을 잡아끌었다.

“그런 법이 어디 있어요? 가요, 빨리.”

“이봐요, 김연성 씨.”

유현이 어린아이 타이르듯 지그시 이름을 부르는데도 연성은 들은 척 만 척 병실 밖으로 끌고 나간다. 뒤에서 지민이 큰 소리로 떠들었다.

“언니! 연성 씨 나한테 화 많이 났어, 언니 안 데리고 왔다고. 나 대신 화 좀 풀어주고 가.”

이것들, 환자가 맞긴 맞아?

속았다는 기분으로 건너편 연성의 병실로 들어가자 그곳도 이 인용인지 반대편에 침대 하나가 또 있었다. 자리는 비어 있어 병실에는 연성과 유현 둘뿐이었다.

연성이 막대 사탕을 쪽쪽 빨아 먹으며 제 침대로 가서 걸터앉았다. 서른 살이나 된 남자가 막대 사탕이나 빠는 모습이 유치하기 짝이 없어 유현은 못마땅한 표정으로 연성을 바라보았다. 눈이 마주치자 마치 봐주길 기다렸다는 듯이 개구지게 씩 웃는다.

태연자약한 모습에 괜한 핀잔으로 응수했다.

“난 또 김 알레르기로 입원한 줄 알았네요.”

"김 알레르기? 그런 것도 있어요?"

연성이 전혀 모르는 투로 말을 했기 때문에 유현은 입맛을 쩝 다셨다. 어쩐지 말도 안 된다 했어. 못된 것.

"언제까지 입원해 있어야 하는 거예요?"

"한 이삼 일? 아니면 이참에 푹 눌러 쉴까? 그럼 유현 씨랑 매일 놀 수 있는데."

"꿈도 야무지시네요. 누가 놀아주기나 한대요?"

유현이 어림없다는 듯 목소리를 높이는데도 연성은 새하얀 이를 드러내고 싱글벙글 웃기만 했다. 지민의 말로 내일쯤에나 올 것 같다고 해서 생각지도 못하고 있었는데 당장에 찾아와 준 유현이 안아주고 싶을 만큼 예뻤다. 그것 봐. 당신, 그렇게 매정하기만 한 여자가 아니래도.

"오늘, 같이 안 놀아준 벌이지 뭐. 유현 씨도 그냥 여기 입원하죠? 그럼 왔다 갔다 안 해도 되고 좋잖아."

"허리 아프다면서요?"

"아, 맞다! 나 허리 아팠지. 아아, 허리야. 목도 아프고 가슴도 아파."

퍼뜩 정색을 하고 난 연성이 침대 위로 기어올라 가 누우며 연방 앓는 소리를 냈다. 그놈의 통증은 생각날 때만 오는 모양인지.

얌전히 이불까지 덮고 누워서는 입에 문 사탕 때문에 불분명한 발음으로 뭐라고 웅얼거린다.

"남들은 병문안 오면 환자 손도 잡아주고 그러던데."

저 남자가 은근히 능글맞은 구석도 있구나, 생각하며 유현은 귓전으로 흘려버렸다. 병원 특유의 크레졸 향이 거슬려 인상을 찌푸리는데 병실 문이 열리며 누군가가 들어왔다. 휠체어에 앉은 남자의 다리가 가장 먼저 눈에 들어온 탓에 유현은 흠칫 놀라며 어깨를 응송그렸다. 둥둥 걷어진 환자복. 그 아래로 앙상하게 마른 다리에는 보기 흉한 수술 자국과 그에 따른 심이 간격에 맞춰 박혀 있었다.

끔찍해라.

무척이나 큰 사고를 당한 모양이라 여기며 고개를 들었을 때 유현과 그 환자, 또 휠체어를 밀고 들어온 나이 지긋한 부인이 동시에 몸이 굳어졌다. 그리고 그들을 둘러싼 공기도 꽝 얼어붙은 듯 오싹할 정도로 냉랭한 정적이 감돌았다.

눈앞에 보이는 상황이 비현실적으로 느껴진다. 마치 꿈을 꾸는 듯.

기연가미연가 멍해서 서 있는 유현 앞으로, 어느 순간 인상이 일그러진 부인이 휠체어를 놓고는 빠른 속도로 걸어왔다. 그러고는 철썩!

머리가 한쪽으로 홱 기울어지면서 유현의 몸도 아울러 중심을 잃고 휘청했다. 연세 지긋한 부인치고는 제법 매운 손매였다.

"감히…… 너 따위가……."

분노로 파르르 떠는 부인의 목소리가 엄히 꾸짖듯 유현의 귓전에 박혔다. 실상은 맞은 뺨보다 그 말이 더 아프게 가슴에 못 박혔음에야.

"어머니!"

휠체어에 앉았던 남자가 항의하듯 소리쳤고, 어느새 침대에서 일어나 다가온 연성이 유현을 제 뒤로 돌렸다.

"지금 뭐 하시는 겁니까?"

연성이 무섭게 인상을 쓰며 따져 묻자 그제야 제정신이 돌아온 부인은 한순간 넋을 놓았다. 자기가 무슨 짓을 했는지 전혀 모르겠다는 얼굴이다. 황망한 그 얼굴 때문에 연성은 알 수 없는 불안감에 휩싸였다. 뭔지 몰라도 세 사람 사이에 흐르는 감사납도록 긴박한 서릿발에 온몸의 털이 모조리 일자로 쭈뼛 일어설 지경이다.

유현은 연성의 등 뒤에서 천천히 걸어나와 이끌리듯 휠체어 앞으로 가서 섰다. 휠체어에 앉은 남자의 얼굴에는 이마에서부터 턱까지 수술 자국이 미약하게 남아 있었다. 남자는 유현의 시선을 끝까지 마주하지 못하고 피하듯 고개를 돌려 버렸지만 곤혹스러운 기색이 역력했다. 그를 바라보는 유현의 얼굴이 백지장처럼 창백했다. 눈앞에서 보면서도 믿기지 않는 얼굴로 남자를 찬찬히 살피던 유현은 차마 떨어지지 않는 입술을 열어 머뭇머뭇 물었다.

"태주 씨…… 왜…… 왜 이렇게 됐어?"

제2장 카페 '릴케'

담 배를 피우는 유현의 얼굴이 워낙 착잡한 탓에 곁에 선 연성은 한 시간 내내 아무 말도 묻지 못했다.

연신 떨리는 손으로 묵묵히 담배만 피워대던 유현이 두 팔을 난간에 툭 기대더니 문득 하늘을 올려다보며 말했다.

"병원 옥상이 이렇구나. '별의 혼(魂)'에서 병원 장면이 많았는데, 그러고 보니 옥상 장면은 하나도 없네."

"유현 씨……."

그 남자와는 무슨 관계일까?

연성은 심상치 않은 만남에 불안감이 몰려왔다. 그 병실에 입원했을 때 남자의 외상만 보고도 심각한 교통사고를 당했다는 걸 짐작할 수 있었다. 남자의 어머니가 얘기하기로는, 삼 년 전에 교통사고를 당했는데 이번이 일곱 번째 수술이라 했다. 한 번도 어려운 수술을 자그마치 일곱 번이나. 살아남은 것이 기적이라는 부인의 말을 듣고는 그저 고개를 끄덕일 수밖에 없었다. 남자의 상태를 봐서는 정말 그랬을 성싶었으니까. 그 때문인지 남자는 몹시 무기력하고 우울해 보였다. 한창인 나이에 안됐다는 동정이 일었었는데, 그런 환자와 유현이 아는 사이일 줄 어찌 알았으랴. 병실에서의 상황으로는, 알아도 보통 알고 지낸 사이가 아니리라. 남자의 어머니에게 다짜고짜 뺨까지 맞을 정도라면…….

차라리 입원을 하지 말 걸 그랬다는 후회가 막심한 터에 유현은 그 길로 옥상에 올라오더니 담배에 원한 맺힌 사람처럼 끊임없이 줄담배를 피워대는 것이다. 저러다가는 속이 남아나질 않겠다 싶은데, 담배꽁초를 또 하나 벽에 칙칙 그어서 끄고는 유현이 머리를 헝클이듯 마구 긁적였다.

"벌 받는 건가?"

뜬금없다 싶지만 연성은 가슴이 뜨끔하도록 그 말이 심장에 아렸다. 그 남자에게 무슨 잘못을 얼마나 했기에 그런 말을 하나 싶어서.

유현이 서글프게 웃고는 처음으로 연성과 시선을 또렷이 마주했다.

"내일 올게요."

두 눈에 가득가득 고여서 곧이라도 뚝뚝 떨어질 것 같은 슬픔
을 연성은 똑똑히 볼 수 있었다. 내일 온다는 말은 자신에게가
아니라 그 남자에게 하는 말이라는 것도. 유현의 어둑하고 깊은
눈 속엔 그 남자가 호젓이 담겨 있었다.

"그 남자랑 어떻게 아는 사이예요?"

잘 알지도 못하는 남자에게 질투를 느끼며 연성은 시무룩하
게 물었다. 게다가 악연일 게 분명한 사람을 또 보러 온다는 것
이 탐탁지 않았다. 그 남자, 더는 안 봤으면 좋겠건만.

유현은 초조한 듯 또다시 담뱃갑을 뒤적거리다가 한 개비도
남아 있지 않자 손 안에서 와자작 구겨 버리며 공허하게 대답했
다.

"내 인생에 마지막 사랑. 젠장. 아무래도 그 남자 그렇게 만든
게 나인 것 같단 말이야."

반대쪽으로 고개를 돌리는 걸 보니 울컥한 모양이다.

마지막 사랑?

그렇구나.

그제야 남자의 어머니가 유현을 보자마자 손찌검을 한 이유
를 대략 알 것 같았다. 그렇다면 유현이 추측한 대로 남자의 교
통사고는 유현 때문에 일어났을 가능성이 크다. 유현의 자그마
한 어깨가 죄책감으로 애처로이 움츠러져 있기에, 연성은 감싸
주고 싶은 마음에 어깨에 손을 대려다 몇 번이고 머무적거렸다.
어떻게 위로를 해주어야 좋을지. 그 순간 그녀의 상처가, 그녀

의 아픔이 태산처럼 아프게 다가왔다.

조심스레 어깨를 잡아주자 그에 답하듯 유현의 어깨가 가늘게 떨렸다. 운다. 습한 여자가 분명한데, 언제나 건조한 척 굴던 여자가 드디어 운다. 연성은 불현듯 그 남자에게서 유현을 멀리, 최대한 먼 곳으로 데려가 버리고 싶다는 생각을 했다. 그래서 다시는 이 여자의 눈에서 눈물 나는 일 따위 없게 하고 싶었다. 어두운 그림자조차 침범하지 못하도록 단단히 지켜주고 싶었다.

정체를 모르는 무언가가 언제나 유현의 가슴을 짓누르고 있다는 느낌을 받았었는데 아마도 그 남자 때문이었던가 보다. 그 남자 때문에 사랑의 문까지 닫아버린 것은 아니었을까. 연성은 하필 이런 곳에서 만나게 된 그 남자가 몹시 원망스러웠다.

이끌리듯 팔을 둘러 유현을 살짝 껴안았다. 화들짝 놀라는 듯했으나 반항하지는 않아서 조금 더 강하게 그녀를 품 안에 끌어들였다. 슬플 때, 외로울 때, 누군가의 도움이 절실히 필요할 때 언제든 이렇게 기대어주었으면 좋겠다. 지금처럼 그녀를 향한 가슴은 항상 열려 있으니. 이 가슴은 영원히 그녀의 소유가 될 지니.

“음. 첫사랑이든 마지막 사랑이든 다 좋은데, 확실치도 않은 일로 자학하지는 말아요. 아, 오늘 일진 되게 나쁘다. 유현 씨 병문안 오라고 한 거 후회돼. 에이, 그냥 입원하지 말 걸.”

쓰쓰레하게 투덜대는 연성의 품 안에서 유현은 힘없이 웃었다. 잠깐이나마 이렇게 기댈 수 있는 품이 있으니 그나마 다행이랄까.

"실은 어떻게 해야 좋을지 모르겠어요. 많이 무서워."

복잡한 미로 속에 갇힌 기분이다. 도무지 빠져나갈 길이 보이지 않는. 그래서 영영 그 속에서 헤어나오지 못할 것 같은. 다시금 눈앞이 아뜩해진다.

"그 사람 다시 안 보면 되잖아요."

"지금은…… 그럼 안 될 것 같아요."

"그 사람이 유현 씨 보기 싫다고 그러면? 그 어머니는 그런 것 같던데."

불현듯 연성의 가슴을 밀치며 훌쩍 몸을 곧추세운 유현이 눈물로 짓무른 눈가를 쓱쓱 닦아내며 말했다.

"그 어머니는 그전에도 그랬어요. 날 별로 안 좋아했거든. 나, 그만 가볼게요. 연성 씨도 너무 오래 바깥에 있었다. 무늬만 환자라도 엄연히 환자는 환자인데."

"그냥 지금 퇴원할까?"

"병원에서 이삼 일 있어야 한다고 그랬다면서요? 환자 마음대로 퇴원하면 안 되죠. 나, 진짜 가요. 그리고 오늘처럼 병실에서 나 두둔하고 나서지 말아요. 그거 내 문제니까."

연성은 입이 불퉁해서는 더욱 풀 죽은 얼굴을 했다.

"어떻게 그래요?"

"뭐 어렵나? 못 본 체하면 되지. 물리치료나 제대로 받아요.

교통사고는 평생 간다잖아요.”

“알았어요.”

집으로 돌아온 유현은 그 밤에 한잠도 이루지 못했다. 태주의 사고. 그는 언제 사고를 당했는지 말해주지 않았다. 그의 어머니는, 함께 있기가 영 껄끄러웠는지 어디론가 사라져 버린 뒤로 유현이 연성과 함께 그 방을 나올 때까지도 나타나지 않았다. 이럴 줄 알았더라면, 이렇게 만날 줄 알았더라면 삼 년 전 그때 완전히 안녕을 했어야 하는 건데. 그래서 다시는 만날 운명 같은 거 만들어놓지 않는 건데 잘못했다.

마음이 거대한 바위를 매단 것처럼 무거웠다. 태주라면 자신보다 훨씬 씩씩하게 잘살 줄 알았건만 그렇지 못해서 화가 났다. 이제껏 그렇게 믿고 태주의 존재조차 깨끗이 잊고자 했던 자신의 이기심이 미워서 자꾸만 화가 났다. 어째서…… 어째서 겨우 그런 모습으로밖에 재회할 수 없다는 것인가?

유현이 아는 태주는 능력있고 남자로서의 매력을 달고 다니는 사람이었다. 그의 어머니가 끔찍이도 여기는 하나뿐인 아들. 적어도 저렇듯 초췌한 모습의 환자는 아니었다.

그런데 현실은 전연 그녀의 생각에 부응하지 않았다. 인정하고 싶지 않지만 병원에서의 태주 모습이 바로 현실이었다. 현실은 누구를 막론하고 그렇게 냉혹한 것이었다. 순전히 연성 때문에 태주와 해후하게 된 것이었지만 유현은 그때 연성을 원망하지는 않았다. 태주와의 해후 또한, 단지 자신의 인생길에서 한 번은 거쳐야 할 혹독한 과정이라고 여겼을 뿐.

연성이 유현과 헤어져 병실로 돌아왔을 때 태주는 그의 어머니와 다투는 듯 언성이 격해져 있었다. 아까 옥상에 올라가기 전 병실에서 태주와 유현이 잠깐 이야기를 나눌 때 나가 버려서 계속 보이지 않더니 그새 돌아온 모양이었다.

"그게 왜 유현이 잘못이에요? 제가 아니라고 했잖아요!"

"그만 하렴! 나도 다 듣는 귀가 있다. 내가 아무것도 모를 줄 알았니? 네가 그 아이 때문에……."

"어머니야말로 그만 하세요! 이미 삼 년 전 일이라고요, 삼 년 전! 오늘은 유현이에게 어머니가 잘못한 거예요."

"바보 같은 자식! 아직도 유현이 그 아이를 감싸고도는구나. 헤어진 거 알았더라면 그때 내가 나서서라도 그 아이 가만두지 않았을 게다."

생각만 하면 분통이 터지는 양 태주의 어머니는 이를 갈듯 말을 내뱉고는 병실 밖으로 나왔다. 마침 문 앞에 서 있던 연성과 정면으로 마주치자 그마저도 못마땅한지 눈을 지릅떠 아래위로 흘겨보고는 자기 갈 길로 휭 가버린다. 차갑기가 얼음 같아 영 정이 가지 않는 타입이다.

병실 안으로 들어가자 태주는 눈을 감은 채 침대에 누워 있었다. 선이 굵은 남자는 몸도, 마음도 상한 한 마리의 사자 같았다. 모자간의 대화에서 유현이 그와 헤어진 때가 삼 년 전임을 알게 된 연성은, 그녀가 독신을 결심하게 된 주요 원인이 이 남자 때문일 거라는 확신이 섰다. 아마 남자는 유현과 헤어진 후에 사고를 당한 듯한데, 그의 어머니는 유현 탓으로 여기는 투였다. 그렇다 해서 삼 년 전 일로 유현에게 함부로 대한 건 지금 생각해도 도저히 용서가 되지 않았다.

다음날 유현은 그녀가 말한 대로 병실에 다시 찾아왔다. 다행히 그때는 태주의 어머니가 없어서 연성은 되레 자기가 안심이 되었을 정도다. 어제 옥상에서 나서지 말라고 단단히 일렀던 유현의 말은 까마득히 잊고 어제와 같은 일이 되풀이된다면 자신도 어떻게 나올지 장담할 수 없었다.

약간 긴장한 모습으로 바라보는 유현에게 연성은 침대 위에 양반 다리를 하고 앉았다가 손만 살짝 흔들어 보였다. 유현이 희미하게 웃어 보이고는 태주의 침대로 다가갔다. 그리고 손에 들었던 꽃바구니를 머리맡 탁자에 놓아주었다.

"태주 씨."

태주가 슬며시 눈을 떴다. 그녀다. 여전히 아름다운 유현이 슬픈 눈빛으로 내려다보며 서 있었다. 반쯤 일어나 앉다가 태주는 부축하는 유현의 손을 곤욕스럽게 바라보았다. 이렇게 부축받는 신세가 될 줄이야.

늘 보호해 주고 싶었던 여자 앞에서 지금 자신의 모습은 더할 나위 없이 한심스럽고 창피했다. 애오라지 곤혹스러운 마음을 감추며 베개를 등받이 삼아 편히 기대앉았다.

“뭐 하러 또 와? 곧 어머니 오실 텐데.”

“괜찮아.”

유현이 앉지도 못하고 어정쩡하게 서 있자 태주가 의자를 권했다.

“앉아, 서 있지 말고.”

“응.”

의자를 당겨 앉고도 그녀는 줄곧 말이 없었다. 어제와는 달리 사뭇 덤덤해진 마음에 다행이다 여기면서도 한편으론 냉정한 자신이 몹쓸 여자처럼 느껴졌다.

“영화 잘됐다는 소식 들었다. 늦었지만 축하해.”

유현은 아무런 대답도 하지 않았다. 아니, 할 수 없었다. 정유현이 한창 잘나갈 때 한태주는 죽지 못해 살았을 게 분명하니까. 왜 진작 연락하지 않았느냐고 묻지도 않았다. 그 또한 태주의 성격에 당연한 일이었을 테니까.

그러고 나니 당최 할 말이 없었다. 그와 공유할 일이 하나도 없다는 것이 기가 막힐 정도로. 삼 년 전의 추억을 꺼내기에는 이 상황에서 더더욱 못할 짓이었다. 옛 애인이란, 이토록 아무 의미가 없는 것이었구나.

“어제 어머니가 한 행동, 대신 사과할게. 미안해.”

“혹시 그날이었나? 사고 난 거 말이야. 우리…… 헤어지던 날.”

말하다 말고 유현은 서글픈 웃음을 흘렸다.

“어머님이 내 뺨 때렸을 때 문득 그런 생각이 들더라고.”

물어놓고 막상 대답을 들으려니 겁이 나는데, 태주가 급히 그녀의 추측을 깨뜨렸다.

“아니야, 유현아.”

“어떻게 아무도 사고 났다는 말을 안 해주었지? 지나가는 소리로라도 못 들었네.”

“내가 싫다고 했어.”

“이 정도 상처를 입고 기절도 안 했단 말이야?”

유현의 농담 같지 않은 농담에 태주가 처음으로 후후 웃었다. 예나 지금이나 다정한 웃음인 건 여전했다. 그의 넉넉한 미소가 좋아 이런 사람이라면 아무 조건 없이 사랑할 수 있으리라 여겼었건만.

“피는 나서 엉망인데 이상하게 정신은 말짱하더라. 그 순간에 네 생각밖에 안 났어. 내 몸이 어떻게 된 것보다 네가 알게 되는 것이 더 겁났거든. 누구라도 너한테 말하면 죽여 버린다고 소리 질렀던 거, 똑똑히 기억나.”

그랬을 거야, 당신이라면. 당신은 언제나 그런 식이었지. 내가 한 걸음 걸으면 한 걸음 뒤에 따라오면서, 내가 뒤돌아보는 것조차 싫어했었어. 딴 건 생각하지 마. 넌 앞만 봐. 그럼 뒤의 일은 내가 다 알아서 할게.

그래서였나 봐, 내 앞에는 언제나 당신이 없더라고. 그래서 늘 혼자인 느낌이 들더라고. 이제 와 생각해 보니 태주 씨 당신도 내가 불안했던 거야. 나란 여자가 불안해서 그렇게 혼자 전 전긍긍했던 거였어.

"교통사고 났을 땐 차라리 기절해 버리는 게 더 낫대."

"그러게."

"나, 그래도 태주 씨와 헤어졌을 거야."

"알아."

담담한 태주의 말에 유현은 낮게 한숨을 내쉬었다. 지금 꼭 그런 말을 꺼내야 옳니, 정유현? 이럴 때 넌 꼭 마녀 같아.

"고맙다. 기겁해서 다시는 안 올 줄 알았는데."

"내가 소갈머리는 좀 없어도 의리는 있지. 옛 애인이 교통사고로 죽다 살아났는데, 죽일 놈 살릴 놈 하면서 헤어진 것도 아니고, 몰랐다면 또 모를까 문병 정도는 와야 옳지 않겠어? 걸을 수는 있는 거야? 설마 불구 되는 건 아니지?"

그렇게 물으면서는 유현도 겉으로는 아닌 척했지만 속으로는 가슴이 후들들 떨리고 눈앞이 흐릿해졌다. 만약 그렇게 됐다가는 자신을 용서할 수 없을 것 같았다.

"의사 말이 가능성있대."

유현이 속으로 가슴을 쓸어내리고는 의미심장한 농담을 했다.

"다행이다. 태주 씨가 영영 불구가 된다면 난 팔이라도 분질러 버려야 하나, 고민했거든."

태주가 손을 뻗어 자연스럽게 유현의 머리를 쓰다듬었다. 하나도 변한 것이 없다, 그녀는. 유현을 바라보는 시선 속에는 애틋함이 소복이 담겨 있었다.

불현듯, 건너편 침대에서 목을 빼고 이쪽을 보는 연성에게 흘긋 시선을 준 태주가 목소리를 한껏 낮춰 물었다.

"누구니, 저 사람?"

"내 팬."

"팬?"

"응. 어머님 오시기 전에 가봐야겠다. 내가 잘못한 거 많은 줄은 알지만, 이번에도 어머님이 뺨 때리시면 가만 안 있을 것 같거든. 퇴원은 언제 해?"

"아직 모르겠어."

그만 일어서는데 태주가 얼른 그녀의 손을 잡았다.

"유현아."

"응."

어쩐지 태주의 눈빛이 간절하여 유현은 지레 가슴이 먹먹해졌다. 또다시 눈에 스르르 눈물이 고인다. 그의 앞에서 절대 눈물 따위 보이지 않겠다 결심하고 왔는데, 요즘 같아선 제 의지대로 되는 일이 하나도 없다. 태주, 그가 불쌍했다. 바보처럼 사고라니. 운전 십 년에 무사고라며 들입다 자랑할 때는 언제고.

"또…… 와달라면 와줄래?"

"생각해 볼게."

정유현에게 생각해 본다는 말은 가능성 90%에 해당하는 것임을 태주는 안다. 아닌 것은 항시 아니라고 딱 부러지게 말하는 그녀였으니까. 헤어질 때처럼 뒤도 한 번 돌아보지 않는 그녀였지만 지금은 동정이든 뭐든 상관없었다. 유현을 다시 볼 수 있다는 것이 너무나 기뻐서, 그 사실 하나만으로 태주는 살 용기가 솟구친다. 하루하루가 죽지 못해 사는 처지였던 지난 삼 년의 세월이 무색할 만큼 살아야겠다는 강한 의지가 불 일듯 그를 사로잡았다.

병실을 나서는 유현의 곁을 터덜터덜 따라붙는 연성의 안색이 별로 좋지 않았다. 모른 척 잠자코 걷는 유현에게 그가 먼저 투덜투덜 말을 붙였다.

"또 올 거예요?"

"그럴까, 하구요."

"한 번 왔으면 된 거 아닌가?"

"내 맘."

"삼 년 전에 헤어진 남자라면서요?"

"근데요?"

"질투나잖아요."

어쩜 저리 유치한 말을 아무렇지 않게 할까? 허탈하게 픽 웃으니 연성이 골난 목소리로 따져 물었다.

"난 왜 꽃바구니 안 줘?"

점점.

“질투 느끼고 할 나이는 아닌 듯싶은데.”

유현이 일부러 들으라는 듯 약간 목소리를 키워 혼잣말을 흘리자 연성은 혀를 탁 차며 구시렁댔다.

“쳇! 질투에 나이가 무슨 상관이라고.”

유현은 시답잖은 농담으로 받아들였지만 연성으로서는 전연 그렇지 않았다. 정말 질투가 난다!

“연성 씨 퇴원하면 와야겠다.”

“너무하네!”

유현을 배웅코자 병원 입구까지 나와 택시를 기다리며 연성은 의도적으로 그녀의 어깨에 팔을 꼭 둘렀다. 마치 모든 사람에게 이 여자, 내 여자예요 하고 공표하듯. 유현이 한쪽 눈썹을 기우듬히 세우고 매섭게 노려보기에 슬금슬금 눈치를 보면서도 팔만은 풀지 않았다. 이렇게라도 하지 않으면 좀체 질투가 가시지 않을 것이다.

“팔 내리시죠, 김연성 씨.”

타이르는 투에 팔을 쓱 내려 유현의 허리를 둘러 안으며 장난스럽게 물었다.

“이렇게? 윽……!”

기어이 유현의 팔꿈치에 명치를 한 대 얻어맞고서야 연성이 허리에 둘렀던 팔을 끌렀다. 제대로 맞은 모양이다. 으윽, 아파라.

그사이, 유현은 때맞춰 도착한 택시에 올라탔다. 택시 안에서 뒤를 돌아보자 연성은 그때까지도 가슴을 부여잡고 끙끙 앓는 폼이다. 유현의 입가로 미소가 반쯤 그려지다 홀연히 사라졌다. 왜 정체 묘연한 저 남자가 싫지 않을까? 별스럽다, 정유현.

더욱이 조금 전에는 그의 손바닥이 허리에 와 닿는데 순간 속이 화닥닥 불에 덴 듯 뜨겁지 뭔가. 나이 먹을 대로 먹어, 이 무슨. 그것도 기껏 옛 애인 병문안 와서는. 한심해.

집에 돌아와 샤워를 하고 침대에 누운 지 얼마 되지 않아서 연성에게 전화가 왔다. 일부러 낮춘 듯 그의 목소리는 거의 속삭이는 수준이었다.

"목소리가 왜 그래요?"

[유현 씨 옛 애인 자요.]

"그거 보고하려고 전화한 건 아닐 테고."

[물론 아니죠. 보고 싶어서요.]

유현이 난감한 듯 손끝으로 이마를 매만지다가 천장을 보고 편히 드러누웠다. 갑자기 소르르 졸음이 몰려온다.

"아, 졸리다."

그래서 사실대로 말했더니 연성의 목소리가 금세 불퉁해졌다.

[뭐요? 전화한 사람 성의는 생각 안 하고 졸리다, 라니.]

"연성 씨도 그만 자요. 나, 내일 학원 가려면 일찍 자야 해요."

[나, 내일 퇴원해요.]

“알아요.”

[옛 애인 불쌍해서 마음 흔들리는 건 아니죠?]

마음이 땅속으로 푹 꺼져 들었다. 가뜩이나 불쌍해서 죽을 판에 연성에게까지 그런 소리를 들으니 심란하기 이를 데 없다. 인간관계 비비 꼬이는 것만큼 괴로운 일이 없는데. 그리고 마음 흔들리고 말고 할 게 뭐 있나. 꼭 제 애인이라도 되는 투다. 이럴 때는 마음이 흔들리는 게 아니라 복잡다단하다고 해야 맞다.

“속상하고 아프고 그래요. 연성 씨한테는 안됐지만 나도 인간인지라 양심에 가책을 받네요. 내가 그랬죠? 그 사고, 나 때문에 난 것 같다고. 연성 씨라면 이럴 때 어떻게 하겠어요? 그냥 나 몰라라 할 수 있어요?”

[…….]

“미안해요, 연성 씨. 나도 연성 씨가 좋아요. 좋은데…… 지금은 이대로가 더 편해요.”

[그러지 말아요.]

연성의 목소리가 별안간 물 먹인 솜처럼 무겁게 가라앉기에 유현도 어쩐 일인지 눈물이 핑 돌고 콧날은 시큰했다. 가슴 한복판이 불쏘시개로 쑤시듯 욱신욱신 아프다. 정체불명의 통증 역시 달갑지 않은 현상이다.

“아무리 생각해도 연성 씨와 난 아니에요. 연성 씨하고 있음 내 꼴이 자꾸 우스워. 후후.”

잠깐 부스럭거리는 소리가 나더니 이내 연성의 목소리가 크게 들려왔다. 병실 밖으로 나온 모양이다.

[아니라고 우기기만 하면 단가? 설마 나한테서 도망가려고 옛 애인 택하는 거라면…….]

유현이 퍼뜩 그의 말을 끊었다.

"불쾌하군요. 방금 한 말, 안 들은 걸로 할게요. 이만 끊어요."

[유현 씨! 유현…….]

탁!

휴대전화를 끊은 것만으로도 모자라 전원을 완전히 꺼버린 후 한쪽에 던져 놓았다. 그러고 보니 지민이 병실에는 들르지도 않고 왔네. 재훈 씨랑 지민이도 내일 퇴원일 텐데.

사는 거 참 싱겁다.

✲

"언니, 제정신이야?"

퇴원을 해서 오자마자 유현의 집으로 곧장 쳐들어온 지민은 밑도 끝도 없이 소리부터 질러댔다.

"멀쩡한 남자 놔두고 이세 와서 옛 애인한테 간다는 게 말이 돼?"

연성이 지원군을 요청한 모양이다. 아무리 다급하기로 그새 쪼르르 가서 일러바치다니. 무슨 남자가 입이 그리 가볍담.

"연성 씨 못쓰겠네. 누구 마음대로 남의 사생활을 떠벌리는 거지?"

유현은 화가 나 말했다.

"연성 씨가 얘기한 거 아니야. 복도에서 통화하는 거 우연히 들었을 뿐이지."

아, 그럼 연성과 한 병실을 쓰던 태주가 옛 애인이라는 건 모르고 있겠군.

오해한 게 미안해서 머쓱하니 말을 돌렸다.

"그럼 다행이고."

지민은 정말 이해 못하겠다는 얼굴을 했다.

"언니한테 실망이야. 날이 갈수록 환상이 깨져."

"애초에 환상을 가진 네가 잘못이지."

그건 비단 지민에게만 한 소리는 아니었다. 연성도 '인간 정유현' 보다는 '시나리오 작가 정유현' 에 대한 환상을 품고 있기는 마찬가지일 테니 말이다. 사람들 누구나 반쯤은 환상 속에 파묻혀 살지 않던가. 그러고 보면 세상을 직시하고 사는 사람이 더 불행한 축에 드는 것 같다. 일찌감치 그 사실을 깨달은 유현도 자신을 불행한 사람이라고 여기고 있듯이.

지민이 안타깝게 내대었다.

"언니, 정말 연성 씨 싫어?"

"말했잖아. 내 인생에서 사랑은 끝이라고. 피곤하게 살기 싫은데 왜 이렇게 다들 도움이 안 되지?"

“그럼 옛 애인한테 간다는 건 무슨 소리야?”

태주에 대해 지민에게까지 말하고 싶지 않았지만 설득하려면 어쩔 수 없다.

“우연히 만났는데 많이 아프네. 그 사람이 내가 또 보고 싶대.”

“언니답지 않아.”

그 말에 유현은 바늘에 꿰찔린 듯이 속이 뜨끔했다.

“내가 뭐?”

피하듯 등을 돌리는데 지민의 따가운 눈총이 와 닿는다.

“핑계 같아. 만일 그런 거라면 정말 비겁한 짓이야.”

“비겁하다, 정유현.”

언젠가 연성이 한 말이 선뜩한 바람이 되어 휘잉 귓가에 맴돈다. 유현은 인정한다는 뜻으로 어깨를 으쓱했다.

“그럴지도 모르겠다. 연성 씨한테 대신 말 좀 잘해줘. 정유현이 비겁한 여자라 사랑할 가치도 없다고.”

“언니!”

피곤해. 유현은 더는 길게 얘기하고 싶지 않아서 지민 쪽으로 싹 돌아서서는 지독히 메마른 눈빛으로 해죽 웃었다.

“자신도 없는 새로운 사랑 하느라 낑낑대느니, 그래도 나에 대해 더 잘 아는 옛사랑이랑 옛정 나누는 게 더 실용적이지 않겠어?"

"어휴, 답답해! 언니는 언니가 얼마나 숨 막히는 여자인지 모르지? 왜 그러고 살아? 왜 꼭꼭 마음을 닫아놓고 사느냐고?"

"네가 나에 대해 얼마나 안다고 까부니?"

문득 유현의 얼굴이 얼음장처럼 차가워져서 지민은 서슴없이 말을 쏘아붙이다 멈칫했다.

"뭐?"

"이러쿵저러쿵 아무리 해봐야 난 양지민도 아니고, 김연성도 아니야. 왜 다들 자기 잣대에 날 맞추려고 들어? 그래, 정유현이 원래 이런 여자야. 꽉 막힌 여자!"

"정유현답지 않다."

침대 위에서 벽을 보고 누워 유현은 손가락으로 애꿎은 벽지를 벅벅 문지르며 그 말을 곱씹고 또 곱씹었다. 막무가내로 몰아세우는 지민에게 지기 싫어 억지 변론을 하여놓고 심한 자괴감에 빠져 버렸다. 스스로 괴까다롭긴 해도 꽉 막힌 여자는 아니라고 생각해 왔었는데, 지민이 제대로 본 건지 모르지. 어쨌든 지금의 정유현은 밀폐된 공간처럼 숨 막히는 여자임이 확실이니까. 시나브로 그런 지경에 와 있는 것이다.

태주의 사고는 그 사람의 운이었을 뿐, 이제 와 내 탓으로 돌린들 무슨 소용 있으랴 싶으면서도 그때의 상황이 자꾸만 머릿속에 그려져 괴로웠다. 태주는 알고 있었으리라. 그 사고로 정유현이란 여자의 발목을 잡을 수 있으리라는 것을. 그래서 더 말을 하지 않았으리라. 이미 떠난 여자의 마음이란 것도 아니까. 한태주는 그토록 현명한 남자였는데, 스스로 똑똑한 척했던 정유현은 전혀 그렇지 못했다.

그렇게 일방적으로 이별을 통고하는 게 아니었다. 그도 정리할 시간을 주었어야 했다. 그래서 이성적인 이별을 했어야 옳았다. 그랬다면 태주는 교통사고를 당하지 않아도 되었을 테고, 더더군다나 불구가 될 기막힌 처지에 놓이지도 않았으리라.

"하아."

가슴이 터질 것 같아서 천장을 보고 돌아누우며 크게 숨을 몰아쉬는데 천장에 연성의 웃는 얼굴이 둥실 떠오른다. 자기도 모르게 빙긋 미소를 짓다가 유현은 이내 슬프디슬픈 눈으로 조용히 읊조렸다.

"사랑은 정신병이야. 미치지 않으면 할 수 없고 가끔 정신착란을 일으키며 환청, 환상은 기본이거든. 근데 웃기지? 사람들은 왜 그걸 못해 다들 안달일까? 태주 씨 때문에 금방 눈물짓다가 연성 씨 생각하면서 웃는 건 또 뭐람. 미친 게지."

다음날 새벽, 집을 나서는데 연성이 집 앞에 와 있다. 맥쩍게 미리를 긁적이다가 그를 따라 차에 올라탔다. 어젯밤에 지민이와 통화 안 했나? 하긴, 했어도 이 남자한테는 통하지도 않겠다.

보통 앙가발이여야지.

차에 타자마자 유현은 심드렁하게 물었다.

"어제 지민이 전화 안 왔어요?"

"왔어요."

연성의 목소리에 힘이 들어간 걸 보니 화가 난 게 분명하다. 운전을 하는 연성을 힐끗 보고는 들으라는 듯 중얼거렸다.

"사랑을 하는 사람들은 하나같이 정신병자 같아."

연성이 뜸 들이지 않고 즉각 내댄다.

"그러니 조심하는 게 좋겠죠? 무슨 짓을 할지 모르니까."

"무서워서 사랑도 못해. 우리 이성적으로 삽시다."

"이성적인 게 어디 사랑인가?"

유현이 비웃듯 픽 웃었다. 그러나 연성은 웃지 않았다. 어제 저녁에 지민이 잔뜩 열이 받아 전화를 해서는 대뜸 소리부터 질러댔었다.

[김연성 씨! 저 히스테릭한 노처녀 내던져 버리고 그냥 나랑 연애하죠!]

"재훈이는 어쩌고요?"

[재훈 씨는 이해할 거야. 아니, 제가 이해시킬게요. 아, 뭐 이런 빌어먹을 연애 판이 다 있담!]

그쯤에서 연성은 한숨을 푹 내쉬었었지. 지민이 말하는 빌어먹을 연애 판이란, 유현을 두고 한 말이 분명했으니까. 그러게 내가 뭐랬어? 이 사랑에 가장 큰 장애는 유현이 될 거라 했잖아.

아방튀르가 따로 없다. 쯧쯧.

“유현 씨가 또 뭐라 그래요?”

[자기는 꽉 막힌 여자니까 숨통 막혀 죽기 전에 연성 씨가 포기하래요. 참 내! 자기가 뭐 그렇게 잘났다고 연성 씨 같은 남자를 차느냐고!]

“고정하시죠, 양지민 씨. 너무 열 낸다.”

[흥! 연성 씨는 곧 죽어도 유현 언니 편이죠? 사랑에 관한 한 남자들은 왜 그렇게 얼뜨기 같은지 몰라.]

“후후. 단순해서 그러지. 요즘 유현 씨 기분이 말이 아니라 그런 거니까 지민 씨가 이해해요.”

[그 아픈 옛 애인 때문에? 웃겨, 정말. 헤어진 지 삼 개월만 되었어도 내가 이해한다. 근데 자그마치 삼 년 동안 서로 나 몰라라 살다가 아프다고 금세 마음이 쏠린다는 게 말이 돼? 그건 아니지.]

“많이 사랑했었나 보죠 뭐.”

그쯤에서 지민은 어이없다는 듯이 혀를 탁 찼었다.

[그게 지금 유현 언니 사랑하는 남자의 입에서 나올 말인가요? 연성 씨는 아무렇지도 않아요? 언니가 그러는 게 이해가 돼요?]

“난 정유현이 아니니까. 그렇다고 포기한다는 얘기는 아니에요. 나, 유현 씨 정말 사랑하거든.”

[아유, 약 올라! 그게 내 앞에서 할 말이야?]

연성이 목젖이 울리도록 크게 웃어 젖혔다. 유현 때문에 울고, 지민 때문에 웃고. 복잡한 심경인 것은 그도 매한가지인 것을.

일방적으로 전화를 끊어버리는 것도 모자라 전원까지 완전히 꺼버린 유현이 야속해서 연성은 칼바람 든 것처럼 마음이 에이는 듯했다. 사랑 앞에 울고 싶기는 스무 살 초련(初戀) 이후 처음이었다.

"걱정하지 말아요. 내가 알아서 할게. 참, 재훈이가 묻던데?"

[뭘요?]

"지민 씨 연애 박사냐고."

[하! 이거 왜 이러세요? 난 이제껏 남자 손 한 번 안 잡아본 사람이라고요.]

"아하, 그렇군. 재훈이한테 얘기할게요, 이번에는 꼭 손 한 번 잡아주라고. 손 잡고 싶은데, 그걸 못하겠다고 그러네."

[치. 손 잡고 싶으면 그냥 잡는 거지, 그걸 또 물어볼 건 뭐람. 아무튼 되게 젠틀한 척한다니까.]

차가 학원이 아니라 큰길로 직진하기에 무방비 상태로 앉아 있던 유현은 깜짝 놀라 물었다.

"어디 가요?"

연성이 여전히 굳은 낯으로, 그러나 목소리만은 담담하게 대답했다.

"납치하는 중."

“당장 차 돌려요.”

“사랑에 빠진 사람들은 다 정신병자라면서요?”

“농담할 기분 아닌데. 빨리 차 돌려요.”

유현은 슬슬 기분이 언짢아지고 있었다. 그러면서 오늘은 이 남자와 확실히 담판을 지어야겠다고 다짐했다. 언제까지 이렇게 질질 끌려다니기만 할 것인가. 이럴 땐 한쪽이라도 정리를 해둬야 남은 한쪽을 정리하기가 더 수월할 것이다.

하지만 연성은 들은 척도 않고 계속 직진이었다. 짐짓 무서운 눈초리로 빤히 노려보자 한 번 싱긋 웃어주는 것으로 간단히 대응할 뿐. 이 남자, 보기보다 강적이로구나.

“연성 씨.”

“유현 씨가 날 싫어한다면 이렇게 하지도 않아요. 유현 씨도 날 좋아한다면서요? 처음에는 좋아하는 감정이던 것이 어느 순간 사랑하는 감정으로 발전하고 그런 거잖아요. 재미있지 않아요? 난 유현 씨를 보고 있으면 탐구 의욕이 마구 불끈불끈 솟구치는데, 왜 유현 씨는 나에 대해서 탐구 의욕이 없는 거지?”

“필요를 못 느끼니까요.”

냉정한 대답에 연성의 낯빛이 조금 어두워졌다.

“한 번도 내 생각 한 적 없어요?”

유현은 약 삼 초 정도 망설이다가 대답했다.

“없어요.”

“거짓말.”

"뭐라고요?"

"내가 선물한 인형 버렸어요?"

"아뇨."

"그거 보면 자연스럽게 내 생각 날 텐데. 안 난다면 그게 이상한 거지."

말을 말자 싶어 유현은 고개를 창밖으로 돌려 버렸다. 이젠 어디를 가느냐고 묻고 싶지도 않았다. 인형 아니라 집 천장만 봐도 생각이 난다는 걸 들켜 버린 듯 얼굴이 뜨거워 견딜 수가 없었다. 왜 이 남자와 있으면 자꾸 밀리는 기분이 드는 걸까.

언제나 감정이 격해지는 건 유현 쪽, 언성이 높아지는 것도 유현 쪽. 그게 무척 자존심 상한다. 맺고 끊는 거 확실하던 정유현이 요즘 들어 마음대로 하지 못하는 게 있다면 바로 이 남자가 아닐까 싶다.

유현이 꽁하여 아무 말이 없자 연성은 살가운 투로 슬그머니 말을 붙였다.

"화났어요?"

"……."

"그 남자 많이 사랑했었어요?"

"……."

"왜 헤어졌어요?"

대답을 기대한 건 아니었는데, 뜻밖에 유현은 자진하여 털어놓았다.

"반대하는 결혼, 억지로 허락받아 놓고 나니까 갑자기 그 연애가 시시해졌어요. 내가 무엇 때문에 나와 내 어머니까지 인간 취급받지 못하며 그런 결혼을 해야 하나 싶어서. 행복하지가 않았어. 그 사람과 행복할 것 같지가 않았어."

"그런데 왜 그 사람 또 만나려고 해요? 그렇게 상처만 주었던 사람인데."

"그 사람이 잘못한 건 없으니까. 나보다 훨씬 착한 사람이고, 나 아니었으면 얼마든지 행복할 수 있는 사람인데 그걸 내가 뺏은 것 같아서요. 그와 헤어지면서 그 사람의 행복도 뺏어왔어요, 내가. 행복은 그 사람 곁에 두고 왔어야 하는 건데……."

말은 남 이야기하듯 담담했지만 유현의 마음속에 흐르는 눈물을 연성은 충분히 느낄 수가 있었다. 그녀가 지금 얼마나 괴로워하고 있는지, 얼마나 크나큰 죄책감에 시달리고 있는지 그 작은 고통의 씨알까지라도 헤아릴 수 있었다. 이렇듯 유현의 아픔이 똑같이 마음에 에이는데, 심장이 비틀린 듯 고통스러운데 이런 여자를 외면하고는 더 이상 살 수 없을 것 같았다. 대신할 수만 있다면, 그래서 그녀의 괴로운 마음을 대신 짊어질 수만 있다면 기꺼이 그래 주고 싶었다. 그녀의 어둡고 시린 마음에 따뜻한 햇볕이 되어주고 싶었다.

유현의 손등을 가만히 감싸 쥐었다. 차가운 손. 그녀의 꽉 닫힌 마음처럼.

'당신의 마음엔 언제나 꽃이 필까?'

연성은 유현을 향한 마음이 더욱 애잔해졌다.

"음, 그게 정 마음에 걸린다면 정리하고 와요. 내가 기다릴게."

유현이 눈을 들어 멍하니 연성을 바라보았다.

"질투는 나겠지만 참을게요. 다시 그 남자와 시작할 것만 아니라면."

유현은 번연히 고개를 저었다.

"어차피 연성 씨와도 똑같은 결론이 날 거야. 내게 사랑은 그런 거거든. 사랑을 믿지 않아요."

연성은 유현이 단순히 그 남자와의 사랑에 상처를 입어서만은 아니라는 걸 감지했다. 그 너머에는 더 깊고 아픈 골이 숨어 있었다. 과연 그게 무얼까. 어쩌면 그 남자의 외상보다 유현의 내상이 더 깊을 수 있으리라는 생각이 들었다. 그리고 유현을 더 놓아줄 수 없다는 것도 인지했다. 그 상처가 무엇이든 같이 보듬어주리라. 그래서 그 상처를 반드시 낫게 해주리라. 그것은 순간적인 충동이 아닌 진심이었다. 동경의 대상에서 현실의 사랑으로 자리 잡는 순간이었다.

유현의 잡은 손을 더욱 굳세게 움켜쥐며 연성이 결의에 차서 말했다.

"어디 해보자고요! 똑같은 결론이 날지 안 날지는 두고 봐야 알겠죠."

아침 고요 수목원.

워낙 일찍 출발을 해서인지 한산한 오전. 날씨는 화창했고 약간 더웠다. 반소매 차림의 연성과는 달리 유현은 새벽에 학원에만 다녀올 요량으로 입고 나온 터라 긴 소매였다. 소매를 둥둥 걷어 올려도 더위가 가시지 않아 유현의 얼굴에 구슬땀이 송송 맺혔다.

각각의 이름이 있는 꽃길을 따라 올라가는데 연성이 아무렇지 않게 손을 잡는다. 손을 뿌리쳐야 하나, 가만있어야 하나 망설이고 있으려니 재촉하듯 그가 손을 잡아끈다. 성큼성큼 앞서 걸어가는 연성을 따라 유현도 어쩔 수 없이 걸음을 빨리했다.

손을 잡고 산책 삼아 '하경정원'이라 불리는 곳으로 갔다. 화
려한 색의 꽃들이 난만(爛漫)한 정원을 보는 순간 막혔던 숨통이
탁 트이는 것 같아서 유현은 후욱, 하고 맑은 공기와 더불어 꽃
향기를 힘껏 들이마셨다. 음, 향기로운 꽃내음.

작은 오솔길 사이로 걸으며 연성이 흐뭇하게 말을 꺼냈다.

"예전에 한 번 왔었는데 어젯밤에 갑자기 여기가 생각난 거
있죠. 나중에 애인 생기면 같이 와야지, 했는데 진짜로 왔네."

"그만 손 놔도 되지 않나? 여기까지 와서 도망갈 것도 아니
고."

"부끄럽구나?"

"치! 누가?"

유현이 꼴사납다는 듯 손을 탁 떨치자 연성은 크게 웃어 젖히
며 부랴부랴 유현의 손을 다시 잡아챘다.

"알았어요, 알았어. 얼음공주가 따로 없다니까. 자, 우선 밥부
터 먹고 다른 곳은 천천히 구경하죠."

한 바퀴 휘 돌아 수목원 내 '들꽃향기'라는 웰빙 식당에 들어
가 허브 꽃 비빔밥을 시켜놓고 두 사람은 마주 앉았다. 맛은 좋
은지 어떤지 모르겠으나 색다른 음식이긴 해서 유현도 밥을 먹
을 때만큼은 다소 명랑해졌다. 어쩜 꽃 밥을 다 먹게 됐을까. 후
후.

유현이 낭만적인 기분에 취해 표정이 밝자 연성은 이곳에 오
길 잘했다는 생각에 내심 뿌듯하기 그지없었다. 글 쓰는 사람들

에겐 여행만큼 좋은 게 없다는데 다음엔 제주도에 가자 그럴까?

밥을 먹고 다음으로 간 곳이 '시가 있는 산책로'. 잣나무 숲 속을 거닐다가 연성이 어느 시(詩) 앞에서 걸음을 멈췄다.

네가 나의 꽃인 것은

이 세상 다른 꽃보다

아름다워서가 아니다.

네가 나의 꽃인 것은

이 세상 다른 꽃보다

향기로워서가 아니다.

네가 나의 꽃인 것은

내 가슴속에 이미

피어 있기 때문이다.

—한상경의 '나의 꽃' 中에서.

"네가 나의 꽃인 것은 내 가슴속에 이미 피어 있기 때문이다."

시 구절을 가슴에 새기며 조용히 읊조리는 유현에게 연성이 뒤에서 그녀의 어깨에 팔을 둘러 안으며 얼굴을 가까이 댔다.

“유현 씨에게 내가 해주고픈 말이네요. 내 가슴은 이미 온통 정유현 꽃밭이에요.”

연성의 은근한 눈빛이 느껴졌지만 유현은 그가 뒤에서 끌어안았을 때부터 가슴이 주책없이 쿵쿵 뛰는 통에 못 본 척 시만 뚫어져라 쳐다봤다. 그런데 거기에서 그치지 않고 연성의 입술이 살며시 볼에 와 닿는다.

“그만 해요.”

유현이 그닐거리는 느낌을 참지 못하고 뿌리치려 하자 연성은 그녀의 어깨를 더욱 세게 붙들고는 볼에 입술을 꾹 내리눌렀다. 유현의 인상이 곤욕스럽게 일그러졌다.

“후딱 입술 떼요, 별로 감동적이지 않으니까. 감동은커녕 불쾌하기만 하네요.”

말은 그러해도 그녀가 당황하고 부끄러워한다는 걸 알 수 있었다. 어쩔 줄 몰라 하는 게 품 안에서 느껴진다. 그 사실이 기분 좋아서 연성은 입술을 유현의 볼에 붙인 채로 키득키득 웃었다. 그러다 이내 허탈한 듯 외쳤다.

“와, 진짜 무드없네! 왜 이렇게 감정이 메말랐대요?”

“시 감상하려면 제대로 하고, 안 그러면 그냥 가죠. 이제 봤더니 여기 우범지역이잖아?”

하지만 그때 유현은 연성의 얼굴을 정면으로 보지 못하고 좌고우면(左顧右眄)했다. 얼굴이 후끈후끈 달아올라 벌게져 있을 게 분명해서다. 사람 당혹스럽게 하는데 뭐 있다니까.

투덜투덜 발길을 돌리는데 연성이 유현의 팔을 홱 낚아챘다.

'어어!'

정신을 차리고 보니 도로 연성의 품 안이다. 이번엔 뒤가 아닌 정면. 제대로 폭 안겨 버렸다. 유현의 놀란 심장이 점점 더 크게 쿵쿵 울렸다. 이것은 무얼까. 방금 먹었던 허브 향이 그의 품에서 솔솔 나는 듯하다. 뇌파를 어지럽히는 향. 몸을 꼼짝 못 하게 하는 힘. 양털처럼 따스하고 부드럽기 그지없는 남자의 품이건만, 그럼에도 몸이 후들후들 떨려서 견딜 수가 없었다. 왜 이리 지독스레 추운 것일까.

유현은 그 순간 확실히 느낄 수 있었다, 종국엔 연성을 사랑하게 되리라는 것을. 그걸 깨닫자마자 깊은 나락으로 떨어지는 느낌이 그녀를 진저리치게 했다.

또인가?

새로이 닥친 사랑이 두렵다. 유현에게 사랑은 절망적인 것이었다. 갖고 싶지 않은 것이었다. 사랑 때문에 상처 입고 상처 입히는 짓 따위 다시는 하지 않겠다, 결심했건만 이처럼 허무하게 무너질 수는 없었다. 다시는 사랑의 환상에 젖고 싶지 않았다. 그녀에게 사랑은 별 하나 없는 빈 우주와 같았으므로.

연성의 품 안에서 서서히 빠져나와 무표정한 얼굴로 그를 바라보았다. 열기가 느껴지는 연성의 눈빛을 대하자 유현은 오히려 아련한 슬픔 속에 잠겨들었다. 사랑을 거부할 수밖에 없는 여자의 심정을 그가 어찌 이해할까.

"그만 가죠. 목마르네."

더없이 메마른 투에 연성은 흥분이 가라앉지 않은 목소리로 농담인지 진담인지 모르게 쏘삭거렸다.

"키스는 어때요? 목마름을 완전히 가셔줄 만한 키스로."

애초에 대꾸할 마음이 없었으니 냉정히 그에게서 등을 돌리고 앞서 걷기 시작했다.

그렇게 그곳을 벗어나 '도원'이라는 전통 찻집에서 시원한 산머루 주스와 산수유 주스를 각자 앞에 놓고 마셨다. 포옹 때문인지 내도록 해죽거리는 연성의 얼굴이 보기 싫어서 유현은 내내 그의 시선을 피하고 있었다. 괜히 첫인상이 열정적으로 느껴졌을까, 가히 앞뒤 구분없이 저돌적인 연성에게 내심 혀를 내두르는 중이다. 순수하고 맑은 인상이라 안심하였더니 까딱 얼을 놓았다가는 그의 능소능대한 수완에 홀딱 넘어가고 말리라.

"다음에 올 때는 도시락 싸가지고 와야겠다. 유현 씨 김밥 쌀 줄 알아요?"

"아뇨."

"그럼 재훈이랑 지민 씨도 같이 오자고 해야겠네. 지민 씨 김밥 잘 싸던데."

"일방적인 이별이었어."

"네?"

유현은 주스 잔을 만지작거리며 무덤덤한 투로 말을 이었다.

"태주 씨한테 일방적으로 통고한 이별이었어요. 같이 밥 먹고 영화 보고 차 마시다가 갑자기. 스물네 살 때 일 년간 사귀던 남자랑 이별할 때도 그랬어. 그때 그 남자는 나랑 하도 많이 다퉈서 어느 정도 짐작은 했었을 거야. 그런데 태주 씨는 아니었거든. 어쩌면 연성 씨한테도 그럴지 몰라요."

"……."

"헤어진다, 안 헤어진다 싸우면서 이별하는 거 질색이라."

연성이 무슨 의미인지 모르게 싱긋 웃었다. 이곳 아침 고요 수목원의 햇살처럼 눈부시게 싱그러운 미소다. 보고 있으면 마냥 따뜻하게만 느껴지는 미소. 왜 엉뚱하고 능청스럽기 짝이 없는 이 남자가 싫지 않을까.

유현은 그의 미소를 보고 있다가 문득 깨달았다. 어릴 적 허약해서 시골집 마당에 나가 놀라치면 늘 병든 병아리처럼 양지만 찾아 쪼그리고 앉아 있었었지. 그렇게 햇볕 쬐며 앉아 어머니가 돌아올 시간만 기다릴 때처럼 자신에겐 지금 햇빛이 절실히 필요하다는 것을.

"나한테는 안 그럴 거예요. 아니, 못 그래. 마음 아파서. 진짜 사랑하면 마음 아파서 헤어지잔 말, 농담이라도 못하게 되어 있거든."

연성이 장담했다.

"어느 연인이든 그래요. 처음부터 헤어질 거라는 거 예상하고 사귀지는 않지. 사실, 당사자인 두 사람보다는 다른 이유로 헤어지는 커플들도 많고."

"태주 씨랑도 그랬다는 거죠? 굳이 한 가지 이유 때문은 아니겠지만 유현 씨가 말한 대로 그쪽 집안에서 반대한 것이든지, 그 외의 이유가 복합적으로 얽혀서."

유현은 무슨 말인가를 하려다가 약간 위축된 듯 조심스레 입을 열었다.

"연애할 땐 아무 문제 없던 것들이 막상 결혼하려면 장애가 되더군요. 연애와 결혼의 차이가 그토록 클 줄은 미처 몰랐지 뭐야. 연성 씨도 그 나이에 연애만 하고 말 여자를 원하는 건 아닐 테고, 그럼 자연히 이것저것 조건 따지게 될 텐데 실은 그게 겁나요."

"그렇게 얘기하니까 나는 완전히 100% 조건을 갖춘 사람 같네. 조건이란 거 별건가? 두 사람이 얼마나 사랑하느냐, 그보다 중한 조건이 어디 있다고."

"내가 미혼모 딸이라……."

"……."

산머루 주스를 마시다가 연성이 한 방 얻어맞은 얼굴이 되어 유현을 빤히 쳐다보았다. 유현은 그럴 줄 알았다는 듯이 피식 웃었지만 눈에는 어느덧 말간 물기가 차 올랐다.

"그거…… 결혼에는 내 몸이 장애인 것보다 더 큰 흠이 되더군요."

레몬 밤을 하나 사서 돌아오는 길.

‘미혼모의 딸’이라 고백한 부분에 대해 그때까지 연성은 일절 아무 말이 없었다. 유현도 내심 초조함을 느끼는 자신을 발견하고부터는 일부러 말을 아꼈다. 그의 반응을 살피는 자신이 우스웠다. 공연히 그의 마음을 시험해 보고자 함은 아니었지만, 연성 쪽에서 보자면 그렇게 느끼고도 남음이 있었으리라. 이제와 그에게 어떤 이미지의 여자로 비칠지가 무슨 소용일까. 한낱 부질없는 짓인 것을.

“불안해요?”

마치 속을 들여다보기라도 한 것처럼 연성이 묻기에 유현은 생각에 빠져 있다가 깜짝 놀라 고개를 돌렸다.

“네?”

사이드미러를 슬쩍 살피며 연성이 반복해 말했다.

“불안하냐고 물었어요.”

“무슨……?”

“내가 충격 받아서 십 리 밖으로 도망가면 어쩌나.”

“난 또.”

유현의 목소리가 기운없이 사그라진다.

엉터리. 되레 그래 주길 바라고 한 얘기란 걸 알면서.

“이젠 두 번 다시 겪고 싶지 않아요.”

“그래도 내가 포기 안 한다면?”

“나더러 죽어라, 죽어라 하는 거겠죠.”

“그 정도에 사랑을 포기한다는 건 너무 억울하지 않을까? 사랑을 위해서 죽기도 하는 판에."

"스무 살에나 가능한 이야기죠."

유현에게도 그런 시절이 있었다. 어머니가 미혼모라는 게 죽기보다 싫어서 미칠 것 같던 시절이. 차라리 그때는 어떻게든 결혼을 해서 굴레를 벗어나고자 애썼었지. 그럼 정신적 공황이 끝날 것처럼. 그것이 어머니에 대한 연민으로 변하면서부터는 결혼에 대해 저절로 포기가 되어갔다. 솔직히 말해 결혼이라는 것에 자신이 없었다. 한 남자를 사랑하고, 그 사람의 아이를 낳고, 행복이란 이름 속에 자신을 맹목적으로 담글 자신이. 평범함은, 세상에서 가장 큰 행복이기도 하지만 그에 비례하여 가장 어려운 일이라는 것을 일찍이 알아버린 탓이다. 어머니는 태주와 그렇게 된 후 일체 말씀은 않지만 그것이 당신의 탓인 양 여기는 듯하다. 왜 그렇지 않을까. 두 번씩이나 결혼을 코앞에 두고 실패한 딸자식인데. 누구에게 하소연도 못하고 속이 시커멓게 타 들어갔으리라.

어머니 생각에 콧날이 시큰하여 유현의 눈가에 처연한 눈물이 맺혔다. 어머니는 평생 유현의 눈물이 될 것이다. 어머니에게 유현이 그렇듯이.

"쉽게 얻는 건 가치가 없지. 유현 씨에게도 내가 그런 가치 있는 사람이었으면 좋겠어요."

유현은 촉촉이 젖은 눈을 들어 물끄러미 연성을 바라보았다. 그러나 곧 맥없이 픽 웃고 말았다.

"그래도 고맙네요, 정유현이 가치있는 여자 만들어줘서."

하지만 그것이 다였다. 유현에게 사랑의 가치는.

집으로 들어서다 유현은 멈칫했다. 현관에 어머니의 신발이 놓여 있어서다. 식당 쪽에서 부스럭거리는 소리가 나는 걸로 보아 또 무언가를 잔뜩 싸들고 오신 게다.

문소리를 듣고서야 어머니가 모습을 드러냈다. 여자치고는 장골인 어머니는 천생 여장부였다. 그 시절에 미혼모로 꿋꿋하게 버텨낸 것만 보아도 여장부 기질이 없었더라면 어림도 없는 일이었으리라.

"어머니."

"이제 오냐?"

"네."

"밥 안 먹었거들랑 먹어."

부리나케 현관으로 올라선 유현이 어머니를 따라 식당으로 들어가며 물었다.

"어머니는요?"

"했구먼."

연성과 저녁을 안 먹고 오길 잘했다, 속으로 여기며 식탁 앞에 가서 앉았다. 딸을 위해 손수 식탁을 차려주는 것이 어머니의 기쁨이고 보면 착한 딸 노릇을 하는 셈이다.

유현은 어머니가 끓여놓은 된장찌개와 갖가지 밑반찬으로 얌전히 식사를 했다. 유현이 좋아하는 음식으로만 골고루 해놓은 어머니의 솜씨는 언제 먹어도 입 안에 짭짭 달라붙었다.

"오랜만에 어머니가 해주신 음식 먹으니까 맛있네요. 어머니가 서울로 올라오시면 좋을 텐데."

"일없구먼."

대학 때문에 서울에 올라온 이후로 어머니와 떨어져 산 지가 어느덧 십 년이다. 그사이 어머니는 늙었고, 유현도 서른이 넘은 나이가 되었다. 얼마 안 있으면 어머니와 딸이 같이 늙어간다는 소리를 듣게 생겼다. 자기 나이 먹는 건 둘째 치고 어머니가 늙는다는 것에 무척이나 서글퍼진다. 아닌 게 아니라 어머니는 두어 달 새 부쩍 늙어버린 듯하다. 유현은 어머니 얼굴에 자글자글한 주름살을 일부러 외면했다.

"그 남잔 누구랴?"

밥을 먹다 말고 유현이 놀란 듯 건너편의 어머니를 바라보았다. 창밖으로 연성을 본 모양이다. 집 앞에 와서는 연성이 차에서 내려 슈퍼에 들렀었기에 어머니는 유심히 그를 지켜보았을 것이다. 어머니에게 괜한 희망을 불어넣는 꼴이 될까 봐 놀란 안색을 감추고 애써 담담히 얘기했다.

"그냥 조금 아는 사이예요."

조금 아는 사이라는 말이 왠지 가슴에 아려서 별안간 입에 착착 달라붙던 밥알이 서걱거리는 모래알처럼 껄끄러웠다.

기껏 해봐야 석 달에 한두 번 만나는 것이 고작인 모녀는 그렇게 묵묵히 마주 앉아 있었다. 곰살궂은 구석이라고는 찾아보려야 찾아볼 수 없는 어머니와 딸. 누가 더하다 할 수도 없이 똑같다.

“어휴, 답답해! 언니는 언니가 얼마나 숨 막히는 여자인지 모르지? 왜 그러고 살아? 왜 꼭꼭 마음을 닫아놓고 사느냐고!”

연성도 곧 지민이처럼 그렇게 악을 쓰게 되겠지. 너 같은 여자를 사랑한 내가 바보다, 하면서.

“어머니, 저 취재 여행 가요.”

솔직히 말하자면 유현으로서도 예상치 못한 여행이었다. 연성과 아침 고요 수목원에서 돌아오는 길에 불현듯 떠오른 일이었고, 집으로 오자마자 짐을 꾸릴 생각이었다. 그저 훌훌 떠나고픈 마음뿐이었다. 그런데 마치 알고 있었던 듯이 어머니가 때맞춰 집에 온 것이다.

어머니는 언제나처럼 무심히 고개만 끄덕였다.

모처럼 딸네 집에 와도 하루 이상을 머무르는 법이 없는 어머니다. 그것이 딸에게 폐가 된다고 여긴다. 혼자 사는 딸의 집이라도 당신의 집이 아니면 불편해한다. 딱 한 번 어머니는 아버지에 대해 이야기해 주었었다. 유현이 시나리오 작가가 되었을 때. 그래서 피는 못 속이는 게지. 어머니가 흘림 말을 하더니 그랬다. 네 아버지도 영화쟁이었다, 고.

어촌으로 촬영을 나온 젊은 영화 조감독과 사랑에 빠졌다던 어머니. 하지만 어머니는 그 사랑을 쟁취하지 못했다. 아버지 집안의 거센 반대에 부딪혔던 탓이다. 그리고 아버지는 어머니를 버리고 떠났다. 생전 가도 우는소리 한 번 안 내던 어머니가 그 말을 하면서는 처음으로 주름진 눈가에 이슬을 매달았다. 그 말을 하는데 어머니의 모습이 처량맞거나 버림받은 여자라 환멸을 느끼기보다 여자로서 아름다웠다. 당시로서는 파격적인 사랑이었으리라. 어촌처녀와 도시의 멋쟁이 영화 조감독의 사랑은 그렇게 하여 비극으로 막을 내렸고, 그 어느 누구에게도 축복받지 못하는 유현이 태어났다. 그 일로 인해 집에서도 쫓겨났다던 어머니. 당신의 억척스러운 삶은 그때부터가 아니었을까. 모진 운명에 거세게 부딪치고 깨지며 딸 하나 때문에 이를 악물고 살았으리라.

"이번에는 얼마나 걸릴지 모르겠어요."

매번 새 작품을 쓸 때마다 방랑벽 있는 사람처럼 취재 여행이랍시고 훌쩍 떠났다가 지칠 대로 지쳐서야 집으로 돌아오곤 했었다. '별의 혼(魂)'을 쓸 때도 근 넉 달 동안 집을 비웠을 것이다. 유현은 안다, 지금의 취재 여행은 말이 그렇다는 것이지 실상은 도망이라는 걸. 태주에게서, 또 연성에게서.

태주에게 병원에 다시 들를 것을 생각해 보겠다, 하고는 자꾸만 겁이 났다. 따져 보니 억울해서 이번에는 단단히 벼르고 있다가 그 사고, 너 때문이야! 하고 소리라도 지를까 봐. 아니면 재수없게 그의 어머니와 또 마주쳐서 너 때문에 내 아들이 저렇게 됐노라고, 이전 뺨을 때린 것과는 비교도 안 되게 머리채라도 그러잡고 뒤흔들 것만 같아서. 다시는 그런 모멸감을 당해낼 엄두가 나지 않았다.

"안방 침대에 있는 인형은 또 뭐여?"

"예? 아, 인형."

어머니가 인형을 보고 놀랐을 생각을 하자 괜스레 웃음이 나왔다.

"누가 선물로 줬어요."

"웬 어린애가 와 있는 줄 알았구먼 그랴."

"저도 처음에 그랬어요. 후후."

어머니가 놀랍고 신기하다는 듯이 쩍쩍 혀를 내둘렀다.

"요즘은 인형도 그렇게 사람처럼 만든디야. 그거 보고 있음 심심허지는 않겠더구먼."

어릴 적 어머니가 솜을 넣어 직접 만들어준 인형이 생각나서 유현의 입가로 빙긋한 미소가 감돌았다.

다음날로 시골에 내려가겠다는 어머니를 고속버스 터미널까지 빌려온 차로 직접 모셔다 드리고 태주가 있는 병원으로 갔다. 갈 때 치즈 케이크를 하나 사들고 갔는데 태주가 좋아하는 것이었다. 병실로 들어갔을 때 다행히 그의 어머니는 없었다.

혼자 침대에 앉아 있다가 태주는 유현이 들어서자 단숨에 화색이 돌았다. 이렇게 빨리 다시 와줄 줄 몰랐다는 듯이.

"유현아."

"태주 씨."

유현은 부러 안색을 밝게 해 태주에게 가까이 다가갔다. 그의
다리에 박힌 심이 몹시도 거슬린다. 마치 자신의 다리에 박힌
것처럼 뼈가 시리고 아팠다.

태주는 자신의 다리를 물끄러미 바라보는 유현의 손을 잡다
가 멈칫했다. 이제 자연스럽게 손을 잡을 수 없는 사이라는 걸
잠깐 망각했다. 그 사실이 태주를 깊은 암연 속으로 가라앉힌
다. 한때는 자신과 하나라고 생각했던 여자, 그녀는 이제 타인
이다.

태주의 허한 마음을 알아차린 유현이 내색없이 손을 그러잡
아 주었다. 깡마른 손을 보니 마음이 울적하다. 어쩌다 그 멋진
남자가 이렇게 되어버렸을까. 어디를 가도 환하게 빛이 나던 사
람이.

태주 씨, 당신에게 내가 너무 큰 잘못을 저지른 것 같아.

태주는 꿈이라도 꾸는 양 잡은 유현의 손을 곱게 매만졌다.
늘 펜을 들고 끼적인 탓에 오른손 가운뎃손가락 첫째 마디에 굳
은살이 배인 것까지 변함이 없다. 그때보다 머리카락이 많이 자
라서 하나로 질끈 묶은 것 외에는 세월도 비켜간 듯 앳된 얼굴
그대로인 유현이. 변한 것이라면 태주 자신뿐.

태주를 안쓰럽게 바라보다가 유현이 빙긋 웃으며 말을 붙였
다.

“그새 얼굴이 좋아졌네?”

태주가 쑥스럽게 웃고는 대답했다.

“응. 의사도 그러더라. 무슨 좋은 일 있느냐고.”

“그래서 뭐라고 했어? 옛 애인 만났다고 그랬어?”

“응. 그러니까 축하한다던데.”

“후후. 그게 축하할 일인가? 그 의사 웃긴다.”

“옛 애인이 또 오겠다고 했으니까 축하할 일이지.”

유현은 문득 얼굴에서 웃음기를 거두고 가만히 고개를 숙였다. 시간을 정해놓고 온 것도 아니건만 그 순간 괜스레 마음이 촉박해졌다.

“나 취재 여행 가, 태주 씨.”

“취재…… 여행?”

“응. 작품 때문에. 일정이 잡혔어.”

슬쩍 거짓말을 하고서 양심에 찔렸다. 하지만 이렇게 하지 않으면 얼마 안 있어 모든 게 걷잡을 수 없이 엉망이 되어버리고 말 것이다.

“그렇구나.”

태주의 얼굴에서 단숨에 거둬지는 미소를 보자 목이 메어 유현은 입술을 꼭 깨물었다.

태주 씨, 나 당신 보지 않을래. 삼 년 전 그때처럼 냉정하게 외면하고 말래.

그가 고개를 숙인 채 조금은 떨리는 목소리로 묻는다.

“이제…… 안 올 거니?”

“응, 그럴 거야.”

태주는 수긍하듯 조용히 고개를 주억거렸다.

"혹시 그 남자 때문이야?"

"응? 누구?"

"그때 여기 입원했던 남자. 네 팬이라던……."

"아!"

속내를 들킨 듯 뜨끔해서 퍼뜩 할 말을 잃었다. 이래서 사람의 직감이 무섭다는 거겠지.

"그 남자가 너 사랑하는 거 맞지?"

태주의 목소리가 담담한 편이라, 덕분에 유현도 안도할 수 있었다.

"응. 그래서 또 도망가, 나."

바보 같은 정유현. 도대체 네가 할 수 있는 일이 뭐야? 넌 하얀 거짓말이라는 것도 모르니? 번번이 솔직히 다 털어놔서 잘된 일이 뭐가 있어? 미혼모 딸이라는 것도 무슨 자랑거리라고 죄다 떠벌려서 사람들을 기함시키지를 않나, 태주에게는 뭐 하러 그런 고백을 한다는 거니? 어찌 되었든 연성에게서 도망간다는 건 그만큼 가깝게 지내는 사이임을 인정하는 꼴인데. 상식적으로도 옛 애인 병문안 와서 나눌 화제는 아니지 않은가.

태주가 낮게 한숨을 내쉬었다. 여전히 손은 만지작대면서.

한때는 숱하게 잡았던 손. 굳은살이 배인 손가락을 손끝으로 부드럽게 마사지해 주던 생각이 떠올라 유현의 얼굴색이 흐려졌다. 그러자 태주의 손이 이루 말할 수 없이 불편해진다. 그 당시엔 별것 아니던 일들이 왜 지금에 와서는 자꾸만 특별한 일처럼 느껴질까.

"사랑이란 거, 도망간다고 해서 없는 일처럼 되는 거 아니야."

태주의 자조 어린 말에 냉정하자 했던 마음도 잊고 유현은 눈물이 글썽했다.

그래, 태주 씨. 당신과도 아무 일 아니었다고, 이미 다 끝나버린 일이라고 생각했어. 지금 내 앞에 있는 당신에게도 마찬가지야. 또 시간이 지나고 나면 아무 일 아닌 것처럼 난 살 테니.

"알아. 그래도 싫어."

"나 때문에 네가 많은 상처 입었다는 거 알아."

유현은 결단코 그렇지 않다는 듯 몇 번이고 고개를 저었다.

"태주 씨 때문 아니야. 그런 일이 태주 씨하고만 있었던 것도 아니었는데 뭐. 태주 씨뿐 아니라 태주 씨 가족들에게 상처를 준 건 오히려 나지. 미안하다는 말, 하고 싶었어. 이제 와서 소용없는 말이라는 거 알지만, 그래도 사과하고 떠나고 싶었어. 그때 일방적으로 통보하듯이 이별 선언했던 거 미안했어."

"유현아."

"빨리 완쾌했으면 좋겠다. 난 태주 씨가 그럴 수 있을 거라고 믿어. 태주 씨는 의지가 강한 사람이니까."

태주의 눈이 흐릿해진 것과는 반대로 유현은 오히려 눈빛이 초롱초롱해졌다. 태주에게서 한 걸음 물러서서야 이 모든 상황이 선명해진다.

나 또다시 당신을 떠나, 태주 씨. 정작 하고 싶은 말은, 나중에 또 우연히 만나게 된다면 그땐 우리 마주 서서 인사하자였는데 일부러 안 하고 가. 예전처럼 여지를 주었다가 또 만나게 될까 봐. 나, 끝까지 이기적이지?

"나 그만 갈게, 태주 씨."

태주가 손을 억세게 잡아채는 바람에 아파서 유현의 얼굴이 살짝 찡그려졌다.

"이런 말 하는 거 염치없는 줄 알지만 다시 와주면 안 되겠니? 그냥 단순한 병문안이 아닌 내 곁으로 완전히."

"태주 씨……."

태주는 허겁지겁 양손으로 유현의 손을 꽉 움켜잡았다. 간절히 매달리는 심정이 느껴져 유현은 가슴이 덜컥 내려앉았다.

"그때 그 커피숍에서 널 잡지 못했던 거 두고두고 후회했어. 그때 널 잡기만 했었어도 이렇게……."

점점 감정이 격해지는 태주가 무서워서 그의 혼비해진 이성을 찾아주려는 듯 잡은 손을 한 번 크게 흔들었다.

"그럴 수 없다는 거 알잖아. 우린 이미 끝났고, 지금 태주 씨가 이렇게 됐다고 해서 변할 건 없어. 지금 내게 말한 거, 틀림없이 나보다 태주 씨가 먼저 후회할 거야."

"아니야! 내가 이렇게 되지 않았다면 벌써 너에게 찾아갔을 거야. 어떻게든 널 붙잡았을 거야. 네 말대로 그건 너의 일방적인 통고였어. 난 받아들일 수 없었다고!"

혼란스러웠다. 태주가 이런 식으로 애절히 붙잡을 것이라고는 예상치 못했기 때문이다. 그의 야윈 뺨으로 굵은 눈물이 주르륵 흘러내렸다.

맙소사.

유현은 하마터면 비명이라도 지를 뻔했다. 한태주가 어쩌다 이렇게 나약한 남자가 되었단 말인가. 그는 자기 가족들 앞에서도 당당히 미혼모의 딸, 정유현을 사랑한다고 말했던 사람이고 끝까지 그 사랑을 인정받았었다. 그 사랑을 깨뜨린 건 그의 가족들이 아니었다. 유현, 자신이었다.

별안간 멱살이라도 잡힌 듯 숨통이 턱 막혀서, 그의 손아귀에서 억지로 제 손을 빼낸 유현은 서둘러 자리에서 일어났다.

"미안, 태주 씨."

도망치듯 병실을 빠져나가며 유현의 기억 속에 삼 년 전 그때 그 커피숍에서의 일이 떠올랐다. 장소만 다를 뿐 별반 다를 바 없는 모습. 복도를 정신없이 내달리는데 가슴이 격하게 쿵쾅거렸다.

"아니야! 내가 이렇게 되지 않았다면 벌써 너에게 찾아갔을 거야. 어떻게든 널 붙잡았을 거야. 네 말대로 그건 너의 일방적인 통고였어. 난 받아들일 수 없었다고!"

태주의 책망 어린 말들이 심장을 망치로 두드리듯 쾅쾅 때렸다.

가증스럽구나, 정유현. 이미 아는 사실이었잖아. 태주가 너 때문에 저 지경이 되었으리라는 걸 알면서, 그 죄책감 덜려고 이곳에 또다시 버젓이 나타나 간단한 사과 말로 모든 걸 덮을 수 있으리라 여겼잖아. 그리고 떠나면 다 되는 거라고, 훌훌 떠났다 돌아오면 태주도 연성도 제자리일 것이라고.

[어디예요?]

그곳은 고속도로 위였다. 운전을 하면서 유현은 조금 울었다. 이제 눈물이 겨우 가셨다 싶던 차에 연성의 목소리를 듣자 또다시 울컥했다. 울었다는 걸 들키지 않으려고 잠시 목소리를 가다듬고는 냉담히 대답했다.

"나 지금 운전 중이에요."

[어디 가는데요?]

"취재 여행 떠나요."

[어! 그런 말 없었잖아요?]

짜증이 난다. 연성의 관심도, 간섭도 지금의 유현에겐 거추장스러울 따름이었다. 잘 정돈되어 있던 일상이 연성이 나타난 그 순간부터 서서히 흐트러져 가고 있었다. 점점 두통이 심해진다.

"그걸 왜 일일이 김연성 씨에게 말해야 하죠?"

[유현 씨…….]

충격을 받은 듯 연성의 목소리가 단숨에 경직되었다. 눈물이 목구멍을 타고 슬금슬금 올라오는 걸 느끼며 유현은 이를 악물었다.

"나하고 있었던 일 모두 잊어주세요, 김연성 씨."

[나 때문인가요? 그래서 갑자기 여행 떠나는 거예요?]

"내가 말했죠. 난, 사랑 같은 거 믿지 않는다고. 내가 사랑이라는 게 뭔지 모르겠는데, 어떻게 사랑을 해요! 그러니 날 가만히 내버려 둬! 다시는 전화하지 말아요!"

신경질적으로 전화를 끊은 것만으로도 모자라 배터리를 잡아빼서는 옆 좌석에 패대기치듯 집어 던졌다. 그리고 엄청난 속도로 고속도로를 달리기 시작했다.

"언니."

"어머, 이게 누구야? 유현이 아냐?"

카페 '릴케'의 여주인 영주는 주방에 앉았다가 화들짝 놀라며 유현을 반겼다.

이곳은 서해안 '모항'에 있는 카페로서 일층은 카페요, 이층은 영주가 사는 집으로 영화 '별의 혼(魂)'의 배경이 되었던 곳이기도 하다. 유현이 '별의 혼(魂)'을 쓰면서 취재차 이곳에 내려왔을 때 우연히 발견한 후 넉 달간 머물렀던 곳. 실제로 후에

‘별의 혼(魂)’의 촬영지가 되면서 유명해지기도 했었고, 유현이 일 년에 적어도 한 번쯤은 내려와 며칠씩 묵어가는 곳이었다. 이곳 여주인 영주와는 그때 알게 된 친분이 여태 언니, 동생 하는 사이로 이어지고 있다.

성격이 쾌활하고 털털한 영주는 유현이 정말로 친언니라고 여기는 매우 가까운 사람 중 하나였다. 지민이 못지않게 영주는 유현에게 특별한 사람이었다.

“연락도 없이 웬일이야?”

“언제는 뭐 연락하고 왔나?”

그런 면에서 유현은 자신이 어머니와 지극히 닮았다는 것을 인정하지 않을 수 없다. 가는 것도 오는 것도 언제나 갑자기다. 영주는 그런 유현에게 ‘바람’ 같다고 했었지. 구태여 머물 자리를 찾지도 않으면서 제 마음대로 왔다가는 또 홀연히 사라져 버리는 바람.

카페는 다소 한산했다. 손님이 오든 말든 유현을 이층으로 데려간 영주가 카페에서는 볼 수 없는 시원한 미숫가루를 타서 내왔다. 배가 고프던 참에 유현은 얼음 동동 띄운 미숫가루가 담긴 넓은 유리그릇을 두 손으로 들고 벌컥벌컥 들이켰다.

그 모습을 보고 영주가 호쾌하게 웃었다.

“호호호. 배고팠구나? 밥을 줄 걸 그랬다, 애.”

단숨에 비워진 유리그릇을 내려놓으며 유현이 대답했다.

“응. 언니가 해주는 거 먹으려고 일부러 안 먹고 바로 왔어.”

"장사도 안 되는데 오늘은 일찍 문 닫아야겠다."

"왜 장사가 안 돼? 손님이 그렇게 없어?"

"휴가철이나 돼야 북적거리지."

"으응."

영주가 유현의 얼굴을 살피더니 약간 걱정스러운 목소리로 물었다.

"얼굴이 왜 그래? 무슨 일 있니?"

유현이 들리지 않게 한숨을 내쉬었다.

"좀 피곤해서. 쉬러 온 거야, 나."

"그래, 그건 잘 생각했다만. 뭔가 있는 얼굴인데? 근심이 가득해."

이래서 연륜은 못 속이는 게지.

유현은 자기보다 네 살이나 위인 영주에게 손들었다는 듯이 해죽이 웃었다. 영주가 그럴 줄 알았다는 듯 피식 싱거운 웃음으로 답했다.

"뭐야? 또 연애냐?"

어머, 어쩜 그런 것까지.

유현이 영주를 살포시 흘기며 된소리를 냈다.

"언니, 돗자리 깔아도 되겠수."

"킥킥. 내가 뭐랬어? 넌 독신자 팔자 아니라고 했지? 이번엔 누구야?"

"살짝 맛이 간 남자."

“오호, 근사한데. 몇 살인데?”

“서른. ‘별의 혼(魂)’ 팬이래.”

팬이라는 말에 좀 전과는 달리 영주는 그다지 탐탁지 않은 얼굴이다.

“헛바람 든 놈 아냐?”

유현은 부정하지 않고 어깨를 으쓱했다.

“그러게. 그래서 도망 왔어, 미친놈 같아서.”

“으하하!”

영주는 집 안이 떠나갈 듯 크게 웃고는 웃음을 갈무리하느라 헛기침을 몇 번 큼큼, 했다. 하지만 붉어진 얼굴은 좀처럼 가시지 않았다.

“그래도 정유현이 인기는 식지 않았구나. 아직 그런 좀팽이도 있고. 여기까지 도망 올 정도면 거의 스토커 수준인 모양이로구나?”

유현이 가방에서 담배를 찾아 꺼내 물자 영주가 조금 인상을 썼다.

“계집애, 아직도 못 끊었니?”

유현은 담배에 불을 붙여 깊이 들이마시고 내뿜으며 건성으로 대답했다.

“끊을 핑계가 안 생기네.”

유현의 안색이 착잡해 보여서 영주는 얼른 화제를 바꾸었다.

“그 남자, 스토커 맞아?”

"응?"

하고 물었다가 유현은 담배 든 손을 황급히 내저었다.

"아냐. 그 정도는 아니고."

말해놓고 나니 우스워서 소태 씹은 듯 쓰게 웃음을 뱉었다. 언제는 스토커가 아닐까 의심해 놓고선 정색하며 아니라고 부인할 건 또 뭐람. 생각해 보면 연성을 그 정도로 나쁜 놈 만들 필요까진 없는데. 그가 대체 무슨 짓을 했기에. 그리고 이렇게 도망 온 것이 꼭 그 사람 때문만은 아니잖아. 따지고 보면 태주 때문이 더 크잖아, 안 그래?

태주를 생각하니 갑자기 우울해져서 담배 맛 또한 쓰디쓰게 느껴진다. 찌푸린 얼굴로 담배를 피워대는 유현의 모습이 여간 괴로워 보이는 게 아니어서 영주는 안쓰러운 눈빛을 보냈다.

"유명세 타느라 힘들긴 힘든 모양이네, 얼굴이 반쪽이 된 걸 보니."

"유명은 무슨. '별의 혼(魂)' 이후로는 부진을 면치 못하는데."

"기대치가 너무 높아서 그래. 오래오래 쉬었다가 가라. 나도 심심하던 차에 잘됐다."

영주는 기꺼이 유현을 위해 카페 문을 일찍 닫고 텃밭을 일구어 심은 상추와 깻잎, 풋고추 등으로 저녁 만찬을 준비했다. 카페 마당에는 나무를 깎아 만든 테이블과 의자가 몇 개 있었는데, 그 가운데에 직접 불을 피우게끔 해놓은 화덕이 놓여 있었다. 여름은 여름대로, 겨울은 겨울대로 여러모로 쓸모가 많은 화덕이었다. 여름엔 이렇게 밖으로 나와 고기를 구워먹기에 좋았고, 겨울이면 오가는 사람들의 추위를 잠시나마 가시게 해주는 유용한 도구였다. 간혹 그 속에서 구운 감자나 고구마로 사람들의 인심도 사고. 손이며 입가며 그을음 시커멓게 묻혀가며 먹는 감자, 고구마가 얼마나 맛있는지.

화덕에 불을 피우고 올 새가 촘촘히 얽긴 철망을 올려 삼겹살을 구워 먹으며 두 여자는 고즈넉한 저녁 한때를 맞고 있었다. 유현은 커피를 마실 때 즈음해서야 차 안에서 꺼놓았던 휴대전화를 켰는데, 켜자마자 무수한 전화와 문자들, 그리고 음성메시지로 도배가 되어 있음을 알았다. 대부분은 연성의 것이었고, 간혹 사이사이에 지민에게 온 것도 끼어 있었다.

우선 문자부터 확인했다.

〈왜 그래요? 내가 뭐 잘못했어요? 왜 전화 안 받아요? 걱정돼서 죽을 것 같잖아.〉

〈운전 중이라면서요? 아무 일 없는지 걱정돼요. 그것만 알려줘요.〉

〈아아! 마이크 테스팅. 정유현 씨를 찾습니다. 내 말 들립니까?〉

〈날 두고 가시는 임은 십 리도 못 가서 발병 난다!!〉

짧게 인상을 그리고는 이번엔 음성 메시지를 확인했다. 첫 번째 메시지를 켜자 잠시 목소리를 가다듬는가 싶더니 느닷없이 노랫소리가 흘러나왔다.

[당신을 위해~ 내 마음 바쳐요. 당신을 위해~ 내 정성 드려

요. 당신만을 바라보고, 당신만을 생각해요. 그런 나인 걸 당신은 아나요? 워워~ 이제 그만 날 사랑해 줘요.]

노래를 다 듣고 나자 커피는 그새 미지근하게 식어 있었다. 유현은 휴대전화를 끄고 다 식은 커피를 천천히 들이켰다. 무슨 맛인지는 통 알 수 없었다.

정신이 멍해 있는 유현을 보고 영주가 슬쩍 말을 걸었다.

"누구야? 네가 말하던 그 남자니?"

휴대전화로 흘러나오는 노랫소리를 들은 모양이다. 유현이 아무 생각 없이 고개를 끄덕이자 영주가 풋, 웃더니 혼잣말을 늘어놓았다.

"노래는 잘하네. 근데 그런 노래도 있었나?"

유현은 몹시 심란한 얼굴로 대답했다.

"몰라. 나도 처음 들어."

영주가 혼자 편히 자라고 내어준 방에서—유현이 오기만 하면 묵는 방이다—유현은 그날 밤 휴대전화를 손에 쥔 채 어쩔 줄 모르는 사람처럼 앉아 있었다. 이때쯤이면 전화가 올 텐데 연성에게도 지민에게도 전화는 더 이상 없다. 다시는 전화하지 말라고 있는 대로 성질을 부려놓고 이제 와 전화는 왜 기다리고 있다는 것인가. 태주에게처럼 사과하는 것으로 죄책감을 덜려고? 그리 간단한 일이라면 얼마나 좋으랴만.

유현의 입에서 시름 가득한 한숨이 새어나오는데 때맞춰 휴

대전화가 울렸다. 깜짝 놀라 발신자를 확인하자 다행히 전화는
연성이 아닌 지민이었다. 괜스레 안도의 숨을 내쉬며 전화를 받
자 지민의 낭창 한 목소리가 크게 울렸다.

[언니!]

"어, 지민아."

[어디야, 지금?]

"나, 취재 여행……."

[아유, 정말! 애도 아니고 다 큰 사람이 왜 이렇게 속을 썩인
담. 전화는 왜 안 받아? 연성 씨 지금 숨넘어가. 언니한테 무슨
사고 생긴 거 아니냐고 날 달달 볶는다니까!]

"혹시, 연성 씨랑 같이 있니?"

[이제껏 언니네 집 앞에서 쩔쩔매고 서 있는 걸 달래고 또 달
래서 겨우 집으로 보냈어.]

"잘했어."

[잘하긴 뭘 잘해? 도대체 언니란 사람은 알다가도 모르겠어!
그렇게 내빼버린다고 될 일이야, 이게?]

가슴을 후벼 파는 지민의 말에 유현이 한숨을 푹 내쉬고는 기
운없이 대답했다.

"미안해. 연성 씨한테 내가 얘기 잘할게. 앞으로 너 괴롭히지
말라고 말이야."

지민의 바락 내지르는 소리가 잇달았다.

[이야기의 요점이 그게 아니잖아! 어딘지나 말해. 그래야 안

심을 할 거 아냐, 사람이!]

"그냥 여기저기 다닐 거라서 나도 몰라."

[지금 있는 곳이 어디냐니까?]

유현은 손으로 입술을 쥐어뜯으며 잠깐 고민에 빠졌다. 여기라는 걸 가르쳐 주었다가 연성이 쫓아오면 어쩌나 싶어서. 하지만, 설마. 내일 출근도 해야 할 사람이.

"여기 내가 잘 아는 언니 집이야. 그러니까 걱정하지 말고 있어."

[잘 아는 언니 집? 알았어. 연성 씨한테는 언니가 전화할 거지?]

"응? 그래, 내가 할게. 내가 해야지 뭐."

전화를 끊고 나자 더욱 심각한 고민에 빠져 버렸다. 이를 어쩐다? 전화를 해주지 않으면 연성은 계속 지민을 괴롭힐 게 뻔하다. 그러나 이제 와서 전화하려니 스스로 생각해도 뻔뻔함의 극치다.

유현이 애꿎은 입술만 쥐어뜯다가 아야, 하며 인상을 찌푸렸다. 까슬까슬하게 일어난 입술 껍질을 뜯다가 기어코 피가 난 것이다. 화장지를 찾아 피가 난 부위를 꾹 누르고 있자니 또다시 휴대전화 벨이 울린다. 지민이 다시 전화한 것이라 여기고 유현은 발신자 확인도 않은 채 시무룩이 전화를 받았다.

"알았어, 내가 전화한다니까."

[어? 유현 씨, 전화 받네요? 거기 어디예요? 무사한 거예요?]

한꺼번에 정신없이 몰아치는 목소리는 연성이었다. 입술이 아팠던 것도 잊고 유현은 가슴이 저릿해서는 가만히 숨을 죽였다.

[유현 씨, 괜찮아요? 무슨 일 생긴 거 아니죠?]

정말로 걱정했었던 듯 그의 목소리가 사뭇 떨렸다. 피가 난 상처 부위를 혀를 이용해 재빨리 침을 바르고는 객쩍게 대답했다.

"그럼요. 별일없어요."

이렇게 멋쩍을 수가!

[아, 다행이다. 걱정돼서 미치는 줄 알았네. 어디 있어요?]

"그게…… 그냥 아는 언니 집에."

[아는 언니 집?]

유현은 깨끗하게 연성과 마무리 지어야 한다고 생각했다. 그는 성인이니까 충분히 이해할 수 있을 것이다. 이렇게 토심스러운 태도를 언제까지 일삼을 것인가.

"연성 씨."

[네?]

"난, 연성 씨가 자꾸 이러는 거 부담스럽네요. 날 좋아해 주는 건 고맙지만 아무래도 좀 힘들겠어요. 아까 전화로 화낸 거 미안했고요. 나도 모르게 그만……. 전에도 말했지만 난 이대로가 좋아요. 남자가 내 곁에 있는 거 불편하고 싫어요."

[…….]

"이해해 줘요. 연성 씨가 나를 좀 이해해 주면 좋겠어요."

[그렇게 도망가지 마요. 그러지 마.]

연성의 감정을 억누른 듯 묵직한 목소리가 조금 크게 울렸다. 그 소리가 가슴속에서 둥 하고 메아리치는 듯했다. 전화 저편으로 그의 억누르는 신음이 계속 흘러나왔다. 가슴을 저미는 남자의 숨소리. 이 남자는 참.

"미안해요."

그 말을 끝으로 유현은 스르르 휴대전화를 내렸다.

3

"**아**는 언니 집이라니 거기가 어딜까?"

전화를 끊고 연성은 유현이 있을 만한 곳을 추적하기 시작했다.

젠장! 아는 언니가 어디 한둘이겠어?

그는 얼마 못 가 절망했다. 유현이 다시는 돌아오지 않을 것처럼.

어려운 여자라는 건 익히 알고 있었지만 잠적까지 할 줄은 몰랐다. 닥친 상황에 정면으로 부딪치지 못하고 숨기만 하려는 그녀를 이해 못하는 건 아니다. 태생의 불행 때문에 지금껏 숱한 상처를 입고 살았을 테고, 그 상처가 굳어져 지리멸렬한 삶에 대해 의지력이 완전히 꺾여 버렸으니 말이다. 그 상처라는 것이 보통 사람들은 상상하지 못할 크기의 부피일 수도 있다. 혼자서는 도저히 감당하기 어려운.

그래서 더욱 도와주고 싶은데, 곁에서 지켜주고 싶은데 바보 같은 그녀는 숨어버렸다.

"후우."

잇새로 답답한 신음이 새어나왔다. 이젠 어떻게 해야 하지?

아무런 대책이 없어 막막하게 앉아 있는데 휴대전화가 울렸고, 지민이라는 것에 괜히 더 상심만 커져서 연성은 울적하게 전화를 받았다.

"네, 지민 씨."

[언니 있는 곳 알 것 같아요.]

침울해 있던 연성의 눈이 번쩍 뜨였다.

"어딘데요?"

[혹시 서해안의 모항이라는 곳 알아요?]

"아하!"

연성이 무릎을 탁 쳤다. 모를 리가!

그곳은 '별의 혼(魂)'의 배경이 되었기도 하고, 그런 까닭에 서너 차례 가보기도 했었다. 이제야 비로소 아는 언니 집이 어디인지 알 것 같았다. 유현이 인터뷰에서도 말했던 곳. 카페, '릴케'!

"지민 씨, 고마워요!"

지민이 앞에 있다면 감사의 포옹이라도 해줄 것처럼 우렁차게 외치자 전화 저편에서 심드렁한 목소리가 흘러나왔다.

[내가 대체 뭐 하는 짓인지 모르겠네. 이번에는 확실히 잡아와요. 안 그러면 정말로 내가 연성 씨 낚아채 버릴 거야!]

장난스러움 반, 진짜 겁주는 반으로 으르렁대는 소리를 들으며 연성은 기분 좋게 웃어 젖혔다. 시원스러운 지민의 성격이 마음에 쏙 들었다. 지금 그에게는 지민이만한 후원자가 없었다. 자칫 낭패를 겪게 되었을지도 모를 관계건만 이렇게 결정적인 도움을 줄 줄 어찌 알았겠는가. 재훈이와 연결해 준 게 다시 생각해도 잘한 일이다 싶다.

지민과의 전화를 끊자마자 부랴부랴 짐을 꾸려 간단히 여행 준비를 마쳤다.

"당신이 못 오겠다면 내가 가는 수밖에!"

연성은 씩씩하게 짐 가방을 들고 집을 나서서 잠시 후에는 자신의 애마인 흰색 지프차를 몰고 쏜살같이 유현이 있을 모항으로 달렸다.

이른 아침, 누군가 문을 똑똑 두드리는 소리에 얼핏 잠이 깬 유현은 영주의 기척을 느끼고 자리에서 부스스 일어났다.

"응, 언니. 들어와."

문을 연 영주가 들어오진 않고 잠옷 위에 걸쳐 입은 가운을 추스르며 말했다.

“잠깐 나와볼래?”

영주의 표정이 어딘가 모르게 근심스러워 보여서 무슨 일인가 의아했다.

눈을 비비며 거실로 나온 유현을 영주는 창문께로 데려갔다. 억지로 잠을 떨친 유현이 눈을 끔벅끔벅하며 영주가 가리키는 창밖을 내다보자 마당 저편에 서 있는 흰색 지프차가 눈에 띄었다.

“이런……..”

난처하게 인상을 찌푸리는 유현을 보고 영주는 그럴 줄 알았다는 듯이 고개를 주억거렸다.

“어쩐지 수상쩍다 했어.”

“언제부터 저기 있었던 거야?”

“거야 모르지. 새벽녘에 잠이 깨서는 창밖을 내다봤더니 웬 차가 마당에 서 있지 뭐니. 웃기는 건, 차를 본 순간 널 찾으러 온 사람 같았다는 거야.”

정말 돗자리 펴야 할 모양이로군.

유현이 연성의 것이 틀림없는 차를 암담하게 바라보고 섰는데, 영주가 집히는 구석이 있는 투로 묻는다.

“그 남자니?”

“응.”

“스토커 맞구나? 미친 새끼.”

영주의 입에서 거친 욕설이 흘러나왔고, 유현은 한 발 뒤로 물러나 창가에서 비켜섰다.

"내려가려고?"

영주의 걱정스러운 물음에 유현이 체념한 듯 힘없이 대답했다.

"응. 내가 내려가지 않더라도 어차피 영업시간 되면 자기가 들어올 텐데 뭐."

"괜찮겠어? 같이 가줄까?"

"아냐, 언니. 그 정도로 나쁜 사람 아냐. 그런 사람 아니야."

넋이 빠진 듯 거듭 부인을 한 뒤 헝클어진 머리카락을 대충 매만지고 아래층으로 내려갔다.

카페 문을 열고 나가자 차 정면 유리창으로 운전석에 비스듬히 누워 있는 연성이 보였다. 마음이 혼잡스럽다. 지금 그를 만나는 것이 잘하는 짓인지, 여기까지 쫓아온 사람을 끝끝내 외면하는 게 옳은 일인지 정확한 판단을 하기 어려웠다.

별사람 다 보겠네.

시퉁해진 유현이 차로 다가가 운전석 쪽 창문을 가까이 들여다봤다. 연성은 의자를 젖혀놓고 귀잠이 푹 들어 있었는데, 이곳까지 수소문해서 쫓아온 사람치고는 여간 느긋해 보이는 게 아니었다. 이럴 경우 부리나케 쫓아온 그가 원망스러워야 맞건만 도리어 이곳으로 도망쳐 온 자신이 더 한심하게 느껴진다.

똑똑!

창문을 두드려 그를 깨웠다. 몇 번을 더 두드리고서야 잠에서 번쩍 깨어난 연성은 창을 들여다보고 서 있는 유현을 발견하고 하품을 길게 늘이며 차에서 내렸다. 얼굴에 잔뜩 묻은 졸음기가 몇 시간 못 잔 사람 티를 고스란히 냈다.

유현은 이것저것 따져 묻기 전에 몸을 돌려 카페 쪽으로 걸어 갔고, 그 뒤를 연성이 불편하게 잤던 몸을 이리저리 움직여 풀어주며 따라갔다. 기다란 몸을 구겨 자기에는 차 안이 매우 비좁았던 터라 온 삭신이 새근하게 쑤셔왔다. 하지만 바닷가라 그런지 아침 공기가 서늘해서 잠을 제대로 못 잔 것치고는 기분이 꽤 상쾌했다.

카페로 들어가 실내의 불을 모두 켠 유현은 비로소 연성과 마주 섰다. 그와 시선을 똑바로 마주한 순간 가슴이 꽉 저몄다. 어떻게 여기까지 달려왔을까? 이곳을 어찌 알았든 그건 뒷전이고 연성이 이곳까지 찾아왔다는 게 마냥 신기했다. 이것은 태주가 보여주었던 사랑과는 또 달랐다. 태주 이전에 만났던 남자와는 감히 비교도 할 수 없을 정도다. 어쩌면 연성에게서만큼은 도망갈 수 없으리라는 예감이 들었고, 그런 예감이 불안감이나 두려움으로 몰려들기보다 어떤 안도감으로 스며들었다. 하지만 곧 그런 자신에게 더없이 놀라고 말았다. 태주와 연성을 피해서 도망쳐 온 게 불과 얼마 되지도 않았는데, 연성이 앞뒤 가리지 않고 찾아와 준 것에서는 안도감을 느끼다니 이 얼마나 이율배반적인 일인가.

이 사람은 옆을 볼 줄 모르는 사람이로구나. 앞만 보는 사람이구나.

　어찌 보면 어리석기도 하고, 불쌍하기도 하고. 유현은 마음이 마구 뒤엉키는 걸 느꼈다. 그의 눈빛은 저리도 한 가지뿐인데. 그 속에는 정유현, 한 여자만 담겨 있는데. 그 눈빛을 보는 순간에도 억만 가지 생각이 한꺼번에 뒤얽힌다. 아, 정말 복잡한 기분.

　"대체 여긴 어떻게 알고 온 거죠?"

　유현이 찹찹하게 물었고, 연성은 지민이 가르쳐 줬다는 말은 쏙 빼고 다른 대답을 했다.

　"인터뷰할 때 유현 씨가 그랬잖아요. '별의 혼(魂)' 찍었던 카페 '릴케'의 여주인과 정말로 언니, 동생 사이가 되어버렸다고. 혹시 아는 언니 집이라는 게 여기가 아닌가, 했죠."

　집요하네.

　유현이 어이가 없어 픽 웃어버리자, 연성은 싱긋 웃으며 능청스럽게 말을 이었다.

　"나도 여기 와봤어요. 매년 여기로 휴가 오곤 했었거든요. 여기서 차 마신 적도 있고요."

　정말 스토커 아냐? 말하자면 '별의 혼(魂)' 여행을 했다는 뜻일 테니, 그런 건 아무나 할 수 있는 일은 아니지 않은가. 유현은 '별의 혼(魂)'에 대한 그의 애정에 그만 혀를 내두르고 말았다. 그러면서 생각했다. 사람이 사랑에 미치면 저렇게도 되는구나, 하고.

“커피 마실래요?”

분위기를 바꾸고자 유현은 지극히 메마른 어조로 물었다.

연성이 대답 대신 돌아서는 유현의 손목을 잡아채서는 자기 쪽으로 확 끌어당겼다. 지금은 커피보다 그녀가 더 절실했다. 오면서도 오로지 유현 생각뿐이었다. 유현이 어떤 반응을 보일지 뻔히 알고 있었지만, 그 투정마저 기꺼운 마음으로 받아줄 생각이었다. 그녀가 없는 세상은 이제 아무 의미가 없어져 버렸다. 그만큼 그녀의 모든 것이 소중하다. 이 여자와 함께라면 세상 부러울 것도, 무서울 것도 없을 만큼.

‘별의 혼(魂)’ 때문도 아니고, 첫사랑 때문은 더더욱 아니었다. 그냥 이 여자가 좋았다. 정유현이란 여자가 숨 막힐 듯 좋을 따름이었다. 그녀의 겨울바다 같은 눈빛도, 바람 같은 성격도 가슴 설레도록 사랑스러울 따름이었다.

“연성 씨.”

나무라듯 딱딱해지는 유현의 목소리에 반해 연성은 외려 달래듯 차분한 말투다.

“알았어요, 잠깐만. 잠깐이면 돼요.”

제 가슴에 유현의 머리를 꼭 기대게 해놓고 연성은 이루 말할 수 없는 감격에 젖어들었다. 그녀의 존재만으로 이토록 감동할 수 있다는 사실이 놀랍다. 그녀를 사랑하고 있다는 것 자체로 감동이 물결친다. 이렇게 가슴 저리는 기분, 뭐라 형용할 수 없을 만큼 행복하다.

"그거 알아요, 유현 씨? 내가 이제 유현 씨 없으면 숨조차 쉬기 어렵다는 거. 유현 씨가 내게는 없어서는 안 될 공기야."

이곳 '릴케'의 아침 공기처럼 서늘한 유현이 연성에겐 절실히 필요했다. 그녀가 잠적하였을 때 동경의 대상에서 한 여자로서의 느낌이 더 강하게 부딪쳐 온 것을 무시할 수 없었다. 동경의 대상이었다는 건 단순한 허울이었을 뿐, 실제 여자로서의 정유현에게 몹시 끌리고 있었다는 것. 첫사랑 그 애와 어딘지 지독히 닮았으면서 또 전혀 다른 면을 가진 유현에게.

유현은 연성의 가슴에서 쿵쿵 뛰는 심장 박동 소리를 담담히 듣고 있었다. 제발 진정해요. 마음속으로는 그렇게 속삭여 주면서.

똑같은 사람의 심장인데, 살아 숨 쉬는 연성의 심장에 비하면 자신의 심장은 이미 죽어버려 썩는 냄새가 나는 것 같다. 그의 맹목적인 열정이 이 순간에도 한없이 부러웠다. 그에게선 파닥거리는 생명력이 느껴진다. 한때는 유현도 누구 못지않은 열정을 안고 살았다. 미친 듯이 글을 쓰고, 글의 소재나 배경을 위해서라면 어느 곳이든 마다 않고 달려갔던 시절이. 그렇게 부딪치고 깨져서 얻은 것이 '별의 혼(魂)'이었다.

그런데 지금은 어떠한가. 자신에게 생기가 없음을 깨닫는다. 죽어버린 물 같다. 그러자 심장의 고통이 온몸을 쓸고 지나간다. 깨닫지 못한 자의 어리석음이란 이토록 후회스럽고 아픈 것이다. 다시는 그 열정을 되찾지 못하리라.

크게 뛰던 연성의 심장 소리가 점점 사그라지자 그때서야 유현은 그의 가슴에서 곱게 머리를 뗐다. 그러고는 타이르듯 말했다.

"이젠 얌전히 앉아서 커피 마셔요."

심란한 눈빛으로 테이블 너머의 연성을 바라보자 연하게 탄 원두커피를 마시며 그는 약간 고개를 숙인 채 잠잠해져 있었다. 어느덧 날은 환하게 밝았고, 유현은 잘못한 어린애를 앞에다 두고 어떻게 할까 고심하는 선생님처럼 심각한 낯빛이었다. 생각하면, 사랑하는 여자를 찾아온 행동을 구태여 잘못이라고 단정 지을 수는 없을 것이다. 사랑에 있어 감정에 치우치게 되는 건 어느 누구에게나 본능일 테니까.

어느 틈엔가 아래층으로 내려온 영주가 주방과 홀을 가르는 칸막이 테이블 너머에 앉아 두 사람을 조용히 지켜보았다. 창문을 열지 않아 햇빛을 받지 못한 실내는 눅눅했고, 두 사람 사이에 흐르는 기운은 살얼음처럼 고요하기만 했다. 그 고요를 먼저 깨뜨린 사람은 연성이었다.

"저, 잠깐 여기서 잠 좀 잘 수 있을까요? 밤새 달려왔더니 졸리네요."

그 물음은 영주에게였다. 영주는 무연히 앉아 있다가 당황해서 커피 잔을 들고 사리에서 일어나 이쪽으로 다가오는 유현에게 퍼뜩 시선을 주었다. 주방 칸막이 테이블 위에 커피 잔을 내려놓는 유현에게 눈짓으로 어떻게 하느냐고 물었다.

유현이 하는 수 없다는 듯 어깨를 축 늘이고는 연성을 돌아보며 말했다.

"몇 시간만 눈 붙여요. 두 시간 후에 깨울게요. 됐죠?"

연성이 고개를 끄덕이고는 하품을 길게 했다. 눈을 쓱쓱 비비는데 남자다운 용모와 나이에 맞지 않은 천진난만함이 고대로 묻어나 영주는 신기한 듯 바라보며 실없이 해죽거렸다. 더구나 상상 이상으로 이미지가 세련되고 멋스러운 것이 꽤 괜찮은 남자다. 분위기가 독특해서 어디 가든 튈 인상이었다. 흑백 톤의 유현과 야광 톤의 연성. 때문에 미리 단정 짓기는 우습지만 두 사람은 묘하게 잘 어울렸다. 독특한 모양의 반쪽짜리 액세서리 두 개가 하나로 딱 맞물린 느낌 같달까.

유현이 영주의 느물거리는 웃음이 보기 싫어 뚱하게 말을 내뱉었다.

"장난감 디자이너야."

"어쩐지."

영주가 보기에도 연성에게 딱 어울리는 직업이라 여겼을 법하다.

이층으로 올라가 자기가 자던 방에 연성을 들여보내고 유현은 영주와 함께 안방으로 건너왔다. 두 시간 뒤에 깨워 보내려면 잠자기는 어차피 글렀다 싶은데, 아니나 다를까, 자리에 눕자 눈이 더 말똥말똥했다.

영주가 의외라는 듯 말을 꺼냈다.

"생각보다 인상 좋네. 하는 짓도 귀엽고. 스토커만 아니라면 괜찮을 텐데."

"스토커 아니라니까!"

유현이 괜히 발끈했다.

"너도 저 남자 좋아하지?"

이번에는 대답하지 않았다. 대신 영주와 등지게 돌아누우며 다른 말을 꺼냈다.

"언니, 나, 태주 씨 만났어."

영주는 유현에 대해 잘 알고 있었다. 유현이 유일하게 털어놓을 수 있는 사람은 영주뿐이었다. 유현의 표현에 의하자면, 영주는 이것저것 가리지 않고 넉넉하게 담을 줄 아는 소쿠리 같은 여자다.

"그랬구나."

"태주 씨가 많이 아파."

"아프다니? 어디가?"

"교통사고. 어쩌면 다리 불구가 될 수도 있어."

"저런……!"

영주는 유현이 보통 심각한 상황에 처해 있는 게 아니라는 걸 직감했다. 언제나 그렇듯 좀처럼 자신의 감정을 내비치지 않는 유현이지만, 그래서 말투도 늘 마른 장작개비 같지만 누구보다 마음이 여리고 따뜻한 여자라는 걸 영주는 안다. 스스로를 가두고 사는 유현이 안타까운 이유가 바로 그것이었다. 조금만 자기 감정에 솔직하여도 스스로 상처받는 일은 없을 것을.

"혹시 너…… 태주 씨한테 돌아가고 싶은 거니?"

"태주 씨가 다시 시작하고 싶어해."

"너 말이야. 난 네 의견을 묻는 거야. 넌 아직도 태주 씨 사랑해?"

태주 씨를 사랑했을까? 단지 오기가 아니라 정말로 그를 한 남자로 갖고 싶었을까? 그의 부모님에게 그래서 무엇을 보여주고 싶었던 것일까. 봤죠? 당신의 아들은 날 사랑해요. 내가 아니면 안 되는 사람이에요. 당신들이 경멸하는 날 사랑한다고요.

'또다시 그런 끔찍한 일은 겪고 싶지 않아.'

유현은 소름이 돋는 어깨를 옹송그렸다. 한때는 태주가 장애우였으면 하고 바랐던 적이 있었다. 태생의 장애를 지닌 자신처럼 그도 신체장애가 있었다면, 그런 수모 따위 받지 않아도 되었을 텐데 하는 부질없는 바람이었다. 태주는 누가 보아도 아까울 정도로 멋진 남자였고, 그의 부모님으로서는 그런 하나뿐인 아들이 아깝기도 했으리라. 남부럽지 않게 귀히 키운 자식이 겨우 사랑한다는 여자가 미혼모의 딸이라니 부모로서는 얼마나 기가 막혔겠는가. 하늘이 무너지고 땅이 뒤집힐 충격이었으리라. 그러니 이성적으로 따져 보자면 그의 부모님을 탓할 일만도 아니었다.

"난 꼭 사랑을 한 번도 안 해본 사람 같아. 사랑이란 게 뭔지 정말 모르겠어."

　그로부터 정확히 두 시간 후. 그때까지 뜬눈으로 있던 유현은 다시 잠이 든 영주가 깨지 않도록 조심하며 방을 나와 연성이 자고 있을 건넌방으로 갔다. 문을 열고 들어가자 연성이 방 한가운데 누워 곤히 자고 있었다. 발소리를 죽여 그에게 다가가 앉아 어깨를 가만히 흔들었다.
　"연성 씨, 일어날 시간이에요."
　"으음."
　깊은 숨을 내쉬며 연성이 몸을 뒤척였다. 쉽사리 일어나기가 어려운 모양이다.
　유현은 그의 어깨를 조금 더 세게 흔들었다.
　"연성 씨, 그만 일어나야죠."
　그때 연성이 유현의 허리에 팔을 두르며 끌어당겼다. 그 바람에 중심이 흘어진 유현은 상체가 뒤로 넘어가면서 연성의 길게 뻗은 다른 한 팔 위로 쓰러지듯 드러눕고 말았다. 가슴이 덜컥 굳어지는데, 연성은 도로 일어나려는 유현을 내리누르듯 꽉 끌어안는다. 뺨으로 연성의 숨소리와 미약한 콧김이 사락사락 와 닿았다. 그 가닐거리는 느낌에 아무 소리도 내뱉을 수 없을 만큼 당황했던 유현은 속으로 차분히 호흡을 가다듬고는 감싼 그의 팔을 밀어내려 했다. 하지만 연성도 힘을 주어 빠져나가지 못하도록 유현을 제 품 안에 꼭 옭아맸다. 그가 강하게 당겨 안았기 때문에 유현은 이제 몸이 그쪽으로 완전히 돌아가서 마주 본 상태가 되었다. 바로 앞에 그의 입술이 있었고, 눈은 뜬 채였다.

유현은 연성의 맑은 눈을 뚜렷이 응시했다. 숨이 쉬어지지 않는다. 그렇다 해서 이것이 모욕이라는 생각은 들지 않는다. 떨리고, 아플 따름이다. 항거하지 않고 입술만 지그시 깨물었다. 그 입술 위로 연성의 입술이 아주 살짝 닿았다. 움찔. 몸이 오그라드는 느낌에 진저리를 치자 등을 어루만지며 연성이 부드럽게 유현의 작은 입술을 한 번 더 머금었다. 아직도 숨이 쉬어지지 않는다. 질식할 것 같은 느낌에 유현은 그만 눈을 질끈 감아 버렸다.

연성이 나무 막대기처럼 뻣뻣해진 유현 위로 올라타며 잠깐 입술을 뗐다. 그리고 아래에 있는 유현을 따스한 시선으로 내려다봤다. 그때까지도 유현은 눈을 뜨지 않은 채였다. 이 모든 상황을 거부라도 하듯이.

"나 좀 봐요."

연성의 작은 속삭임. 갈구하듯 애달픈 말투다.

유현의 입을 열기라도 할 것처럼 고집스럽게 꽉 다문 입술을 비집고 들어갔다. 순간 유현의 호흡이 탁 터졌기에 연성은 잠시 키스를 멈추고 촉촉이 젖은 입술을 떼어냈다. 한꺼번에 호흡을 몰아쉬느라 유현의 숨소리가 몹시 가빴다.

"내 눈을 봐요."

유현이 가만히 눈을 떠 연성의 깊은 눈동자를 응시했다. 아직도 숨소리는 불규칙하다. 마구 들썩이는 가슴이 그의 가슴에 닿았다가는 멀어지고, 닿았다가는 멀어지고…….

등대가 보이지 않는다. 폭풍우 치는 망망대해, 그 한가운데를 부유하는 난파선처럼. 보이지 않아, 아무것도. 열에 들뜬 눈동자가 속절없이 흔들리고 있었다. 숨을 쉴 때마다 아픈 가슴 때문에 유현은 고통스럽게 인상을 찡그렸다. 눈가에 대롱 맺혀 있던 눈물이 주르륵 흘러내리는데, 연성이 손바닥으로 유현의 얼굴을 살며시 감싸며 아릿하게 속삭였다.

"울지 말아요. 울지 마. 쉬잇."

이마에 와 닿는 뜨거운 입술. 젖은 속눈썹 위로 나붓이 내려앉는 고운 입술. 뺨을 사르륵 스치는 보드라운 입술. 그리고 입술을 머금는 달콤한 또 하나의 입술.

한 번, 두 번, 세 번…… 쉴 새 없이 이어지는 무언의 키스. 그 아찔한 열기. 몸이 화기에 휩싸인 것처럼 사락사락 타 들어간다.

그의 입술이 뜨겁게 와 닿는가 싶더니 이윽고 입 안을 뚫고 들어온 혀가 구석구석을 맴돈다. 유현은 약간 어지럼증을 느끼며 그의 팔을 단단히 움켜잡았다. 그가 가슴을 더듬자 고개가 발작적으로 홱 젖혀진다. 유현의 입술을 머금은 채 연성의 몸도 따라 크게 움직인다. 한 손에 쏙 들어오는 가슴이 손 안에서 느꺼지는 촉감은 말캉하다. 하나도 남김없이 몽땅 갖고 싶은 강렬한 욕망에 다시 한 번 가슴을 꽉 쥐어 비틀자 유현의 몸이 섬섬(纖纖) 꿈틀거린다. 부딪치는 입술 사이로 삐져 나오는 격한 신음, 그녀의 것이다.

그래, 유현 씨. 이렇게 반응해 줘. 당신도 날 싫어하지 않아. 그러니 이렇게 다가와. 울지 말고, 무섭다고 물러서지 말고. 당신은 혼자가 아니야. 당신이 혼자이게 내버려 두지 않아. 그러니 안심해, 제발.

입술을 턱 아래로 미끄러뜨려 기다란 목선을 타고 내려와 잡고 있던 유현의 가슴을 옷 위 그대로 살큼 물었다.

"아앗!"

유현의 몸이 보기 좋게 휘어지고, 연성은 그녀의 티셔츠 안으로 손을 넣어 맨살을 쓰다듬으며 가슴께로 올라갔다. 화로처럼 뜨거운 그녀의 살결, 그 끝에 닿는 전장의 가슴이여.

"아아, 안 돼. 연성 씨, 그만."

애원하는 유현의 목소리보다 일순 나무토막처럼 뻣뻣하게 굳어버린 몸 때문에 연성은 손길을 우뚝 멈춰야 했다.

"그만, 그만. 제발…… 하지 마."

그 소리는 거의 공포에 가까웠다. 뜨거운 불길 속에서 빠져나온 듯 정신이 번쩍 들어 놀라운 눈으로 유현을 바라보았다. 잔뜩 겁에 질린 유현의 눈동자는 이제껏 처음 보는 것이다. 허둥허둥 현실 너머를 헤매는 눈동자. 가슴이 철렁 내려앉았다.

"괜찮아요, 유현 씨."

“하지 마.”

투미하지만 애타는 부탁에 연성은 급히 고개를 끄덕였다.

“응, 안 해. 그러니까 안심해요.”

그러면서 그새 진땀으로 범벅이 된 유현의 얼굴을 조심스레 매만지고 쓰다듬어 주었다. 많이 놀라고 당황스러운 것 같아 안심을 시키고자 빙그레 웃어 보이자 억지로 진정하려 애쓰는 모양이 역력하다. 그 모습이 애처로워서 그녀의 볼을 곱게 어루만졌다.

“쉬잇, 괜찮아. 당신 아프게 하려던 게 아니었어. 괜찮으면 고개 끄덕여 봐요.”

유현이 천천히 고개를 끄덕이자 연성은 바닥으로 내려와 품에 꼭 보듬어 안아주었다. 유연하게 굴곡진 유현의 등을 아래위로 쓱쓱 쓰다듬어 주면서 연성의 머릿속은 많은 상념으로 가득 찼다. 그녀의 거부는 일종의 지조 관념과는 엄연한 차이가 있었다. 만일 그런 거라면 이토록 두려움에 떨지는 않았으리라. 아주 잠깐이긴 했지만 분명 자신의 손길을 거부하지 않았고 도리어 여자로서의 희열에 젖어들지 않았던가. 그것이 얼마나 기쁘던지 연성은 새삼 가슴이 뭉클해서 유현을 더욱 세게 끌어안았다.

“갈래요.”

연성의 기쁨과는 달리 유현은 딱딱하기 그지없는 목소리다.

“안 돼, 당신 화났어. 풀어야 해.”

연성이 유현의 보들보들한 머리카락 속에 손가락을 집어넣어 매끄럽게 쓰다듬었다. 품 안에 쏙 들어오는 유현의 작은 몸이 처연해서 이대로 보내줄 수 없었다. 아직은 유현을 녹여줄 온기가 더 필요했다.

"놔줘요, 연성 씨. 이제 괜찮으니까."

"그냥 이렇게 같이 자면 안 될까?"

정말 그러고 싶었다. 아무 짓 하지 않을 테니 유현이 허락만 해준다면 이렇게 안은 채로 잠을 자도 좋을 것 같았다.

물론 예상한 대로 유현은 냉정히 거절했다.

"싫어요."

"나, 서울 안 갈 건데?"

유현이 번쩍 몸을 일으키려는 걸 꽉 붙잡아 품에 안았다. 더 이상은 그녀와 싸우고 싶지 않았다.

"무슨 소리예요, 지금?"

버둥대는 유현을 붙잡느라 연성이 낑낑거리며 대답했다.

"휴가 낼 거예요. 좀 이르긴 하지만."

"미쳤군요. 연성 씨 미쳤어."

"네. 사랑에 미친 남자지. 그래서 당신 안 놔줘. 놔주기 싫어. 놔주면 더 미칠 거야."

이제 유현은 주먹으로 연성의 아무 곳이나 꼬집으며 무섭게 뇌까렸다.

"나, 놀러온 거 아니에요. 일하러 온 거지!"

"알아요. 일하는 거 구경하지 뭐. 유현 씨는 어떻게 일하나 무척 궁금했거든. 아야!"

여기저기 꼬집히고 얻어맞아 괴롭게 몸부림을 치면서도 연성은 끝끝내 유현을 놓아주지 않았다. 어떻게든 그녀를 이해시켜야만 했다. 여기까지 어떻게 왔는데 순순히 물러갈 수는 없었다.

꼬집고 때리다 지쳐 버린 유현은 그의 품 안에서 축 늘어지고 말았다.

"창피해서, 정말!"

유현이 분해서 씩씩거리는데도 연성은 재미있다는 듯이 유쾌하게 하하 웃었다.

"정유현, 당신 너무 귀여워. 난 요즘 당신의 새로운 모습을 발견하는 재미로 살아."

사랑한다는 건 곧, 그 사람에 대해 새로운 발견을 하는 즐거움이다.

"나를 아는 사람이 들으면 당장 대패 찾느라 난리겠군."

유현은 두 볼이 퉁퉁 부어서는 투덜거렸다.

"하하. 남들이 무슨 상관이람. 우리 둘만 좋으면 그만이지. 말해봐요. 솔직히 내가 찾으러 와서 기뻤죠?"

"흥!"

"쪼끔. 아주 쪼끔도?"

유현이 눈을 빗떠서는 연성을 미운 눈초리로 흘겼다. 기대감이 무너졌는지 연성은 금세 실망 어린 표정을 짓고는 유현과 똑같이 천장을 보고 드러누웠다. 두 사람은 잠시 나란히 누워 천장을 올려다보았다.

"당신은 내가 얼마나 행복한지 모를 거예요. 난 당신이 없는 동안에도 당신을 사랑했어. 그렇게 사랑하는 여인을 진짜로 만난 거야. 처음에는 실감이 나지 않았지. 호오~ 그때의 전율이라니! 당신은 그런 사랑 해본 적 없죠? 난 그런 사랑은 평생에 단 한 번뿐이라고 생각해요. 그래서 내게 운명은 정유현, 당신 하나야. 알아요, 내 말 믿지 않는다는 거. 날 사랑할 자신이 없다면 내 곁에서 내가 하는 사랑을 지켜보기라도 해. 그럼 저절로 알게 될 거 아냐."

연성의 말이 모두 사실이라고 믿어졌다. 굳이 애쓰지 않아도 그 말을 하는 그의 모습이 너무나…… 환희에 젖어 있어서 믿지 않을 수 없었다. 진심이란 어떻게든 통하게 마련이니까. 그가 말하던 전율이란 것도 이런 감각이었을까. 죽은 세포 하나하나가 모두 저릿저릿하게 깨어 일어나는 느낌에 유현은 연성이 알지 못하도록 연하게 몸서리를 쳤다.

'진짜 사랑은 평생에 단 한 번뿐이다……. 연성 씨 당신을 보면 정말 그럴 것 같군요. 그렇담 난 아직 사랑에 눈을 뜨지 못한 철부지인 걸까요?'

한 걸음 그에게 성큼 다가선 자신을 느끼며 유현은 조용히 눈을 감았다.

*

“어쩔 거야?”

영주의 물음에 마당 한 켠에 놓인 나무 둥치를 잘라 만든 의자에 앉아 담배를 피우다가 유현이 난처한 듯 미간을 모았다. 아침나절에 연성에게 내내 붙들려 있다가 영주가 일어나서야 놓여났던 유현이었다. 영주는 흐트러진 모습으로 그 방에서 나오는 유현을 보고 꽤 놀란 표정이었고, 유현은 유현대로 영주에게 마음을 들킨 것 같아 민망함에 얼굴을 붉혔었다.

이게 무슨 꼴이람.

연성은 그때 마당 한쪽에서 자신의 애마를 세수시키느라 분주했다. 그를 지켜보는 유현의 눈과 영주의 눈이 심란하기가 똑같았다. 불현듯 영주가 피식 웃기에 유현이 알 만하다는 듯이 뽀로통하게 말을 내뱉었다.

“비웃어, 마음껏.”

“내 장담컨대, 저 남자는 아우토반 스타일이야.”

“그러게. 무모하기가 십대지.”

“좋을 때다. 내 주위에 저렇게 무조건 밀어붙이는 남자 하나만 있었더라도 진작 결혼했을 텐데.”

유현은 늘 생각했었다, 영주야말로 진정한 독신녀라고. 영주는 좋은 사람만 생기면 결혼할 거라고 입버릇처럼 말하곤 했지만 혼자인 걸 즐기는 타입이었다. 즐긴다는 건 곧 통달의 수준에 달했음을 의미한다. 혼자이길 원하지만 실상은 즐길 줄을 전혀 모르는 어설픈 독신녀에 불과한 유현에 비하면 영주는 그야말로 독신녀의 전형이랄 수 있었다.

"그러지 말고 연애 한번 진하게 해보지 그래? 연애도 즐길 줄 알아야 해. 인생이 별거니?"

유현은 그렇게 말할 수 있는 영주가 부럽다. 어찌 인생의 정의를 쉬이 내릴 수 있단 말인가. 그것은 이 세상에 태어난 자신이 죄악처럼 느껴지듯이 너무나 복잡하고 어려운 문제다. 따끔하게 손끝에 아리는 담배의 남은 불씨를 느끼며 온몸을 더듬던 연성의 뜨거운 손길이 떠올라 가슴을 진저리쳤다.

"엉덩이가 튼실한 걸 보니 밤일도 잘하겠다, 야."

도발적인 영주의 발언에 유현이 발 아래 담배를 비벼 끄다 말고 된서리 맞은 표정으로 쳐다보았다. 그 모양을 보고 영주가 킬킬 웃더니 작은 목소리로 속삭였다.

"감상 포인트, 히프."

"언니!"

유현은 성(性)적인 농담에 익숙지 않다. 아니, 아주 질색을 한다. 그런데 영주에게는 그런 발언조차도 초탈한 무엇인가가 느껴진다. 그 이상의 망측한 상상이 아니라 그녀가 말한 대로 감상 포인트일 뿐이다. 언제나 그런 경지에 오를 수 있을까, 무심코 생각하다가 유현은 속으로 깜짝 놀라고 말았다. 왜 저 남자

를 그런 대상으로 보는 거지? 아아, 아무래도 그 방에서가 문제
였어.

자꾸만 흐트러지는 정신을 수습하고자 양미간에 힘을 주었
다. 앞 유리를 닦느라 어쩔 수 없이 실룩거리는 연성의 히프를
빤히 노려보면서.

잠시 후, 반짝반짝 윤이 나는 자신의 애마를 흐뭇하게 바라보
다 연성이 고고한 학처럼 앉아 있는 두 여자 앞으로 걸어왔다.

"자, 이제 아침 먹고 슬슬 움직여 보죠."

유현이 황당한 얼굴로 연성을 올려다보았다.

"정말 서울 안 갈 거예요?"

"벌써 전화했어요."

"그 회사, 순 엉터리네."

"좋은 회사에 다니는 거죠. 걱정하지 말아요. 유현 씨 밥 안
굶길 능력은 되니까."

"뭐라고요?"

유현이 발끈하자, 옆에 앉았던 영주가 킬킬 웃으며 장난스럽
게 유현의 어깨를 툭 쳤다.

"야, 게다가 능력도 된단다. 남자가 그 두 가지면 자격 다 갖
춘 거 아니니?"

"언니!"

유현의 얼굴이 새빨개졌고, 연성이 의아하어 물었다.

"두 가지? 또 하나는 뭔데요?"

“당장 서울 올라가요, 거추장스러우니까!”

유현은 애먼 연성에게 성질을 부리고는 자리에서 발딱 일어나 카페 안으로 들어가 버렸다. 하지만 안타깝게도 유현의 발작적인 행동은 일부러 자리를 피하려는 것임이 눈에 뻔히 보였으니.

연성이 키득거리는 영주에게 영문을 모르겠다는 듯 물었다.

“왜 저래요?”

영주가 불현듯 웃음을 감추고는 정색하여 되물었다.

“이봐요, 스토커 양반. 정체가 뭐예요?”

“무슨 말씀이세요?”

“얼굴은 순진무구한데 속은 시커먼 늑대 같단 말이지. 진정한 선수의 전형이랄까.”

연성이 유현이 앉았던 자리에 엉덩이를 걸치며 여유롭게 그 말을 받아쳤다.

“아뇨. 잘못 보셨어요. 선수 아닙니다. 선수는 유현 씨 같은 여자 안 건드리죠.”

그건 맞는 말이다. 여자라고 어디 저렇게 삭막해서야. 그럼에도 유현은 같은 여자가 보더라도 매력적이다. 때로는 삭막함마저도 아찔할 정도로. 어딘지 모르게 위태함이 느껴지는 여자는 겨울 바다처럼 스산한 아름다움이란 게 있지.

이번엔 영주도 흔쾌히 연성의 말을 받았다.

“인정. 앞으로 어쩔 거예요? 유현이 상처 주면 나한테 혼나요.”

"후후, 상처는 유현 씨가 나한테 주고 있어요. 방금도 보셨죠?"

연성은 정말로 상처받은 얼굴을 했다. 마치 큰누나에게 다 일러바치는 막내 동생처럼.

"유현이 쉽지 않은 여자죠. 그래서 한 번 도전해 보고 싶었나, 스토커 양반?"

"에이 참, 왜 자꾸 스토커라고 그러세요? 그리고 다시 한 번 말하는데요. 저, 절대 못 먹는 감 찔러나 보자 하는 심정으로 유현 씨한테 이러는 거 아니라고요. 사랑, 해보셨죠?"

"물론."

"그럼 아시겠네. 적극적으로 도와줄 거 아니라면 침묵이라도 해주세요."

오호, 제법!

영주가 입술을 발쪽거려 웃고는 느닷없이 엉뚱한 소리를 했다.

"저 앨 보고 있으면 불안해요, 어느 날 갑자기 흔적도 없이 사라질 것 같아서."

연성의 낯빛이 조금 어두워졌다. 그도 아는 것이다. 바람 같고 안개 같은 유현이란 걸. 그래서 더 잡고 싶고 가두고 싶은 것인지도.

유현이 디지털 카메라로 주변 경관을 찍는 동안, 연성은 멀찌감치 떨어져서 얌전히 따라다니기만 했다. 유현은 디지털 카메라로 찍는 것뿐 아니라 수첩에 무언가를 메모하기도 하고 한참을 그대로 서서 골똘한 생각에 잠기기도 했는데, 그 뒤를 따라다니면서 연성은 똑같이 유현의 모습을 감상했다. 손에 디지털 카메라와 수첩만 없다 뿐이지 그는 눈과 마음으로 유현의 일거수일투족을 또렷이 새기고 있었다. 하나라도 놓치고 싶지 않았다. 그녀의 미소, 그녀의 쓸쓸함, 그녀의 위태함, 그녀에 관한 한은 그 어떤 하찮은 것 하나라도.

모항 끄트머리에서 바다를 향해 돌출한 갯바위. 저 멀리 낚시에 심취해 있는 낚시꾼들이 보인다. 때가 이른 탓일까, 낚시꾼들 외에는 아직 인적이 없다. 일망무제(一望無際)한 바다를 바라보던 유현이 바위에 걸터앉기에 연성도 다가가 옆 자리에 가까이 몸을 붙였다. 다분히 의도적인 접촉이었지만 유현은 거부감을 일으키지 않았고, 그렇다 해서 의식하여 고개를 돌려 쳐다보지도 않았다. 그녀의 시선은 줄곧 바다 그 어디쯤인가에 머물러 있었다.

세상이 우리를 내버렸다는 생각이 들 때

우리 스스로 세상을 한 번쯤 내동댕이쳐 보는 거야.

오른쪽 옆구리에 변산 앞바다를 끼고 모항으로 가는 거야.

—안도현의 '모항으로 가는 길' 中에서.

그래, 한 번쯤은 어떻게 되든지 세상을 내동댕이쳐 볼 수도 있으련만. 그래서 시인이 말한 대로 생(生)은 구불구불한 것이지만, 바람 속에 마음을 말리고 나면 결코 던져 버릴 수 없는 삶의 희망을 또 끌어안고 살 수 있지 않을까.

"여기 사진, 왜 또 찍어요? 이미 '별의 혼(魂)'에서 다 썼던 장소잖아요."

"정말 보내고 싶어서요."

"뭘요?"

"'별의 혼(魂)'. 아직도 머릿속에 남아서 다른 작품이 끼어들지를 못하네요. 작가에겐 치명적이죠."

"음…… 그럼 처음 왔던 곳이라고 생각해요."

"네?"

유현이 영문 모를 눈으로 연성을 돌아보았다. 연성은 싱긋 웃더니 유현 뒤로 돌아가 폭 감싸듯 안고는 그녀의 두 눈을 가렸다.

"자아, 상상해 봐요. 여긴 당신이 처음 와보는 곳이고, 지금은 '이나'와 '운'이도 만난 적이 없어요. 저 앞에 누가 있죠? 한 남자, 한 여자. 그들은 사랑에 빠졌지만 여자 쪽은 그걸 모르죠. 안타까운 남자는 말해요. 널 저 바다만큼 사랑해."

유현이 쿡 웃었다.

"유치해라. 어디서 70년대 대사를 한담."

“그럼에도, 그 표현만큼 사랑을 정확히 정의해 주는 건 없어
요.”

“지금 연성 씨가 그렇다는 걸 강조하고 싶은 거겠죠.”

연성이 조금 아프게 유현의 눈을 꾹 눌렀다.

“여자는 빈정대며 묻죠. 그걸 어떻게 증명하지? 남자는 숨을
크게 몰아쉬며 대답해요. 세상에는 너처럼 눈앞에 보이는 사랑
을 보지 못하는 장님도 많다고.”

“…….”

연성은 슬그머니 눈을 놓아주는 대신 유현의 머리를 돌려 자
신 쪽으로 보게 했다. 그리고 원망 어린 눈빛을 향해 짓궂은 미
소를 담아 가볍게 입맞추었다.

“당신이 어서 눈을 떴으면.”

“순전히 최면 작전이야.”

유현의 목소리가 짐짓 불퉁해지자 연성이 그녀의 뺨에 제 뺨
을 대고는 쿡쿡 웃었다.

“틀렸어요. 당신이 최면에 걸릴 체질이 아닌걸 뭐.”

유현이 심란한 듯 한숨을 푹 내쉬는데, 연성은 또다시 그녀의
입술을 찾아 욕심스럽게 입 안 가득 머금는다. 이번에는 깊고
뜨겁다 못해 먹이를 탐하는 맹렬한 표범처럼.

유현은 움직이지 않았지만, 그렇다 해서 반응한 것도 아니었
다. 남자가 여자를 꼬시는 뻔한 수법. 최면 작전이 아니라고 하
지만 고단수의 최면에 넘어가고 있는 건 틀림없는 정유현이었

고, 그런 연성이 싫지 않았다. 조금 화가 나긴 해도 말이다.

이젠 어떡할래?

스스로에게 물어놓고 유현은 속으로 긴 한숨을 내쉬었다. 연성이 정말로 싫었다면 아침에 왔을 때 그대로 쫓아내 버렸을 것이다. 그리고 그 방에서도 그렇게…….

그때로 기억을 되돌리자 가슴 한복판이 불을 쬔 듯 후끈해졌고, 그 뜨거운 기운은 순식간에 목덜미를 타고 올라와 볼 전체를 달궜다. 그제야 입술을 간질이는 아릿한 통증. 열심히, 그야말로 열심히 여자의 마음을 녹여보려 애쓰는 남자의 입술이 짜릿한 쾌감으로 다가오는 것이다.

쿵쿵, 가슴이 거세게 뛰기 시작한다. 더는 이 가슴을 멈추게 할 수 없을지 몰라.

되풀이되는 영상. 만남, 사랑, 인내, 싸움, 고통, 상처, 이별…….

뭐 하러 또 그 짓을 하겠니?

그러면서도 애절한 무언가를 찾듯 연성의 입술을 따라 머금었고 거칠게 휘어감는 혀를 조심스레 받아들였다. 자세가 여의치는 않았지만 마주 보고 있었더라면 그를 와락 껴안았을지도 모르겠다.

유현 역시 반응을 한다는 걸 느끼자 연성의 키스가 더욱 격렬해졌다. 흥분하고도 남았으리라. 상대는 순서대로 시시히 넘어가고 있었으니까.

그의 마음을 제멋대로 판단하고는 별안간 찬물을 뒤집어쓴 듯이 정색하며 입술을 뗀 유현은, 숨이 격해진 연성을 외면하고 자리에서 일어나려 했다. 그러나 연성이 유현의 몸을 먼저 잡아챘다.

"알았어요. 알았으니까 잠깐만……."

무조건 알았다고 말하며 유현을 가슴에 편히 기대게 했다. 아침에 카페에서 그랬던 것처럼 뻣뻣이 곧추세워진 머리를 제 가슴팍에 꼭 붙이고.

뭘 알았다는 걸까?

유현은 화가 난 사람처럼 입을 다물고 바다를 노려보았다. 아무것도 모르면서 불리하면 알았다, 라니. 키스로 들떴던 마음을 가라앉히고자 널따란 그의 가슴에 잠시 가만히 기대어 있었다. 연성의 품이 너무나 푸근해서 속이 상한다. 이럴 때 그의 가슴이 가시 방석 같다면 얼마나 좋을까.

그때 연성의 바지 주머니에서 휴대전화가 울렸다. 유현을 한 팔로 끌어안고 다른 한 손으로 바지 주머니에서 휴대전화를 꺼낸 연성은 곧이어 아주 반갑게 말했다.

"예, 엄마."

꿍.

유현의 입에서 옅은 신음이 새어나왔다. 가까이 붙어 있었던 탓에 건너편의 목소리가 또렷이 들렸다.

[애, 연성아. 너 회사에 출근도 안 하고 어디니? 무슨 일 있니?]

"무슨 일…… 있긴 있죠."

연성이 입가로 빙긋 웃음을 머금으며 유현을 사랑스레 내려다봤다.

[어머나, 무슨 일인데?]

듣기에도 겁이 더럭 나는 움츠러드는 목소리.

"좋은 일이요."

[좋은 일?]

이번엔 목소리가 금세 풀어져서 봄날 아지랑이같이 화사해졌다. 똑같은 목소리인데 저렇게 다르게 들릴 수 있다니 놀랍다.

연성이 천연덕스럽게 대답한다.

"사랑하는 여자가 생겼거든요. 지금 같이 여행 중이에요."

기막혀라. 어떻게 어머니한테 여자와 같이 여행 중이라는 말을 아무렇지도 않게 한다는 걸까?

급히 상체를 일으켜 품 안에서 빠져나가려 하는 유현을, 연성은 하하 웃으며 꼭 다잡아 안았다. 힘으로는 어림도 없다 싶어 연성의 전화를 훼방 놓기로 결심했다. 그의 입에서 나올 다음 말이 정말로 무서웠기 때문이다. 손을 뒤로 돌려 입을 막으려 들었더니 연성은 고개를 옆으로 길게 빼며 유현의 손길을 가벼이 피했다.

[여행? 둘이서 말이니?]

그제야 사태를 파악한 듯 연성의 어머니라는 여자는 펄쩍 뛰었다. 아무리 성인이라지만 이런 상황에 놀라지 않을 엄마가 어디 있겠는가. 연성의 어머니에게 자기가 얼마나 헤픈 여자로 비칠까 생각하자 머릿속이 찬바람 든 듯 싸늘해진다.

"책임질 일 아니면 안 하니까 염려 마세요."

말은 잘한다, 호시탐탐 노리고 있는 주제에.

전화 내용에 온 신경을 집중하고 있는 자신을 발견하고 유현은 입술을 질끈 깨물었다. 이런 기분, 거북스럽기도 하지만 여간 뱅충맞아 보이는 게 아니다. 그 새벽에 아예 그를 모른 척하는 게 나았을까?

[어머, 어머. 애, 그래도…….]

도리어 연성 어머니 목소리가 파르르 떨렸다.

그래, 당신 아들이야. 왜 저렇게 뻔뻔스럽게 낳아놓은 거지?

유현의 신경은 더욱 날카롭게 삐죽삐죽 배긋거렸다.

[나, 너 믿는다, 연성아. 여자한테 상처 주는 일 하면 못써.]

그럼, 그렇고말고.

"언제는 장가가라고 성화셨으면서."

[흠. 하여튼 서울 올라오는 대로 집에 한번 데리고 와.]

"옛, 써!"

연성이 출정 나가는 군인처럼 씩씩하게 대답하고 전화를 끊었다. 그러고는 유현의 귀에다 입을 바싹 들이대어 마치 비밀을 애기하듯 속삭였다.

"엄마가 데려오래요."

"내가 왜요?"

기함하는 유현 때문에 연성은 가슴을 꼬집힌 듯 인상을 찡그
렸다.

"알아요, 당장은 안 된다는 거. 그냥 우리 이런 필요 없는 실
랑이 하지 말고 사랑은 결혼한 다음에 하면 안 될까?"

"미치겠네."

"진심이에요. 당신하고 결혼하고 싶어."

"말도 안 돼!"

"사람이 솔직하게 말하면 순수하게 받아들일 줄도 알아야
죠."

그렇게 말하며 연성이 갑자기 벌떡 일어나 유현의 손을 잡아
일으켰다. 얼결에 그의 손에 딸려 일어나며 유현은 의아한 눈초
리를 풀지 못했다. 어딘지 어색하게 서두르는 모양새가 괴이쩍
기 짝이 없다.

"왜 일어나요?"

연성이 뒤도 돌아보지 않은 채 손을 잡아끌면서 대답했다.

"그 이유까진 솔직히 말 못하겠네요. 후우."

"……."

그 순간에 왜 그의 히프로 눈길이 간다는 것인가.

유현은 큰 죄를 짓기라도 한 것처럼 그의 튼실한 히프에서 후
닥닥 시선을 거둬들였다.

"정말 안 갈 거예요? 나, 내일이면 여기 떠나요."

"같이 다녀요."

"어떻게 그래요?"

"내 차 타고 갔다가 오는 길에 여기 들러서 유현 씨 차 갖고 가면 되죠. 내가 운전기사 해줄게요. 그리고 나중에 영화 만들면 내 이름도 자막에다 올려줘요. 정유현 운전기사, 김연성. 흠, 근사한데."

"여긴 다시 오지 않아요. 서울 가는 길에 들를 곳이라."

"어쨌든요."

연성은 어제 유현과 영주가 삼겹살을 구워 먹던 화덕에 불을 피우는 중이었다. 숯을 모아다 불을 피우느라 훅훅 입김을 내뿜다가는 매캐한 연기가 눈에 들어갔는지 찔끔해서는 냉큼 뒤로 물러난다. 손등으로 눈을 비비며 서 있는 연성을 보고 유현이 자리에 앉았다가 킥킥 웃었다. 코를 한번 훌쩍인 다음 전세를 가다듬은 연성이 불 앞으로 다시 바짝 다가섰다.

그때 영주가 씻은 상추와 깻잎, 풋고추, 쌈장, 밑반찬 등이 골고루 담긴 커다란 쟁반을 들고 왔다. 어제와는 달리 그녀가 들고 온 또 다른 가방 속에는 소주도 두어 병 들어 있었다.

화덕에 철망을 올리고 그 위에 삼겹살을 한 점씩 올려놓으며 연성은 연기가 유현에게 가지 않도록 손을 휘저어 바람의 방향을 바꾸었다. 삼겹살 구우랴, 연기 쫓으랴, 먹으랴, 바쁘다.

"자요, 내 잔 한 잔 받아요."

"무슨 말씀! 당연히 제가 먼저 드려야죠."

연성이 싹싹하게 소주병을 들더니 영주의 잔에 따라주었다. 그리고 유현의 잔에도 자란자란 붓는다.

영주가 연성의 잔에 소주를 따랐고, 세 사람은 의좋게 잔을 부딪쳤다.

삼겹살 기름이 뚝뚝 떨어져 내리는 바람에 치지직, 하고 연방 붉은 불씨가 올랐다. 그 소리 또한 대단히 먹음직스러워 삼겹살은 익는 족족 세 사람 입속으로 번개처럼 사라졌다. 겨우 남자한 명이 낀 것뿐인데 어제와는 사뭇 다른 느낌이며 다른 풍경이다. 유현은 연성이 구워주는 삼겹살을 안주 삼아 소주를 마시면서 작은 행복감을 느꼈다. 행복이 별건가 싶게. 이런 한적한 카페 앞마당에서 삼겹살과 소주 한 잔으로도 충분히 행복할 수 있는 게 또 인간살이인 것을.

아! 영주가 말한 인생이 별건가, 했던 뜻이 바로 이런 것이었겠구나.

유현이 그 말의 뜻을 뒤늦게 번연히 깨닫고 속으로 손바닥을 짝 쳤다.

연성은 부지런히 삼겹살을 구우면서 몇 번이나 소주를 스스로 챙겨 마셨고, 매운 풋고추를 만났을 때는 씁씁거리며 혀를 내두르기도 했다.

"와, 진짜 맵네, 이 고추! 유현 씨 같아. 으윽!"

"엄살쟁이."

하고 비아냥거린 유현이 연성이 내려놓은 고추를 쌈장에 푹 찍어서는 한 입 뚝 떼어 물었다. 우적우적.

"푸엑!"

흐아～ 혀가 쑥 뽑혀 나갈 정도로 매운맛이 유현을 덮쳤다.

입에 물었던 것을 바닥에 퉤 하고 뱉어버리는 유현을 보고 연성이 고소하다는 듯 낄낄거렸다.

"그걸 또 먹어보네. 그저 내 말이라면 안 믿더니 쌤통이다!"

허겁지겁 물을 들이켜는 유현을 보고 영주가 어이없다는 듯 한마디 했다.

"슬슬 물들어가는구나, 정유현!"

제3장 소금 꽃

모항을 출발하여 충청남도 당진에 도착하자 뉘엿뉘엿 해가 지고 있었다. 해남 '땅끝마을' 처럼 육지가 북쪽으로 돌출되어 서해안인데도 바다에서 일출과 일몰을 모두 볼 수 있는 곳으로 유명하다는 '왜목마을'.

유현은 며칠 그곳에 머무르면서 작품 구상을 구체화할 생각이었다. 어떤 작품이든 작품의 배경은 매우 중요한 자리를 차지한다. 예를 들어 그림을 그릴 때 화판을 어떤 재질로 쓰느냐에 따라 분위기가 심대하게 달라지는 이치와 같다. 화판이 종이냐 천이냐 석판이냐 철판이냐를 가리는 일과 같은 의미다.

무작정 떠나온 길이니 아직 뚜렷하게 잡아놓은 콘셉트는 없다. 다만 한 가지 확실한 것은 '어촌'이라는 것.

'왜목마을'로 가기 전에 '성구미 포구'에서 하루를 유하기로 했다. 내일은 이곳 부근에 있다는 염전과 허브 마을을 돌아볼 예정이다. 부득부득 따라나선 연성만 아니었다면 훨씬 자유롭고 가뿐한 여행이 될 수도 있었겠으나, 이번 여행의 동행자로 자청한 연성 때문에 내내 심기가 불편하고 맞지 않는 옷을 입은 것처럼 그가 거추장스러웠다.

유현은 고독을 즐기러 온 여행자였다. 글이란 고독을 동반해야 하는 일이고, 흥겨운 여행만은 아닌 것이 취재 여행이라고 생각해 왔기에 연성은 유현에게 방해자인 것만은 사실이었다. 연성 스스로 자각을 못해서 그렇지.

짐부터 풀 요량으로 가까운 여관으로 들어갔더니, 뒤따라온 연성이 유현의 차 옆에 나란히 제 차를 세운 뒤 내리며 물었다.

"여기서 묵으려고요? 찾아보면 어디 호텔 있을 텐데."

'호텔'이란 말에 온몸의 털이 일직선으로 뻗는 괴괴한 현상에 시달리며 유현은 가슴이 바싹 얼어붙었다.

"내가 무슨 부르주아인 줄 알아요? 호텔은 무슨."

당연한 타박임에도 불구하고 하나도 담백하지 않았다. 파르르 한 목소리에 당황함을 무마하려는 어색함은 여지없이 탄로났다. 연성이 짓궂게도 킥킥 웃어댔기 때문이다. 유현은 뾰족한 시선으로 그를 째려보았다.

"내가 호텔비 내주면 호텔로 갈 거예요?"

“됐어요!”

생긴 건 하나도 안 그런데 어째서 그가 말하는 건 다 음흉스럽게 들릴까? 저 순진하고 앳된 얼굴에 속은 게지. 그리고 이런 한갓진 어촌에 호텔이 있을 리 없잖은가!

화난 사람처럼 홱 돌아서 여관으로 걸음을 옮기는 유현의 뒤를 따라가며 연성이 계속 장난을 걸었다. 실은 그도 유현과 단둘이 여관에 들어간다는 것이 자못 떨리고 어색했던 것이다.

“방은 하나로 잡을 거죠?”

가던 걸음을 멈추고 유현이 연성을 팩 노려보았다.

“연성 씨!”

“돈 아껴야 한다면서요?”

능청스럽게 말하는 연성에게 약이 바짝 올라 유현은 얼굴이 붉으락푸르락했다.

“돈 아껴야 한다는 말은 한 적이 없는데요?”

“그 말이 그 말이지 뭐.”

유현이 씨근덕거리는 사이, 연성은 성큼성큼 앞장서 여관 안으로 들어가고 있었다.

카운터에 한 남자가 졸면서 앉아 있다가 들어서는 연성을 보고는 자리에서 일어났다

“어서 오세유.”

“방 있어요?”

“그러믄유.”

남자가 연성의 뒤를 따라 들어오는 유현을 힐끗 쳐다보더니 아무 말 없이 열쇠를 하나 건네준다. 유현이 남자의 얼굴을 정면으로 노려보며 살벌하게 일렀다.

"두 개요."

남자가 연성의 눈치를 슬쩍 보고는 의향을 묻듯이 가만히 서 있다. 때문에 유현은 기분이 더 확 나빠졌다. 이런 곳에서는 왜 꼭 남자의 의향을 먼저 살피는 거지?

"나가요. 여기 싫어."

유현의 말투에 살얼음이 끼자 연성이 그녀의 팔을 재빨리 붙들며 말했다.

"아저씨, 방 두 개요."

짐을 여관방에 들여다 놓고 맞은편 방에 묵은 연성에게 전화를 걸었다. 저녁 먹으러 가자고 할 참으로. 그는 한참 만에 전화를 받았는데 무슨 일인가를 하고 있다가 전화를 받은 것처럼 목소리가 몹시 급했다.

"바빠요?"

[아뇨, 샤워를 하다가 받아서……. 배고프죠? 조금만 기다릴래요? 거의 다 했는데.]

빠르기도 하셔라.

"그래요. 다 하면 전화 줘요."

[유현 씨는 샤워 안 해요?]

“저녁 먹고 와서요. 그리고 그런 것까지 신경 좀 안 썼으면 좋겠군요.”

팩팩 말을 쏘아붙이고는 전화를 끊자 민망스러워진 건 오히려 유현이었다. 무슨 말을 해도 발톱 세운 고양이처럼 죄다 공격적이다. 의식하지 말자 하면서도 그게 마음먹은 대로 잘 안 된다. 어째서 갈수록 이 모양일까.

자기반성을 하며 침대에 앉아 담배를 피우고 있는데 십 분 후쯤 전화가 왔다. 방을 나가자 동시에 연성도 문을 열고 나오는데 보니 아직 채 말리지 못한 머리카락이 젖어서 파마머리가 더욱 곱실거렸다. 그 때문인지 함치르르한 얼굴이 한층 더 빛을 발해서, 유현은 연성에 비하면 자신은 한참 나이 든 아줌마 같다는 생각을 하며 앞서 엘리베이터 쪽으로 걸어갔다.

한산한 곳이라서인지, 아니면 여관 특유의 밀폐된 분위기 때문인지 여관은 조용했고 사람 그림자 하나 보이지 않았다. 엘리베이터에 올라타자 좁은 공간 덕에 연성이 뒤편에 한 발 물러서 있는데도 굉장히 가깝게 느껴진다. 마치 그의 입술이 귓불에 와 닿은 듯.

“뭐 먹고 싶어요?”

귓가에 가까이 들리는 야들야들한 목소리에 화들짝 놀라 뒤로 돌아보자 연성이 귀에 바싹 들이대고 말을 하는 게 아닌가. 어쩐지 귓불이 뜨겁게 느껴지더라니. 게다가 갑자기 불에 덴 듯 돌아보았기 때문에 하마터면 연성의 얼굴과 부딪칠 뻔했다. 아니, 정확히는 그의 입술과.

일부러 그랬을 거야.

짐짓 아무렇지도 않은 척 유현은 고개를 정면으로 돌려 버렸다. 자꾸 반응을 보이면 그는 더할 게 분명하니까. 이럴 때는 무관심, 무취, 무향의 반응이 최고다. 그럼에도 긴장한 탓에 어깨에 바짝 힘이 들어갔다.

"나가보고요."

반응이 냉담하자 연성은 입술을 삐죽 들었다 놨다. 뽀뽀하기 작전 실패. 이왕 함께 여행 다니는 거 사이좋은 척해주면 좀 좋을까. 언제나 저 겨울 땅 같은 마음이 녹아들려나. 쯧쯧.

바닷가라 그런지 근처에는 거의 횟집이었다.

"회 좋아해요?"

연성이 자기가 먹고 싶은 투로 묻기에 유현은 그다지 회를 즐기는 편은 아니었지만 이런 곳에서 된장찌개나 김치찌개를 찾는 게 촌스러운 것 같아 그렇다고 대답했다.

벌써 군침이 도는지 침을 꿀꺽 삼키고는 연성이 유현의 손을 잡아 가까운 횟집으로 끌었다. 그러면서 바깥에 놓인 수족관을 들여다보며 주인에게 이건 뭐냐, 저건 뭐냐 흥미롭게 물었다. 유현은 아이들만 수족관 보고 좋아하는 줄 알았더니 꼭 그렇지만은 않은 모양이라며 연성의 옆에 서서 그가 수족관의 물고기들 이름을 다 물어볼 때까지 차분히 기다려 주었다.

가자미 과로 눈이 오른쪽에 쏠려 있으며 납작하게 생긴 것이도다리. 노란색을 띤 갈색 바탕에 짙은 갈색의 불규칙한 얼룩무늬가 있고 꼭대기의 옆구리에 짙은 점 하나가 있는 것이 노래미. 도다리와 생김새는 비슷하지만 눈이 왼쪽에 붙어 있는 것이 광어(넙치). 머리가 작고 아래턱이 위턱보다 더 내민 모양이면서 전신에 자잘한 비늘이 있는 농어. 그 외에도 민어, 전갱이, 전복, 성게, 새우, 장어, 소라, 멍게, 해삼. 횟집 주인의 입에서 나오는 설명만 해도 종류를 일일이 기억할 수 없을 만큼 다양하다.

실컷 물어봐 놓고 연성은 주인에게 산뜻하게 주문했다.

"맛있는 걸로 주세요."

그러자 주인아저씨가 바다 냄새가 물씬 풍기는 걸걸한 목소리로 대답한다.

"예, 정력 좋은 놈으로 골라 드리죠!"

주인의 말대로 회가 맛있는지 어떤지는 모르겠고 싱싱하다는 생각은 했다. 방금까지 수족관 안에서 팔팔 살아 움직이던 물고기가 포 떠진 채 접시 신세가 되었다 생각하자 유현은 왠지 입안이 써졌다. 너희 신세도 참.

회를 안주 삼아 소주를 몇 잔 했다. 운전 탓인지 소주를 마셨더니 온몸의 맥이 쫙 풀려 흐물흐물해진다. 연성은 술 몇 잔에 얼굴이 불그스름하게 물들어서는 연방 해죽거렸다. 난 지금 기분이 최고예요, 하고 얼굴에 또렷하게 쓰여 있다.

유현이 불현듯 생각이 나서 걱정스러워 물었다.

"영어학원은 어쩌고요?"

"유현 씨도 안 오는데 나 혼자 무슨 재미로요? 나중에 서울 올라가면 같이 재신청해요."

그럴 일이 또 있을까. 역시 새벽에 부지런을 떠는 건 유현의 체질에 맞지 않았다. 고문도 그런 고문이 없었으니.

"재미없어서 더는 못하겠네요. 그리고 연성 씨는 내가 다니기 전부터 다녔었잖아요. 그만두지 말고 열심히 해요."

"유현 씨도 하면."

"난 그만 한다니까요."

"그럼 나도 그만 할래요."

쓸데없는 입씨름에 휘말리고 싶지 않아 유현은 입을 꾹 다물었다. 그러자 연성이 뭐가 우스운지 어깨를 들썩이며 장난꾸러기처럼 쿡쿡 웃는다.

"알았어요. 그만 하죠."

그만 한다는 말로 마무리 지었지만 실상 그 말이 학원을 그만두겠다는 말인지, 입씨름을 그만 하겠다는 건지는 정확히 알 수 없었다. 어쨌든 말로 당해낼 재간이 없음을 한탄하면서 유현은 무심한 척 바다가 바라보이는 창밖에 시선을 걸쳤다.

어머니의 고향, 충청남도 당진. 정확히 어느 마을인지는 알려주지 않았지만 아마도 이곳처럼 자그마하고 순박한 어촌이었으리라. 젊은 시절의 어머니가 바닷가를 재재(在在) 누비며 다니는 모습이 영상처럼 눈앞에 그려져 유현의 눈시울이 조금 뜨끈해졌다. 어머니는 그 시절의 여느 아가씨들처럼 애옥한 집안 일손을 돕고자 갯벌에 나가 시커먼 진흙에 발을 푹푹 담가가며 조개 따위를 채취하였을 테지.

어머니도 혹 그런 것은 아니었을까. 유현이 한때 어머니가 싫고 미워서 결혼이라는 명목하에 그 지긋지긋한 굴레에서 벗어나고자 했던 것처럼 당신도 바다와 갯벌, 그리고 삶의 무게가 무거워 무작정 도시로 떠나고 싶었던 것은 아니었을지.

언제나 어머니를 생각하면 마음 깊숙이 자리 잡은 무언가가 뜨거운 용암처럼 잘잘 들끓었다. 그것이 원망이었든 사랑이었든 세월이 흘러감에 따라 한데 혼합되어서 이제는 연민으로 굳어진 듯했다.

연성이 지나치게 조용하기에 어색하기 짝이 없어 유현이 힐 끗 곁눈으로 쳐다보자 기다렸다는 듯이 눈을 맞추고는 싱긋 웃는다.

처음에 저 눈을 보고 무슨 느낌이 들었더라? 그렇지. 청천 계곡의 물처럼 깨끗하다고 생각했었지. 그때는 그 두 눈 속에 폭 빠질 정도로 마음을 빼앗겼었는데 지금은…… 매우 거슬린다. 무슨 남자 눈이 저리도 수려하게 맑으며 샛별처럼 총총한 것인지.

뚫어져라 쳐다보는 유현에게 연성이 불쾌한 얼굴로 씩 웃으며 농담을 했다.

"왜요? 아무리 봐도 잘생겼어요?"

"쳇! 왕자병까지 있으시군요?"

"왕자병은 아무나 있나요?"

"어이구!"

또다시 술잔을 주거니 받거니 하고 있는데 유현의 휴대전화가 울렸다. 누군가 했더니 지민이다.

"응."

[언니, 지금 어디야?]

"당진, 성구미 마을."

[거긴 또 어디래? 연성 씨랑 같이 있어?]

"그래."

[흐응, 좋겠다.]

코맹맹이 소리를 흘리는 지민은 정말로 부러운 투다.

"좋기는. 귀찮아 죽겠다."

그렇게 말하면서 유현은 미운 눈초리로 연성을 흘겼다.

[아유, 아무튼 언니는 병이라니까. 누구는 남자랑 단둘이 여행을 가고 싶어도 못 가는 판에.]

"왜? 재훈 씨랑 잘 안 돼?"

[어머머, 언니는! 재훈 씨랑 만난 지가 얼마나 됐다고!]

누구는 만난 지가 이삼 년 돼서 남자랑 같이 여행 온 줄 아나? 아차차, 여행 아니지. 이건 엄연하고도 순전한 취재 여행이고, 저 남자가 생으로 끼어든 것뿐이잖아.

재훈이 어쩌고 했을 때에야 연성은 관심을 보인다.

"지민 씨예요?"

고개를 끄덕여 주고는 지민에게 따끔하게 핀잔을 주었다.

"내가 할 소리다. 그리고 나 지금 놀러온 거 아니거든?"

[그래도 연성 씨는 절대 엉큼하게 굴지 않을 거 아냐. 연성 씨가 얼마나 순진한데.]

순진 좋아하네. 저 남자가 얼마나…….

유현이 건너편의 연성을 사납게 쏘아보았다. 저 얼굴은 완벽한 가면이야, 하고픈 말이 그것인 양.

[여하튼 내가 좋아하는 남자랑 단둘이 여행이라니 배 아프긴 하지만 이왕이면 재미있게 놀다 와, 언니. 또 전화할게.]

전화를 끊으며 유현은 코웃음을 툭 쳤다.

애초에 연결해 주려고 했던 사람 앞에서 이게 뭐 하는 짓이람. 얄궂게시리.

그 후로 계속 마셨던 것이 소주 한 병 정도 되었던가 보다. 모처럼 기분이 알딸딸하게 좋아서 여관방 앞에 와서는 반짝 손을 들어 연성에게 곰살갑게 인사를 했다.

"잘 자요."

연성이 쓰윽 상체를 굽혀 유현의 얼굴에다 대고 은근하고 달콤한 목소리로 속삭였다.

"잘 지요. 내가 필요하면 언제든……."

퍽!

"윽!"

주먹으로 배를 한 대 갈기고는 홱 돌아서 열쇠로 방문을 여는 유현의 모습을 지켜보다 연성은 빙긋 웃으며 제 방에 열쇠를 꽂았다.

방으로 들어오자마자 침대에 가서 벌렁 드러누웠다. 크게 내뿜는 입김에서 소주 냄새가 은은히 풍겼다. 마신 술이 적당해서 기분이 최적의 상태였다. 사랑하는 이와 단둘이 여행이라…… 생각만 해도 오감이 짜릿하게 흥분된다. 조금 전 문 앞에서, 고작 농담 한마디에 얼굴이 새빨개지던 유현을 생각하자 저절로 양쪽 입가가 기분 좋게 스르륵 말아 올려졌다.

"귀여워."

이번 여행은 연성에게 필사의 구애 작전이랄 수 있었다. 어떻게든 여행을 접을 때 즈음에는 유현의 마음을 온전히 사야 했으니까. 단지 태생이 불우하다 해서 그렇게 움츠러들 수가 있을까, 처음에는 굉장한 의문을 남겼다. 카페 이층 방에서 유현을 안았을 때 공포에 물들던 얼굴을 떠올리자 마음이 아릿하게 아팠다. 유현이 그토록 겁냈던 것은 과연 무엇이었을까. 그녀를 단단한 껍질 속에 가둬놓은 원인은.

욕조에 물을 받아놓고 유현은 그 안에 들어앉았다. 편하게 머리를 욕조 턱에 기대고 술과 피로로 나른해진 몸을 풀었다. 문 앞에서 헤어진 지 몇 분 채 되지 않아 연성의 얼굴이 눈앞에 아른거려 억지로 지우려는 듯이 눈을 감고 세차게 고개를 흔들었다. 하지만 그의 얼굴을 떠올린 그 순간이 지독히 달콤했다는 것만은 부인하지 못했다. 아주 짧은 순간이었는데 가슴에 뻐근한 통증이 일 정도였으니.

어쩌면 태주 씨, 이 여행이 끝날 때 즈음에는 나도 저 사람을 사랑하게 될지 몰라. 더는 도망칠 데가 없으면 어쩌지? 그때 난 어떻게 해야 하지?

뜨거운 김이 욕실을 가득 메우고 눈을 감은 채 잠 속에 빠져들었다. 아주 기분 좋은 잠, 현실 그 이면의 또 다른 세계 속으로.

쾅쾅!

문을 세게 두드리는 소리에 번쩍 눈을 떴다. 그사이 욕조의 물은 미지근하게 식어 있었다. 깜박 잠이 든 것이다.

쾅쾅쾅!

"유현 씨! 유현 씨, 안에 있어요?"

연성이다. 그가 무척 떨리고 놀란 목소리로 부르고 있었다. 깜짝 놀라 물속에서 몸을 일으키자 좌르륵 물줄기를 흘리며 유현의 고운 나신이 허공에 드러났다. 수선 걸이에서 수건을 꺼내어 몸을 대충 닦으며 욕실 밖으로 황급히 뛰어나왔다.

"네, 네. 잠깐만요!"

말을 더듬거리면서 대충 닦은 몸 위에 서둘러 가운을 걸쳐 입은 유현은 문 앞으로 달려가 다급하게 물었다.

"왜 그래요? 무슨 일이에요?"

"괜찮은 거예요? 아무리 전화를 해도 안 받아서……."

"목욕 중에 잠깐 잠들었어요. 미안해요."

이편으로 확실히 들릴 정도로 문 건너편에서 안도의 한숨을 내쉬는 소리가 크게 들려왔다. 어지간히 놀란 모양이어서 유현은 자기도 모르게 문을 열려다가 멈칫했다. 지금 문을 열어서 어쩌겠다는 건지. 게다가 이런 가운 차림으로.

그런데 먼저 연성이 재우쳐 묻는다.

"문 좀 열 수 없어요? 얼굴만 보고 가게."

"아, 아뇨. 지금 옷을 벗고 있어서요. 괜찮으니까 그만 가서 자요."

"옷 입으면 되잖아요."

유현은 망설였다. 어쩐지 그냥 보내기에는 마음이 놓이지 않았다. 그녀 역시 연성의 얼굴을 봐야 안심이 될 것 같았다.

"잠깐만요."

생각은 그래도 안 된다는 쪽이었는데 허락하는 말이 먼저 나와 버렸다. 난감했지만 금방 말을 번복하기 뭣해서 머뭇머뭇 문 앞에서 돌아섰다. 그리고 방으로 돌아오자마자 서둘러 가운을 벗고 평상복으로 갈아입었다. 물에 젖은 머리를 수건으로 둘둘 말아 올리고 얼굴도 대충 가다듬은 다음 문을 열자 연성이 배꼼 안을 들여다본다. 그를 안심시키려 한껏 목소리를 밝게 하여 말했다.

"자, 봐요. 괜찮죠?"

연성이 대답 대신 등 뒤에서 무언가를 앞으로 쑥 들어올렸기에, 유현은 인상을 찡그리며 눈앞에 들려진 불투명의 흰 비닐봉지를 바라보았다.

"이게 뭘까요?"

생글거리는 그의 미소가 조금 전까지와는 사뭇 달랐다. 유현의 뇌리에 뭔가 속았다는 느낌이 번뜩 스치는 찰나, 연성이 방 안으로 쑥 들어왔다.

"연성 씨."

도로 문을 닫아야 할 타이밍을 놓쳐 버린 유현이 당황하여 연성을 불렀으나, 연성은 유유히 현관에 신발을 벗고 방 안으로 들어가 버렸다.

탁자 위에다 비닐봉지 안의 것들을 하나씩 꺼내놓는데 보니 캔 맥주와 간단한 안줏거리다. 난감하여 서 있는 유현에게 의자에 풀썩 주저앉으며 연성이 스스럼없이 말했다.

"목욕하고 나면 시원한 맥주가 생각날 것 같아서요."

팔짱을 끼고 서서 능글맞게 웃는 연성을 안주로 씹어 삼킬 듯 노려보았다. 연성이 모른 처 캔 맥주를 따서는 내밀었고, 유현은 잡아채듯 받아 들었다. 그의 말대로 엄청나게 갈증이 일던 참이다. 꼭 목욕 때문일까만.

맞은편 의자에 걸터앉자 연성이 의미심장한 웃음을 씩 웃더니 자기 몫의 캔을 따서 입으로 가져갔다. 맥주를 마시면서도 골똘히 생각에 빠진 유현의 모습은 연성에게 속살을 간질이는 감정을 불러일으켰다. 그녀에게서 전해져 오는 팽팽한 긴장감, 그것이 썩 나쁘지 않았다.

전화를 받지 않아서 놀랐던 것은 사실이었다. 하도 잠이 오지 않아서 맥주라도 한 잔 같이 할 겸 슈퍼에 다녀오는 길에 전화를 걸었더니 받지를 않는 것이다. 오면서 괜한 불길함에 그야말로 엉덩이에 불이라도 붙은 양 뛰었다. 유현의 목소리를 듣고는 얼마나 기쁘던지. 벼랑에서 헛발 디뎌 굴러 떨어졌다가 몸에 생채기 하나 나지 않고 무사한 기분에 비유한다면 맞을까.

"저 앨 보고 있으면 불안해요, 어느 날 갑자기 흔적도 없이 사라질 것 같아서."

영주가 했던 말이 현실로 되면 어쩌나, 달려오면서 내내 그 생각이 유령처럼 달라붙어서 혼이 났다. 유현이 한 줌의 연기처럼 홀연히 사라져 버린 건 아닐까, 걱정스러웠던 것이다.

연성은 맥주를 마시다가 피식 웃음을 흘렸다. 어쩌다 김연성이 이렇게 되어버렸을까. 여자에게 이토록 건몸 달아본 적이 없는데. 아니, 유현을 가질 수만 있다면 무슨 짓이든 할 것 같았다. 유현의 마음을 열 수만 있다면 그 무엇이든. 예전에는 막연한 동경의 대상이던 여자가 이젠 가장 절박한 삶의 목표요, 이유가 되어버렸다. 유현은 연성의 삶에 아름다운 동행자였다.

"맥주 더 할래요?"

“아뇨.”

맥주 캔은 모두 세 개였다. 하나씩 마시고 또 하나는 혹시 몰라 여분으로 사 온 것이었다. 하지만 연성은 유현이 그 하나마저도 마셔주길 기대했다. 그래야 그녀와 더 오랜 시간 같이 있을 수 있을 테니까.

은근한 맹수의 눈빛을 지레 눈치 챘는지 유현의 목소리가 짐짓 날카로워졌다.

“다 마셨으면 이제 그만 건너가요.”

“조금만 더 있다 가면 안 될까요?”

유현이 곁눈으로 못마땅하게 연성을 째려보았다.

“그냥 얌전히 있을게요.”

“나 졸려요.”

“자요, 그럼.”

“연성 씨가 이렇게 버티고 있는데 어떻게 자요?”

“나 상관 말고…….”

유현이 씨알도 안 먹힌다는 듯 연성의 말을 냉정하게 잘랐다.

“말 안 되는 거 알죠?”

이번에는 연성도 찔끔한 표정으로 한발 물러났다.

“오케이. 알았어요.”

캔을 탁자 위에 탁 내려놓고 자리에서 일어난 연성이 현관 쪽으로 한 걸음 옮겼을 때였다. 배웅할 요량으로 지리에서 일어났던 유현의 몸을 별안간 낚아채듯 안고 침대 위로 함께 풀썩 쓰

러진다. 때문에 머리를 감싸고 있던 수건이 풀어지면서 찰랑찰
랑한 유현의 머리카락이 침대 위에 가득 쏟아졌다.

깜짝 놀란 유현은 목이 눌린 듯 조여드는 소리로 으드등댔다.

"당장 일어나요!"

정말 화가 난 목소리였기 때문에 연성은 흠칫했다. 이를 악문
유현이 눈앞에 있었다.

이런. 왜 자꾸 성급하게 굴지? 이런 건 그녀에게 좋지 않아.
상처 주는 행동이야. 그런데도 놓아주기 싫어.

단단히 뿔이 난 얼굴을 똑바로 보기가 미안해서 유현의 보들
보들한 머리카락에 코를 박고 엎드렸다. 샴푸 향이 진하게 코끝
에 스며들었다. 샴푸 향만으로도 유현의 하얀 속살을 본 것처럼
가슴이 두근두근 뛰었다.

"미안해요, 나도 모르게 그만……. 유현 씨가 좋아서 그래. 유
현 씨를 보면 자꾸만 마음이 흔들리거든. 이대로 조금만…… 조
금만 있을게요. 부탁이에요."

체중을 실은 연성의 몸 때문에 숨을 쉬기가 곤란했다. 그럼에
도 화가 난 마음과는 달리 그를 매정하게 밀어내지는 못했다.
결정적인 순간에 항시 단호하지 못한 자신이 못마땅해서 유현
은 입술을 아프도록 감쳐물었다.

밀어내, 밀어내란 말이야. 다시는 이런 짓 못하도록 따끔하게
말해. 그리고 당장 짐을 싸서 가버리는 거야.

"유현 씨, 사랑해요."

귓가에 조용히 울리는 사랑의 속삭임에 참았던 숨을 훅 쏟아 내고 말았다. 연성의 입술이 뺨에 와 닿는가 싶더니 귓불을 혀로 흠 빨았다. 유현은 눈을 질끈 감고는 발가락 끝을 잔뜩 오그렸다. 마지노선의 무너짐, 곧 함락될 징조다. 하지만 어쩐 일인지 봉기한 군인처럼 적을 전멸시킬 것만 같던 전세는 완전히 사그라지고 몸이 제대로 움직여 주질 않았다. 그에게 완전히 포박당한 기분. 다시는 놓여날 수 없을 것 같은 두려움이 강렬한 기세로 엄습해 온다.

연성이 유현의 귓불에 한 것처럼 입술을 작신작신 흠 빨며 감빨았다. 두 사람의 입술과 입술 사이로 흐르는 아슬아슬한 신음이 위태위태하게 이어지고, 연성의 손에 의해 유현의 옷이 한 꺼풀 한 꺼풀 벗겨졌다.

유현은 자신의 옷이 벗겨지는 것도 모를 만큼 아뜩한 느낌 속으로 순식간에 빠져들어 갔다.

그곳은 사방이 흰 방이다. 방 안에는 눈부신 빛과 푸른 초원을 향해 활짝 열려 있는 창문 하나, 그리고 방 중앙에 놓인 커다란 침대 역시 흰색이다. 그 위에 나신으로 누워 있는 연성과 연성에게 다가가는 또 하나의 나신, 유현.

연성이 손을 내밀이 유현을 잡아끌었다. 유현은 연성의 탄탄하고 각진 몸 위를 타고 올라 사랑의 전주곡으로 온몸에 뜨거운 입맞춤을 골고루 퍼부어주며 끝없이 탐닉했다. 연성의 입술에서 새어나오는 달콤새큼한 향내, 따뜻하고 깊은 청록색 바다 속의 산호 같은 눈빛. 곱실한 그의 머리카락을 손으로 부드럽게 쓸어 넘겨주며 고르고 하얀 치아를 드러내어 까르르 마주 웃었다.

연성은 유현의 탐스런 가슴을 입술로 쓸다가 자극으로 올록볼록 튀어나온 유두를 이로 물고 살짝 비틀었다. 가느다란 허리를 한 손으로 휘어감아 바싹 몸에 붙여 당겨 안자 그녀의 상체가 유연하게 뒤로 휘며 희뿌연 가슴이 입 안으로 한가득 밀려들어 온다. 입 안에 넘쳐 날 듯 흐르는 부드러운 가슴살. 톡톡, 혀끝에 닿는 작은 열매는 사랑의 근원.

"흐응……."

연성이 손으로 흐벅진 허벅지와 허벅지 사이의 비밀스러운 곳을 어루만졌기에 유현의 입에서는 꼼짝없이 새뜻한 교성이 터져 나왔다. 만지작만지작 부드럽게 쓰다듬다가 함초롬히 벌어진 굴속으로 손가락을 스르륵 밀어 넣었다. 맞물리듯 꽉 조이며 굉장한 힘으로 끌어당기는 그녀의 또 다른 입술.

손가락이 꿀물로 흥건히 젖어드는 걸 느낀 연성이 더는 참지 못하고 연한 피부를 꿰뚫고 안으로 들어가려는 순간, 유현의 입에서 터지는 쾌감 어린…….

"아, 아, 안 돼!"

상상은 무참히 깨어지고 유현은 번쩍 눈을 떴다. 눈부시게 하얗던 빛은 온데간데없이 사라지고 침침한 여관의 등만이 천장에 초라하게 달려 있었다. 그제야 유현은 연성과 자신이 똑같이 나신이 되어 있음을 알고 화들짝 놀랐다. 내, 내가 대체 무슨 짓을 한 거지? 유현은 자신의 모습을 믿을 수 없다는 듯 한동안 어리둥절해하다가 더한 절망감에 빠져 버렸다. 이리 쉽게 마음을 내어주다니. 그를 사랑할 것도 아니면서. 게다가 혹 실수로 임신이라도 한다면……. 섹스에 결벽증있는 여자처럼 굴 땐 언제고 정유현, 너도 별수없구나.

연성이 걱정스러운 눈빛으로 당혹감을 감추지 못하는 유현을 물끄러미 내려다보다가 미간을 찌푸리며 조심스레 물었다.

"혹시 처음…… 이에요?"

그런 질문을 하는 자신이 얼마나 얼뜨기 같든지.

유현이 바삐 고개를 끄덕였다. 이런 상황이 아주 없었던 건 아니었다. 태주 이전의 남자와는 이 문제로 숱하게 싸웠었고, 그때는 다만 어렸던 탓에 두려움이 커서라고만 여겼었다. 그에 비하면 태주는 훨씬 성숙한 남자였고 또한 매너있었다. 그는 그전에 사귀었던 남자처럼 거칠거나 어리지 않았다. 남자답게 리드했지만 손 하나 잡는 것부터 안는 것, 키스하는 것에도 친절했고 배려할 줄 알았다. 그렇지만 잠자리 직전까지 가게 되었을 때 유현은 태주를 받아들이지 못했다. 은연중 그와 끝내는 헤어질 것이라는 암시에 걸려 있어서였는지 모르겠다.

불안했다. 그때도 지금처럼 미리 약을 먹거나 콘돔을 준비할 상황이 아니어서, 둘 다 뜨거웠고 본능적인 몸의 반응이었으나 막상 마지막을 앞두고는 모든 것이 정지하고 말았다. 숨이 막힐

것 같던 두려움, 멈출 수 없는 격정에 제동을 건 것은 그녀의 이
성이었다. 임신을 할지도 모른다는 현실적인 걱정이 급속도로
싸늘하게 피를 말려갔다. 그리고 사방으로 흩어졌던 정신을 하
나로 수습하기에는 그리 오랜 시간이 걸리지 않았다.

낯선 이에게 강간이라도 당할 뻔한 것처럼 태주를 밀어내고
옷을 어떻게 걸쳐 입었는지도 모르게 입고는 방을 뛰쳐나갔었
다. 유현만 좋다면 결혼해서 계속 살았을지도 모를 태주의 아파
트에서.

그때도 유현은 얼마나 잔인했던가. 태주에게 임신이 두려워
서라고 말하지 못했다. 스물여덟씩이나 먹은 여자가 결혼을 약
속한 남자의 아이를 갖게 될까 봐 두려워한다는 걸 그 누가 이
해할까. 장본인인 태주는 더더욱.

"정말 힘들겠어요?"

연성의 애단 질문에 유현은 또다시 고개를 주억거렸다. 태주
에게 했던 것처럼 확 밀치고 일어나 버릴까도 생각해 보았지만
똑같은 일을 되풀이하는 어리석은 짓은 삼갔다. 대신 연성의 눈
과 마주치지 않으려 신경 쓰면서 되도록 침착하려 노력했다. 이
럴 때는 오로지 침착함과 강단이 최대 수라는 걸 잘 아는 듯이.

연성이 곤혹스럽게 끙 신음을 삼키며 유현의 어깨를 부드럽
게 매만졌다. 분결같이 희고 보드라운 느낌의 맨살이 간장을 살
살 녹일 듯했다. 머릿속에서는 이성과 감정이 치열한 혈투를 벌
이고 있었다. 아직은 때가 아니다! 아니야, 당장 그녀 안으로 들

어가!

“알았어요. 더 기다릴게요, 유현 씨가 원할 때까지.”

남자에게, 그것도 알몸이 된 여자와 이제 삽입만 앞둔 남자에게 그것이 얼마나 큰 인내심을 요구하는 것이며, 얼마나 지독한 고문인지 유현도 모르는 바는 아니었다. 하지만 연성은 쉽게, 그리고 단번에 자신을 추슬렀다. 유현은 애써 연성을 외면했다. 그를 보기가 민망했고, 이런 상황까지 와버린 자신이 후회스러워서 쥐구멍이 있다면 숨어버리고 싶을 정도였다. 어찌 그리 쉽게 포문을 열어주었던가. 다시금 생각해도 도무지 이해할 수 없는 일이었다.

그가 마지막으로 몸을 스치며 떨어져 나갈 때에는 아랫도리가 뻐근해질 정도로 아릿아릿했다. 아무리 제 몸이라지만 이토록 불처럼 뜨거워질 수 있다는 사실이 놀라웠다.

연성이 유현의 아래로 내려오며 몇 번이나 곤혹스러운 신음을 삼켰고, 유현은 연성을 외면한 채 냉정히 말했다.

“그만 가줘요.”

“화났어요?”

“아뇨, 화 안 났으니까…….”

속에서 울컥 치밀어 오르는 눈물 때문에 말을 끝까지 할 수가 없었다. 연성과는 반대쪽으로 몸을 홱 돌리며 이불 속에 얼굴을 묻었다. 무엇이 그렇게 슬픈지 정확히 알 수는 없었지만 눈물은 온 얼굴을 적실 정도로 주체할 수 없이 흘러내렸다. 다른 이들처럼 평범치 못한 자신의 삶에 대한 한이었을까. 사랑을 거부할 수밖에 없는 자신의 콤플렉스와 소심함이 원망스러워서일까. 아니면 그토록 버티고 버텼건만 이처럼 한순간에 맥없이 허물어져 버린 자신이 처연하고 아파서였을까. 모르겠다. 가슴이 미칠 듯이 답답하다는 것만 확실할 뿐.

연성은 이불 밖으로 드러난 유현의 하이얀 등과 어깨를 바라보며 큰 실수를 했구나, 하는 자책감에 사로잡혔다. 유현에게 짐승 같다는 말을 들어도 할 말이 없을 것 같았다. 하지만 차라리 짐승 같다는 말을 듣는 한이 있어도 그녀를 갖고 싶은 남자의 마음을 어쩌랴. 아직도 입 안으로는 다디단 그녀의 살맛이 감쳐 도는 것을. 다시 한 번 그 맛에 취하고 싶은 걸 어쩌란 말인가.

"미안해요, 유현 씨. 정말 잘못했어요. 도저히 참을 수가 없었어."

"흑흑."

울면서 유현은 생각했다. 이건 강제로 일을 치른 다음에나 일어날 법한 상황이라고. 웃기는 일이었다. 서른한 살이라는 나이가 한없이 부끄럽고 창피해서 연성의 얼굴을 똑바로 볼 수 없었다. 그가 보기에 얼마나 숙맥 같을까.

유현의 어깨에 손을 얹자 그새 싸늘히 식어 있었다. 좀 전만 해도 정말 정유현이 맞나 싶게 불처럼 뜨거웠었는데. 그래서 그녀도 허락한 줄 착각했다. 아니, 반은 허락한 거나 마찬가지라고 해야 옳다. 그리고 이제 나머지 반은 천천히 다가가 볼 참이다. 아주 잠깐뿐이었지만 그녀의 달뜬 표정은 영락없이 자신을 남자로 원하고 있었고, 그녀도 분명 흠뻑 젖어 있지 않았던가.

유현의 동굴 속에 담갔던 손가락을 입에 넣고 쪽 빨아 그 달콤한 맛을 혀끝에 되새김하며 연성은 오늘 같은 실수는 하지 말아야겠다고 굳게 다짐했다. 무엇보다 자기 때문에 유현이 우는 건 견디기 힘들었다.

"그만 울어요, 응? 우는 거 보고 가면 내 마음이 어떻겠어요?"

연성이 손을 댔던 유현의 어깨에 달래듯 입을 꾹 맞추었다. 우느라 들썩거리는 어깨를 어루만져주며 연성은 계속 애달피 말을 늘어놓았다.

"울지 마. 자꾸 울면 속상하잖아. 나 진짜 나쁜 놈이다, 유현 씨를 울리다니. 이건 끝까지 하고 말고의 문제가 아니야. 반성문 쓸까요? 아니면, 무릎 꿇고 빌까? 그것만으로도 분풀이가 안 되면 열 대쯤……. 아니다, 유현 씨 손이 맵더라. 석 대만 맞을까? 자, 선택해요. 1번, 반성문. 2번, 용서할 때까지 무릎 꿇고 있기. 3번, 석 대만. 꼭 석 대만 때리기. 4번, 어차피 벌 받을 거면 확실히 진도 나가고 벌 받기."

유현이 울다가 하도 기가 막혀서 홱 돌아누웠다. 이불은 가슴까지 꼭 끌어당겨 안고는.

서슬이 시퍼레서 노려보자 연성은 정말로 용서를 구하는 표정을 짓고 있었다. 그러나 아직 열기가 가시지 않은 그의 눈을 본 순간 되레 얼굴이 붉어진 쪽은 유현이었다. 어찌하여 이 남자의 눈은 사람의 마음을 이토록 단숨에 앗아가는 것인가.

"이 남자가 정말!"

용심이 일어 주먹을 번쩍 드는데 연성이 유현을 우썩 끌어안고 쓰러졌다.

"미안, 미안. 진짜 미안."

유현은 언제 울었냐 싶게 웃음이 튀어나오는 걸 가까스로 삼켰다. 따뜻하게 온몸을 감싸 안는 연성의 품이 대단히 넉넉하고 포근하다. 이대로 아무 짓도 하지 않는다면 그의 따스하고 널따란 품에 안겨 한없이 잠을 자고 싶을 만큼. 영주의 집에서 그 아침에 그도 이런 마음은 아니었을까. 아무 짓 하지 않더라도 평안할 것 같은 느낌, 말이다. 하지만 신체 건강하고 멀쩡한 남자라면 애당초 불가능한 일이니 그를 어서 이 방에서 내보내야 했다.

"나, 그만 자야겠어요."

연성이 유현의 눈가에 달라붙은 눈물을 살살 닦아주며 말했다.

"응. 아쉽지만 다음을 기약해야지."

"늑대 같은 말 좀 하지 마시죠, 김연성 씨."

"하하. 한 가지만 말해주면 갈게요."

"뭔데요?"

"나 싫지 않죠?"

"연성 씨."

"솔직히 말해봐요. 싫지 않죠? 아니, 좋아하죠? 사랑은 아니라도 좋아는 하잖아."

유현은 들리지 않게 한숨을 내쉬었다. 이미 온몸으로 속내를 드러내 보였으니 거짓이 통할 리 없었다.

"그래요. 당신이 좋아, 하지만……."

연성은 급히 유현의 입을 자기 입술로 막았다. 대답은 그것으로 족했다.

유현도 잠시 황홀한 키스에 정신이 가뭇해졌다. 차라리 연성을 붙잡아 밤새 키스만 해도 좋을 것 같다는 생각이 들었다. 그토록 그의 입술은 아릿하고 관능적이면서…… 또 따뜻했다. 마치 봄날의 햇빛처럼.

잠시 후 고이 입술을 떼며 연성이 자그맣게 속삭였다.

"그거면 돼요, 지금은."

훌쩍 자리에서 일어난 연성이 벗어 던졌던 옷가지들을 주워 입었다. 유현은 침대에 누워 흠 하나 없게 가꿔진 그의 반듯한 나신을 그림 감상하듯 바라보았다. 담담함? 아니었다. 가슴이 쿵쿵 뛰어오르며 넘성기리는 눈빛이 되어가는 자신을 확연히 느낄 수 있었다. 그의 말처럼 지금은 좋아하는 감정에 불과하지만 다음에 한 번 더 이런 상황이 온다면…….

연성의 손길과 입술이 머물었던 몸 곳곳에서 짜릿한 기운이

강약을 이루며 빠르게 번져 나간다. 그 짜릿한 기운은 단전에
하나로 모아져 비로소 강인한 생명력을 분출한다. 유현은 처음
으로 여자로서의 희열을 느끼고 있는 것이다.

"갈게요."

이 방에 들어올 때처럼 옷을 다 갖춰 입은 연성이 그때까지
침대 위에 여신처럼 누워 있는 유현에게 인사했다. 아쉬움은 전
혀 없는 명랑한 얼굴이어서 유현은 내심 안도했다. 마음이 바뀌
어 갑자기 뛰어들기라도 하면 이젠 그를 매몰차게 내칠 자신이
없었다. 아니, 자신이 도리어 그의 나신을 붙들고 사정이라도
할 것 같았다. 그 아뜩하고 색정적인 느낌이라니.

"내일 봐요."

"몇 시에 깨워줘요?"

"몇 시에 일어날 건데요?"

"글쎄, 유현 씨가 일어나는 시간에."

"여덟 시."

"알았어요. 먼저 일어난 사람이 깨워주기. 문 잠가요."

연성이 방을 나갔고, 유현은 잠시 그대로 누워 있다가 자리에
서 일어났다. 그리고 현관으로 가 문을 잠근 후 침대로 돌아와
서는 내처 잠이 푹 들었다.

날은 이미 밝아 살짝 벌어진 커튼 틈으로 환한 빛이 스며들었
다. 온몸이 한바탕 격한 운동이라도 한 것처럼 나른하다. 유현

은 낮은 숨을 내쉬며 아침 첫 공기를 흡입했다. 코끝에 아리는 연성의 살 냄새. 몸속 깊숙이에서 자릿하게 느껴지는 연성의 짙은 애무. 문득 그의 품에서 아침을 맞았다면 어땠을까, 그런 상상을 해보았다.

후회했으리라. 아니면, 밤새 잠 못 자고 뒤척이다가 몰래 도망치듯 이 방을 나갔을지도 모르지.

크게 기지개를 켜며 자리에서 일어나 화장대 위에 올려놓은 담뱃갑을 들었다. 그러다 거울에 비친 자신의 몸을 보고 깜짝 놀랐다. 가슴 부위에 선명하게 나 있는 붉은 자국들. 간밤에 연성이 남기고 간 흔적이다. 자국이 이처럼 오래갈 줄은 몰랐던 탓에 유현은 매우 당황했다.

어제 앉았던 의자에 앉으려다가 일부러 자리를 바꿔 연성이 앉았던 자리에 앉아보았다. 그의 흔적은 몸에나 의자에만 있는 것이 아니었다. 흐트러진 침대 위에도 그 잔재가 고스란히 묻어 있었다.

어젯밤 저 위에서 우린 한 몸으로 얽혀 있었지.

천천히 담배를 피우며 유현은 생각했다. 이제 한동안은 어젯밤의 기억이 내도록 머릿속을 지배할 것이라고.

샤워 후 더욱 또렷이 돋아난 붉은 자국을 보고서는 그러한 생각이 더욱 확고해졌다. 유현으로서는 여간 당혹스러운 일이 아니라, 혹시라도 흔적이 지워질까 싶어 붉은 반점처럼 돋아난 부위를 정성스레 마사지해 보고 분을 발라보기도 했다. 그런데도 좀처럼 자국이 지워지지 않아서 혼자 별짓을 다 하고 있는데 휴대전화가 울렸다. 그제야 시간이 여덟 시가 훨씬 넘었음을 깨닫고 유현은 연성의 전화일 것이라 지레짐작했다.

[아직 자고 있어요?]

"아, 아뇨. 일어났어요."

그의 달큼한 목소리를 듣자 새삼 어제의 일이 떠올라 유현은 볼이 화끈 달아올랐다. 몸에 박힌 붉은 자국들이 모조리 살아서 연성의 입술이 되어 꿈틀꿈틀 애무를 하는 듯했다. 이런 느낌을 두고 몸이 단다고 하는 건가?

[어어, 근데 왜 안 깨워줘? 혼자 도망가려고 했죠?]

"여기까지 와서 어디로 도망을 가겠어요?"

[으흐흐, 드디어 진리를 깨달으셨군. 어서 씻고 나와요, 밥 먹으러 가게.]

"네."

전화를 끊고 유현은 혹여 목에도 자국이 있는 것은 아닐까 하여 목을 거울 가까이에 대고 요리조리 세심하게 살폈다. 다행히 보이는 곳에는 아무런 흔적도 없었다. 휴우.

옷을 입고 나갔더니 연성이 문 앞에서 기다리고 있다가 눈이 마주치자 싱긋 웃었다. 유현은 더없이 민망하여 그에게서 새치름하게 시선을 떼고 엘리베이터 쪽으로 몸을 돌렸다.

"잠깐만."

졸연히 연성이 불러 세우기에 유현은 멋모르고 그 자리에 우뚝 멈춰 섰다. 곁으로 다가온 그가 손을 들어 어깨로 다불다불 흘러내린 유현의 머리카락을 휙 젖혔다. 깜짝 놀란 유현이 경계하는 눈빛으로 노려보았으나, 연성은 슬쩍 고개를 틀어 유현의 목덜미를 내려다보고는 의미있는 웃음을 씩 웃는다. 유현의 미간이 언짢게 찌푸려졌다.

"왜요?"

"아직 있네."

"뭐가요?"

연성이 유현의 손을 잡아 엘리베이터로 성큼성큼 걸음을 옮기며 짐짓 들뜬 목소리로 말했다.

"키스마크."

"네?"

하지만 정작 연성은 그에 대해 대답은 하지 않고 엉뚱한 말로 대화를 돌렸다.

"사모님, 오늘은 제 차에 타시죠. 김 기사가 정성껏 모시겠습니다."

2

화창한 날씨가 이틀 동안 이어지면 염전에서 소금 걷는 장면을 볼 수 있다기에 그 모습을 카메라에 담고자 두 사람은 부지런히 염전으로 향했다.

고무를 바닥에 덧씌워 새까만 염전에는 하얗게 소금 결정이 생성되어 있었다. 아무것도 보이지 않는 바닷물일 뿐인데 하루 이틀 태양빛을 쬐는 것만으로 소금이 만들어진다는 사실은, 눈으로 직접 확인해도 신기하기 짝이 없는 자연 현상이었다. 염전 사람들은 소금 결정을 '소금 꽃' 이라 부른단다. 짠 바닷물에서 피는 새하얀 소금 꽃. 어쩜 딱 어울리는 이름이지 않은가! 진흙 속에서 꽃을 피우는 연꽃처럼 숭고함마저 자아낸다.

염전 주변에 자라는 함초(퉁퉁마디)가 땅에서 올라오는 열기에 살랑살랑 흔들렸다. 그곳을 지키는 아저씨 말이 함초는 염분을 먹고 사는데, 바닷물 속에 들어 있는 독소를 걸러내어 가장 깨끗한 염분만을 성분으로 지니기 때문에 품질이 가장 우수한 소금으로 쓰인단다. 숙변, 혈압 계통, 요통, 비만증, 치질, 당뇨병, 갑상선염, 천식, 기관지염 등에 뛰어난 효과가 있어 개발하여 시중에 판다니 염분을 먹고 사는 풀이 있다는 자체만으로 놀랍다.

유현은 진녹색의 함초를 몇 장 카메라에 담고는 속으로 말했다. 너희도 태생이 끈질기구나.

"들어가 볼래요?"

"네?"

애초에 사진 촬영만 할 계획이었기 때문에 연성의 물음에 놀란 듯 되물었다. 아저씨 말이 원래 단체로 체험하러 오는 사람이 많은데, 오늘은 일정이 비었다며 들어와도 좋다고 허락을 해준다. 그래도 선뜻 들어가지 못하고 머뭇거리자 연성이 바짓단을 둥둥 걷어붙이더니 유현의 바짓단도 똑같이 걷어주고는 손을 잡아끌었다. 하는 수 없어 유현은 카메라를 바지 주머니에 넣고 염전 안으로 들어갔다.

아저씨가 건네준 고무래(곡식이나 흙을 펴거나 고를 때 쓰는 T자 모양의 도구)로 이리저리 소금을 긁어모으는 연성의 이마에 금세 땀이 송골송골 맺혔다. 처음 해보는 것일 텐데 제법 솜씨가 봐

줄 만하다. 청록색 반소매 티 아래로 커다란 무처럼 하얗고 미끈한 팔뚝이 건강하고 눈부시다. 유현도 그에 질세라 열심히 소금을 한쪽에 긁어모았다.

촤아악~! 촤아악~!

두 사람이 고무래로 바닥을 긁는 소리가 따가운 태양 아래 연이어 경쾌하게 울렸다.

"수차도 한번 밟아볼래요?"

연성의 질문에 아까와는 달리 유현은 은근히 해보고픈 눈치를 보였다. 아저씨의 안내로 물레방아처럼 생긴 수차도 밟아보고, 눈덩이를 쌓아놓은 것 같은 소금 창고도 신기한 듯 요리조리 둘러보는 유현의 모습이 보기 드물게 밝았다. 환하게 웃는 얼굴이 소금 꽃처럼 신비하고 예뻐서 연성은 곁에서 지켜보는 아저씨만 아니었다면 한 아름 안고 뽀뽀를 해주고픈 애정이 솟구쳤다.

"뽀뽀하고 싶다."

아저씨가 듣지 못하게 귓속말로 속삭거리니 유현은 눈을 커다랗게 떠 보이고는 정말로 뽀뽀라도 할 줄 알았던지 저만치 달아나 버린다. 그 모습에서 스무 살 처녀의 수줍음이 엿보여 연성이 큰 소리로 유쾌하게 웃어 젖혔다. 하하하! 귀여운 유현.

염전과 이웃한 허브 마을로 이동한 두 사람은 먼저 허브로 가득 찬 온실부터 구경했다. 그리 넓지는 않지만 각양각색의 허브들이 저마다 향기를 무럭무럭 피워 올리고 있어 온실 안은 방향

제를 뿌려놓은 듯 향기롭기 그지없다.

"올해는 허브와 인연이 많네요."

유현은 일전에 연성과 '아침 고요 수목원'에 갔던 일을 상고해 내곤 빙그레 웃었다. 이파리를 쓰다듬거나 문지르면서 서로 다른 허브의 향을 일일이 확인해 가며 온실 산책을 하다 보니 어느새 허브 향기로 온몸을 샤워한 듯 상쾌해진다.

"전에 샀던 레몬 밤은 잘 자라고 있나요?"

그간 이런저런 일로 정신이 없던 터라 레몬 밤을 키우는 것에 소홀했었다. 허브가 키우기 까다롭다고들 하지만 다른 종류에 비해 레몬 밤은 그리 힘든 편이 아니라는데.

하지만 동물이든 식물이든 뭔가 키우고 가꾸는 것과는 상극인 유현이었기에 지금쯤 레몬 밤은 병이 들어 시들시들하거나 죽었을는지 모르겠다는 생각이 들었다. 그런 쪽으로는 영 재주가 없는지 멀쩡하던 화초도 유현의 손에만 들어오면 며칠 못 가서 시들어 죽기 일쑤였다.

어머니는 유현의 기가 너무 세서 그렇다 했다. 여자가 기가 세면 팔자가 사납단다. 어쩌면 자조적인 그 말이 유현에겐 더없이 싫은 말이었다. 기가 세니 팔자가 어떠니, 강한 부정은 곧 긍정이라 어머니의 입에서 나온 말은 순간적으로 반발심부터 생길 때가 많았다.

하지만 그것도 어느덧 옛말이 되어버렸다. 어머니가 당신 덕에 딸까지 팔자 사나워졌다는 죄책감을 안고 산다는 걸 깨달은 후론 그런 생각을 그만두었다. 그러면서 은연중에 어머니 인생과 닮게 되진 않을까 전전긍긍하고 있는 자신을 발견하였을 때 비로소 어머니의 넋두리를 이해할 수 있었던 것이다.

"모르겠네요. 사 오긴 했는데 별 신경을 못 써줬어요."

"쯧쯧. 그럼 나중에 서울 올라가거든 나한테 줘요. 내가 살려볼 테니까."

유현은 연성의 말에 반가운 마음이 들어 눈을 총명하게 빛내며 물었다.

"허브도 키울 줄 알아요?"

"사람이나 식물이나 키우는 법은 똑같아요."

"똑같다고요?"

"사랑 하나면 되거든요."

"아……!"

사랑 하나면 된다? 하지만 그것만큼 어렵고 힘든 일은 없지.

산책이 끝난 다음에는 허브 비누 만들기에 도전했다.

1. 비누 원료에 라벤더 꽃, 라벤더 추출물, 에센선 오일, 벌꿀, 올리브 오일을 넣는다.

2. 두꺼운 비닐봉지에 넣은 비누 원료를 방망이로 곱게 빻은 다음 라벤더 꽃과 잘 섞는다.

3. 여기에 나머지 재료들을 넣고 서로 섞이도록 주물럭거린다.

4. 골고루 섞인 뒤에는 비닐에서 꺼내 손으로 꾹꾹 눌러 원하는 모

양으로 빚으면 허브 비누 완성!

두 사람은 강사가 알려준 순서에 따라 테이블 앞에 나란히 서서 비누 만들기에 열중했다. 누가 누가 더 잘 만드나. 될 수 있으면 단순한 모양으로 만들어야 사용할 때 부서지지 않는다고 해서 연성은 하트 모양, 유현은 투박한 사각형으로 만들었는데 이목구비가 큼직큼직하여 시원스럽게 생긴 남자 강사가 다 만든 것을 보더니 웃으며 말했다.

"자기가 만든 비누를 서로 선물하는 것도 기념되고 좋겠네요."

유현이 무슨 말인지 몰라 '네?' 하고 묻자, 꽃향기 뿜는 미소를 지으며 강사가 대답했다.

"주로 남자들이 사각형, 여자들은 하트나 원형 모양으로 빚는데, 두 분은 모양을 바꿔서 만드시기에."

할 말을 잃고 가만히 서 있는 유현 옆에서 연성이 웃으며 강사의 말에 냉큼 동조했다.

"맞아요, 기념으로 선물하려고 일부러 모양 바꿔서 빚은 거."

"아이고, 부럽네요. 허브처럼 서로에게 약도 되고 향기도 되길 바랄게요. 행복해 보여요, 두 분."

포장한 비누를 선물 아닌 선물로 서로에게 해주고 두 사람은 그곳을 나왔다. 연성은 선물을 받고도 그다지 기쁜 얼굴이 아닌 유현을 흘끗 보고는 물었다.

“왜 그래요? 재미있게 잘 놀고 난 사람의 얼굴이 아닌데요?”

연성에겐 비누 만들기가 어린이 장난감 유희 정도였던 모양이다. 유현도 아주 그런 생각이 없었던 건 아니다. 어릴 적 어머니가 떼어준 수제비 반죽으로 그림책에서 보았던 코뿔소도 만들고, 토끼도 만들고, 자동차도 만들던 추억이 떠올랐으니까.

어깨를 으쓱하고는 힘없이 고개를 끄덕였다.

“재미있었어요.”

“후후. 강사가 한 말이 신경 쓰이는 거죠?”

“별말 아닌데 이상하게 그러네요.”

“나랑 연인인 것처럼 얘기해서요?”

“그보다 내 마음이 모나고 투박한 사각형 같다고 들렸거든요.”

“아닌가?”

유현은 시무룩했다. 틀린 말도 아니건만 생각할수록 우울해진다. 각박하게 사는 자신이 남의 눈에는 얼마나 초라해 보일까 싶어서. 깡깡 뒤퉁그러지고 괴팍한 정유현이라니, 스스로 생각해도 징글맞다. 그러니 남들 눈에야.

“비누 도로 바꿔요.”

유현이 포장한 비누를 쓱 내밀며 뾰로통하게 말하자 연성은 들고 있던 비누를 얼른 허리 뒤로 숨기며 항의하듯 외쳤다.

“왜요?”

“그냥 바꿔요. 원래 선물해 주려던 거 아니었잖아요.”

“난 선물해 주려고 만든 거였어요. 그래서 일부러 하트 모양으로 만든 거라고요.”

“정말요? 그럼 원래 무슨 모양으로 만들려고 했는데요?”

“별 모양. 단순하게 만드는 게 좋다고 해서 어쩔 수 없었지만.”

“실은 나도 별 모양 만들려고 했어요.”

연성이 미심쩍은 눈초리로 우쭐해하는 유현을 바라보았다.

“정말?”

“정말!”

유현은 연성의 의심스러워하는 눈초리가 미워서 심술궂은 얼굴을 했다.

“하하! 그럼 우리 둘이 마음이 통한 거네? 이제 기분 좀 나아졌어요?”

“언젠 나빴나?”

그렇게 말하며 생긋 웃고는 가던 길을 재촉했다. 성큼 다가온 연성이 유현의 손을 잡았다. 두 사람은 각자 한 손에 서로 만들어준 비누를 들고서 허브 향 가득한 길을 천천히 걸었다.

“여기 이름이 왜 ‘왜목마을’인지 알아요?”

유현은 대략 알고 있는 대로 이야기했다.

“지형이 왜가리 머리처럼 튀어나왔다고 해서 ‘왜목마을’이라고 부른다고 들었어요.”

"와본 적 있어요?"

"아뇨, 처음이에요."

"나도 처음인데. 들어본 적은 있지만. 서해안에서 일출을 볼 수 있다니 진짜 신기하지 않아요? 한번 보고 싶었는데 유현 씨 덕분에 드디어 보게 되겠네요."

연성이 신이 나 떠들었다.

종일 여기저기 돌아다니느라 허기가 져서 '왜목마을' 입구에 들어서자마자 바지락 칼국수를 시켜놓았던 참이었다. 국물과 김치 맛이 기가 막힌 칼국수 집에서, 연성과 유현은 주린 배를 허겁지겁 채우며 다음에 또 와야겠다고 서로 흥감을 떨었다. 연성이 같이 오자고 하자 그럴 일이 또 있겠느냐며 핀잔을 주었지만 유현은 어렴풋하게나마 알고 있었다. 연성과의 인연이 이번 여행으로 말미암아 더욱 깊어지리라는 것을. 아니, 벌써부터 상당한 심경의 변화가 보이지 않는가. 처음에는 그의 동행이 짜증스럽게만 느껴졌었는데, 지금은 마주 앉아 칼국수를 같이 먹을 수 있는 사람이 있어서 좋다는 생각만 든다. 이런 곳에 와서 혼자 먹는 칼국수가 맛있으면 얼마나 맛있겠나. 분위기가 맛있고, 누군가와 함께 먹는다는 것이 맛있는 게지.

콧등에 땀이 송송 맺힌 연성을 보자 피식 웃음이 나왔다. 연성이 칼국수를 먹다 말고 싱긋 따라 웃으며 유현을 챙겼다.

"많이 먹어요."

"네."

많이 먹으라는 그 한마디에 가슴이 훈훈해져서 유현은 그릇째로 들고 국물을 후룩후룩 들이켰다. 맛있다. 어머니가 해주시는 손칼국수처럼. 배고프고 피곤하던 것이 칼국수 한 그릇에 말끔히 해소된다.

바다가 보이는 여관에 짐을 풀었다. 어제와는 달리 연성은 옆방에 묵었고, 유현은 방으로 들어오자마자 침대에 앉아 노트북부터 켰다. 오늘의 기행을 고스란히 기록해 놓아야 했기 때문인데 생생하게 살아 있는 그때, 그때의 기억을 되살리려면 지체할 시간이 없었다.

손수건으로 대충 머리를 묶어 올리고 나서 메모장에 적어두었던 것을 노트북에 정리하기 시작했다. 허브 비누를 만드는 대목에 와서 비누 재료를 조몰락거리던 연성의 손을 생각해 내고 빙그레 웃음을 머금었다. 그곳을 나와서도 연성에게는 오래도록 허브 향이 남아 있었더랬지.

〈김 기사는 별 모양의 비누를 만들 생각이었단다. 그의 머릿속에는 온통 별뿐인 것 같다. '별의 혼(魂)'을 쓰면서 내가 그랬듯이. '이나'와 '운'이 사랑을 나누었던 '모항'은 이제 기억의 뒤안길에 두고 나는 이 밤에 새로운 사랑을 꿈꾸고저 한다. 이곳 '왜목마을'에서 만나는 70년대의 순박한 어촌 여자와 매력적인 도시 남자의 사랑을. 하지만 그들의 사랑이 어떻게 끝이 날지 나로서도 알 수 없다. 나는 이제 사랑을 예측하고 싶지 않다.〉

그 시각 연성은 옆방에서 노트북에 오늘의 기행을 정리하고 있을 유현을 생각했다. 오늘 밤도 어제처럼 유현의 방에 무단으로 쳐들어가고 싶은 마음은 굴뚝이었으나, 시간이 늦었기도 하고 무엇보다 그녀의 휴식을 방해하고 싶지 않았다. 내일 또 종일 움직이려면 오늘은 반드시 쉬어주어야 했다. 더욱이 며칠 동안 제대로 잠을 못 잔 탓에 몹시 피로를 느끼던 차였다. 때문에 샤워를 하자마자 누가 업어 가도 모를 정도로 곯아떨어져 버렸다. 그렇게 내쳐 잔 연성은 휴대전화 알람 소리를 듣고서야 일어났다. 숙면을 취한 탓일까, 이른 새벽인데도 몸이 날아갈 듯 가뿐하다. 워낙 건강 체질이라 그렇기도 하겠지만.

그 길로 새벽까지 글을 쓰느라 몇 시간 못 잤다는 유현을 억지로 깨워 바닷가에 내려가 함께 일출을 보았다. 동해의 일출이 장엄하고 화려하다면, 서해 '왜목마을'의 일출은 한순간 바다가 짙은 황토 빛으로 변하면서 바다를 가로지르는 물기둥을 만들어 대단히 서정적이다. 엽서에서나 보암직한 광경이 한 폭의 그림처럼 광활히 눈앞에 펼쳐져 있었다.

연성은 뒤에서 유현을 꼭 끌어안고 있다가 쾌활하게 말을 걸었다.

"서해에서 일출을 본 느낌이 어떠십니까, 작가님?"

유현은 아직 졸음이 가시지 않는 목소리로 말했다.

"해가 홍길동 같네요. 동에 번쩍, 서에 번쩍!"

"하하하!"

걸작 같은 대답에 연성이 상이라도 주는 양 유현의 볼에 입맞춤을 쪽 하고는 물었다.

"오늘은 어디로 갈 거죠?"

유현은 무안한 듯 볼에 묻은 연성의 입술 자국을 손등으로 슬그머니 닦아내고는 대답했다.

"도비도요."

왜목마을에서 남쪽으로 달리면 대호 방조제가 나온다. 7.8㎞의 긴 방조제 끝자락에 걸쳐 있는 도비도는 본디 난지도에 달린 작은 섬이었는데, 세계적으로 이름난 리아스식 해안으로 갯돌과 모래가 많고 꼬불꼬불한 해안선이 특징이다. 자를 대고 재단한 듯 반듯한 방조제가 생기면서 충남 당진 땅과 연결되어, 방조제 둑에 올라서서 보면 방조제 밖으로는 푸른 바다가 아름답게 펼쳐져 있고, 안으로는 철새 도래지를 껴안은 푸른 호수와 간척한 농경지대에 눈부시게 휘날리는 갈대의 비상을 볼 수 있었다.

고깃배를 따라 허공을 나는 갈매기 떼, 방금 잡아온 해산물을 그 자리에서 사먹을 수 있는 배와 인근 섬들을 돌아볼 수 있는 유람선, 수시로 운항 중인 작은 어선들이 저마다 공간을 유지하며 점재한 그곳. 어촌을 배경으로 글을 쓰기 시작한 탓일까, 주변 경관이 처음이 아닌 듯 친근감있게 느껴진다. 아마도 곳곳에서 어촌 처녀였던 어머니의 모습을 보아서이리라.

온종일 볼만한 거리를 찾아 구석구석 쏘다니던 두 사람은 해질 무렵이 되어서야 바닷가 산책로에 있는 벤치에 가서 앉았다. 그곳에서 섬들을 조망하는 맛이 일품이었다. 삶의 무거운 짐을 잠시 내려놓고 조용히 명상하기에 적격이랄까. 그렇기에 하늘이며 바다는 사람들의 시퍼렇게 멍든 한을 담아 그리도 파란 것인지.

도비도의 일몰은 가위 장관을 이루었다. 섬들을 감싸고 넘어가는 그 화려한 광경이라니. 용광로같이 활활 타오르던 태양이 서서히 빛을 감추면서 수평선과 하늘, 바다 전체를 동시에 검붉게 물들이며 바다로 빨려 들어가는데 그 마지막 여정에 가슴이 찡할 정도의 감동이 밀려온다.

유현은 눈물이 왈칵 쏟아질 듯 감정이 격하게 동요하는 걸 느꼈다.

나는 당신 곁에서
일몰을 지키리.
온 하늘 가득
그리움 번져
당신 가는 길 수놓는 노을처럼
장엄하고 아름다운
일몰을 지키리.

—김소엽의 '장엄한 일몰' 中에서.

누군가는 그랬지. 이곳에서 해가 익어가는 모습을 보고 있노라면 영락없이 박목월 시인의 '나그네'가 되어 술 익는 마을에 서서히 젖어가고 있음을 느낀다고. 고향 집에서 장작불 지피듯이 익어가는, 그리 넓지 않은 시골 어촌마을 앞바다를 가로질러 데우는 그 붉은 불기둥 앞에서는 누구나 소박하고 정겹고 무겁던 마음이 가벼워짐을 느끼게 된다고.

정말로 그런 것 같다. 지리멸렬한 삶도 구차한 인생도 저 지는 해에 비하면 한낱 아무것도 아닌 듯 관조하게 되니 말이다.

경건하게 낙조를 바라보고 있다가 연성이 감동에 젖어 유현의 손을 꼭 움켜잡았다.

"유현 씨. 나는 오늘, 이 순간을 결코 잊지 못할 거예요. 지금이 순간 당신은 섬이 되고, 나는 바다가 되어버린 것 같아. 아름다워. 아름답다는 말밖에는 달리 표현할 길이 없군요."

유현도 잡은 손에 살짝 힘을 주었다.

'나는 왜 자꾸 이곳이 어머니의 고향 같을까요? 아버지와 어머니는 이곳에서 우리처럼 낙조를 바라보며 감동에 눈시울이 붉어졌겠죠. 그리고 서로에게 사랑한다고 고백했을 거예요. 연성 씨, 사랑이란 사랑 자체보다 둘러싸인 창연한 빛깔 때문에 아름다워 보이는 건 아닐까요? 그래서 지금의 나도 사랑이란 혼돈 속에 갇힌 것은 아닐까요?

"사랑해."

애초에 대답을 듣고자 함이 아니었듯이 또 하나의 낙조가 담긴 유현의 눈동자를 바라보며 연성은 다시 한 번 되뇌었다.

"당신을 사랑해. 저 태양을, 바다와 섬을 두고 맹세할 수 있어요."

연성의 떨리는 고백에 눈시울이 뜨거워져서 유현은 가만히 그의 어깨에 머리를 기대었다. 그가 한 맹세를 믿고 싶었다. 저 태양이 지고 다시 뜨는 한. 저 바다와 섬이 그 자리에 언제나 존재하는 한.

하지만 사랑처럼 인생도 미래를 예측할 수 없기는 마찬가지. 연성과의 미래를 예측할 수 없어 무섭고 두려운 마음은 아무래도 가시지 않았다.

[여보세요, 정유현 씨 되십니까?]

전화선을 타고 흐르는 나이 지긋한 남자의 목소리를 듣자 유현은 왠지 모를 불안감에 휩싸였다.

"예, 그렇습니다만 누구신지……?"

[전 서울 Y 병원 혈액 종양 내과(On:Hemato—oncology) 전문의 권중원이라고 합니다.]

Y 병원이라면 태주가 입원해 있는 병원이 아닌가. 혹, 그에게 무슨 일이 생긴 건가?

그 밤, 여관방에서 노트북에 글을 쓰고 있던 유현은 불안감이 현실로 다가오는 느낌에 몸서리쳤다.

"혈액…… 뭐라고요?"

'병원'과 '전문의'라는 두 단어만 또렷이 귀에 들려오고 무슨 과라고 했던 것은 잘 알아듣지 못했다.

[혈액 종양 내과요.]

의사는 '혈액 종양 내과'라는 말을 한자한자 띄어쓰기하듯 똑똑히 되새김질해 주었다.

'혈액 종양 내과'라면 '별의 혼(魂)'을 쓸 당시 백혈병에 관한 자료를 조사하느라 필수적으로 알아두었던 곳이다. 그때 이후로 까마득히 잊고 있었는데 그곳에서 무슨 일로?

"아, 예. 근데 무슨 일이시죠?"

[정해순 씨가 모친 맞으시죠?]

"예, 그런데요."

[어머니가 저희 병원에 입원한 건 알고 계신가요?]

유현은 깜짝 놀라 외쳤다.

"입원이라뇨? 어머니가 왜 입원을 해요?"

[역시 모르고 계셨군요. 얼마 전에 저희 병원에서 검사를 받으셨는데, 오늘 그 결과가 나왔습니다.]

어머니가 언제 서울에 오셔서 검사를 받으셨단 말인가. 취재 여행을 오기 전 집에 들르신 것 말고도 그전에 혼자 서울에 올라온 적이 있었다는 건가? 그렇다면 병원은 그 결과를 왜 검사를 받았는지도 모르는 딸에게 일부러 전화하여 알려주려는 것일까. 그것도 낮이 아닌 이 밤에. 설마, 위독? 어머니!

가만. 그러고 보니 어머니가 병원에 입원했다는 것이 의아하게 여겨졌다. 어머니는 평생 병원 문턱에도 안 가본 분이었기 때문이다. 어지간해선 약도 입에 대본 적이 없는 어머니가 당신 발로 스스로 병원에 찾아가 검사로도 모자라 입원까지 할 정도면…….

"많이 안 좋은 건가요? 그런 거예요?"

유현은 얼굴도 모르는 의사에게 역정을 내듯 물었다.

[그렇습니다. 지금 서울에 계시지 않는다고요? 언제쯤 올라오실 수 있습니까? 하루빨리 손을 쓰는 편이 좋을 듯합니다만.]

"위독한 거로군요, 그렇죠? 무슨 병이죠?"

[직접 뵙고 말씀드려야 하는데, 지금으로선 어쩔 수 없군요. 결과가 좋지 않아요. 당장 손을 쓰지 않으면 위험할지도 모릅니다. 환자께서 한사코 연락하지 않겠다고 고집을 부리는 통에 이 연락처도 간신히 알아낸 겁니다. 가족이 따님 혼자뿐이시더군요.]

그래서 이렇게 늦게 연락을 한 게로군.

여하튼 당장 치료를 해야 한다니 지체할 시간이 없었다.

"아, 알았어요. 지금 올라가겠습니다. 근데 치료하면 괜찮아지는 거죠?"

[그건 만나서 말씀드리겠습니다. 내일 아침 아홉 시에 시간을

잡아두도록 하죠. 그때 외에는 저도 시간 내기가 어렵겠군요.]

"아, 아홉 시. 예, 예. 그렇게 하겠습니다. 감사합니다. 아참, 성함이 어떻게 된다고 하셨죠?"

[권중원입니다.]

전화를 끊고도 한동안 정신이 멍멍했다. 마른하늘에 날벼락이란 게 이럴 때를 두고 한 말이지 싶었다. 잠깐 조는 새 악몽이라도 꾼 것일까. 혈액 종양 내과. 그렇다면 어머니는 암에 가까울 확률이 높다. 그래서 치료도 급히 서두르는 것이리라. 폐암? 간암? 위암? 요즘 급격히 늘어난다는 췌장암? 뭐지?

어쨌든 위급하여 입원까지 할 정도면 심각하다는 얘긴데 어떻게 해야 좋을지 도무지 알 수가 없었다. 지금 짐을 싸서 서울로 올라가려면 연성을 깨워야 한다는 생각은 줄곧 하면서도 자리에서 일어날 수가 없었다. 앉아 있는데도 다리가 후들후들 떨리고 이마로는 식은땀이 줄줄 흘러내렸다.

떨리는 손으로 노트북을 덮은 뒤, 휴대전화를 들어 옆방에 있는 연성에게 전화를 걸었다.

"연성 씨."

연성은 마침 유현에게 전화를 걸려 휴대전화를 들었다가 때맞춰 걸려온 전화에 입이 귀까지 찢어졌다.

[유현 씨, 나랑 통했네요. 나도 방금 전화 걸려던 참이었는데.]

"연성 씨, 나 지금……."

부들부들 떨리는 목소리로 봐서 심상치 않은 일이 일어났음을 알 수 있었다. 가슴이 철렁 내려앉아 연성은 침대에 앉아 있다가 자기도 모르게 벌떡 일어났다.

[유현 씨, 왜 그래요? 무슨 일이에요? 잠깐 기다려요, 내가 그리로 갈 테니.]

연성은 전화를 끊자마자 방을 뛰어나가 옆방으로 건너갔다. 유현이 문을 열어주는데 백지장처럼 얼굴에 핏기가 하나도 없다.

"왜 그래요? 어디 아파요, 유현 씨?"

유현은 가까스로 말을 꺼냈다.

"어머니가…… 어머니가 입원하셨는데 의사 말이 당장 손을 쓰지 않으면 위험하다고…….”

"예? 아, 알았어요. 짐 갖고 나올게요. 유현 씨는 잠깐 앉아서 진정하고 있어요. 유현 씨 짐 싸는 건 내가 온 다음에, 알았죠?"

유현이 방으로 들어가고 얼마 안 있어 연성이 가방을 챙겨 다시 왔다. 넋이 빠진 유현 대신 유현의 짐을 챙겨 어깨에 짊어진 연성은 그녀를 부축하여 여관을 나섰다.

"유현 씨 차는 두고 내 차로 가죠. 이런 상태로 운전은 무리예요."

"하지만 렌트해 온 차인데…….”

"내가 알아서 할게요. 걱정하지 말고 어서 타요.”

유현의 생각에도 지금 차를 몰고 서울까지 가는 건 자신이 없었다. 왜 이렇게 떨리는 것일까. 아직 정확히 아는 것도 없으면서. 치료만 하면 말끔해지는 병일 수도 있지 않은가. 의사라는 사람들은 원래 사람 겁주는 데 일가견이 있지 않던가. 아니면 오진한 것일 수도 있겠고.

'어머니가 위중할 리가 없어. 어머닌 바다보다 굳세고 강한 분이신걸.'

의사가 흐릿하게 말을 하는 바람에 속이 더 바짝바짝 타 들어갔다.

"병원이라고 전화가 왔단 말이죠?"

속도를 내어 운전을 하며 연성이 묻자 유현은 착잡한 얼굴로 고개를 끄덕였다.

"불안하네요. 어머니가 병원에 입원했다는 자체가 중차대한 사건이어서요."

그날 밤, 병실 침대에서 본 어머니의 모습은 유현의 염려대로 이제껏 중에 가장 쓸쓸하고 외로워 보였다. 한밤중이었기 때문에 다른 환자들이 깰까, 발소리를 죽이며 유현은 어머니가 누워 있는 침대로 가까이 다가가 섰다.

'어머니……'

며칠 새, 어머니의 얼굴은 야위어 광대뼈가 툭 불거져 나와 있었다. 십 년은 더 늙어버린 것 같다. 당신이 홀로 아플 동안 난 무얼 했나. 잠이 든 어머니의 얼굴을 물끄러미 내려다보는데 눈물이 핑 돌고 감기에 걸린 듯 코도 맥맥해졌다.

혼자라는 것이 이토록 무서울 줄이야. 어머니가 죽으면 그땐 어떻게 해야 하지? 현실적인 불안감이 몰려들자 가슴이 덜컥 내려앉아 뛰쳐나가듯 황급히 병실을 나갔다.

뒤따라 나온 연성이 복도 의자에 쓰러지듯 주저앉는 유현 옆에 엉덩이를 붙였다. 유현은 절망하고 있었다. 갑작스런 시련에 어쩔 줄 몰라 하는 게 안쓰러워 못 견딜 지경이었다.

"어떡하죠? 어머니가 많이 아파요. 난 어떡해야 하죠?"

겁에 질린 아이처럼 중얼거리는 유현을 품에 안아주며 연성은 진심으로 위로했다.

"마음 약해지지 말아요. 아직 확실한 병명도 모르잖아요. 미리부터 겁먹지 말자고요, 우리."

연성의 품에 안긴 채 그의 단단한 팔뚝을 붙잡고서 유현은 그의 말을 자꾸 되뇌었다. 그래, 확실한 병명도 모르는데 미리부터 겁먹을 필요 없지. 별것 아닐 거야. 별것…… 아닐 거야. 그렇죠, 어머니?

밤새 병실 앞을 지키다가 아침이 되자 연성을 혼자 병실에 두고서 권중원 의사와 약속한 시각에 진료실을 찾았다. 깐깐해 보이는 중년의 의사는 책상 앞에 앉아 차트를 들여다보다가 들어서는 유현에게 다가와 앉기를 청했다. 정중히 인사를 올린 다음 의사 앞에 앉은 유현은 어머니가 위중하다는 것도 모르고 산 딸로서의 죄책감을 느끼며 고개를 숙였다. 의사가 무슨 말을 할지 몰라 눈물부터 날 것 같았다. 꾸중 때문이 아니었다. 어머니의 병명이, 위중함의 정도가 얼마나 심각할지 짐작조차 할 수 없는 두려움 때문이었다.

"정유현 씨?"

"예."

"어머니는 급성 백혈병입니다."

"……."

하늘이 무너지는 소리였다. 샛노랗게 질린 얼굴로 넋이 빠져 의사를 바라보았다. 의사는 백혈병에 관한 설명을 몇 마디 더 늘어놓았으나 유현의 귀에는 윙윙하는 바람 소리로 들렸다. 굳이 설명해 주지 않아도 백혈병이라면 그 누구보다 잘 아는 유현이었다.

모든 것이 지금 이때로 맞춰서 초침이 째깍거리는 듯한 착각이 인다. '별의 혼(魂)'도, '백혈병'도, 어머니의 미래를 예견한 듯한.

별안간 눈앞이 검은 안개에 휩싸인 것처럼 아득해졌다. 모든 것이 혼탁한 세상.

"정유현 씨? 정유현 씨!"

"예? 예, 선생님."

퍼뜩 정신을 되돌려 의사에게 허한 시선을 주었다. 환자의 가족이라면 처음 병명을 알게 되었을 때 누구나 보이는 증세. 믿을 수 없지만 믿지 않을 수도 없는, 그 멀고도 가까운 진실 앞에서의 무기력감. 유현은 서서히 무너지는 자신과 어머니의 어두운 미래를 보았다.

"좀 더 일찍 발견하였더라면 좋았겠지만 솔직히 말씀드리면 정확한 결과는 정밀검사를 해본 연후에나 알 수 있을 것 같습니다."

"예."

만에 하나 가능성이 있다 하더라도 골수 이식 외에 방법이 없으며, 그 또한 확률이 낮다는 것을 알고 있다. 어머니는 죽어가고 있다.

"하지만 일단 할 수 있을 때까지는 해봅시다."

"예, 그럼요…… 그래야죠."

맥이 풀려 버린 목소리로 유현은 정신을 잃을 것처럼 가까스로 대답했다. 의사의 안타까운 시선이 유현의 완전히 넋이 나간 얼굴에 오래도록 머물렀다.

"어머니가 고집이 세시더군요. 당장 치료해야 한다고, 그러지 않으면 큰일난다고 설명해도 움쭉도 안 하시더라고요. 의사에겐 말 안 듣는 환자가 제일 골치 아파요. 따님께도 끝내 알리지 않겠다고 해서 어제 얼마나 실랑이를 벌였는지."

투덜대는 소리가 아닌 자기 환자에 대한 애정이 깊이 묻어나는 말이어서, 유현은 이런 의사라면 어떻게든 어머니를 낫게 해주지 않을까, 작은 기대를 해보았다. 하지만 의사 말대로 어머니를 설득하기가 쉽지 않을 것이다. 평생 약이라곤 모르고 사신

분이 항암치료도 모자라 오랜 기간 입원해 있어야 한다는 사실을 쉬이 인정할 리 없었다. 오늘이 될 수도 있고, 내일이 될 수도 있고 급작스런 죽음이 찾아온다 해도 어머니는 눈 하나 깜짝하지 않을 것이다. 어머니의 죽음을 무서워하고 있는 건 어머니 자신이 아니라 유현이었다. 어머니가 없는 상실감은 견딜 수 없는 아픔이었으니까. 참을 수 없는 고통이었으니까.

그 순간 여태껏 어머니에게 가졌던 미움과 사랑의 결정체가 유현의 심장 깊숙이 박혀 버리고 말았다.

"누구래유?"

자고 일어나자 웬 모르는 청년이 침대 발치를 지키고 앉아 있기에 유현 모는 의아한 표정으로 물었다. 잠깐 딴 데 정신을 판 사이 어머니가 깨어났다는 것을 알자 당황한 연성이 자리에서 일어나 허리를 반쯤 숙여 공손히 인사를 올렸다.

"안녕하십니까? 전 유현 씨 애인, 김연성이라고 합니다."

그의 경직된 인사에 다른 침대에 있는 환자와 보호자들이 슬금슬금 저희끼리 웃었다. 연성은 얼굴이 조금 달아오르는 걸 느끼며 무뚝뚝한 표정인 어머니를 향해 빙그레 웃어 보였다. 그렇게 인사를 했으면 뭐라고 다음 말이 와야 옳은데 어머니는 연성을 뚫어져라 바라보면서도 이렇다 저렇다 말씀이 없다. 연성은 어머니의 냉한 반응이 더 당황이 되었다. 마음에 안 드시는 건가? 아니면 편찮으신 탓에 딸의 애인인들 제대로 눈에 들어오지 않는 것일 수도 있었다.

앉지도 못하고 그렇다고 마냥 서 있기도 머쓱한데 때마침 구세주처럼 유현이 병실 안으로 들어왔다. 낯빛이 창백해서 신경이 쓰였으나 밖에서 기다리겠노라 눈짓을 하고는 자리를 피해 주었다.

연성이 밖으로 나가고 난 후 유현은 침대 가까이 다가가 의자를 당겨 앉았다.

"그 영감쟁이가 기어코 연락을 한 게로구면."

어머니가 말하는 영감쟁이는 권중원 의사를 가리키는 것이리라. 애당초 유현은 어머니에게 병명이나 치료의 과정 따위 장황하게 설명하고픈 마음은 없었다. 어머니는 긴말은 싫어하는 분이었고, 그건 유현도 마찬가지였다. 의사의 말마따나 유현에게도 말 잘 듣는 환자로서의 어머니가 절실할 뿐이다.

"정밀검사를 해야 한대요."

"씨잘 데 없는 짓."

"쓸데없는 짓 아니에요. 꼭 해야 해요. 그러니 더 말씀 마세요."

부드럽게 설득해야 할 텐데, 유현의 입에서는 마음과는 달리 딱딱한 말들이 쏟아져 나왔다.

"일없구면. 이미 알고 있던 병인디 뭘."

"아무 일 없다고 하셨잖아요! 전화할 때마다 아프지 않다고, 아무 일 없다고 하셨던 건 어머니였어요."

"호들갑 떨 것 없대두 그랴."

"호들갑이 아니에요. 그런 게 아니잖아요."

유현은 터져 나오는 감정을 참지 못하고 울먹거렸다. 어머니가 야속하다. 죽음 앞에서 초연한 어머니가 너무나 야속해서 울고만 싶었다. 왜 어머닌가요? 왜요, 왜?

"치료 받으셔야 해요. 그것마저 안 하시겠다면 제가 어머닐 위해서 해드릴 수 있는 게 뭔가요? 전 어머니 딸이에요. 세상천지 하나뿐인 딸이요."

어머니는 애잔한 눈빛으로, 그러나 조금도 흔들림이 없는 눈빛으로 유현을 바라보았다. 눈에 넣어도 아프지 않은 딸. 눈에 보이게 사랑을 쏟아 붓지는 않았지만 나무랄 데 없이 키웠다는 자부심은 있었다. 시나리오 작가가 되었다는 걸 알았을 때 핏줄은 어쩔 수 없는 것이려니, 그것마저 자랑으로 여겼다. 박복한 년에게 오로지 희망이고 기쁨이었던 아이.

'니가 없었더라면 진작 죽을 목숨이여.'

"좋은 사람 같구먼. 마음이 놓여."

"……."

끝내 어머니를 설득시키지 못한 채 유현은 힘없이 병실 밖으로 나왔다.

연성이 복도 끝에 있는 자판기에서 커피 두 잔을 뽑아왔다. 하루 새, 병간호에 녹초가 된 보호자가 된 기분이다. 이래서야 어디 장기전을 너끈히 견디겠나. 이제 겨우 시작인데.

그나마 뜨거운 커피가 싸늘히 식어버린 가슴을 훈훈히 녹여주었다.

"의사가 뭐래요?"

"급성 백혈병이라는군요."

담담히 대답하는 유현을 보고 이번엔 연성이 멍해졌다. 의사 앞에서 유현이 그랬던 것처럼. 너무 막막해서일까, 아니면 아무리 하늘이 무너질 일이래도 막상 부딪치고 나면 그 강도가 엷어지게 되는 탓일까. 유현은 아직도 뭐가 뭔지 실감이 나지 않았다. 어머니는 한사코 치료를 거부하고 있고, 그런 어머니와 앞으로 질긴 싸움을 지겹도록 해야 한다는 것만 확실할 뿐.

"기가 막히는군요. 급성 백혈병이라니."

연성은 유현이 얼마나 놀라고 눈앞이 캄캄할지 알만 하다는 얼굴로 먹먹하게 말을 흘렸다. 이 무슨 가당찮은 운명의 장난이란 말인가. 혼란스럽기는 연성도 매한가지였다. 마른하늘에 날벼락도 유분수지. 그 날벼락을 맞은 이가 왜 하필이면 유현 어머니고, 유현이란 말인가. 모녀에게 곰비임비 닥친 불행이 연성은 안타깝기만 하다.

"그런 기분 알아요? 내가 쓴 시나리오에 맞춰 허한 춤을 추는 느낌이요. 어리석게도 내가 만든 올가미에 나 스스로 걸려들었군요. 어머니가 항암치료 받지 않으시겠대요."

"하지만 당장 치료를 받지 않으면……."

"네. 하지만 어머니는 이런 병실에 갇혀서 독한 약에 의지해 목숨 유지할 분은 아니시죠."

"그럼……?"

무거운 머리를 벽에 기대었다. 피로로 얼굴에 열이 오르는데 정작 유현은 피로를 못 느끼고 있었다.

"퇴원하시겠대요. 시골로 내려가겠대요. 죽음 따위 무섭지 않대요."

"……."

"난 이럴 때 어떻게 해야 하죠? 어머니를 끝까지 설득해야 맞는 건가요? 아니면 독한 약 때문에 고통스러워하는 어머니를 지켜보는 대신, 어머니가 원하는 대로 사는 동안만이라도 편하게 지내실 수 있도록 해드리는 게 옳은 걸까요?"

연성도 어떤 게 현명한 방법이라고 딱 부러지게 대답할 수 없었다. 어떤 쪽이 유현과 유현의 어머니를 위한 일인지도.

"그런데 막상 어머닐 뵙고 나니까 이상하게 판단이 서질 않는군요. 어머닌 병원에서 살 수 있는 분이 아니에요. 병이 낫기도 전에 답답해서 지레 죽고 말 거라고요."

어머니와는 아주 짧은 만남이었지만 연성은 유현의 말이 가슴에 팍팍 와 닿았다.

하루를 어떻게 보내었는지 알 수 없었다. 연성이 집에 다녀오겠다며 간 후 어머니는 병실 침대에서, 유현은 병원 뜰 벤치에 앉아 무심히 시간을 흘려보냈다. 매 초가 아까운 마당에 유현은 오로지 자기 생각에만 무연히 빠져 있었다. 어떻게 하면 어머니를 설득시킬 수 있을까, 그러다가는 또 진정으로 어머니를 돕고 위하는 길이 무엇일까, 두 가지 생각을 오가며 고민에 고민을 거듭했다.

병원에서야 한줄기 희망이라도 찾아볼 수 있겠지만, 이대로 퇴원하면 죽음을 준비해야 한다. 그리고 어머니는 죽음과 정면으로 부딪치겠노라 말하는 것이다. 어머니인들 왜 살고픈 마음이 없을까. 태어나기 전부터 버려진 딸에게 미안하지도 않나? 이제 혼자 남을 딸이 불쌍하지도 않나?

"유현이?"

멍하니 앉아 있다가 유현은 소리가 난 쪽으로 고개를 돌려 쳐다보았다. 다리에 깁스를 하고 목발을 짚은 태주가 몇 발짝 떨어진 곳에 서 있었다.

"태주 씨."

서툴게 목발을 짚으며 다가오는 태주의 얼굴이 이전에 보았을 때와는 확연히 다르게 좋아져 있었다. 환하게 웃는 낯을 보자 굉장히 낯선 사람 같기도 하고, 원래의 그로 돌아온 듯도 하여 태주를 바라보는 유현의 표정이 어정쩡했다. 휠체어가 아닌 목발을 짚고 다니는 걸 보니 며칠 사이 상태가 많이 호전된 모양이어서 유현은 속으로 안도의 숨을 흘렸다. 그렇게 도망치듯 하고선 또다시 만나게 된 그에게 민망한 한편 당혹스러웠다. 자기를 보러 왔다가 들어오지 못하고 병원 앞에 앉아 있는 줄 오해하면 어쩌나. 그가 물어보면 뭐라고 대답해야 할지.

유현의 옆 자리에 주저앉은 태주는 반가운 마음에 무슨 말부터 어떻게 꺼내야 좋을지 알 수 없었다. 유현이 그렇게 병실을 뛰쳐나간 후에야 불현듯 정신이 번쩍 들었었다. 자신이 얼마나 한심한 놈인지 비로소 깨달았던 것이다.

삼 년 동안 일곱 차례의 수술을 받으면서도 일체 살고자 하는 마음이 없었다. 하지만 유현을 다시 만난 후 생각이 180도로 바뀌었다. 정신을 차리자. 의사 말이 지금부터라도 열심히 재활을 하면 얼마든지 회복될 거라 하지 않던가. 그럴 의욕이 전혀 없어서 문제였지, 하고자 마음만 먹는다면 완벽하진 않더라도 두 다리로 멀쩡히 걸어다닐 수는 있을 것이다. 무엇보다 유현에게 보여주고 싶었다. 그래서 시간을 되돌려 놓고 싶었다. 그녀와 다시 시작하고 싶은 욕구가 강하게 일어 주체할 수 없던 차에 간절한 바람이 하늘과 통하였던가. 여느 때처럼 아침 산책을 하는데 거짓말처럼 유현이 병원 뜰 벤치에 앉아 있는 게 아닌가. 비록 목발을 짚긴 했지만 날아갈 듯 달려왔다. 그녀는 왜 아침부터 이런 곳에 앉아 있는 것일까? 나를 만나러 온 것일까?

갖은 희망 탓에 태주의 가슴은 두근두근 뛰었다.

"어쩐 일이야? 왜 여기 이러고 있어?"

"어머니가…… 입원을 하셨어. 여기 암 병동에."

"암 병동?"

그제야 태주의 환하던 얼굴에 어두침침한 그림자가 고요히

드리워졌다. 그로서도 전혀 예기치 못한 상황이었다. 완고해 보이긴 해도 속정이 깊으신 분이었는데, 어쩌다.

"암이셔?"

"급성 백혈병. 나도 어젯밤에 알았어, 주치의가 전화해 줘서."

입이 떨어지지 않는지 입술을 달싹거리는 태주의 암담한 표정을 보자 뜬금없이 병원 뜰에서 해후해서는 구순한 친구처럼 이야기를 하고 있는 게 우스워서 유현은 피식 쓴웃음을 짓고 말았다.

"참 재미있다. 인생이 한 편의 슬픈 코미디 같아."

태주는 슬픈 코미디 인생을 살고 있는 유현을 가긍한 눈빛으로 바라보았다. 이제 유현인 어쩌나.

"유현아, 너 가고 난 후에 나, 후회 많이 했어."

"무슨?"

"왜 빨리 나을 생각을 못했을까 하고. 빨리 나아서 당당히 널 찾아갔더라면, 그렇게 두 번 힘들게 하진 않았을 텐데."

"알잖아, 내 성격. 한 번 잃은 것은 되돌아보지 않아."

"잃은 게 아니야, 떨어뜨린 것뿐이지. 주우면 돼. 그럼 되잖아."

"글쎄. 태주 씨, 난 처음부터 아무것도 가진 게 없었다는 생각이 들어. 아버지와 어머니, 그리고 태주 씨와 이 세상. 가진 게 없으니 잃어버렸다는 것도 어불성설이겠지. 그래서 가지려 욕심 부리면 안 될 것 같아. 내가 가지려 하는 것들은 모두 불행해지잖아. 사랑하면 내게서 멀어지잖아. 사랑하면서 원망했던 내 이중성 때문에 세상도 그렇게 돌아가.”

“유현아…….”

자책감에 휩싸인 유현을 바라보며 태주는 심장이 둘로 와작 쪼개지는 느낌이었다. 이 여자는 왜 이렇게 불행하기만 한 것일까. 불행의 물살에 이리저리 휘둘리는 유현이 불쌍해서 눈시울이 뜨거워진다. 그녀를 위해 아무것도 해준 게 없어서, 아무것도 해줄 수 있는 일이 없어서 미안하고 가슴 아팠다.

“한때는 널 원망했었다. 날 그렇게 떠나 버린 널 원망했었어. 하지만 원망도 사랑하지 않으면 할 수 없다는 걸 깨달았지. 힘내. 우리 힘내자, 유현아. 힘내서 예전처럼 어머니 모시고 맛있는 음식 먹으러 가고 그러자, 응?”

3

"뭐라고요? 어머니가 없어지다니 그게 무슨 말이에요?"

태주와 헤어져 병실로 돌아왔을 때 간호사가 한 말에 유현은 아연실색했다.

"어디 계시다 이제 온 거예요? 휴대전화로 아무리 전화를 해도 받지 않고."

아, 휴대전화.

정신이 없어서 휴대전화를 어디에 뒀는지 기억이 나지 않았다. 병실까지 갖고 들어간 건 기억나는데.

"미안해요. 근데 어머니가 어딜 가셨다는 거죠?"

"그걸 알면 우리가 이러고 있겠어요? 힘드신 줄은 아는데, 이럴 때일수록 보호자가 정신을 똑바로 차려야죠. 환자가 없어진 것도 모르고 있으면 어떡해요?"

한참이나 나이 어린 간호사에게 꾸지람을 들어도 할 말이 없었다. 그렇게 오래도록 자리를 비웠으니.

병실로 들어가자 어머니가 누워 있던 자리는 말끔히 비어 있었다. 이부자리까지 깨끗이 개어놓은 걸로 보아 집으로 간 게 틀림없다. 억장이 무너졌다. 그렇다고 말도 안 하고 가버리다니.

"아무래도 짐 싸서 가시는 모양이 이상하더라니. 그러게 병실 좀 지키고 있지 그랬어."

옆 자리의 젊은 환자를 지키고 있던 나이 많은 아주머니가 유현을 타박했다. 쯧쯧, 혀를 차는 모습이 꽤나 한심하다는 투다.

"유현 씨."

마침 연성이 들어서기에 유현은 재빨리 그를 끌고 복도로 나갔다. 연성은 영문도 모르고 유현의 손에 붙들린 채 바깥으로 끌려 나갔다.

"무슨 일이에요?"

"어머니가 사라졌어요. 집으로 내려가신 것 같아요."

"뭐라고요? 언제요? 아니다. 이럴 게 아니라 빨리 찾아봐요."

평상시 시골로 내려갈 때마다 모셔다 드렸던 시외버스 터미널로 갔다. 연성의 차에 타고 가면서 유현이 휴대전화의 행방을 물었다.

"혹시 내 휴대전화, 차에서 못 봤어요?"

"아니, 못 봤는데."

"이상하네. 분명히 차에서 갖고 내린 것 같은데 아무리 찾아도 없어요. 병실에 들어가기 전에 벨소리를 진동으로 바꿔놓은 것까지 기억나는데 말이죠. 병실에도 없기에 차에 그냥 두고 내렸나 했는데."

"혹시……."

짐작 가는 데가 있는 얼굴로 연성이 슬며시 운을 띄운다.

"왜요?"

"어머니가 가져가신 거 아닐까?"

"어머니가 휴대전화를 뭐 하러? 어머니는 휴대전화 쓰실 줄도 모르는데."

아니, 연성의 말마따나 그럴 수도 있겠다. 병원에서 유현에게 전화하여 알리기라도 할까 봐 선수를 친 것이다. 못 말리는 어머니.

시외버스 터미널을 이 잡듯이 뒤졌으나 어머니의 모습은 찾을 수 없었다. 병실 옆 침대 아주머니 말로는 배 타고 제주도까지 가고도 남을 시간이라고 했으니, 어머니는 지금쯤 시골집에 내려가는 중이거나 이미 내려갔을 것이다.

"안 되겠어요. 시골로 직접 가봐야 할 것 같아요."

"그게 좋겠네요."

"연성 씬 그만 가봐요. 고마웠어요."

그러자 연성이 말도 안 된다는 듯이 펄쩍 뛰었다.

"같이 움직여야지 무슨 말이에요? 나, 아직 휴가 안 끝났어요."

"난 끝났어요."

"시간 많다는 뜻이에요. 그리고 어머니 모시고 다시 오려면 어차피 차 필요할 거잖아요. 몸도 편찮으신 분, 버스로 모셔올 거예요?"

"그렇긴 하지만 연성 씨한테까지 폐를 끼치고 싶지 않아요."

"폐? 폐는 숨 쉬라고 만들어놓은 거고. 잔소리 말고 가기나 해요. 이제 알았어, 유현 씨 어머니를 꼭 빼닮았다는 거."

그 말뜻은 고집불통 모녀라는 뜻인가?

유현은 어머니와 싸잡아 흉을 보는 것 같아 손을 잡아끄는 연성의 뒤통수를 얄밉게 흘겼다.

어머니의 집은 추풍령 그 어디쯤의 한갓진 산읍에 있다. 이름도 거창한 백두대간의 재를 스리슬쩍 넘어 지금은 밤이라 보이지 않으나 들녘에 흐드러지게 핀 망초 꽃이 꽤 운치가 있는 시골길을 따라 한참을 들어가면 다른 집과 마찬가지로 아름드리 호두나무 고목에 둘러싸인 어머니 집이 보인다.

바닷가가 고향인 어머니가 어찌하여 이런 산읍에 터를 잡게 되었는지 그 자세한 것까진 모른다. 막연히 느끼기로 충청도와 경상도의 경계인 추풍령에 자리를 잡은 것이 고향에 대한 그리움 때문이 아니었을까 하는 정도다. 그러고 보면 추풍령은 어머니에게 넘지 못하는 삼팔선과 같은 존재는 아니었을까.

어렸을 적에는 어머니를 따라 정처없이 이곳저곳을 기웃대며 살았던 것 같다. 유현이 학교에 들어갈 무렵에서야 영동 읍내에 정착하더니, 유현마저 서울로 가버린 후 어머니 혼자 외돌토리가 되었을 때 영동 읍내에서도 한참이나 더 들어온 이곳 산읍에 완전히 눌러앉아 버렸다. 서울로 가자, 해도 싫다 한 이유가 단지 이곳이 좋고 정이 들어서라고 했다. 젊어서는 이것저것 가리는 것 없이 억척스럽게 돈 벌어서 딸 하나 키우는 데 공을 다 들이고, 남은 돈으로 주변에 있는 땅을 몇 군데 사서 꽤 알부자라는 소리를 듣고 있었다. 하지만 어머니는 입버릇처럼 말씀하셨지. 나 죽거들랑 화장해서 꼭 내 고향 바다에 뿌려다오. 그러면서도 고향이 정확히 어느 바닷가 마을인지는 끝내 말해주지 않았다.

집에 불이 켜져 있는 걸 보니 다행히도 집에 계신 모양이라 그제야 안도의 숨이 내쉬어졌다. 활짝 열려 있는 사립문 사이를 통과하여 너른 마당으로 들어가자 어디선가 흥얼흥얼 노랫소리가 들려왔다.

구름도 자고 가는 바람도 쉬어가는
추풍령 굽이마다 한 많은 사연.
흘러간 그 세월을 뒤돌아보며

주름진 그 얼굴에 이슬이 맺혀
그 모습 흐렸고나 추풍령 고개.

어머니가 노래하는 소리를 이제껏 들어본 적이 없었던 터라 유현은 마당으로 들어서다 말고 그 자리에 주춤 멈춰 섰다. 순간 집을 잘못 찾아왔나 혼돈했다. 하지만 컬컬하고 투박한 목소리는 어머니 것이 틀림없었다.

뒤따라 들어오던 연성이 유현의 곁에 서서 잠잠히 노랫소리를 들었다. 썩 잘 부르는 노래는 아니지만 구수한 맛이 저절로 미소 짓게 한다. 워낙 무뚝뚝해 보여서 노래와는 거리가 먼 줄 알았더니 아니었던 모양이다. 당황한 듯한 유현의 손을 잡아 집 쪽으로 성큼성큼 걸음을 옮겼다.

유현이 툇마루로 올라서며 어머니를 불렀다.

"어머니."

방 안으로 들어와 뒤에서 쭈뼛거리고 서 있는 연성에게 눈짓으로 들어오라 일렀다. 연성이 들어와서야 어머니는 누워 있다가 부스스 자리에서 일어나 앉았다. 그러더니 내색이라곤 없이 불쑥 한마디 던졌다.

"마냥 서 있을 거여?"

"어머니, 절 받으세요!"

넙죽 바닥에 엎드리는 연성을 보자 유현뿐 아니라 어머니도 그것까지는 미처 예상치 못했던 터라 당황한 빛을 띠었다. 이내 어머니의 눈에 언뜻 웃음기가 담겼다. 넉살은 좋구먼, 하는 살가운 눈빛이다. 연성을 바라보는 어머니의 호의 담긴 눈빛에 유현은 왠지 모르게 안심이 되었다. 이러고 있으니 집에 온 이유가 어머니의 병환 때문이 아니라 사귀는 남자를 소개하려고 온 것 같다.

싱긋 웃으며 자리에서 일어난 연성이 어머니 앞에 떡 버티고 앉더니 그때까지 어정쩡한 자세로 서 있는 유현에게 말했다.

"뭐 해요? 안 앉을 거예요?"

어머니나 연성이나 마음에 들지 않는다는 듯 유현이 새치름한 얼굴로 다가와 앉았다. 어머니는 짐짓 시선을 피하며 유현 앞으로 슬그머니 휴대전화를 밀어놓는다. 하고픈 말이 산더미처럼 많았으나 휴대전화를 챙기며 간단하고 명료히 말했다.

"잘됐네요. 어차피 짐 챙기러 한번 내려왔어야 했는데."

"안 간다."

더 말도 못 붙이게 잘라 버리는 어머니의 말에 도깨비 뿔처럼 불쑥 반발심이 치솟았다.

"어머니!"

"나 더 살게 하고 잡거든 군소리 말어. 내 몸은 내가 더 잘 아니께."

"어머니가 의사예요? 의사 선생님 말씀 못 들었어요? 당장 치료 받지 않으면 큰일 난다잖아요!"

"일없구먼."

화를 펄펄 내는 유현과는 달리 어머니의 어조는 조금도 변함없이 낮고 묵직하여 괴괴하기 짝이 없다. 약이 바싹 올랐다. 어머니 고집을 누구보다 잘 알지만 그렇기에 더 화가 나고 밉다. 지금이 고집이나 피우고 있을 때인가.

퉁명하고 고집스럽기가 만만치 않은 모녀의 눈치를 좌고우면하고 있다가 연성이 잠자코 유현의 손을 잡아 참으라는 눈치를 주고는 어머니에게 다정히 말을 걸었다.

"어머니 모시러 왔습니다. 오래 사셔야 하잖아요. 앞으로 유현 씨와 저 결혼하는 것도 보셔야 하고, 손자들도 보고 싶지 않으세요? 어머니 아직 젊으신데요."

"지금 무슨 말 하는 거예요?"

엉뚱하게도 결혼 얘기를 꺼내는 연성이 못마땅하여 핀잔을 주자 어머니는 유현 쪽으로는 쳐다보지도 않고 무거운 다리를 일으키며 말했다.

"밥 묵자."

직접 상을 차리려는 어머니를 기어이 주저앉히고 식당으로 가서 부랴부랴 늦은 저녁을 차렸다. 올 걸 미리 알았는지 밥솥에는 새로 해놓은 밥이 그득했다. 이것저것 잡곡을 섞은 밥은 윤기가 자르르 흘러, 보기에도 군침이 돌았다. 어머니가 일러준 대로 한쪽에 고이 모셔놓은 자그마한 단지를 상과 함께 방으로 들여갔다. 단지 뚜껑을 여는데 진하고 날짝지근한 향이 확 번졌다.

“뭐예요?”

아무래도 술 냄새가 난다 싶더니, 어머니 말이 ‘복분자(覆盆子)’란다. 이곳은 양지바른 산비탈에 복분자가 지천이라 직접 따다가 담갔다며 술잔에 한 국자 크게 떠서는 연성 앞으로 제일 먼저 놓아준다.

“이거 먹으믄 아들 셋은 거뜬할 거여.”

어머니가 결혼 허락을 그런 식으로 해주셨다 생각하고 연성의 입이 헤벌쭉해지는 반면 유현은 기가 막힌 듯 인상이 일그러졌다.

“결혼 안 해요, 저. 어머니 치료 받기 전에는, 아니, 다 낫기 전에는 결혼 안 한다고요!”

“어, 그럼 어머니 나으시면 결혼한다는 얘기네요?”

연성의 해석이 더 얄미워서 유현은 입을 감쳐물고는 매서운 눈으로 노려보았다. 결혼 못해 안달 난 사람처럼 지금 그런 얘기를 하고 싶을까 싶은데 한술 더 뜬 사람이 어머니였다.

“결혼하겠다믄 나도 치료 생각 좀 달리 해보고.”

한 번도 결혼을 재촉해 본 적이 없는 어머니가 그런 말을 했을 때에는 다 그만한 이유가 있을 터. 당신의 명이 촉각을 다투고 있다는 걸, 아는 것이다. 울컥 눈물이 솟구쳐서 더는 앉아 있을 수가 없었다.

수저를 내려놓고 밖으로 나왔다. 툇마루 끝에 다리를 모으고 앉는데 뒤따라 나온 연성이 옆에 다가와 앉았다. 유현은 눈에 고인 눈물을 삼키느라 망망한 하늘을 올려다보았다. 하늘이 땅인지 땅이 하늘인지 경계를 알 수 없는 하늘에는 수억 개의 별이 망초 꽃처럼 흐드러지게 피어 있다.

"어머니 달랠 생각을 해야지 이렇게 화만 내면 어떡해요? 유현 씨가 이러고 있으면 어머니 식사 못하시잖아요."

"밥 생각 없어요. 연성 씨나 들어가서 먹어요."

"먹기 싫으면 옆에 앉아서 어머니 식사하시는 시중이라도 들어요. 어머니 지금 환자시잖아요. 환자한테 화내는 보호자가 어디 있어요?"

"누가 화내고 싶어서 내요? 연성 씨도 방금 봤잖아요, 우리 어머니 하는 거."

속이 상해 안방 쪽을 향해 마구 말을 쏘아붙이는 유현을 보고 연성은 심각한 분위기에 어울리지 않게 웃음이 푹 나와 버렸다. 이렇게 허심탄회하게 제 마음을 털어놓는 모습을 본 적이 없어서이기도 했고, 어머니 앞에서는 별수없는 딸인 것이 가상했다. 둘 다 뚝뚝하기가 마른 북어 같아 애살맞은 구석은 전혀 없지만 서로를 향한 정만큼은 다보록한 모녀가 보기 좋았다.

"왜 웃어요?"

"모녀가 너무 닮은꼴이어서요. 자아, 들어갑시다."

연성이 겨드랑이 밑으로 두 손을 끼워 넣어 억지로 일으키자 유현은 옅은 투정을 부리면서도 하는 수 없다는 듯 자리에서 일어났다. 이건 연성 때문이 아니었다. 순전히 어머니 때문이지.

그의 말마따나 지금은 어떻게든 어머니를 구슬리는 것이 우선
이니까.

방으로 다시 들어가자 어머니는 혼자서 밥을 먹고 있었다. 유
현은 전혀 아랑곳없이.

터질 것 같은 가슴을 부여안고 밥상 앞으로 와서 털썩 주저앉
았다.

"밥 먹고 건넌방에 자리 봐줘. 새 이부자리 있을겨."

취나물을 한입 집어 먹으며 어머니가 한 말이었다.

그 밤, 연성을 건넌방에 들여보내고 유현은 어머니와 안방에
나란히 누웠다. 마음 같아서는 당장 짐 싸서 서울로 올라가고
싶었으나 연성의 충고대로 어머니를 달래보는 쪽으로 마음을
굳힌 것이다. 거짓말로라도 결혼하겠으니 치료 받자고 할까도
생각해 보았지만 역시 마음에 없는 거짓말은 내키지 않았다. 어
머니는 정말로 결혼부터 하는 걸 보아야지만 마음을 고쳐 먹을
테니까.

어머니와 이렇게 나란히 누워본 적이 언제이던가. 시골에 내
려와도 으레 건넌방에서 자고 가는 터라 함께 누우면 어색하지
나 않을까 걱정했더니 희한하게도 전혀 그렇지 않았다. 오히려
포근하기가 이를 데 없다. 다붓이 느껴지는 어머니의 체취. 너
무 오랫동안 그 체취를 멀리해 왔다는 사실에 유현은 가슴이 아
렸다.

"두려우냐?"

어머니 역시 잠이 오지 않는지 어둠 속에서 나지막이 묻는다.

"예."

짧은 한마디에 숱한 이야기들이 내포되어 있는 대답이었다. 딸의 눈물을 보는 듯 심장이 짓이겨져서 어머니의 눈가에 아픈 눈물이 번졌다.

유현이 자조적으로 읊조렸다.

"어머니를 이해하려 해도 잘 안 돼요."

"애쓰지 말어라."

"어떻게 그래요? 어머니는 그러실 수 있어요?"

또다시 터져 나오는 원망.

어머니가 슬쩍 돌아눕는다. 대답을 회피하려는 뜻 같아서 유현은 한마디 더 하려다가 그만 입을 다물고 어머니와 반대로 돌아누웠다. 정말 결혼이라도 하겠다고 할까? 결혼에 대해 이렇게 절박해 본 적이 없었던 것 같다. 결혼만 하면 어머니 병이 거뜬히 낫기라도 할 것처럼.

고심하느라 밤을 꼴딱 새게 생겼는데, 진동으로 해놓았던 휴대전화에서 파랗게 불이 깜박거렸다. 밤이 꽤 깊은 시각이라 깜짝 놀라 액정을 들여다보았더니 연성이었다. 괜스레 어머니 눈치가 보여 어깨너머로 살짝 돌아보고는 메시지를 확인했다.

〈자요?〉

이불을 푹 뒤집어쓰고는 회신을 보냈다.

〈왜요?〉

곧이어 답장이 오기를,

〈어머니 괜찮으세요?〉

잠도 안 자고 어머니 걱정인 것이 고마워 빙그레 웃고는 답장을 보냈다.

〈네, 아직까진. 어서 자요. 무슨 일 있으면 깨울게요.〉

〈나 잠 안 오는데 잠깐 나오면 안 돼요?〉

〈어머니 아직 안 주무세요. 그리고 여기 연애하러 온 거 아니네요.〉

〈알아요. 그냥 보고 싶어서요. 유현 씨 얼굴 보면 잠, 잘 올 것 같은데.〉

이번엔 무어라 답을 해야 할지 몰라 약간 뜸을 들인 후 답장을 보냈다.

〈나랑 가짜로 결혼하자고 부탁한다면 들어줄래요?〉

〈어머니 때문이라면 결혼에 대해 더 진지하게 고민해 봐야 하는 거 아닌가? 유현 씨 나쁘다.〉

유현의 입에서 나분하게 한숨이 푸시시 새어나왔다. 진지하게 고민하고 말고 할 게 뭐가 있단 말인가. 난 독신녀라고!

실망감에 약간 신경질적으로 버튼을 꾹꾹 눌렀다.

〈나도 거짓말하는 거 누구보다 싫어하는 사람이라고요. 하지만 지금은…….〉

〈정말 그래야겠어요?〉

연성이 고민하는 게 느껴진다. 어쩐다?

손톱을 잘근잘근 씹다가 답장을 보냈다.

〈아뇨. 방금 한 말 신경 쓰지 말아요. 내가 잘못 생각했어요.〉

〈바보.〉

〈네. 맞아요. 정유현은 천하의 바보다.〉

〈난 바보를 사랑하는 천치고.〉

〈미안해요. 진심이에요.〉

〈정말?〉

〈네, 정말.〉

정말이었다. 정말로 연성에게 미안했다. 이곳까지 기꺼이 함께 와 준 그에게 고맙고, 언제라도 도움을 청할 수 있어 든직한 그에게 고맙다는 말을 하지 못해서 미안했다. 그가 없이 어머니와 단둘뿐이었다면 얼마나 암담했으랴.

문득 이 밤이 가지 않았으면 좋겠다는 생각을 했다. 아침이 오지 않으면 어머니는 불안한 새날을 맞이하지 않아도 될 것이고, 연성은 저 방에서 떠나지 않아도 되리라. 어머니와 이렇게 나란히 누워 길고 긴 밤을 보내고 싶었다.

〈사랑해요.〉

연성이 마지막으로 보내온 메시지를 물끄러미 바라보다가 더는 답장을 보내지 않고 휴대전화를 껐다. 이불 속에서 다시 고개를 내밀었을 때 곁에서 어머니의 코 고는 소리가 고롱고롱 규칙적으로 들렸다. 아픈 기색 하나 없이 단잠에 빠진 어머니를 보노라니 급성 백혈병을 앓는 환자라는 게 믿어지지 않는다. 당당히 정밀검사 받아 오진이란 게 판명이라도 난다면 얼마나 좋을 것인가.

이불을 어머니의 어깨까지 끌어올려 주고 유현도 스르르 눈을 감았다.

＊

"거기서 뭐 해요?"

조반 준비를 하려고 아침 일찍 일어나 밖으로 나왔더니 연성이 낮은 담장 너머로 무언가를 건너다보고 서 있다. 호박꽃이 담장을 뒤덮은 울 밑에는 봉선화가 수줍은 새색시처럼 붉게 피어 있고, 담장 아래 봇도랑에서 날아오른 물잠자리 떼가 망초꽃 사이로 시야를 어지럽히는 시골집. 이웃집 허물어진 돌담 밖으로 삐죽 고개를 내민 해바라기는 아직 잠이 덜 깬 아이의 얼굴을 하고 있었다. 저 멀리 도로 양가에 심어놓은 감나무가 싱그러운 아침 햇살을 머금어 유난히 반짝거린다. 산골의 아침은 참으로 소박하면서도 경이롭다.

다가오는 유현을 돌아보고는 연성이 맑게 웃었다.

"잘 잤어요?"

어느 틈엔지 모르게 잠들었던 것이 몇 시간을 잤는지 알 수 없는데 그다지 피곤함을 느끼지는 못했다. 유현은 잠자리 날개처럼 가볍게 고개를 까딱까딱하며 되물었다.

"잠자리 불편하지 않았어요?"

"오히려 좋던데요. 이런 데서 살았으면 좋겠다. 유현 씨도 도시보다는 이런 곳에서 글쓰기가 더 낫지 않나?"

"글쎄……."

그러고 보니 어머니더러 서울로 올라오라고만 했지 자신이 이곳으로 내려올 생각은 전혀 하지 못했다. 어쩜 이리 이기적인지.

또다시 시름에 젖는 유현을 보고 연성이 부러 경쾌하게 목소리를 띄웠다.

"오늘은 어떻게든 어머니 꼬셔서 서울에 올라가야 할 텐데."

"꼬셔요?"

어머니를 꼬신다는 말이 우스워서 유현은 후후 소리 내어 웃었다.

"재주있음 꼬셔보시죠."

"유현 씨가 열쇠라는 걸 모르니 하는 말이죠."

"내가 열쇠라고요?"

"어머니가 그러셨잖아요. 유현 씨가 나와 결혼하겠다고 하면 치료 생각해 보시겠다고."

"결혼하면 이라고 했지, 연성 씨라고는 하지 않았어요. 착각하지 말아요."

"어어, 이거 왜 이러십니까? 어제 어머니가 복분자술 따라주시면서 한 말 잊었어요? 이거 먹으면 아들 셋은 거뜬히 낳을 거라는 말이 무슨 뜻이겠어요? 손자 셋 안겨달라는 뜻 아닌가? 그러니 유현 씨만 결혼 결심이 서면 어머니 문제는 깨끗이 해결된다니까 그러네.”

유현이 연성의 능변에 못 이기겠다는 듯이 손을 들고는 난감하게 말했다.

“솔직히 말하면 연성 씨한테 무릎 꿇고 부탁이라도 하고 싶은 심정이에요. 어머니 낫게 할 수만 있다면 무슨 짓이라도 할 것 같아요.”

상심이 크다는 걸 알 수 있기에 연성은 유현의 축 처진 어깨를 끌어당겨 품에 안았다.

“유현 씨가 원하는 게 그거라면 그렇게 해요.”

이 무슨 반가운 소린가 싶어 유현이 연성의 품에서 반짝 고개를 들었다.

“정말 그래도 돼요? 아, 그러니까 내 말은……..”

“후후. 어쨌든 지금은 내가 한발 양보하죠. 대신 유현 씨도 우리 결혼에 대해 진지하게 고려해 보겠다고 약속한다면. 단지 어머니 때문에 거짓말하는 것이 아닌 유보 상태로.”

유보 상태?

“어머니 다 나으실 동안 천천히 생각해 보자고요. 지금 유현 씬 어머니 때문에 판단력이 흐려져 있어요.”

“맞아요. 이렇게 시급한 때에 결혼이라니 가당치 않죠. 어쨌든 답은 한 가지군요. 인정하지 않을 수 없게도 연성 씨가 지금 내겐 가장 필요한 사람이라는 거."

연성의 얼굴이 가까워졌다 느끼는 순간 따뜻한 감촉이 입술에 와 닿았다. 숨이 막힐 듯한 데다 귓불까지 열이 확 번져 쉽사리 떨어져 나올 수도 없었다. 방문이 열리는 소리가 들려 그때서야 화들짝 놀라 몸을 떼려 했으나 연성은 그런 유현을 더욱 와락 끌어안고 짙은 입맞춤을 해왔다. 그 와중에도 뒤통수로 어머니의 놀라고 따가운 시선이 느껴져서 유현은 등줄기로 식은땀이 주르륵 흐르는 것을 느낄 수 있었다. 몸부림이라도 칠까 싶은데 어머니는 도로 방으로 들어가신 듯 더 이상 기척이 없고, 연성의 가슴을 억지로 밀어낸 유현이 미운 눈초리로 그를 흘겼다.

"뭐예요, 정말? 어머니 다 보셨잖아요."

얼굴이 새빨갛게 달아올라 어쩔 줄 모르는 유현을 보면서 연성은 얄밉게 실실 웃기만 했다.

"일부러 보시라고 그런 거예요."

"뭐라고요?"

"어머니께 우리 결혼, 거짓말 아니란 거 보여 드리려면 가장 효과적인 방법 아닌가?"

"아무리 그렇다고 망측하게 아침부터 어머니 보시는데…… 창피해."

"하하! 난 유현 씨가 부끄러워할 때가 제일 예쁘더라."

“기막혀!”

연성의 도움으로 시래기 된장국을 끓여 아침상을 내왔다. 아랫목에 앉아 있는 어머니의 눈치를 슬쩍 보니 매번 받아먹는 상 때문인지, 아니면 아침나절에 본 딸과 예비 사윗감의 입맞춤 때문인지 티를 내지는 않지만 매우 불편한 기색이 역력하다. 왜 그렇지 아니할까.

민망하여 유현은 고개를 숙인 채 밥을 먹었다.

“저기…… 어머니.”

몇 수저 뜨지 않아서 연성이 슬그머니 말을 붙이자 어머니는 대답 없이 시선만 주었다. 유현과 눈짓을 주고받다가 싱글싱글 웃는 낯으로 본론을 꺼냈다.

“유현 씨가 결혼하겠답니다.”

“당연한 거 아닌감. 입까정 쪽쪽 맞춰쌌는 사이가 결혼을 안 하면 워쩌겠다는 거여?”

“흠!”

별안간 먹던 밥이 얹힐 것 같아 유현은 황급히 물 잔을 들어 들이켰다. 연성이 쿡 웃고는 생선살을 뜯어 어머니 수저 위에 얹어놓아 주었다.

“고맙습니다, 어머니.”

수저 위에 놓인 생선 자반을 물끄러미 내려다보던 어머니는 덥석 입 안에 밀어 넣고 목이 메는지 된장국을 몇 숟갈 급히 떠 먹었다. 한 번도 연성처럼 반찬을 어머니 수저에 놓아줘 본 적

이 없는 유현에게는 어쩐지 낯설면서도 마음이 뭉클한 진풍경
이었다.

"된장국 누가 끓였디야?"

밥공기를 다 비우고서야 어머니가 뜬금없이 물었고, 뭐가 잘
못되었나 하고 연성이 깜짝 놀라 고개를 들었다.

"제가 끓였는데요. 왜요? 맛이 없으셨어요?"

"맛나구먼 그랴."

"아, 예. 입맛에 맞으셨다니 다행이네요. 서울에 가시면 더 맛
있는 거 해드릴게요."

문득 어머니의 얼굴에 어리칙칙한 그림자가 진다. 이번엔 또
무슨 일일까. 덜컥 걱정부터 앞서는데 어머니가 불쑥 말했다.

"상 물리거들랑 자네만 나 좀 보세."

"예."

무슨 얘기를 하려나 싶어 상을 내간 후에 유현은 마루로 쫓겨
났다가 엉금엉금 소리없이 기어 문 앞에 바짝 귀를 갖다 댔다.
안에서 두런두런 이야기 소리는 들리는데 무슨 대화를 나누는
지는 정확히 알 수 없었다. 딸만 따돌리고 둘이서 무슨 비밀 얘
기인 걸까?

문밖에서 유현이 혼자 속을 태우며 끙끙거리고 있을 때 방 안
에서는 어머니와 연성이 마주 앉아 담화를 나누고 있었다. 결혼
한다고 하니 그에 따른 덕담이나 부탁 정도라 여겼건만 어머니
의 얼굴에는 짙은 근심이 두텁게 드리워져 있었다.

“자네 아는가? 유현이 나 혼자 낳아 키운 딸이라는 거.”

아무래도 그 이야기인가 싶어 연성은 마음을 다잡아먹고 대답했다.

“예, 압니다.”

“자네 부모님도 아시는가?”

“아직…….”

“어쩌려나?”

“서울 올라가면 저희 부모님께도 결혼 허락받겠습니다.”

“그래야것지. 자네 부모님이 나 같은 어미의 딸을 곱게 받아주시겠는가?”

어머니의 가장 큰 걱정인 양 묻기에 연성은 될 수 있는 한 염려를 덜어드리고자 긍정적으로 대답했다. 또한 실지 갖고 있는 생각이기도 했다.

“그것 또한 저희가 넘어야 할 벽이라고 생각합니다. 자신도 있고요.”

“자신만 갖고 되는 일이 아니네.”

“예, 알고 있습니다. 하지만 유현 씨 미운 사람 아니지 않습니까? 제가 더 많이 사랑하면서 살겠습니다.”

그 말에는 호응하듯 어머니는 만족스럽게 고개를 주억거렸다. 당신 딸 위해주면서 살겠다는데 마다할 어미가 어디 있으랴.

“유현이 저 아이…… 외로운 아이여.”

가슴이 메어지는 듯한 어머니의 말에 연성도 마음이 애잔했
다. 어머니의 아픔과 딸에 대한 사랑이 고스란히 느껴지기에.
유일한 피붙이인 어머니와 딸이 영영 이별을 하게 될지 모른다
는 전제가 두 사람을 잠시 침울케 했다.

“외롭지 않도록 노력하겠습니다. 걱정하지 마세요, 어머니.
어머니께도 잘하겠습니다. 그러니 부디 유현 씨 소원대로 정밀
검사 받고, 치료도 받으세요. 완쾌해야 좋은 날 보고 사시죠.”

어머니의 눈빛이 잔잔히 흔들린다. 들녘의 망초 꽃처럼, 지천
을 알 수 없는 깜깜한 밤하늘의 뭇 별처럼.

“내 마음이사 자네가 세상 그 누구보다 유현이만 사랑해 준다
면 더 뭘 바라것는가.”

“궁금한 게 있습니다.”

“……”

“저의 어디가 마음에 드셨는지.”

연성이 방에서 나오는 소리가 들리기에 유현은 후닥닥 방문
에서 떨어져 멀찌감치 서 있다가 안방에서 나오는 연성을 건넌
방으로 급히 끌고 갔다. 연성의 싱글벙글한 얼굴을 보자 더욱
궁금증이 동했다.

“어머니가 뭐라고 하세요? 치료 받으시겠대요?”

“일단 정밀검사 받고 나서 보자셨어요.”

유현의 얼굴이 화개(花蓋)했다. 이제껏 본 중에서 가장 화사한
얼굴이었다.

"결혼하겠다는 말이 주효했군요! 그렇죠? 어머니 완전히 믿으시는 눈치죠?"

연성이 콧방귀를 풍 뀌고는 타박했다.

"그것 때문 아니고, 내가 설득했어요. 유현 씨만 죽어라 사랑하면서 평생을 바치겠으니 제발 윤허해 달라고 말이죠."

"그게 그 말이지 뭐."

"그게 아니라요. 진심으로 말씀드린 결과라니까."

"그러니까 그 말이 그 말 아니냐고요."

말이 통하지 않자 답답함에 연성은 짐짓 기분 상한 얼굴을 했다.

"어머니께서 제가 마음에 드신대요."

"그거야 당연한 일 아닌가? 아무리 당신이 급하시기로 마음에 들지도 않는 사윗감에게 결혼 허락해 줄 턱이 없잖아요."

"어디가 마음에 든다고 하셨는지 알아요?"

"모르겠는데요."

"눈동자가 티 없이 맑아서래요."

"네?"

"사람 눈을 보면 그 사람을 아는 법인데 제 눈에 거짓이 없더래요. 그만큼 순수해 보였다는 뜻이지. 어머니가 사람 제대로 보실 줄 안다니까."

우쭐해하는 연성을 보고 유현이 피식 웃었다.

"유현 씨야 인정하고 싶지 않겠죠."

"누가 인정하지 않는다고 했나요? 나도 연성 씨 처음 봤을 때 눈이 매우 근사하다는 생각 했었어요."

"근사한 것과 순수한 건 다른데?"

"맞아요. 난 연성 씨가 스토커인 줄 알았거든요."

"스토커요? 하하하! 아니, 뭐 그럴 수도 있겠다. 내가 한 가지에 빠지면 정신 못 차리고 집착하는 성격이긴 하지."

"위험한 성격이네."

연성이 유현의 허리를 두 팔로 감싸서는 품으로 폭 끌어당겼다. 유현도 굳이 뿌리치지 않고 그의 품 안에서 고개만 들어 빤히 올려다보았다. 어머니가 마음에 든다는 남자. 태주에게조차 그런 말을 한 적이 없었는데. 누군가에 대해 좋다 싫다, 일체 말이 없는 어머니가 단박에 연성을 마음에 들어한 걸 보면 잘못된 선택은 아닐 것이다. 그러자 조금 마음이 놓였다. 그만큼 세상에 휘둘리고 연륜이 쌓인 분의 눈이라면 정확하다고 봐야 옳겠지. 무엇보다 어머니의 마음에 쏙 든 이 남자, 사람 기분 좋게 하는 데는 단연 일등 신랑감이다. 정말 이 남자와 결혼해 버릴까?

"자, 그럼 슬슬 짐을 꾸려볼까요? 더 시간 지체하지 않으려면 서두르는 게 좋겠죠?"

"네. 얼른 짐 쌀게요."

품에서 빠져나가려는 유현을 다시금 꽉 끌어안은 연성이 그윽한 눈빛이 되어 말했다.

“그전에 할 일이 있어요.”

연성의 눈빛이 사뭇 진지하기에 유현은 아침나절에 했던 입맞춤이 생각나 얼굴이 뜨끈해졌다.

“뭘요?”

연성의 입술이 그 대답을 대신했다. 아침과는 비교도 할 수 없을 정도의 키스가 유현의 입술에 작렬했던 것이다. 작은 신음조차 새어나갈까 조심조심 그의 입술을 받아들이면서 유현은 마음이 온통 그에게로 쏠리는 걸 느꼈다. 처음에는 수동적이었으나 이내 품 안에서 팔을 빼내어 그의 목에 살포시 둘렀다. 발뒤꿈치를 살짝 들어올리고 적극적으로 그의 입술에 제 입술을 비볐다. 지금은 어느 것이라도 좋았다. 그것이 사랑이든 결혼이든.

어머니를 살릴 수 있다는 희망 탓에 꽁꽁 닫혀 있던 마음 문이 비로소 활짝 열린 것이다.

“고마워요.”

입술을 곱게 떼어내며 인사하자 연성이 빙그레 웃으며 화답했다.

“나도 고마워요.”

짐을 트렁크에 싣고 차에 타기 전 이웃 아주머니에게 어머니 소식을 알리고는 열쇠를 건네주며 집을 따로 부탁했다. 어머니의 병환을 전연 몰랐을 이웃 아주머니는 하늘이 무너질 것처럼 소스라치게 놀라서는 허둥지둥 어머니에게 인사말을 건네며 눈

시울을 적셨다. 꼭 나아서 돌아올 테니 걱정하지 마시라 해놓고
차에 올랐다.

　감나무 가로수가 시원한 도로를 달리는데 올 때와는 달리 이
미 어머니가 다 나은 것처럼 마음이 가볍다. 한동안은 병간호로
힘들겠지만 시작이 반이라 하지 않던가. 뒷좌석에 앉은 어머니
를 가끔 돌아보며 유현의 입가엔 흐뭇한 미소가 내내 떠나지 않
았다.

　"그게 무슨 말씀이세요? 그럼 가망이 없단 건가요?"

　권중원 의사의 낯빛은 시종일관 굳은 채였다. 서울로 올라오
자마자 필요하다는 몇 가지 검사를 추가로 받은 뒤, 얼마 후에
나온 결과가 그 모양이었다. 어머니는 급성 백혈병이 맞았다.
그것도 최악의 상태. 이미 알고 있는 병명인데도 막상 확실한
진단을 받자 처음 듣는 것마냥 충격이 상상을 초월했다. 시한
부. 갑자기 숫자에 대한 강박관념과 함께 졸지에 우주 밖으로
내팽개쳐진 모호가 뒤따랐다. 뭐가 뭔지.

　처음 권중원 의사를 만났을 때와는 달리 유현의 곁에는 연성
이 있었지만 결과야 더 나을 것이 없었다. 정밀검사를 받을 때
까지 오진이길 바랐었고, 그도 아니라면 살 희망이라도 당연히
생길 줄 알았다. 하지만 착각이었다. 허황한 희망일 뿐이었다.
'이나' 처럼 어머니도 시한부를 선고받았다. 그게 얼마나 무서운
일인지는 당사자가 아니고서야 어떻게 알겠는가.

"그 몸으로 지금까지 어떻게 지내셨는지 의아하군요. 항암치료를 받는다면 생명은 연장할 수 있겠으나, 지금 상태로는 환자나 환자 가족 분들의 결정에 맡길 수밖에 없겠어요."

머리가 멍해서 아무 소리도 들어오지 않았다. 오로지 시한부라는 말만 허공중에 부유하듯 무섭게 뱅뱅 맴돌았다.

"어떡해야 하죠?"

막막하게 묻는 유현에게 권중원 의사가 우려한 바대로 대답했다.

"사람에 따라서 관해 정도가 다르기도 합니다만 지금으로서는 아무런 장담도 해드릴 수가 없습니다. 차라리 마음 편하게 잡수시고 준비를 해드리는 것이……."

"준비라…… 하하, 하하하!"

헛헛한 웃음이 진료실 안의 침적한 공기를 갈라놓았다. 연성이 울음 같은 웃음을 웃는 유현의 어깨를 걱정스럽게 다잡았다. 그녀의 충격과 아픔이 작은 어깨에 고스란히 얹혀 있었다.

"유현 씨."

"우리 어머니 살려주시면 안 되나요? 전 선생님 같은 분이라면 그 어떤 병도 고치실 거라 믿었는데요. 그래서 싫다는 분 억지로 서울까지 모셔온 건데요. 그런데 이제 와 시한부라니요? 장난하세요?"

별안간 유현의 목소리가 격해져서 연성은 깜짝 놀랐다. 바람처럼 호수처럼 지나치게 조용하기만 하던 유현이 딴 사람처럼 낯설어서 가슴이 덜컥 내려앉았다. 충격으로 인해 어떻게 된 건 아닐까 하는 두려움 탓이었다.

"유현 씨, 진정해요."

"당신이 뭔데, 남의 인생을 시한부니 뭐니 헛소리야? 당신이 무슨 권한으로? 이럴 거면 차라리 나한테 전화하지나 말 것이지!"

"왜 이래요, 유현 씨? 죄송합니다, 선생님."

권중원 의사는 괜찮다는 의미로 간단히 손을 들어 보였고, 연성은 급히 유현을 바깥으로 끌고 나왔다. 복도로 나와서도 유현은 분이 삭지 않는 듯 씩씩거렸다.

"유현 씨답지 않게 왜 이래요?"

연성이 나무라는 소리를 듣는 둥 마는 둥 복도 의자에 몸을 잔뜩 웅크리고 앉았다. 머리는 무릎까지 내리고 바닥을 뚫어져라 노려보았다. 오래도록 그러고 앉아 있어도 남은 답은 한 가지, 어머니가 죽는다는 사실이었다.

"어떡해? 어머니가 죽는대요. 나, 어떡해요, 연성 씨? 나, 난…… 이런 것인 줄 몰랐어. 이런 건 줄 알았더라면…… 어머니가 죽는 선 줄 알았더라면…… 흐흐흑!"

유현은 두 손으로 얼굴을 감싼 채 왈칵 눈물을 쏟았다. 나, 난 몰랐어. 이런 것인 줄 몰랐단 말이야. 회한에 몸부림을 치면서 유현은 이제껏 참고 안으로만 삭였던 울음을 터뜨리고 만 것이다.

"유현 씨……."

연성이 어린아이처럼 엉엉 소리 내어 울며 고통에 몸부림을 치는 유현을 끌어안았다. 유현은 연성의 가슴이 지푸라기라도 되는 양 두 손으로 부여잡고 울컥울컥 울음을 토해내었다.

"엉엉! 우리 어머니 좀 살려줘요, 연성 씨. 불쌍한 우리 엄마…… 내가 얼마나 엄마한테 못되게 굴었는데. 저렇게 허망하게 가버리면 더는 속죄할 길이 없잖아. 그럴 수는 없는 거잖아. 난 어떡해야 해? 난, 난 어머니한테 아무것도 해드린 게 없는데. 나, 이렇게 낳았다고 원망하고 미워한 일밖에 없는데. 세상에서 가장 미워했던 사람이 이젠 미워하지도 못하게 떠나 버리면 난 누구를 미워하고 누구를 원망하며 살아? 누구한테 의지하고 살아? 엄마. 엄마, 우리 엄마 살려줘. 어어엉! 엉엉!"

애처로이 울부짖는 유현을 끌어안고 연성은 유현의 가슴에 시퍼렇게 맺힌 한을 묵묵히 들어주었다. 지금으로선 다른 이의 위로가 유현에게 진정한 도움이 되진 않을 것이다. 그녀는 이미 제 속에 꽁꽁 숨겨놓았던 어머니에 대한 사랑과 원망을 모조리 토해내고 있었으니까.

'그래, 유현 씨. 울고 싶을 땐 지금처럼 이렇게 우는 거야. 당신은 이제껏 우는 법도 몰랐던 것 같아. 속이 후련해질 때까지 울어. 한바탕 울고 나면 어떻게 해야 할지는 누가 가르쳐 주지 않아도 스스로 알게 될 테니까. 그게 바로 세상과 부딪치며 사는 방법이야.'

일전에도 왔었던 병원 뜰 앞 벤치에 앉아 곰곰이 생각을 해보았다. 몇 시간을 그렇게 앉아 있었는지 모르겠다. 그때와 다른 게 있다면 이젠 곁에 연성이 있다는 것.

"연성 씨라면 이럴 때 어떻게 하겠어요?"

"그래도 해보는 데까진 해야 하지 않을까? 기적을 바랄 수도 있을 테니."

"네. 의사 말대로 수명이 연장될 수도 있겠죠. 정말 기적이 일어난다면 그러다가 어느 날 암세포가 깡그리 말라 죽어서 멀쩡해질 수도 있겠고요. 어머니가 불쌍해, 불쌍해서 미칠 것 같아. 어머니의 불행한 인생이 서글퍼서 고통스럽게 생명을 연장해서 무얼 하겠나 싶은 생각이 들어요. 정밀검사 받기 전에는, 정확한 진단이 나오기 전에는 그래도 어떻게든 살려야 한다는 마음이 컸는데 지금은 내가 왜 그랬나, 후회돼. 어머니 힘들지 않게 들들 볶지 말고 하자는 대로 가만 놔둘 걸."

감정이 복받쳐 펑펑 울음을 쏟을 때와는 사뭇 다르게 원래의 침착한 유현으로 돌아온 듯했으나 울어서 퉁퉁 부은 눈을 보자 그 슬픔이 가시기에는 적지 않은 시간이 걸리겠다는 생각이 들었다. 다만 그녀가 혼자 우는 일만은 없기를.

안쓰러워서 유현을 자신의 어깨에 기대게 하고 연성이 조용히 말했다.

"나라도 유현 씨처럼 했을 거야. 결과야 어떻든지 간에 자식

된 도리는 끝까지 최선을 다해야 하는 거잖아요.”

“이제 확실히 어떻다는 거 알았으니까, 지금이라도 어머니 하고픈 대로 해드릴까 봐요. 만일 당신이 시한부란 걸 안다면 허무하게 병실 침대에 누워서 보내진 않으실 거예요.”

유현의 눈에 또다시 스르르 눈물이 고였다. 누군가를 보내야 한다는 아픔이 이런 것일 줄, 이렇게 하늘이 노래지는 일일 줄 미처 몰랐다. 어머니가 죽는다는 생각만 하면 머리가 텅 비어버린 듯 혼자 힘으로는 아무 일도 할 수 없을 것처럼 두렵기만 했다. 이럴 때 연성이 곁에 있다는 건 얼마나 큰 힘인지. 연성의 어깨에 기댄 채 지쳐서 도리어 격해진 몸과 마음을 조금이나마 누그러뜨릴 수 있으니 이 얼마나 큰 행운인지.

문득 연성의 아련한 목소리가 머리 위에서 들려왔다.

“유현 씨, 내가 왜 ‘별의 혼(魂)’을 그렇게 좋아했는지 알아요?”

“왜죠?”

연성의 맑은 눈동자에 오래전의 추억이 서렸다.

“스무 살 때 첫사랑을 잃았었는데, 그때 사귀었던 여자 친구가 백혈병이었어요.”

“…….”

“매일같이 학교 도서관에서 만나는 여학생이었어요. 항상 모자를 쓰고 있었는데 볼 때마다 의학 백과사전을 펼쳐 놓고 열심히 보고 있더라고요. 뒤로 가서 살짝 들여다보았더니 암에 관한 것이었어요. 나중에 기회가 생겼을 때 음료수를 한 잔 건네면서 물어봤죠. 혹시 의대생이냐고. 그랬더니 그 애가 당황하지도 않고 하하 웃으면서 그랬어요. 나, 얼마 안 있음 죽어요.”

“아……!”

그랬구나. 그래서 그렇게 ‘별의 혼(魂)’에 대해 집착적으로 매달렸던 거로구나. 연성의 첫사랑이 곧 ‘이나’였던 거야.

“급성 백혈병이라고 집안이 어려워서 치료를 중단하게 됐다고요. 그런데 참 이상하죠? 나랑 똑같은 나이의 아이였는데 하나도 우울한 얼굴이 아니었어요. 살면서 그렇게 빛이 나게 웃는 사람은 처음 봤을 정도니까. 집안이 가난해서 치료를 받지 못하는 것도, 자신이 아프다는 것도, 곧 죽는다는 것도 슬퍼하지 않는 그 애가 신기하다 못해 신비롭기까지 하더군. 그래서 내가 그 애에게 뭐라고 했는지 알아요?”

“뭐라고 했는데요?”

“죽어서도 날 기억할 수 있게 해주고 싶다고 했어요.”

유현은 심장이 저미게 아파오는 걸 느끼며 자기도 모르게 눈물 한 줄기를 주르륵 흘렸다.

‘네가 죽어서도 날 기억할 수 있게 해주고 싶어.’

그것은 ‘운’이 ‘이나’에게 한 사랑의 고백이었기 때문이다.

제4장 초설(初雪)

“**유**현아.”

연성이 집에 잠시 다녀오겠다고 간 후에 암 병동으로 걸음을 떼는데 낯익은 목소리가 유현의 발걸음을 붙잡아 세웠다. 이전처럼 성큼 다가오지 못하는 태주를 보자 연성과 함께 있던 모습을 내내 지켜보았으리라는 생각이 들었다. 목발을 짚은 것은 이전과 같지만 낯빛이 어둑해서 상태가 그때보다 더 나아 보이지는 않았다.

“태주 씨.”

유현이 불러서야 태주가 절름거리며 다가왔다. 그를 배려코자 다시 벤치로 가서 앉았다. 태주와 둘이 있게 되자 연성과 있을 때와는 달리 마음이 서름서름하다. 태주가 자꾸 암 병동에 나타나는 게 탐탁지 않았다.

목발을 벤치에 기우듬히 기대어놓고 태주는 언덕 아래 너른 잔디밭을 내려다보았다. 점점 여름과 가까워지는 계절이라 늦은 오후인데도 태양이 제법 따가웠다. 유현은 눈살을 찌푸리며 가시처럼 따끔거리는 태양을 손으로 가렸다. 문득 담배 생각이 났다. 시골에 내려갔을 때는 전혀 생각나지 않던 담배였는데.

"매일 왔었어, 너 혹시 올까 하고."

"뭐 하러 그랬어? 힘들게."

"여기에 알아보니까 어머니가 갑자기 사라지셨다고 해서 무척 걱정했어."

"정밀검사 결과가 오늘 나왔어. 검사 안 받으시겠다는 걸 설득하느라 좀 애먹었어."

"그랬구나. 병원에서는 뭐래?"

저절로 고개가 숙여진다. 태주에게 어머니가 시한부 인생이란 말을 하고 싶지 않았다. 그렇게 우울한 결론 따위 태주에게 더는 말하고 싶지 않았고, 왠지 자존심이 상했다. 도저히 짜 맞출 수 없는 넝마 같은 삶. 조각조각 나버린 시간이 허무하여 가슴이 먹먹했다. 자기 때문에 태주에게도 어그러진 삶을 안겨준 것 같아서 유현은 화가 나고 속이 상한다.

"나 결혼해, 태주 씨."

"뭐?"

“음…… 태주 씨도 전에 봤지? 병실에서 내 팬이라고 했던 남자 말야.”

“그 사람이랑 결혼을 한다고?”

믿지 못하겠다는 뜻인지 그럴 줄 알았다는 뜻인지 정확히 가늠할 수 없는 태주의 얼굴을 보자 씁쓰레한 기분이 들었다.

“어머니가 빨리 결혼했으면 하셔서.”

“어머니 많이 안 좋으신 거니?”

또다시 새어나오는 한숨. 어느새 습관처럼 굳어버렸다.

“솔직히 말하면 그래. 오래 사실 수 없을 거래.”

“얼마나?”

“의사도 장담할 수 없다네. 때에 따라선 오래 사는 사람들도 많다 그러고. 다 환자 하기 나름이겠지.”

“그래, 어머니도 그러실 거야. 의지가 강한 분이시잖아.”

“응. 그래서 갑자기 할 일이 많아졌어. 어머니와 함께할 시간이 얼마나 될지 아무도 모르는 거잖아.”

“항암치료, 받지 않을 생각이야?”

“모르겠어. 어머니와 더 얘기해 봐야지.”

유현은 아직 현명한 답을 내리지 못했다. 어머니와 자꾸 얘기한들 무엇이 달라질까. 그보다는 태주에게 괜한 희망을 불어넣고 싶지 않았다.

“태주 씨는 재활 운동 열심히 하고 있는 거야? 그전에 봤을 때보다 얼굴이 못하네?”

"너랑 연락이 안 되니까 불안해서 잠을 잘 수가 있어야지. 병원에서도 가르쳐 주지 않고. 예전에 쓰던 네 휴대전화 번호랑 집 전화번호랑 갖고 있었는데 바뀌었더라. 지금 연락처 가르쳐 줄래?"

"태주 씨, 말했잖아. 나 그 사람이랑 결혼한다고. 이제 와서 연락처가 무슨 소용이야? 아니, 그러지 않겠어. 그건 태주 씨에게도 내게도 옳은 일이 아니야."

"어머니 때문에 그 사람이랑 갑자기 결혼 결심하게 된 거 아니니? 난 그렇게 느껴지는데? 그렇지 않고서야 갑자기 마음이 바뀌었을 리 없잖아."

"어머니 평생소원이 내가 면사포 쓰는 걸 보고 죽는 게 아닐까 싶은 생각이 들어서."

그건 그냥 해본 말이 아니었다. 어머니가 검사실로 들어가는 모습을 보다가 불현듯 가슴을 친 깨달음이었다. 당신이 써보지 못한 면사포, 딸이 쓰는 걸 보면 그 한이 조금이나마 풀어지려나. 그것이 훗날 후회할 짓이 된다 할지라도 어머니가 원하는 것이라면 그 정도 못 들어주랴 싶은 용기가 솟았다.

"그게 내가 되면 안 되는 거니? 잊었어? 난 너와 결혼할 사람이었다는 거. 우리 사랑하는 사이였다는 거 말야."

유현은 태주를 딱한 눈길로 바라보며 희미하게 미소를 머금었다.

이 사람은 아직도 과거의 기억에서 벗어나지 못하는구나. 과거와 절연(絶緣)해야 해, 태주 씨. 그렇지 않으면 몹쓸 과거의 기억들이 현재를 갉아먹어. 그건 곧 미래를 망치는 일이기도 하지. 난 그 진리를 이제야 깨달은걸. 그러니 과거의 당신과 나는 현재의 남남이어야 해. 그게 당신과 나의 미래를 위하는 길이야.

"아마 내가 태주 씨와 결혼한다고 말씀드리면 어머니는 믿지 않으실 거야. 언젠가 태주 씨한테 얘기한 적 있었지? 나, 태주 씨가 좋아서라기보다 어머니가 미워서 결혼하고 싶은 건지 모른다고 했던 말."

"그래, 기억나. 하지만 본마음은 그렇지 않다는 거 아는데 뭐. 누구보다 네가 어머니 사랑한다는 거 알아."

"애증이었겠지. 그건 지금도 그래. 나 몰래 혼자 아파한 어머니가 밉고 원망스러워. 왜 진작 당신이 아프다는 걸 말하지 않은 걸까? 일찍 발견했더라면 이렇게 땅을 치고 후회할 일도 없었을 텐데. 마치 나 떼어놓고 도망갈 궁리한 사람 같아, 우리 어머니. 젊었을 적에 날 보면서도 그러지 않았을까? 혹처럼 딸려서 평생 짐 같은 딸, 버리고 새 인생 찾아가고 싶지 않았을까?"

"어머니가 그럴 분 아니라는 거 네가 더 잘 알아. 네가 아파한 게 무엇인지 안다, 유현아. 내가 가슴 아픈 건 네 아픔을 끝까지 보듬어줄 수 없었다는 점이야."

유현은 부정하듯 고개를 저었다. 태주는 여전히 정유현이란 여자를 이해하지 못하고 있었다. 그 아픔을 보듬어주길 바랐던

게 아니었다. 쓴 뿌리가 깊이 박혀 캐내려야 캐낼 수 없는 그 깊은 골을 태주가 어찌 이해하겠는가. 고통은 숨을 쉴 때마다 뼈마디를 갉아먹는다. 살아 있다는 자체가 숨을 쉬는 것보다 더 괴롭다는 걸 느껴본 적이 없는 사람에게 그 고통을 이해해 달라는 건 어불성설이다. 건드리면 독만 오르는 상처도 있는 법이다. 유현에겐 그 쓴 뿌리를 완전히 제거해 줄 만한 사람이 필요했으나 애석하게도 태주는 그럴 재량이 없었다. 유현이 아프다 하면 급급히 치료는 해줄망정 수술은 해줄 줄 모르는 사람이었다. 그 이유가 단지 더 아플까 봐 겁이 나서였다.

"나 그만 들어가 봐야겠다, 태주 씨. 어머니가 찾으시겠어."

태주가 부산스레 자리에서 일어났다. 다리가 불편하니 그의 동작은 몹시 굼뜨고 어설퍼 보였다. 안쓰러운 생각에 유현의 미간이 서글피 찌푸려졌다.

"먼저 갈게."

태주에게서 돌아서 병동으로 바삐 걸음을 옮겼다. 태주의 안타까운 눈길이 계속 따라붙고 있었으나 뒤돌아보지 않았다. 태주에게 매정하게 굴면 굴수록 가슴이 짠하고 아프다. 하지만 이 또한 절연의 아픔인 것을.

병실로 돌아오자 마치 유현이 오길 기다렸다는 듯이 어머니가 잠에서 깨어났다. 이상스럽게도 어머니는 전혀 환자 같지 않았다. 이전보다 기력이 많이 쇠해지긴 하였으나 아무리 보아도 평소의 어머니와 다를 바 없었다. 금세라도 훌훌 털고 일어나

여느 때처럼 바지런히 음식을 만들어 텅 빈 냉장고에 가득가득 쟁여놓을 것만 같았다. 어쨌든 의사의 소견을 말해주어야겠기에 내내 침대 머리맡에 앉았다가 떠듬떠듬 입을 열었다.

"별로…… 좋지 않아요. 의사 말이 얼마…… 못살 거래요."

정작 당사자에게 그 말을 할 때에는 남의 이야기 하듯 마음이 텅 빈 듯 느껴졌다. 유현은 멋쩍어서 괜히 멀쩡한 이불을 당겨 평평하게 폈다.

"근께 내가 뭐랴? 쓸데없는 짓이라 했잖여."

고단한 어머니의 목소리에 미안함이 더해졌다. 어머니에게 선고만 확고히 내려준 것 같아서. 어머니 말대로 정밀검사 받지 않고 목숨의 기한도 몰랐더라면 더 오래 살 수 있을지 모르는데. 뱅충맞은 짓을 해서 이 모양이 되었노라고 유현은 제 머리통을 쿡 쥐어박고 싶었다.

"그래도 치료하면 연장할 수 있댔어요. 기적이란 것도 배제할 수 없고."

"이쁘게 갈껴."

"예?"

이이없게도 예쁘게 죽고 싶다는 어머니이 말이 우스워서 피식 실소가 터져 나왔다.

"왜 웃냐? 에미는 이쁘게 죽으면 안 되는 법이라도 있는겨?"

"죽는다는 말 마세요. 누가 어머니 죽게 놔둔대요?"

"쯧쯧. 니가 하나님이라도 된디야?"

"어머닌 죽는 게 좋아요?"

바보처럼 어린애 같은 질문을 하고 말았다. 죽는 게 좋을 사람이 어디 있다고. 그런 자신에게 역정이 나는데 어머니가 담담히 말을 꺼냈다.

"무섭진 않구먼."

"난 무서워요."

불현듯 눈시울이 뜨거워졌다. 핏덩이 하나가 울컥 목구멍으로 넘어오는 듯하다.

"어머니가 죽는 게 무서워요. 난 그래요, 어머니."

링거 꽂힌 손을 더듬어 어린아이처럼 무서움에 덜덜 떨리는 유현의 손을 찾아 꼭 잡은 어머니는 더 이상 아무 말이 없었다. 어머니의 손등으로 뚝뚝 떨어지는 눈물만이 유현의 애달픈 마음을 대신해 주고 있었다.

병실문을 열고 들어가자 모녀가 손을 꼭 잡은 채 잠이 들어 있다. 어머니는 침대에서, 유현은 침대에 엎드린 채. 그 모습이 다복하니 보기 좋아 연성은 빙긋이 웃고는 발소리를 죽여 침대로 다가갔다. 이전과는 달리 일인용 병실이라 조용하고 쾌적해서 좋았다. 집에다가 유현의 이야기를 하고 오느라 시간이 지체되긴 했으나 일단 한번 얼굴이나 보자는 부모님의 허락이 있어 밝은 마음으로 달려왔던 터였다. 곤하게 자고 있는 유현의 얼굴을 내려다보다가 가만히 뺨에 입맞추었다.

얼핏 눈을 뜬 유현이 옆에 가까이 쭈그리고 앉은 연성을 보고 부스스 상체를 일으켰다. 어머니가 깰까 조심하며 밖으로 나와 의자로 가서 앉자 연성은 사들고 온 호박죽을 꺼낸다.

"저녁 못 먹었죠? 이걸로 우선 간단히 요기부터 하고 더 맛있는 거 먹어요, 우리."

입 안이 까끌까끌하여 통 먹을 생각이 나지 않았었는데 그래도 죽인지라 비어 있는 속을 달래기에는 그만이겠다는 생각을 했다. 일전에 술병이 났을 때도 사다 주었던 호박죽. 죽 전문점에서 사 온 것이라는데 어머니가 해준 것과 엇비슷하여 맛이 썩 괜찮은 편이었다.

"기운이 없네요."

괜히 해본 소리가 아니라 정말로 기진맥진이었다.

피로가 이제야 몰려오는 모양이라며 연성이 유현의 손에서 수저를 빼앗아 들었다. 일회용 포장이 되어 있는 죽 뚜껑을 열고 한 수저 떠서는 유현의 입에 가져갔다.

"자, 아."

유현은 전에 약을 먹여주려 할 때처럼 기겁하지 않고 얌전히 죽을 받아먹었다.

"착하네."

"정말 기운이 없어서 그래요."

"알았어요. 뜨겁진 않아요? 후우."

두 번째 죽을 받아먹고 나서 유현이 고개를 저었다.

"따끈따끈해요. 그런데 이 호박죽, 참 맛있다. 이런 거 어디서 사요?"

"우리 동네 큰길 사거리에 보면 죽집 새로 생겼잖아요. 영어 학원 옆에. 몰랐어요?"

"네."

죽집뿐 아니라 주변에 뭐가 새로 생기고 뭐가 없어졌는지 통 관심이 없어 모르고 살았다.

"이건 뭐예요?"

죽 말고도 뭘 사 왔는지 찬합 가방이 하나 더 있어 물었더니 연성이 싱긋 웃으며 대답했다.

"지민 씨가 싸준 도시락이요."

"지민이가? 지민이한테 연락했어요?"

"네. 유현 씨 먹을 거니까 맛있게 좀 싸달라고 부탁했죠."

"뭐 하러 연락을 해요?"

서울로 오자마자 어머니를 다시 입원시키고 이래저래 정신이 없어서 집에도 가지 않은 채 병원에서만 지냈었는데, 결국 지민까지 알고 말았다. 지민이 얼마나 놀랐을까 하는 생각을 하자 마음이 숭숭하니 편치 않았다. 진작 연락해 주지 않았다고 나중에 엄청 쏴댈 텐데.

하지만 연성은 대수롭지 않다는 투다.

"어차피 알 게 될 텐데요, 뭐. 안 그래도 그런 일 있으면 빨리 빨리 연락해 줄 것이지 이제야 이야기한다고 되게 섭섭해하던데? 나중에 좀 뵐일 거예요."

마침 유현도 같은 생각이어서 별안간 입 안이 소태를 씹은 듯 써졌다. 뭐든 똑 떨어지게 야무진 애가 어름어름한 자신에게 얼마나 또 도전적으로 나올지. 만날 동생에게 꾸지람 듣는 언니가 된 기분이다.

"그리고 결정은 했어요, 어머니 어떻게 할지?"

"아직. 내일이나 다시 이야기해 봐야죠."

다시 이야기해 본들 결론이야 뻔할 테지만 힘없이 대답해 주었다. 그사이 죽 한 그릇을 깔끔히 비우고 지민이 보냈다는 도시락을 열었다. 그새 갖가지 음식들을 만들어 보낸 지민의 솜씨가 감탄할 만했다. 평소 유현이 잘 먹는 음식들 일색이다.

"전화도 없이 먹기부터 하려니 미안한걸요."

짐짓 양심이 꺼려지는 양 말했더니 연성은 반대의 의견을 내놓았다.

"먹다가 얹힐 것 같으면, 먹고 나서 전화하는 게 더 낫지 않을까요?"

맞는 말이어서 냉큼 젓가락을 들었다. 유부초밥을 하나 집어 먹는데 연성이 묻는다.

"만일에 어머니가 치료 받지 않겠다고 하면 어디로 모실 거예요?"

어머니를 생각하면 시골이 낫고 유현을 생각하면 서울이 훨씬 나았다. 아무것도 할 줄 모르는 사람이 첩첩산중에서 혼자 무슨 일이라도 당하면 어쩌나 걱정이 많았다.

“요양하기가 시골이 더 낫겠죠.”

대답은 그랬지만 유현도 막막하기는 마찬가지인 듯했다.

“그렇다고 아무런 치료도 받지 않고 내버려 둔다는 건 안 될 말이니까, 일단은 유현 씨 집으로 모셔요. 병원에 가기도 그렇고 지민 씨가 가까이 있으니 혼자보다야 수월할 거예요. 나도 들여다보기 훨씬 낫고. 혹시 몰라서 지민 씨한테는 사정 이야기를 먼저 해놓았으니 염려하지 말아요.”

남의 일에 너무 애쓴다 싶어 연성에게 미안했다. 이 사람 저 사람 힘들게 하지 않으려면 어머니와 단둘이 시골에 머무는 것이 더 낫겠다는 생각도 들고.

이래저래 고민이 많아 안색이 착 가라앉은 유현의 볼을 가만히 쓰다듬고는 연성이 정답게 말을 붙였다.

“하지만 어느 곳에 있게 되든 유현 씨가 부르면 언제든 달려갈 거니까 혼자라는 생각은 절대 하지 말아요, 알았죠? 자, 먹어요, 어서.”

이 사람은 아마도 천사가 아닐까. 정유현이 불쌍해서 하늘에서 내려준 천사. 어머니 불러들이는 대신 외롭지 말라고 하늘이 보내준 선물. 연성에게 해준 것이라곤 그의 첫사랑과 닮은 ‘이나’를 그려내고 영화로 만들어낸 것밖에 없는데. 알고 보면 그에게도 사랑하는 사람을 보내야 했던 아픔이 있었는데.

한때는 누군가를 보내고 다시 그 자리를 메우는 일이 지독스런 위선이라고 사랑을 정의했던 적도 있었지만, 어쩌면 그보다 현명한 사랑의 진리는 없으리란 생각이 들었다. 사랑으로 비어버린 자리에 사랑으로 채워지지 않으면 그 외에는 모두 사심일 따름.

유부초밥을 입에 물다가 유현은 혼자가 아니라는 연성의 말이 너무나 큰 위안이 되어 눈물이 스르르 고였고, 그 눈물은 끝내 참지 못하고 뺨을 타고 방울방울 흘러내렸다. 어떡해야 할까. 이 슬픔을 어찌해야 좋을까. 아직도 일 나간 어머니를 기다리는 유년기의 꼬마가 된 기분으로 등을 토닥이는 연성의 가슴에 기대어 서럽게 눈물을 쏟아냈다. 갑자기 울보가 되어버린 듯 시도 때도 없이 쏟아지는 눈물 때문에 앞으로도 얼마나 큰 곤욕을 당할지.

✳

어머니를 퇴원시켜 모셔오려면 비워두었던 집을 청소해 두어야겠기에 병원으로 찾아온 지민에게 잠깐 병실을 지키고 있으라 하고 집으로 왔다. 오늘 말고도 지민은 연성 편에 도시락을 보낸 다음날 병원에 왔었는데, 다행히 밉게 눈을 흘기는 것을 끝으로 더 이상의 잔소리는 해대지 않았다. 가끔 지나치게 매사에 간섭한다 싶으면서도 누군가 믿을 만한 사람이 곁에 있다는 것이 몹시 안심이 되었다.

집으로 돌아와 샤워부터 했다. 저녁나절부터 흐리더니 습기 찬 설탕처럼 눅진하고 끈끈한 공기가 집 안에 가득이었다. 덕분에 샤워를 하고 나서도 개운함은 잠시뿐이었다. 장마가 올 것 같았다. 청소기로 한바탕 청소를 하고, 냉장고에 퀴퀴하게 남아 있는 음식물을 모조리 모아다 버리고, 침대 이불 커버도 새 걸로 꺼내어 갈아 끼웠다. 어머니에게 무엇이 필요할지 뚜렷이 생각나지 않아 두서없이 장롱이며 다용도실이며 들여다보는데 전화가 왔다. 낯선 번호여서 유현은 별 생각 없이 전화를 받았다.

"여보세요."

[저기, 정유현 씨 휴대전화가 맞나요?]

어딘지 귀에 익은 목소리다 싶은데 퍼뜩 떠오르는 얼굴이 없었다.

"제가 정유현인데요. 누구세요?"

[그렇군요. 나, 연성이 엄마 되는 사람이에요.]

연성이 엄마……. 정신이 번쩍 들어 휴대전화를 갈마쥐었다. 모항의 갯바위에서 들었던 목소리가 이제야 확실히 기억난다.

"아, 예. 안녕하세요?"

긴장감이 엄습해 오며 유현은 바싹 얼어서는 마치 앞에 둔 사람에게 하듯 인사를 꾸벅거렸다.

[이렇게 전화해서 미안해요. 어머니가 많이 편찮으시다는 말 들었어요.]

"예, 걱정해 주셔서 고맙습니다."

[연성이에게 집으로 한번 데려오라고 말은 해놨는데, 그전에 따로 만났으면 싶어서 실례인 줄 알지만 이렇게 전화했네요. 전화번호는 우리 연성이 휴대전화 몰래 보고 알아냈어요. 미안해요.]

따로?

잘못한 것도 없이 겁부터 더럭 나서 마른침을 삼키고는 애써 침착하게 대답했다.

“예, 알았습니다. 어디서 뵈면 될까요?”

그녀가 일러준 대로 메모를 하고 전화를 끊었다. 전화를 끊고 나니 다리에 힘이 빠져서 침대 위에 풀썩 주저앉았다. 별로 감이 좋지 않다. 이런 일이야 그전에도 겪어봤으니 구태여 새삼스러울 것까진 없었다. 태주 모는 대단한 집안의 아들을 붙잡아 신분 상승이라도 꾀하는 천한 여자처럼 대했었지. 연성의 어머니라고 별다를까. 몹시 억울한 생각은 들었지만 미혼모 딸인 것도 모자라 백혈병까지 걸린 어머니를 둔 자신의 처지를 돌아보니 남 탓만 할 일이 아니었다.

방에서 나와 거실 탁자에 올려두었던 비닐봉지 안에서 담뱃갑을 꺼낸 유혀우은 열어놓은 창문으로 가까이 다가가 담배를 한 대 피워 물었다. 오랜만에 피워서인지 한 모금 빨아들이는데 어질 어지럼증이 일었다. 어머니가 집에 오면 이나마도 피우기 어려워질 터였다. 며칠 잊고 지내도 별 금단 현상이 일어나지 않는 걸로 봐서는 이참에 끊어도 괜찮지 않을까.

연성의 어머니가 따로 만나자고 한 이유가 태주의 어머니 때와 그다지 차이가 없을 듯하다 느껴서인지 두렵거나 떨리지는 않았다. 그저 조금 답답하다는 것밖에는. 이렇게 되면 불편하긴 해도 이곳보다 시골집으로 내려가게 될 가능성이 크다. 그리고 어머니에게 결혼하는 모습을 보여드릴 수 없게 될 가능성 또한. 그 생각에 다다라서야 울컥 마른 눈물이 핏물처럼 심장에서 흘러나온다. 천사일지도 모른다고 생각한 사람. 정유현에게 내려준 하늘의 선물일지도 모른다고 내심으론 설레기도 하였던 사람. 행복한 착각이었구나.

붉게 타 들어가는 담배가 자신의 마음 같아서 아프게 인상을 찡그린 채 흐린 밤하늘을 올려다보았다. 투둑투둑. 빗방울이 든는다. 위급한 상황에 대비하려면 차를 사야 하리라. 유현은 창문을 닫고 또다시 병원으로 가기 위해 집을 나섰다.

연성의 어머니를 만난 것은 다음날 어머니를 퇴원시켜 집으로 모셔다 놓은 후였다. 지민이에게 잠깐 어머니를 부탁하고 큰길 사거리에 있는 카페로 갔다. 한동네 산다는 이점으로 시간을 단축할 수 있어 좋았다.

안으로 들어가자 창가 중간쯤에 정장 차림의 부인이 혼자 앉아 있다. 낮이라 손님이 별로 없어서 단박에 연성의 어머니라는 걸 알아차렸다.

테이블로 다가가 예의 바르게 물었다.

"저어, 혹시 연성 씨 어머니신가요?"

"오! 네, 아가씨가 유현 씨? 앉아요."

전화 목소리만큼이나 톡톡 튀는 인상이었다. 얼핏 보기에도 눈에 찍어 붙인 듯 연성과 똑 닮았다. 그 세련되고 멋스러운 분위기라니.

커피를 시켜놓고 부인이 먼저 입을 열었다.

"갑자기 보자고 해서 놀랐죠?"

"예, 조금."

다소 긴장한 유현을 찬찬히 보고 있던 부인이 커피를 한 모금 마시고는 다음 말을 꺼냈다.

"이렇게 따로 보자고 한 건……."

"예, 압니다. 무슨 말씀 하실지."

"알아요?"

"연성 씨가 말씀드렸는지 모르겠네요. 저의 어머닌 미혼모이고, 가난한 어촌에서 태어나 저 때문에 집에서 쫓겨난 후로 이제까지 억새처럼 억척스레 사신 분이죠. 그런 데다 최근 백혈병으로 시한부 인생까지 선고받아서 언제 돌아가실지 알 수 없는 몸이 되었어요. 그래서 제가 연성 씨에게 부탁했어요. 어머니에게 가짜로라도 결혼하는 모습 보여 드리고 싶다고요. 제가 독신을 고집해서 어머닌 내내 그게 가슴에 한이 되었던가 봐요. 아니, 당신 처지가 그랬으니 저라도 면사포 쓰는 모습을 보고 싶었던 거겠죠. 죄송합니다. 주제넘게 아드님 넘봤습니다. 잘못했습니다.”

부인의 얼굴에 당황한 빛이 스쳤다.

“뭔가 오해를 한 모양인데 난 그냥…….”

“앞으로 연성 씨 만나지 않겠습니다. 정말 죄송합니다.”

유현은 혼잣말을 주워섬기느라 부인의 복잡한 낯빛을 읽지 못했다.

“우리 연성이 좋아하는 거 아니었어요?”

“아뇨, 아닙니다. 아니, 좋아는 하는데, 앞으로는 좋아하지 않을게요. 제가 연성 씨 어머님이라도 저 같은 여자가 아들과 만난다고 하면 싫을 거예요. 이해합니다. 이해할 수 있어요.”

“무슨 소리인지, 원.”

자신이 생각해도 무슨 말인지 횡설수설 두서가 없어 이마로는 진땀이 배어나오고 속에서는 알 수 없는 열기가 확확 끼쳤다. 심장이 미칠 것처럼 뛰었다.

“제가 지금 시간이 없어서요. 어머니가 퇴원을 해서 집에 왔거든요. 걱정하지 않으셔도 됩니다. 저 때문에 연성 씨 힘들게 하지 말아주세요. 저 처음부터 연성 씨 잡을 생각 없었어요. 정말이에요.”

호소하듯 말을 하는 통에 부인은 황망한 얼굴로 유현을 바라보았다. 할 말이 무척 많았는데, 어수선한 시장통에서 별안간 한꺼번에 날치기를 당한 기분이다.

“그럼 먼저 일어나겠습니다. 무례함을 용서하세요. 안녕히 가세요.”

　종작없이 무슨 말을 어떻게 했는지도 모르게 그 자리를 뛰어
나왔다. 창피하고 부끄럽고 가슴이 터질 것 같은 갑갑함이 가시
넝쿨처럼 복잡하게 뒤엉킨다. 가슴이 미어질 듯 아파서 계단을
뛰어내려 오는데 눈물이 왈칵 솟구치더니 집으로 가는 내내 그
치지 않았다.

　집에 곧장 들어가지 못하고 옥상으로 올라갔다. 그리고 구석
에 쭈그리고 앉아 엉엉 울음을 터뜨렸다. 연성을 다시 만나지
않겠다, 해놓고는 서러움이 복받쳐서 가슴 밑바닥에 고여 있던
눈물까지 펑펑 솟구쳤다. 연성이 곁에 없다는 그 한 가지 전제
만으로 이토록 가슴이 찢어질 듯 아픈데, 고통스러워 미칠 것
같은데. 이제 도와줄 사람 없이 시골로 내려가 혼자서 어머니의
죽음을 맞을지도 모른다는 두려움에 유현은 온몸이 걷잡을 수
없이 와들와들 떨렸다. 그래서 할 수 있는 일이라곤 아무도 없
는 옥상 구석에 홀로 숨어 펑펑 울어대는 것뿐이었다. 억울했
다. 억울해서 미칠 것 같았다. 이 모든 상황이 억울해서 미칠 것
같았다.

　억울해요, 어머니. 엉엉. 연성 씨를 더는 만날 수 없대요, 어
머니. 엉엉엉. 전 이제 어쩌면 좋나요, 어머니. 엉엉, 엉엉엉.

“왜 갑자기?”
지민의 의아하고도 걱정스러운 물음에 아무런 대답을 해줄

수 없었다. 연성의 어머니 때문이라고는 할 수 없었으니까. 야반도주하는 사람처럼 부랴부랴 짐을 싸며 지민에게 무연히 말을 흘렸다.

"아무래도 시골이 어머니에게 나을 것 같아서. 맑고 깨끗한 공기 마시며 살던 사람은 도시 공기 못 견뎌해."

"병원은 어쩌고? 그리고 차도 없이 이 많은 짐을 갖고 어떻게 가려고 그래?"

암담한 건 유현이 더했다.

"짐은 택배로 부치면 돼."

"어머니 이제 막 퇴원해서 오셨어. 지금 먼 길 가시는 건 무리야. 왜 그래, 언니? 언니 너무 이상해."

안방 침대에 누운 어머니가 들을까 유현은 식당으로 자리를 옮겼다. 재바른 걸음으로 뒤따라오며 지민이 계속 근심 띤 얼굴을 했다. 누구를 만나고 왔는지 울어서 퉁퉁 부은 얼굴을 해서는 집에 들어오자마자 쫓기는 사람처럼 정신없이 짐을 싸더니 별안간 어머니와 시골로 내려가겠다는 것이다. 뭔가 또 다른 이유가 있는 게 틀림없었지만 정황을 보아서는 쉽사리 이야기해줄 정도의 가벼운 일이 아니었다. 연성에게 전화를 해줄까 싶은데 유현이 눈치를 지레 채고는 단단히 이른다.

"연성 씨에게는 내가 말한 대로만 얘기해, 쓸데없는 말 덧붙이지 말고. 어머니 때문에 시골로 가는 거라고. 어머니도 집으로 오면서 시골로 가시고 싶댔어."

“시골로 가겠다는 건 이해해. 이해하는데, 가려거든 며칠만 더 있다가 가.”

허둥거리는 유현이 측은해 죽을 지경이어서 지민은 다른 때처럼 길게 따지고 들지 않았다. 유현은 무척 지치고 고단해 보였으며 시니컬하던 모습은 감쪽같이 사라지고 며칠 새 딴 사람이 되어 있었다. 그렇기도 하리라. 마른하늘에 날벼락을 된통 맞았으니. 불행은 불행을 몰고 다닌다.

“차를 살까 해.”

멍하니 서 있다가 유현이 한 말이었다.

금방 짐을 택배로 부친다고 했다가 차를 산다고 했다가 도무지 일관성이 없는 유현을 보며 지민은 고개를 설레설레 젓고 말았다. 넋 나간 사람이 따로 없었다. 저런 정신으로 어떻게 혼자 어머니 병간호는 하겠다는 건지.

시골길에 새 차를 살 필요까진 없을 것 같아서 영화판에 아는 이에게 부탁하여 중고차를 비교적 싼 가격에 구입했다. 조명감독을 하는 이였는데 마침 새 차를 구입하려던 차였다면서 자기가 쓰던 차를 살 사람을 구하는 중이라 하여 용케도 아귀가 딱 맞아떨어졌다. 내일 아침에 집 앞까지 손수 가져다주겠다는 말에 그러라 하고는 전화를 끊었다.

그러고 보니 경황이 없어 일전에 빌렸던 차를 어떻게 했는지 연성에게 묻지 않았다는 사실을 뒤늦게 깨닫고 유현의 이맛살이 찌푸려졌다. 정신을 차리고 나서야 그때로부터 순식간에 십여 일의 시간이 흘렀다는 사실을 알았다.

연성은 저녁에 퇴근하여 오는 길에 들를 테지만 당장 만날 수 없는 사람처럼 멀게 느껴진다. 이제 곧 완전히 그렇게 되겠지만.

예상했던 대로 정각 일곱 시가 되자 연성이 초인종을 눌렀다. 오늘따라 일이 많아 아쉽게도 퇴원을 도와주지 못했다며 집에 들어서는 즉시 죄인이라도 된 양 미안해했다. 표정이 밝은 걸 보니 그의 어머니에게 별말을 들은 것 같진 않아서 한편으로는 다행이라 여기면서도 유현은 마음 한구석이 서운했다. 편 하나를 빼앗긴 기분이다. 시골로 내려가면 자주 볼 수 없을 테니 그 편이 정 떼기가 훨씬 수월하리라. 이제 그만 할 때도 되었지. 평화는 정유현 인생에 그리 오래가지 않으니까.

눈물이 핑 돌아 돌아서는데 뒤로 살그머니 다가온 연성이 어깨 너머로 유현의 얼굴을 들여다봤다.

"화났어요? 빠져나오려고 해봤는데, 도저히 안 되겠더라고요. 지민 씨가 있어서 좀 안심이 되긴 했는데, 그래도 미안해요. 많이 힘들었죠?"

"미안해할 것 없어요. 그러니까 신경 쓰지 말아요."

"화난 목소린데? 어머니는 주무세요?"

"네. 그리고 화 안 났어요."

"그럼 피곤해서 그래요? 안마해 줄 테니 이리 와봐요."

연성이 손을 잡아끌기에 유현은 억지로 손을 잡아 뺐다.

"그만 하고 집에 가봐요."

"벌써요? 어머니 일어나시면 보고 갈 건데."

"나도 쉬고 싶어요. 연성 씨 있으면 쉬지도 못하고 불편하단 말이에요."

짜증스럽게 대꾸하던 유현이 한숨을 몰아쉬고는 내내 참고 있던 말을 내뱉었다.

"어머니 모시고 시골로 갈까 해요."

"왜요? 여기 있기로 나랑 얘기 끝났잖아요."

"네, 그랬죠. 하지만 결정은 시골로 가는 걸로 내려졌어요. 그렇게 알아요."

"무슨 일 있어요? 무슨 일 있는 거죠, 유현 씨?"

뜨끔.

"아무리 생각해도 그 편이 나을 것 같아요. 차도 구했어요. 연락은 할 수 없을 거예요. 이제 연성 씨도 내게 연락 그만 해줬으면 좋겠어요."

"또 도망가는 건가요?"

연성의 예리한 질문이 가슴에 콕 박혀서 즉각 대답할 수 없었다. 그리고 한참 마에 찾은 대답이 고작 뭉뚱그려 마음을 덮어버리는 것이었다.

"연성 씨가 뭐라고 생각하든 상관 않겠어요."

"우리 결혼은요? 어머니에게 면사포 쓴 모습 보여 드리고 싶다고 했잖아요."

“어차피 가짜인걸요. 어머닌 항암치료를 거부하셨고, 난 어머니 죽음을 준비해야 하는 딸인걸요. 어머니 마지막 소원을 이루어 드리지는 못하겠지만 아무런 방해도 받지 않고 조용히 보내 드리고 싶어요.”

“……”

식탁 의자를 짚고 서서 연성은 유현의 야윈 등을 말없이 바라보았다. 그녀의 슬픔이 고스란히 느껴져 추궁하고픈 생각은 사그라지고 당장은 고단한 어깨를 어루만져 주며 위로해 주고 싶었다. 당신은 혼자가 아니라고 말해주고 싶은데, 그녀의 닫힌 마음이 그 사실을 강하게 외면하고 있으니 답답할 따름이었다.

곤혹스럽게 입술을 깨물고 설거지를 하는 척 싱크대 쪽으로 돌아서 있던 유현이 애써 마음을 감추고서 말했다.

“그동안 고마웠어요. 연성 씨 덕분에 많은 용기도 얻었고, 힘도 되었어요. 잊지 않을게요.”

뚜벅뚜벅 걸어온 연성이 유현을 뒤에서 와락 끌어안았다. 그가 끌어안는 순간 유현은 하마터면 낮에 옥상에서처럼 눈물을 왈칵 쏟을 뻔했다. 입술을 깨문 채 가까스로 눈물을 참는데, 다부진 목소리로 연성이 말했다.

“그럼 먼저 내려가 있어요, 뒤따라갈게요.”

“연성 씨.”

“그렇게 해요, 우리. 어머니 함께 보내 드리자고요. 유현 씨 혼자 두지 않겠다고 약속했잖아. 벌써 잊었어요?"

"안 돼요! 그럴 수 없어."

자기도 모르게 강경한 외침이 터져 나왔다. 흠칫 놀라는 연성이 느껴졌지만 멈출 수 없었다. 더는 물러설 수 없었다. 지금의 고통에 더한 고통이 겹치는 게 싫고 무서웠다.

"어머니와 단둘이 지내고 싶어요. 그래서 그래요."

"정말 그뿐이에요?"

"……네."

내쫓기듯 유현의 집에서 나와 십여 분을 더 가야 있는 주택가의 한 집 앞에 차를 세우고 내렸다. 높다란 담장을 지나 움푹 들어간 철문 앞에 서서 초인종을 누르자 딱딱한 금속음을 내며 문이 열렸다. 집에 비해 좀 작다 싶은 정원은 들어서자 답답하게 느껴진다. 볼품없지만 마당 너르고 들녘이 온통 제 집 앞 정원처럼 시원스럽던 유현의 어머니 댁이 떠올라 연성의 입가로 미소가 감돌았다.

집 안으로 들어서자 연성 모가 현관에 서 있다가 그를 맞았다.

"다녀왔습니다."

"그래, 이제 오니?"

어머니의 얼굴이 다른 때와 다르게 어정쩡해 보여서 현관으로 올라서다가 연성이 뜨악한 표정을 지었다.

"왜 그러세요?"

"응? 뭐, 뭐가?"

말까지 더듬으며 놀라는 시늉이 더 의심스럽다. 종종 엉뚱한 사고를 치는 어머니가 오늘은 또 무슨 큰일을 벌이고 저리 쩔쩔 매는가 싶어 장난스럽게 놀렸다.

"이번엔 또 무슨 징계감이에요?"

연성 모는 아들을 곱게 흘기면서도 망설이는 표정이 다분하다. 낮에 유현이란 아가씨를 만났다고 한다면 아들뿐 아니라 남편에게도 온갖 원망과 핀잔을 들을 게 분명하였다. 연성의 말이 '별의 혼(魂)'을 쓴 시나리오 작가라기에 얼마나 놀라고 흥분하였던지. 연성의 강력 추천에 결혼하고 처음으로 남편과 함께 보러 갔던 영화였고, 후에 소설책으로도 발간이 되었기에 일부러 사보고 연성에게 빌려 DVD로도 여러 차례 보았었다.

아버지는 계시지 않고 홀로 낳아 키운 모친이 백혈병으로 입원해 있어서 결혼을 서둘렀으면 한다는 연성의 말만 듣고 집으로 인사 오기 전에 한번 만나봐야겠다는 생각을 한 것이 잘못이라면 잘못이었다. 미혼모 딸인 것도 그렇지만 모친이 백혈병이라는 것에 남편이 탐탁지 않아하는 기색이어서 미리 보고 마음에 들면 집으로 인사 오는 날 톡톡히 편을 들어줄 참이었다. 연성이 스무 살 때 만났던 여자 친구도 백혈병으로 젊은 생을 아깝게 접더니만 어찌 만나는 사람마다 그 병과 연관이 있는지 그것도 팔자다 싶고.

그런데 마치 결심이라도 하고 나온 것인 양 정유현이란 아가씨는 물어보지도 않은 말을 혼자서 줄줄이 하더니만 겁에 질린 사람처럼 냅다 도망을 가버리는 것이다. 기분이 나쁘고 자시고 할 정신도 없었다. 그보다는 대역 죄인이라도 된 듯 하얗게 질린 얼굴이 종일 눈앞에서 떠나지 않았다. 살면서 얼마나 사람들에게 상처를 받았으면 지레 겁을 먹고 저럴까 싶어 똑같이 자식 키우는 입장에서 마음 한구석이 저릿했었다.

좋은 뜻으로 한 짓이 되레 엉망이 되어버려서 아들 볼 면목이 없다. 여하튼 빨리 실토를 해야겠는데 아무것도 모르는 아들 얼굴을 보자 선뜻 말이 나오지 않았다.

"애, 연성아."

"예."

"오늘은 그 아가씨 안 만났니?"

"오는 길에 집에 들렀었어요. 오늘 어머니 퇴원하시는 날인데 회사 일 때문에 못 도와줬거든요. 그것 때문에 좀 서운했는지, 아니면 너무 힘들어서 그런지 축 처져 있더라고요. 어머니 모시고 시골집으로 내려가겠다는데 실은 어떻게 해야 좋을지 저도 잘 모르겠어요."

"그래?"

"아하, 알았다!"

"응? 뭘 알아?"

연성 모가 놀라서 물으니 연성이 웃음이 만개한 얼굴로 말했다.

"유현 씨 궁금해서 그러죠? 하루빨리 보고 싶어서. 내일 얘기해 볼게요. 정 시골로 내려가겠다고 하면 그전에 인사라도 하고 가라고요."

"그, 그게 말이다."

연성 모가 양심이 찔려 말을 꺼내려는데 초인종이 울리면서 모니터에 남편의 얼굴이 나타났다.

'이크!'

남편이 있는 자리에서 얘기했다가는 연성의 말대로 중징계가 내려질 게 뻔하여 연성 모는 하려던 말을 접고 부리나케 문부터 열어주었다. 어느 정도 마음이 진정된 후에나 이야기를 꺼내야겠다. 아가씨가 뭔가 단단히 오해를 한 모양이라고. 마음에 들고 안 들고는 그 다음 문제였다.

"어머니, 괜찮으세요?"

"일없구먼."

차 뒷좌석에 커다랗고 푹신한 쿠션을 놓고 그 위에 길게 드러눕다시피 한 어머니는 여느 때처럼 투박하게 대꾸했다. 연성의 전화를 받기 싫어 한동안 휴대전화도 꺼놓은 채 살았다. 항시 저녁 일곱 시만 되면 출근하듯 집에 들르는 연성이었지만 올 때마다 유현의 태도 또한 달라질 건 없었다. 그리고 오늘 마침내

서울을 뜬 것이다. 물론 연성에게는 전화 한 통 없이.

어머니가 불편할까 봐 내내 걱정하면서 시골집에 도착했을 때는 다 늦은 오후였다. 안방에 누워 있는 어머니는 몹시 피로한 기색이었고, 안색이 백지장처럼 창백해서 너무 무리했나 싶은 생각에 유현은 가슴이 철렁 내려앉았다. 병원에서 약을 충분히 챙겨오긴 했지만 그것이 수는 아닐 터였다.

"아프세요? 어디요?"

끙끙 신음을 삼키는 어머니의 이마에 진땀이 흥건했다. 괜한 자존심 싸움에 어머니만 힘들게 한 모양이라며 유현은 그제야 후회가 막심했다.

"죄송해요. 며칠 더 있다가 올 걸 그랬나 봐요."

"내 집 오니 편햐. 걱정 말어."

"시장하진 않으세요?"

"됐구먼."

"예. 그럼 좀 쉬세요."

"그랴."

기운이라곤 하나도 없이 눈을 감는 어머니를 물끄러미 내려다보다가 밖으로 나왔다. 대야에 미지근한 물을 떠다가 깨끗한 수건을 담가 방으로 들여갔다. 수건을 직셔 어머니의 주름지고 진땀 흥건한 이마를 닦아냈다. 닦아내고 또 닦아내도 다시금 솟아나는 땀방울들. 유현의 눈가에도 어느새 어머니의 땀방울처럼 작은 눈물방울이 맺혀 있다가 또르르 굴러 떨어져 내렸다.

이젠 정말로 어머니와 단둘이 되었구나. 또다시 세상과 동떨어져 살게 되겠구나. 어머니마저 가시고 나면 의지가지없이 외돌토리로 살겠구나.

눈물만큼 젖은 한숨이 신음처럼 잇새를 비집고 새어나왔다.

“**뭐**라고요? 어머니 지금 뭐라고 하셨어요?”

아들의 호통에 연성 모는 찔끔한 표정을 지었다. 며칠 내내 전화를 해보아도 그 정유현이란 아가씨의 전화기는 꺼져 있고, 시간이 지날수록 말을 꺼내기가 무색해져서 하는 수 없이 오늘에야 실토를 했던 참이다. 연락도 없이 시골로 내려가 버렸다는 말에 겁이 덜컥 났다.

“그래, 얘. 내가 따로 좀 보자고 했어.”

연성은 그날 왜 유현이 그리도 차갑게 굴었는지 알 것 같아 하늘이 무너지는 듯했다. 갑자기 시골로 내려가겠다고 한 이유가 어머니 때문일 줄이야 어디 꿈에나 생각했으랴.

“왜 그러셨어요?”

원망이 가득한 얼굴로 묻자 연성 모는 자기도 할 말이 많은 양 떠들었다.

“이게 다 네 아버지 때문이야!”

“아버지 때문이라뇨? 그건 또 무슨 말씀이세요? 아버지가 유현 씨에 대해 뭐라고 하셨는데요?”

“꼭 뭐라고 했다기보다…… 미혼모 딸에다가 어머니가 백혈병이라는데 선뜻 내켜하는 부모가 어디 있겠니? 또 이런 말 꺼내서 안됐다만 예전에 너랑 사귀었던 그 아이도 백혈병으로 죽었잖니.”

새삼 그때 일을 꺼내어 상당히 미안하다는 투로 어머니가 말했기에 연성은 분은 올랐지만 일단 어머니 말을 끝까지 들어보기로 했다.

“그래서요? 그 일 때문에 아버지가 유현 씨를 반대했다는 거예요?”

“반대가 아니라 내켜하지 않으셨다는 거야, 내 말은. 그리고 솔직히 나도 그래. 아무리 네가 좋아하는 ‘별의 혼(魂)’인지 뭔지 그 영화 작가만 아니었대도 그렇게 나서서 만나려고 하진 않았을 거야.”

“왜 시키지도 않은 일을 하세요? 절 그렇게 못 믿으세요? 아무렴 막돼먹은 여자와 결혼하겠다고 할까요?”

좀처럼 화를 내지 않는 아들이 강력하게 따지고 들자 연성 모는 한편 섭섭하면서도 한 짓이 있어 맞대고 나무라지 못했다. 아들에게 두고두고 원망 들을 짓을 한 건 사실이니까.

"그래, 잘못했어! 그래도 난 너 도와주려고 그랬던 거지, 그 아가씨 따로 불러다 나쁜 말 하려고 했던 건 아니다? 기껏 집으로 인사 왔는데 네 아버지가 반대라도 하고 나서봐, 얼마나 상심이 크겠느냐고. 그리고 나 아니면 네 아버지 설득시킬 사람 있는 줄 아니? 나도 다 생각이 있으니까……."

"몰라요! 어머니가 책임지세요!"

"어머머, 뭘 책임져? 그 아가씨랑 연락이 돼야 사정 이야기를 할 것 아냐? 무슨 애가 그러니? 성질머리 한번 고약하네. 나도 슬슬 기분 나빠지려고 해, 애."

"어휴, 내가 미친다니까! 내가 어머니 때문에 미쳐요!"

연성이 분이 있는 대로 올라서 몸을 획 돌려 가버리자 연성모가 부리나케 쫓아가며 소리쳤다.

"그래, 이놈의 자식아! 사랑하는 여자 생기니 어미는 눈에도 안 들어온다 이거지? 네 아버지한테 다 고해바칠 거야."

이층으로 올라가다 말고 연성이 계단 중간쯤에 멈춰 서서 어머니를 향해 소리쳤다.

"맘대로 하세요! 아버지한테 누가 더 야단맞나!"

"저놈의 자식이 근데……! 어머나, 연성아. 어쩌니? 네 아버지 아시면 나 쫓겨날 텐데. 애, 연성아!"

방으로 들어오자마자 장롱문을 열고 커다란 가방을 꺼내어 짐을 싸는 연성을 보고 연성 모는 기함했다. 아들이 집을 나가려 한다고 생각했기 때문이다. 스무 살 시절 첫사랑 앓을 때 빼고는 부모 눈 밖에 날 짓 한 번 하지 않던 아들이 서른 살이나 되어서 가출을 한다는 건 보통 심각한 일이 아니었다.

"어머, 애! 너 왜 이러니? 그만한 일로 가출이라도 할 셈이야?"

연성이 화가 풀리지 않아 연신 씨근덕거리며 대답했다.

"시골에 가봐야지 아무래도 걱정스러워서 안 되겠어요. 가서 유현 씨 오해부터 풀어주고, 유현 씨 어머니도 어떠신가 보고 올게요."

"회사는 어쩌고?"

"그만둘까 봐요."

"뭐? 애가 정신 나갔나 봐. 아무리 그래도 그렇지 회사까지 그만두고 여자를 쫓아다녀?"

"저한텐 회사보다 천배만배 중요한 일이에요. 어머니도 그러셨다면서요? 반대하는 결혼 하겠다고 해서 외할아버지한테 머리카락 다 잘리고 방에 갇혔던 걸 창문으로 뛰어내려서 도망쳐 나왔다고. 아버지는 또 어떻고요? 사흘 밤낮 외할아버지 댁 마당에서 무릎 꿇고 빌어서 간신히 허락받았다고 하지 않았던가요? 전 사랑이란 거 다른 누구도 아닌 아버지 어머니 보면서 배웠어요."

없는 말도 아니고 그렇게 조목조목 따지고 드는데야 더 반박

할 말이 없었다. 그래서 더, 아들이 사랑하는 여자를 이해해 보려고 애썼는지도 모르겠다. 그토록 고통스러운 사랑은 첫사랑한 번으로 족하다.

"꼭, 닮아도 그런 것만 닮니? 나쁜 자식!"

미운 타박에 연성이 그제야 픽 웃었다.

이젠 남편보다 더 커버린 아들 녀석이 사랑스럽게 안아주자 연성 모는 그것마저도 싫지 않았다. 며느릿감이 마음에 들든 안들든 어차피 아들 몫이라 생각하고 애초부터 반대할 생각은 없었으니 다 늦게 사랑을 앓는 아들을 격려해 주는 것 외에는 어미로서 더 할 일은 없을 터였다. 모쪼록 유현이라는 아가씨가마음을 풀어야 할 텐데.

짐을 꾸려 아래층으로 내려온 아들에게 보자기로 곱게 싼 물건을 내밀었다.

"이거 가져가."

"이게 뭐예요?"

"집에 오면 주려고 했던 건데 암에 좋은 거래. 갖다 드려. 그안에 설명서 있을 거야."

연성이 씩 웃고는 언제 우울했냐 싶게 흥감을 떨었다.

"역시 우리 엄마 최고!"

"아유, 나도 모르겠다. 아버지한테는 내가 잘 얘기할 테니까사표 덜렁 써내는 짓만 하지 마. 회사까지 그만두겠다고 하면나도 아버지 감당 못해, 애."

“알았어요. 회사 일은 제가 알아서 할게요.”

“정말 결혼해야겠다는 생각 드는 아가씨라면 그쪽 어머니 살아계실 때 빨리 서두르는 게 낫고.”

“예. 이번엔 가서 확실히 얘기할게요. 대신 어머니가 아버지 맡아주셔야 해요. 참, 어머닌 어떠셨어요, 유현 씨 본 소감이?”

“그날 하도 정신이 없어서 잘은 모르겠다만 첫인상이 나쁘진 않았어. 고집은 좀 있어 보이더구나.”

“후후. 다녀올게요.”

“그래, 운전 조심해.”

그 사람 아마도

무엇 하나 잘해내지 못하는 사람일 겁니다.

그리고 그 사람 누구 하나 마음 기댈 곳 없는 사람일 겁니다.

그래서 그 사람

언제나 어느 순간에서나

이가 시린 외로움에 떨고 있는 사람일 겁니다.

그런 사람

내게 보내주십시오.

너무나 필요한 사람입니다.

하나는 해줄 줄 아는 사람

아무것도 못하지만

나를 위해 울어는 줄 수 있는 사람

그런 사람과 사랑하며 살다 죽고 싶습니다.

나와 같은 사람, 꼭 같은 사람

그런 사람 만나

사랑만 하며 살다 죽고 싶습니다.

—원태연의 에세이
'사랑해요, 당신이 나를 생각하지 않는 시간에도' 中 '기도'.

　다 늦은 밤, 모항의 카페 '릴케'를 찾아 무작정 떠났을 때처럼 운전을 하면서 연성은 그때보다 한층 더 큰 희망을 품었다. 그때는 막연한 그리움이었지만 이제는 안다, 자신이 그녀를 얼마나 사랑하는지. 그래서 그녀가 곁에 없으면 아무것도 할 수 없는 사람이 되었다는 걸. 그녀가 외로우면 똑같이 외로운 가슴, 그녀가 아프면 똑같이 아픈 심장을 가졌음을. 어느 누가 사랑을 반대할 수 있으리오. 어느 누가 감히 사랑을 정죄할 수 있으리오. 사랑은 세상 모든 것을 초월하는 힘을 가졌는데.
　지난번에 왔던 기억을 더듬어 유현 어머니 댁에 도착하니 나지막한 지붕 아래로 난 들창에서 엷은 불빛이 새어나오고 있었다. 담 아래 차를 세우고 안을 기웃대다 유현에게 메시지를 보냈다. 잠이 들었는지 메시지를 보내고 한참이 지나도 답장은 없나. 잠그지 않은 대문이지만 한밤중에 무단침입자처럼 들어가기가 뭣해서 유현에게 도움을 요청했던 것인데, 잠을 깨우기도 미안하여 다시 차로 돌아갔다. 이전 카페 '릴케'에서처럼 날이 밝을 때까지 차에서 새우잠을 자야 할 성싶었다.

차에 올라 의자를 뒤로 한껏 젖혀놓고 편히 드러누웠다. 휴대전화를 다시 들여다보았지만 감감무소식. 혹시 몰라 낮은 담 너머로 유현이 나오는 기척이라도 있을까 살폈지만 그 또한 바람일 따름.

이렇게 달려온 걸 알면 그녀는 뭐라고 할까? 밉다고 한 대 때리려나? 피식 웃고는 눈을 감았다. 마른 풀벌레 소리가 찌릉찌릉 잠을 쫓았다.

그렇게 두어 시간쯤 흐른 듯한데 어둠 속에서 설핏 사람 그림자가 보인다 싶더니 거짓말처럼 유현의 모습이 나타났다. 이제야 메시지를 본 모양이다. 허정거리며 걸어오는 모습이 넘어질 듯 몹시 급하게 느껴져서 연성은 뒤로 젖혔던 의자를 훌쩍 일으키고 차에서 내렸다.

겨우 하루 만인데 몇 해 만에 만나는 사람처럼 그녀가 반갑다. 약간 해쓱한 유현의 얼굴이 이만큼 가까워졌을 때 화난 듯한 눈빛에 심장이 싸하니 아렸다. 하나도 반가운 얼굴이 아니다. 그녀로서는 다시는 보고 싶지 않은 부담스러운 얼굴일 테니, 그렇기에 연성은 더 미안한 마음이었다. 유현이 어머니 때문에 상처받았을 것을 생각하면 어떻게 사죄를 해야 할지.

"유현 씨."

"무슨 일이에요?"

마치 이웃집에서 찾아온 것처럼 피로가 가득한 얼굴로 짜증스럽게 묻는데 낯설어서 오히려 마음이 아프다. 그녀가 일부러 마음을 식히고 있다는 걸 알기에 다시는 그 마음을 뜨겁게 데워 줄 수 없을 것 같아서 더럭 겁이 났다.

"들어가서 얘기하면 안 될까요?"

유현은 냉정하게 고개를 저었다.

"돌아가요. 이젠 연성 씨 도움 필요치 않으니까."

"유현 씨가 왜 그러는지 알아요. 어머니한테 얘기 들었어요."

"그래요? 그럼 더 얘기 안 해도 알겠네요. 그것 때문에 온 거라면 괜한 헛걸음 했군요. 내가 상처받았을 거라 생각했어요? 그런 거 아닌데."

부스스한 머리를 쓸어 올리며 하품을 하는데, 정말로 피곤한 얼굴이다. 곤한 잠을 깨운 것 같아 연성은 더욱 안쓰럽고 미안해졌다.

"나, 집 나왔어요."

"뭐라고요?"

하품을 뚝 그친 유현이 기함하여 물었다.

서른 살 먹은 남자가 가출을 했다는 말을 곧이곧대로 믿지 않을 테지만 어찌 됐든 거짓이랄 수는 없었다. 뜻이 이루어질 때까진 집에 돌아가지 않을 생각이니까.

"나도 여기서 살려고 왔어요, 유현 씨랑 어머니랑."

"농담할 기분 아니에요."

“우리 어머니 대신 내가 사과할게요. 유현 씨가 생각하는 것처럼 우리 어머니 나쁜 뜻으로 그런 거 아니었어요.”

“상관없어요.”

유현이 더는 듣기 싫다는 뜻으로 돌아서 버렸기 때문에 연성은 다급해져서 큰 걸음으로 다가가 그녀의 팔을 붙잡았다.

“왜 상관이 없어요? 유현 씨가 상처를 받았는데.”

연성의 팔을 뿌리치며 유현은 표독스레 대꾸했다.

“내가 상처받지 않았다는데 왜 자꾸 억지를 부려요?”

이전보다 더 단단한 껍질로 자신을 가둬 버린 유현을 바라보며 연성은 안타까워 외쳤다.

“지금 억지 부리는 건 유현 씨예요! 왜 솔직하지 못한 거죠? 그 정도 상처쯤 뭐가 대수라고! 그보다 더한 상처받고도 얼마든지 잘사는 사람 많아. 겁쟁이! 바보!”

“함부로 말하지 말아요! 연성 씨가 상처 안고 사는 사람들에 대해 얼마나 알아서요? 첫사랑이 병으로 죽은 것 따위 우리 같은 사람에겐 작은 감상에 지나지 않아요. 그런 사람들은 적어도 동정은 받을 수 있을 테니까.”

“그래서 유현 씨는 사람들한테 동정이나 받으면서 살 생각이었어요?”

“멸시보단 나아! 마치 뿌리 없는 풀처럼 위태하고 초라한 삶을 당신 같은 사람이 어떻게 알겠어?”

유현은 독설을 내뿜고는 입술을 깨물었다. 싸구려 동정이라도 멸시와 천대보다는 따뜻하리라고 부러워했던 삶. 하지만 이제 그나마도 소용없어졌다. 모든 것이 무기력해졌으니. 무중력에 떠 있는 것처럼 아무런 힘이 없다. 누군가에게 분노하고 자신의 불행한 삶에 슬퍼할 힘이.

한 걸음 가까이 다가온 연성이 유현을 덥싹 끌어안았다.

"놔요! 날 그냥 내버려 둬줘요. 제발 부탁이에요."

유현의 거센 반항에 품에서 놓치고 연성은 설 땅을 잃은 것처럼 망연자실해졌다. 곧장 대문 안으로 사라진 그녀를 붙잡을 순간도 놓쳤다. 그렇다 해서 대문을 밀고 안으로 따라 들어갈 생각은 더더욱 하지 못했다. 유현이 정말로 자신을 미워하고 있으며 귀찮은 존재로 여기고 있다는 사실을 가슴으로 깊이 깨달은 탓이다.

그 자리에 못 박힌 듯 서 있다가 차로 돌아가 아까처럼 의자를 뒤로 젖히고 누웠다. 차 천장을 바라보는데 문득 눈시울이 뜨거워지더니 눈물이 눈가에 번졌다.

사랑이 아프다. 유현이 가슴에 박혀 몸살이 날 듯 온몸이 새근하게 아파왔다.

✳

"저 남자 누구랴? 이틀 내내 저러고 있는디 괜찮은 거여?"

담벼락 하나를 두고 사는 이웃집 아주머니가 어머니 드리라고 호박죽을 쒀와서는 넌지시 참견을 했다. 그때까지 연성이 온 줄은 꿈에도 모르고 있던 어머니가 그 소리에 호박죽을 먹다 말고 된 목소리를 높였다.

"누가 왔다고?"

유현은 난감하지만 모른 척 대답했다.

"신경 안 쓰셔도 돼요."

"차 번호를 본께 서울 양반이드만유. 이 집에 온 손님인 줄 알았는디 아닌가 벼유, 성님?"

어머니가 유현을 무서운 눈초리로 쳐다보았다.

"뭐 하는 짓이여?"

유현을 따끔하게 나무라는 소리에 이웃집 아주머니가 더 놀라서는 파르대대하니 호들갑을 떨었다.

"아이고, 성님 고정하셔유. 젊은 사람들이 싸우고 하면서 정도 들고 하는 거쥬 뭐. 유현이가 성님 성미를 닮아서는 그저께 싸우는 걸 본께 보통은 넘것드만 그려유."

그저께라면 연성이 온 날 밤을 말하는 것이리라. 유현의 얼굴이 불을 쬔 듯 화끈 달아올랐다.

"밥도 물도 안 묵고 저리 차 안에서만 있으니 탈은 안 날란가 모르것슈. 젊은 양반이 화장실도 안 간디야?"

"당장 들어오라고 햐."

어머니의 호된 명령에 유현은 속으로 찔끔했지만 순순히 말을 들을 수는 없는 노릇이었다. 그녀도 걱정스럽지 않았던 것은 아니다. 하루 정도 그러다 말겠지 했더니 이틀째가 넘어가자 슬슬 염려가 되기 시작했다. 꾀꾀로 방을 들락거리면서 이제나저제나 갈까 하고 몰래몰래 훔쳐보았지만 이웃 아주머니 말대로 연성은 차 밖으로도 나오지 않은 채 꿈쩍도 하지 않았다.

"뭐 헌디야? 당장 데려오라는 말 안 들리는겨?"

"어머니."

"니가 못하겠다면 내가 할 거구면."

아픈 몸을 이끌고 일어나려는 어머니를 그냥 두고 볼 수가 없어 유현은 부랴부랴 자리에서 일어났다.

"알았어요, 내가 가요. 가면 되잖아요."

이웃 아주머니 보기 민망하여 신경질을 내고는 후닥닥 방문을 열고 밖으로 나왔다. 밖에서 들으니 아주머니의 오지랖이 계속 이어지고 있었다.

"성님, 혹시 싸우감(사윗감)이래유?"

어머니는 이렇다 저렇다 말이 없는데 아주머니가 혼자 결론을 지어버렸다.

"워메, 얼핏 본께 인물도 서울 양반답게 겁나 훤하드만유. 성님, 딸 하나 있는 것 시집도 안 가고 그 뭐시냐, 독신인가 뭔가 그거 한다고 까불어싸서 속 엄청 상해하지 않았남유? 이제야 소원풀이 할란가 벼유. 어쩌끄나, 우리 성님 이제 좋은 날만 보면 쓰것는디 이리 아파서 워쩐대유? 근께 딸 결혼하는 거 볼라믄 싸게싸게 털고 일어나유. 호박죽 한 그릇 더 드실래유?"

신발을 신으려고 마루로 내려앉았다가 유현은 엉덩이가 붙은 양 그 자리에 붙박여 있었다. 연성을 눈앞에 데려다 놓지 않으면 어머니는 성미대로 직접 나와볼 게 뻔했다. 아, 이 무슨 난감한 상황이란 말인가.

"여태 앉았는겨?"

방 안에서 어머니 호통 소리가 채근하듯 들려온다. 마지못해 자리에서 일어나며 유현이 뒤퉁그러지게 투덜거렸다.

"가요."

대문 밖으로 한 발을 내딛고 살짝 담장을 기웃거리니 차 안에 연성의 모습이 보이지 않았다. 차에서 내린 듯한데 사방을 둘러보아도 그의 모습은 쉬이 찾을 수 없었다.

'어디 간 거지?'

이틀 동안 꼼짝 않고 차 안에만 있었으니 이때쯤이면 못 견딜 지경이 되고도 남았으리라. 배가 고파서라면 차를 몰고 갔을 테지만 차를 두고 사라진 걸로 보아 화장실에 간 모양이라며 유현은 대문 앞에 쪼그려 앉았다. 바닥에 부러진 나뭇가지가 하나 있기에 끌어다가 흙바닥에 쓱쓱 낙서를 했다.

〈싫다, 싫어. 겁쟁이. 바보. 정유현. 김연성.〉

그러다 재빨리 '김연성'은 사사 삭 지워 버리는데 눈에 익은 스니커즈 운동화가 바로 앞에 와서 선다. 연성이 분명하기에 올려다보기도 무안하여 그대로 있었더니 그가 똑같이 쭈그리고 앉았다.

유현의 손에서 나뭇가지를 빼앗아 든 연성은 그녀가 낙서한 아래에다 뭐라고 끼적거렸다.

〈배고파 쓰러질 것 같아요.〉

"밥만 먹고 가요."

퉁명스레 말해주고는 유현이 손을 털고 일어났다. 연성이 일어나다 휘청했기에 가슴이 덜컥 내려앉았으나 내색하지 않았다. 내색하지 않으려니 더 진땀이 난다. 이러다 쓰러지기라도 하면 어쩌지?

"미안한데 유현 씨, 나 좀 부축해 줄래요?"

그때서야 정면으로 바라보니 안색이 창백하여 엄살은 아닌 듯했다. 이틀씩이나 굶었으니 현기증이 날 만도 하리라.

아무 말 없이 팔을 붙잡아 부축하자 아예 어깨를 두르고는 맘껏 기대온다. 그리고 마당을 가로지르는데 방에서 아주머니가 나오다 접시꽃처럼 입이 함빡 벌어져서는 방정맞게 마루를 뛰어내려 왔다.

"워메, 워쩐다냐? 젊은 양반이 눈 퀭한 것 좀 보소. 밥을 못 먹어 이러는 게벼? 쪼매만 지둘러. 내 얼른 가서 찬기리 좀 만들어 올라니께."

"아니에요, 아주머니. 있는 반찬 해서 먹으면 돼요."

유현이 끼어들자 아주머니가 손을 바지런히 흔들었다.

"아녀. 성님이 시킨 거여. 네가 뭐 할 줄 아는 음식이 있간이? 우선 호박죽부터 먹이고 있어. 갑자기 밥 먹으면 탈나니께."

아주머니가 집으로 돌아가고 유현은 연성을 부축하여 방으로 들어갔다. 베개를 몇 겹 포개어 기대어 있던 어머니가 들어서는 연성을 보더니 모처럼 낯빛이 화사해졌다. 어머니에게 연성은 이러나저러나 마냥 반가운 백년 손님임에야.

"왔으믄 들어올 것이재."

목소리마저 꿀단지처럼 다디달다. 어이가 없으면서도 속으로는 피식 웃음이 나왔다.

"죄송합니다. 유현 씨가 못 들어오게 해서요."

어머니의 따가운 시선이 와 닿아 유현은 시침을 뚝 떼고 앉아 있었다. 어머니를 잘도 구워삶는 연성이 더욱 미울 뿐이다. 호박죽을 퍼서 건네자 한 그릇을 뚝딱 먹고는 물도 한 컵, 다시 호박죽 한 그릇. 게 눈 감추듯 세 그릇을 연거푸 먹고 나서야 연성은 포만감을 느끼는지 퀭하게 들어갔던 눈이 애오라지 제자리를 찾았다.

"후아, 살 것 같다."

"쯧쯧. 다음에는 눈치 볼 것 없이 바로 들어오게."

"예. 그보다 어머니, 당분간 여기서 신세 좀 지겠습니다."

"워쩌?"

“유현 씨가 또 저와 결혼 안 하겠답니다. 허락해 줄 때까지 안 가려고요.”

“그새 맘이 바뀐 거여? 오질없는 것.”

어머니의 센 핀잔에도 유현은 대꾸없이 입을 감쳐물었다. 어머니는 성정이 모진 딸을 못마땅하게 바라보다가 연성에게 다정히 시선을 돌렸다.

“자네 부모님 허락은 받았는가?”

“유현 씨가 먼저 허락을 해줘야 말이죠. 부모님은 어서 집에 데려오라고 하시는데.”

“내일이라도 데리고 가게.”

“어머니!”

이번에는 함구만 하고 있을 때가 아니라 유현이 나섰다.

“나랑 약속하지 않았어? 어미를 속인 거여?”

“그래요. 어머니 치료 받게 하려고 거짓말했어요. 저 결혼 같은 거 안 해요. 그러니 어머니도 그렇게 아세요.”

방을 홱 나가 버리는 유현을 바라보는 어머니의 눈빛에 시름이 가득하다. 융통성이라고는 없이 자존심만 강한 딸이 세상과 어찌 어울려 살아갈까 걱정스럽다. 그런 까닭에 딸을 위하는 연성이 더욱 살가울밖에. 그것은 홀로 남을 딸을 맘 편히 맡겨둘 사람이 절박한 어미의 심정이어서일 게다.

“실은 제 어머니가 유현 씨에게 실수를 했어요.”

난처하게 말을 꺼내는 연성에게 자초지종을 들은 어머니는 혀를 끌끌 찼다.

"실수는 우리 유현이가 했구먼. 자당(慈堂)께 내가 죄송하다 하더라고 전해 드리게."

"아닙니다. 저희 어머니가 먼저 사과하셨어요."

"그나저나 자네 회사는 어쩌고 이리 다녀도 되는가?"

"회사를 그만둘까 해요. 전부터 계획하던 일이 있어서요."

"그랴? 돈 따라 다닐 생각만 안 하면 되는 게지."

"예. 굳이 돈 때문은 아니고 제가 꼭 해보고 싶었던 일이어서요. 장난감 마을을 만들까 해요. 제가 장난감 디자이너거든요."

"장난감 마을? 그건 또 뭐시랴?"

"어른이고 아이고 누구나 즐겁게 놀 수 있는 곳이요. 말하자면 장난감 박물관 겸 놀이터에요."

어머니가 만족스럽게 고개를 끄덕였다.

"그럼 됐구먼."

어디를 갔나 했더니 유현은 식당의 식탁 의자에 두 다리를 모으고 올라 앉아 있었다. 옛날 집을 개량했던 터라 구식 부엌이었던 것을 바닥을 높여 신식 식당으로 만들었는데, 이것도 유현의 성화에 못 이겨 기름보일러로 바꾸면서 대대적인 공사를 했던 것이었다. 하지만 한겨울이면 기름보일러 때기가 아까워 어머니는 작은 방 쪽으로 남겨둔 군불을 지피고 자기 일쑤였다. 언젠가 어머니가 그랬었다. 나중에 나 죽거들랑 땅 팔아서 너 가질 만큼 가지고 나머지는 불우이웃 돕기 하라고. 이왕이면 미혼모 애들 위해서 썼으면 싶다고.

어머니 돈인데 그 돈, 다 불우이웃 돕기 한들 상관없지만 살아생전 당신을 위해서는 돈 한 푼 절절 아끼면서 죽어서 남 좋은 일만 시키나 싶어 모리배 같은 생각을 한 적도 있었다.

인기척을 느끼고 퍼뜩 고개를 돌리니 한결 나아진 얼굴로 연성이 들어왔다. 새치름하니 시선을 거두자 가까이 다가와 앉은 연성이 유현을 등 뒤에서 포근히 끌어안았다. 마음은 그새 누그러져서 전처럼 그를 매몰차게 뿌리치지 못했다. 시간이 지나면서 그의 어머니에게 뭔가 오해를 했다는 말이 곱씹어졌고, 사실을 알고 싶은 유혹도 슬그머니 생겨났다. 그런데 연성이 먼저 궁금해했던 이야기를 꺼냈다.

"지금으로서는 아버지가 좀 문제이긴 하지만, 어머니는 확실히 우리 편이라는 것만 알아둬요."

우리 편? 그 반대가 아니고? 정말 그의 어머니를 오해한 걸까?

"유현 씨 진짜 나쁘다. 사람 말도 제대로 안 들어보고 자기 멋대로 단정 짓는 버릇 고쳐야 해요. 어머니가 얼마나 황당해했는지 알아?"

"왜요?"

"유현 씨가 미혼모 딸이라는 거랑 어머니가 백혈병이라는 것, 내가 다 얘기했어요. 예전에 사귀던 여자 친구가 백혈병으로 죽어서 아버지가 그것 때문에 탐탁지 않아하신 건 사실이에요. 물론 미혼모 딸이라는 것도. 아, 오해는 말아요. 나도 솔직히 말해서 나중에 내 자식이 미혼모 자녀와 결혼하겠다고 한다면 선뜻 찬성할 수 있을지 모르겠으니까. 그러니 당사자 입장과 부모 입장은 다른 거죠. 그거 이해 못해요?"

이럴 땐 차라리 솔직한 게 낫다. 위로한답시고 어쭙잖은 변명 식의 거짓말은 금세 표가 나게 마련이니까.

유현이 듣기에도 더 보태고 뺄 것도 없이 사실 그대로여서 마음은 아프지만 속은 시원했다. 태주에게 원했던 것도 바로 이런 것이려니. 자신의 상황과 정면으로 부딪치는 기백 말이다.

생살을 도려내는 한이 있어도 곪아 썩기 전에 잘라낼 건 잘라내야 한다. 그래야 덧나지 않지. 더 깊은 상처를 받지 않지.

"어머니가 유현 씨 따로 만나자고 한 것도 그 때문이었어요. 집에 데려오라 해놓고는 아무래도 아버지 반응이 걱정돼서 먼저 보고 괜찮으면 아버지가 입도 못 떼시게 적극적으로 밀어줄 생각이었대요."

머리를 한 대 얻어맞은 듯 멍해졌다.

"정말…… 이요?"

"나 거짓말 안 해요. 유현 씨한테 거짓말이 통할 리가 없잖아."

어어, 정말인가 보네. 세상에는 태주 어머니 같은 어머니만 있는 건 아닌 모양이다.

"안 봐도 훤해, 우리 어머니한테 어떻게 하고 갔을지. 지레 겁먹고 자기 할 말만 늘입다 하고는 도망쳤겠지 뭐. 우리 어머니가 남의 자식한테 함부로 할 사람도 아니거니와 돈 봉투나 준비해서 우리 아들에게서 떨어져라 할 만큼 내가 뭐 대단한 집 아들은 더욱 아니라고요. 우리 부모님 지극히 상식적인 분들이세요.”

“누, 누가 뭐래요? 연성 씨 부모님 몰상식하다고 한 적 없어요.”

뾰로통하게 반박하자 거의 조르다시피 연성이 유현의 몸을 끌어안고 세차게 흔들어댔다.

“근데 왜 사람을 이렇게 진 빼게 만들어요?”

“아야! 이러지 말아요. 의자에서 떨어지겠어요.”

“난 오장육보 다 떨어질 뻔했다고요. 사람이 어쩌면 그렇게 매정해요? 이틀 동안이나 그러고 있는데 내다보지도 않고.”

“그러게 그냥 가면 될 것이지 끝까지 버티고 있는 사람은 뭐람.”

“그렇게 가버릴 거면 애당초 오지도 않죠. 이틀 새 5kg은 축났을 거야. 책임져!”

“아야야! 도로 살 찌워줄 테니 걱정하지 마요.”

문득 손길을 멈춘 연성이 느물스럽게 물었나.

“어떻게요? 밥도 잘 못하면서.”

“마음 아프게…… 안 할게요.”

그 말을 하면서는 왠지 모르게 가슴이 두근두근 뛰었다. 어머니한테 마음에도 없는 성질을 부리고는 방에서 나온 즉시 후회 막급이어서 다시는 그렇게 매몰찬 말 내뱉지 않겠노라 결심했 었는데, 이제 어머니뿐 아니라 연성에게까지 해당할 모양이었 다.

"그거…… 결혼 승낙인가요?"

두근대기는 연성도 마찬가지다. 마음 아프게 않겠다는 말에 감격이 이만저만 아니다. 유현에게서 처음 듣는 사랑 고백과 같 았으니.

"음, 부탁 하나 있는데 들어줄래요?"

"뭔데요?"

"이거 연성 씨 부모님께 실례되는 부탁인데 괜찮겠어요?"

뭘까? 마음이 조급해진다.

"말해 봐요, 어서."

"이거 직감 같은 건데요. 어머니 다시는 서울 가실 수 없을 것 같아요. 그래서 말인데, 연성 씨 부모님이 여기로 한번 내려와 주시면 안 될까요? 어머니 살아 계실 때 연성 씨 부모님 뵙게 해 드리고 싶어요. 나도 그 자리에서 연성 씨 부모님께 인사드리고 싶고요."

"유현 씨."

"미안해요, 이랬다저랬다 해서. 근데 이전처럼 거짓말로 그러 자는 거 아니고요. 진심으로 어머니께 효도하고 싶어졌어요. 이 게 마지막으로 효도할 길이라 생각하니까 연성 씨 말대로 결혼에 대해 진지하게 생각하게 되네요. 연성 씨 부모님께 살갑게 잘할 자신은 없지만 미혼모로 살 자신은 더 없거든요.”

“미혼모로 살 자신이 없다니 그게 무슨 말이에요?”

“곰곰이 생각해 봤는데 아무래도 내가 연성 씨를 사랑하는 것 같아요.”

연성의 얼굴 위로 뿌듯한 미소가 내려앉았다. 돌려 사랑 고백한 것만도 황송할 터에 직접적인 사랑 표현까지. 이틀 굶은 것치고는 성과가 대단하다.

“근데요?”

“어머니가 왜 날 낳아 키우셨는지 생각해 보니까 그게 사랑하는 사람의 아이여서일 것 같더군요. 나도 혹 연성 씨의 아이를 갖게 되면 선택의 여지없이 우리 어머니처럼 똑같이 하지 싶어요.”

“그거 내 아이 갖고 싶다는 뜻이에요?”

유현은 여관방에서의 일이 생각나 얼굴이 후끈 달아올랐다. 한 번만 더 그런 일이 생기면 그땐 그를 물리치지 못하리라 여겼던 밤. 그 마음은 여태 변함이 없었다.

“갖고 싶다기보다 나도 모르게 그렇게 될까 봐 겁이 나요. 결혼 전에 아이부터 덜컥 가져서 우리 어머니처럼 남자에게 버림받을까 봐.”

연성이 유현을 더욱 꼭 껴안았다. 그게 불안했던 거구나. 남자한테 버림받는 것. 어머니의 전철을 밟게 될까 봐 그게 두려웠던 거였어.

"그럴 리 없잖아. 내가 유현 씨를 버리다니 왜 그런 생각을 했어요? 난 오히려 유현 씨가 날 버릴까 봐 걱정했는데."

"연성 씨 아버님이 내가 싫다고 하면 어쩌죠? 여기까지 와주시기는 할까? 너무 무례한 부탁을 드리는 것 같아요."

유현은 어머니 외에 갑자기 걱정이 많아졌다.

"하하. 그럼 우리 둘이 여기서 살죠 뭐."

"어떻게 그래요?"

"난 여기 너무 좋은데. 나무도 많고 꽃이랑 풀도 많고. 자연 냄새 나잖아요."

"난 이런 곳은 외로워서 싫어요. 사람 많은 도시가 좋아."

"어쨌든 유현 씨는 그럼 결혼 허락한 거죠?"

"결혼도 여기서 하게 될지 몰라요. 그래도 괜찮아요?"

"난 여기가 좋다니까. 유현 씨가 섭섭하겠네."

"어머니만 좋다면 난 아무래도 상관없어요."

그날 식당에서 연성과 유현은 짧은 이별과 해후에, 그리고 결혼을 약속한 연인답게 깊고 짙은 키스를 오래도록 나누고 또 나누었다. 다시는, 다시는 장난으로라도 헤어지잔 말, 하기 없기. 새끼손가락 꼭꼭 걸고서.

며칠 후 연성의 부모님이 시골로 내려왔다. 어머니는 귀한 손님들을 누추한 곳으로 불러 어쩌느냐며 전날부터 걱정이 태산이었다. 졸지에 상견례가 되어버린 자리는 어색함 가운데 이루어졌다. 근엄한 표정의 연성 아버지는 잔뜩 긴장한 채 앉아 있는 모녀를 보고 별말이 없었다. 지나치게 딱딱한 분위기여서 연성 모가 오히려 몸 둘 바를 몰라 하며 명랑한 성격답게 분위기를 주도해 나갔다.

"지난번에는 내가 실례가 많았지? 아유, 그때 생각만 하면 내가 낯을 못 들겠네. 유현이가 이해해, 응? 참, 이름을 이렇게 막 불러도 되나?"

"사죄는 제가 먼저 했어야 하는데 죄송합니다. 그날 무례하게 군 거 용서하세요."

유현이야말로 그날 일을 생각하면 고개도 못 들 지경인데 연성 모는 쾌활하게 웃어넘긴다.

"아니야, 이해해. 그럼 이해하고말고. 내가 그만 오지랖이 넓어서는. 호호."

연성 모와 유현 간의 알쏭달쏭한 대화를 잠잠히 듣고 있던 연성 아버지는 뭔가 짚이는 게 있는지 미간을 좁혔고, 남편의 눈치를 보다가 연성 모가 냉큼 화제를 돌렸다.

"아유, 오랜만에 시골에 와보니 숨통이 탁 트이는 게 좋네. 여기서 사신 지는 오래되셨나 봐요?"

여간 어려운 자리가 아니라 이마에 진땀을 흘리며 앉아 있다가 유현 모가 대답했다.

"예. 저 때문에 이렇게 먼 걸음을 하시게 해서 면목이 없구먼유.”

“저희가 오면 어떻습니까? 오히려 좋은 구경시켜 주시니 감사하지요. 이이가 생전 가도 함께 나들이 다닐 줄을 몰라요. 덕분에 여행도 하고 좋습니다. 호호.”

“제 딸아이 어여삐 봐주세유. 못난 에미 만나 마음고생만 많았구먼유.”

죄인처럼 고개를 숙인 어머니가 안쓰러워서 유현의 눈에 한가득 눈물이 고였다. 그 정도까지 안 해도 되련만, 다른 데는 당당하면서 딸 일이라면 언제나 죄인처럼 구는 어머니가 유현은 속상하기보다 마음이 아팠다.

“부탁드리겠구먼유. 부족한 에미 대신 넉넉한 부모님이 되어주신다면 더 여한이 없것네유.”

“어머니.”

“모자람 많은 아이라, 연성이 저 사람처럼 다 채워줄 반려자가 필요했어유. 근디 마음이 놓이는구먼유.”

좀처럼 두 마디 이상 하지 않던 어머니는 신들린 듯 말을 이어나갔다.

“훌륭한 사윗감보다 실은 딸아이 맡아줄 양부모를 찾아주고 싶었어유. 그래야 맘 놓고 눈을 감을 수 있을 것 같아유. 용서하세유. 그리고 이해해 주세유. 부디 반대만 말아주셨으면 좋것구먼유. 제 마지막 소원이어유.”

아무도 어머니 말을 막지 못했다. 평소 같으면 진작 그만 하라고 말렸을 유현조차도. 어머니는 연성의 부모에게 진정으로 마음을 토로하고 있었다. 마지막 기회라는 걸 알기에 더욱 전심을 다했을 터였다. 끝내 유현을 며느리로 받아들일 수 없다면 상심은 크겠으나 어머니로서는 최선을 다한 셈이었다.

유현은 그런 어머니가 자랑스러웠다.

한동안 침묵을 지키던 연성 아버지가 드디어 오랜 침묵을 깨며 무거운 입을 떼었다.

"뜻은 잘 알았습니다. 마음이 급하시다는 건 충분히 이해가 갑니다만 중대사이니만큼 저희도 깊이 생각을 해봐야 할 것 같군요. 조만간 연락을 드리겠습니다. 그리 오래 걸리진 않을 겁니다. 몸조리 잘하시고, 모쪼록 다음에 만날 때엔 쾌차한 모습으로 뵈었으면 좋겠습니다. 그럼 저희는 이만."

"저녁이라도 드시고……."

연성 아버지가 일어나려다 말고 유현을 한 번 더 찬찬히 바라보다가 말을 건넸다.

"어머니 병간호하느라 고생이 많겠군."

"아닙니다. 당연히 해야 할 일인걸요."

"시나리오 작가라지?"

"예."

"나도 그 영화 봤어요."

분위기가 급전환되기에 그때까지 눈치를 보고 있던 연성 모가 냉큼 끼어들었다.

"그때 결혼하고는 처음으로 이 양반이랑 팔짱 끼고 그 영화 보러 갔었다니까. 그것도 연성이가 추천해 주고 표까지 사다 줘서는 결혼기념일 땐가 봤었지 아마. 나는 막 우는데 이 양반은 주책없게 운다고 옆에서 얼마나 핀잔을 주던지. 그런데 나중에 나올 때 보니까 이 양반 눈도 빨갛지 뭐야. 자기도 울었으면서 나보고만 그 야단을 한 거 있지. 호호호."

"흠흠! 이 사람이 지금 무슨 소리를 하는 거야? 어서 일어나. 날샐 거야?"

"아유, 알았어요. 여보, 그러지 말고 온 김에 하루 쉬었다 가면 안 될까? 오다 보니까 이 근방에 경치 좋은 곳 많던데 내일 드라이브라도 하고 갑시다."

"지금 놀러온 거 아니야. 환우 중인 사람 앞에서. 쯧쯧."

"어머, 내 정신 좀 봐. 아유, 죄송해요. 제가 이래요. 애, 연성아. 여기 혹시 우리 묵을 방 있니?"

"아, 예. 건넌방 쓰시면 돼요. 괜찮죠, 어머니?"

"암만."

어떻게든 아버지를 구슬려 보려고 연성 모가 연성에게 눈을 찡긋하고는 모른 척 떠들었다.

"꼭 당신 살던 시골집 같지 않아요, 여보? 어머니가 나한테 얼마나 잘해주셨는데. 내가 당신하고 결혼한 거 순전히 어머니 덕분이었어요. 어머니 뵐 때마다 나도 나중에 당신 어머니처럼 훌륭한 시어머니가 돼야지 했었다고요. 근데 이제 유현이 어머님 말씀 들으니까 훌륭한 시어머니가 아니라 진짜 친엄마가 돼야겠구나, 그런 생각이 드는 거 있죠."

연성 모의 계속되는 회유에 연성 아버지의 마음이 조금은 움직인다, 여기던 차에 밖에서 이웃 아주머니가 부르는 소리가 났다.

"식사 준비 다 됐는디 들여가유, 성님?"

귀한 손님 온다고 이웃 아주머니 몇 분이 와서 음식을 하느라 아침부터 부산을 떨더니 그새 상을 다 차린 모양이었다. 그러니 연성 아버지도 더는 사양할 수 없게 되어버렸다.

방 안으로 상이 들어오는데 잔칫상이 따로 없었다. 상다리가 부러지도록 차려진 것을 보고 연성 모의 입이 함지박만하게 벌어졌다.

"어머나, 뭘 이렇게 많이 차리셨대요? 세상에! 아유, 이러시면 저희가 너무 송구합니다."

"제 손으로 대접을 하지 못해 더 송구하구먼유. 입맛에 맞으실지 모르것네유."

"어머, 이거 당신 좋아하는 참죽나물이네요. 저희 시어머니께서 이 참죽나물을 정말 잘하셨거든요. 전 아무리 흉내 내려고 해도 그 맛이 안 나더라고요. 실은 이 양반 고향도 충청도예요. 음, 맛있어요. 시어머님이 해주신 거랑 어쩜 이렇게 맛이 똑같지? 당신도 먹어봐요, 여보."

연성 모의 호들갑에 연성 아버지는 마지못해 참죽나물을 한

젓가락 집어 먹었다. 그러더니 안색이 확실히 달라졌다. 아내가 괜한 호들갑을 떤 것이 아니라 여긴 탓이었다.

"나중에 가실 때 싸드릴게요."

유현의 인심에 연성 모보다 연성 아버지가 더 흡족한 빛을 띤다. 덕분에 연성 아버지의 눈치만 보고 있던 다른 이들은 한 고개 넘었다는 듯 똑같이 속으로 안도의 숨을 내쉬었다.

물을 가지러 식당으로 나오니 이웃 아주머니들은 상만 내주고는 집으로들 가셨는지 보이지 않았다. 유현은 얼마나 긴장을 했던지 냉장고에서 물병을 꺼내는 손이 수전증 있는 사람처럼 덜덜 떨렸다. 뒤따라 나온 연성이 식탁 앞에서 한숨 돌리는 유현을 보고 걱정스레 말을 걸었다.

"괜찮아요?"

"네? 뭐가요?"

"그렇게 떨려요?"

"아! 네, 떨리네요. 그전에 태주 씨 부모님 상견례 할 때는 아무렇지도 않았는데, 이상하죠?"

"후후. 긴장 풀어요. 우리 아버지 반쯤 넘어오셨어."

그 말이 반가워 유현이 북극성처럼 눈을 반짝이며 물었다.

"어떻게 알아요?"

"싫으면 같이 앉아서 식사하는 분 아니거든. 그러니까 그렇게 떨지 않아도 돼요."

"아버님께서 저 마음에 들어하시는 것 같아요?"

“참죽나물 싸드린다는 말에 점수 많이 딴 것 같아요.”

“말도 안 돼. 설마 그 정도에 마음이 넘어오셨을까?”

연성이 어이없어하는 유현의 볼을 아프지 않게 살짝 꼬집었다.

“우리 아버진 내가 더 잘 알아요. 겉은 그러셔도 마음은 누구 못지않게 따뜻한 분이거든. 유현 씨 어머니처럼.”

“그럴까?”

그래도 못내 미심쩍어하는 유현에게 연성이 확실하게 대답해주었다.

“내 말 믿어요.”

“후회하지 않을 자신 있냐?”

그 밤, 연성 아버지는 뜰에 놓아둔 평상에 아들과 나란히 앉아 까만 하늘에 수놓은 별들을 올려다보며 물었다. 아주 짧고 굵게 첫사랑을 앓던 아들을 고스란히 지켜본 아버지로서 이제 서른 나이가 되어 찾아온 아들의 두 번째 사랑을 매정하게 외면할 수만은 없었다. 죽은 그 아이의 혼이 들어간 듯한 영화 ‘별의 혼(魂)’을 보면서 전율했을 정도였으니까. 놀랍게도 그 영화를 쓴 작가와 사랑에 빠졌다니, 게다가 불우한 태생의 여사이면서 어머니가 백혈병이라는 것에는 얼마나 큰 충격을 받았던가. 때문에 아내나 아들에게 내색은 하지 않았지만 아버지로서의 고충이 대단했다. 반대를 한다면 아들은 견디지 못할 것이다. 매사에 그렇듯 아들은 천성이 웅숭깊어 무조건적인 반대는 수용하지 못할 게 분명했다.

어떻게 하여야 할까. 아내는 워낙 낙천적인 성품이라 연성이 좋다면 어지간해서는 전적으로 찬성일 테고, 남매가 몇 더 있었으나 다들 자유 의지대로 살아왔기에 연성의 결정에 따라줄 것은 자명한 일이었다. 이곳에 오면서 내도록 어떻게 하면 아들의 마음을 돌려볼까 궁리했었지만, 막상 모녀를 만나고 보니 마음이 속절없이 흔들렸다. 보기도 전에 편견으로 사람을 판단했던 것이 부끄러웠다. 그러나 그 무엇보다 암이란 유전 인자가 혹독하게도 딸에게까지 미치면 어쩌나, 하는 우려가 더 컸다. 결혼을 하고도 곰비임비 그 불행이 계속 따라다니면 어쩌나. 그래서 유현뿐 아니라 연성까지 불행해지면.

"아버지는 살아오시면서 후회한 적 많으세요?"

"……딱 한 번 있었다. 네가 스무 살 적에 그 백혈병 걸린 아이 만난다고 했을 때 뜯어말렸던 거 말이다. 어차피 그렇게 갈 아이였는데 마음 아프게 한 것 같아서 나중에 후회 많이 했었어."

그때의 생각 때문인지 연성 아버지의 얼굴이 더욱 어둠침침해졌다. 그때의 일로 아버지가 얼마나 마음고생을 했을지 알 듯하여 연성은 마음이 찡했다.

"그러셨어요? 저도 그때 아버지 원망 많이 했었는데. 아버지."

"응?"

"전 진짜 사랑은 평생에 단 한 번뿐이라고 생각해요. 많은 인연이 있지만 운명은 하나이듯이. 인연이 소중하지 않은 건 아니지만 그 인연의 고리 때문에 운명을 스스로 피해간다면 그보다 어리석은 일은 없을 거예요. 전 유현 씨가 내 하나뿐인 운명이라고 확신해요."

"내가 걱정하는 건 그 아이가 미혼모 딸이어서가 아니다. 그 아이 어머니가 백혈병이어서야. 나중에 가령 그 아이에게 똑같은 일이 생긴다면 그땐 어쩌겠니?"

"후회하지 않을 자신 있느냐고 물으셨죠? 예! 만일 유현 씨가 나중에 유현 씨 어머니처럼 똑같은 병을 앓게 된다 해도 전 후회하지 않을 거예요. 오히려 지금 유현 씨를 포기한다면 더 후회할 것 같아요."

"그거 혹 예전에 보냈던 그 아이 때문에 어떤 보상심리 같은 건 아니냐?"

연성이 후후 웃었다. 그리고 제각각 제 빛대로 반짝거리는 별들을 올려다보았다. 그 아이의 별도 저기 어디쯤 있을 것이다.

연성은 그중에서 유독 반짝이는 별 하나를 바라보며 자신만만히 대답했다.

"인연은 빗겨 가지만 운명은 만나는 것이죠."

연성 아버지는 어렵사리 고개를 주억거렸다. 아직도 마음은 두 갈래였으나 아들의 선택을 강제적으로 좌지우지하는 미련한 아버지가 되고 싶지 않았다. 아들은 어떤 선택을 하든, 방금 이야기한 대로 후회하지 않으리라. 그는 아들을 믿었다.

아들의 어깨에 손을 얹어 꽉 잡아주었다. 더 이상의 충고는 아들에게 필요하지 않을 것이다.

"언니! 어머니, 저희 왔어요!"

지민이 마당으로 들어서며 내지르는 소리에 조용하던 집 안이 단숨에 소란스러워졌다. 지민의 뒤로 짐꾼처럼 양손에 한가득 짐을 든 재훈이 따라왔다.

"왔니?"

결혼식이 내일이라 동네 아주머니들이 와서 음식 장만에 여념이 없는 중에, 식당에서 일을 돕고 있던 유현이 미루로 나오며 두 사람을 맞았다.

"어휴, 더워!"

지민이 마루에 올라앉으며 손부채를 탁탁 부쳤고, 한쪽에 짐을 내려놓는 재훈을 향해 유현은 반갑게 인사했다.

"어서 와요, 재훈 씨. 고생 많았죠?"

재훈이 구두를 벗고 마루에 올라서며 점잖게 대답했다.

"고생은요 뭐. 근데 연성이는 어디 있어요?"

그때 식당에서 연성이 쟁반에 무언가를 담아 나왔다. 가만 보니 얼음 동동 띄운 미숫가루다.

"겁나 덥쟈? 자아, 특별 미숫가루 대령이여!"

"어머머! 연성 씨 그새 충청도 사람 다 됐네요? 호호호."

지민이 연성의 어설픈 충청도 사투리 흉내에 깔깔대며 웃었다.

"어머닌 어디 계셔?"

"지금 방에서 주무셔. 인사는 깨어나시거든 해."

"응. 재훈 씨, 이거 먹어봐요. 우와, 맛있겠다! 미숫가루 집에서 한 거야, 언니?"

"아니. 영주 언니가 갖고 왔어."

얼마 전부터 카페 문을 닫아걸고 올라와 준 영주 덕에 촉박하나마 마음 놓고 결혼 준비를 할 수 있었다. 마침 식당에서 앞치마를 두르고 뒤집개를 든 영주가 바쁜 틈에 고개만 살짝 내민 채 쾌활한 목소리로 인사를 했다.

"하이!"

"안녕하세요, 언니!"

재훈이 마루에 앉았다가 처음 보는 영주에게 반쯤 몸을 일으켜 목례했고, 지민은 지난 휴가철에 유현을 따라 '모항'에 갔다가 미리 안면을 텄던지라 명랑하게 인사말을 건넸다.

지민과 재훈이 마주 앉아 미숫가루를 마시는 걸 가만 보고 있다가 연성이 뒤늦게 커다란 직사각형 상자가 크기별로 몇 개 묶여 있는 짐을 발견하곤 반색했다.

"어! 드레스구나! 유현 씨, 어서 입어봐요. 맞게 잘됐는지 보게."

지민이 미숫가루를 마시다가 체할 것처럼 투덜거렸다.

"드레스 혼자 못 입어요. 미숫가루나 다 먹고 한숨 돌린 후에 곱게 단장해서 보여 드릴 테니까 예비 신랑께선 잠깐만 기다리세요."

"알았으니 어서 먹어요. 디자인은 확실히 맞게 가져온 거죠?"

얼마 전 서울에 갔다가 웨딩드레스와 턱시도를 주문해 놓고 왔었는데, 연성은 지민이 제대로 챙겨왔을지 걱정이 되어 물었다.

"아휴, 참. 이따가 보면 되잖아요. 구두, 액세서리, 하나도 빠짐없이 챙겨왔어요. 드레스는 그렇다 치고 한복은요? 다 됐어요?"

"어젯밤에나 찾아왔어요. 시간이 촉박해서 가게에서도 좀 애를 먹었나 보더라고요. 그것도 여기 이웃 아주머니가 신신당부해서 그 정도래요. 안 그러면 어림도 없는 일이라네요."

부랴부랴 날짜를 잡고 읍내에 있는 농협 회관에 식장을 구하느라 이 주간 눈코 뜰 새 없이 바쁘게 보냈다. 어머니가 일러준

대로 이웃 아주머니의 도움을 받아 이것저것 준비하긴 했는데 결혼식이 코앞에 닥치니 준비를 제대로 한 건지, 만 건지 아직도 어리벙벙하다. 그러고 보면 꼭 제 핏줄 아니어도 이렇듯 자기 일처럼 두 팔 걷어붙이고 도와주는 사람 태반인데, 옹졸한 편협심에 큰 것을 보지 못하고 살았구나 싶어 유현은 뒤늦은 후회가 되었다. 세상살이, 어떤 인연을 지으며 사느냐가 중요한 것일 텐데 말이다.

잔치 음식 하느라 집 안은 온통 전 부치는 냄새로 가득한데 어머니는 오전에 잠깐 마당에 나가 영정 사진을 찍은 후로 종일 자리보전이었다. 읍내까지 갈 정도는 못 되어서 연성이 마당에 의자를 놓고 직접 찍어드렸다. 새로 지은 꽃 분홍 한복을 입고 앉은 어머니는 마치 새색시 같았다. 생전 가도 화장품 한 번 안 찍어 바르던 분이 화장을 해달래서 유현이 손수 꽃단장도 해드렸다. 화장을 다 한 후에 거울을 보여 드렸더니 처음 해보는 화장에 쑥스러웠는지 볼에 홍조까지 띠는 어머니가 망초 꽃처럼 어여뻤다. 사진기 앞에서 자꾸만 뻣뻣해지는 어머니를 최대한 예쁘게 찍어보려고 연성이 갖은 익살과 애교를 부렸었고, 마루에 걸터앉아 두 사람을 지켜보며 유현은 괜스레 눈물이 찔끔거려 혼났다. 그러고 나더니 내내 잠만 주무시는 것이다. 병원에서 챙겨온 약도 잘 안 먹고 오로지 정신력 하나로만 버티고 있는 어머니가 대단하다 싶으면서도 당장 내일로 닥친 결혼식이 걱정스럽다. 저래서 잔치나 제대로 치를 수 있을는지. 손자를 품에 안아볼 수 있을 정도만 사셔도 좋으련만.

마음이 울렁거렸다. 유현은 어머니의 기한이 얼마 남지 않았음을 알고 있다. 뼈아픈 신의 섭리이겠으나 언제고 마음의 준비를 하고 있어야 한다는 스스로에 대한 다짐이, 어머니의 죽음에 대해 좀 더 담대한 시선으로 볼 수 있게 한 건 아닐지. 이생의 인연이란 생각했던 것만큼 허무하거나 하찮은 것이 아님을, 유현은 요즘 어머니를 보면서 절실히 느낀다.

잠시 후 건넌방에서 웨딩드레스를 차려입고 나오자 모두 한바탕 난리법석을 피웠다. 식당에서 일하던 사람들까지 모두 뛰어나와 구경하느라 집안이 온통 시끌벅적했다.

"워메, 워메, 신부 겁나 이뻐부네. 새신랑 입 찢어지네 그랴."

"아휴, 하늘에서 나려온 천사가 따로 없구먼. 우리 성님 보시믄 병이 다 나아불것다. 성님! 성님, 고만 주무시고 야 좀 봐봐유. 아이고, 우리 성님 날이믄 날마다 딸 자랑해 쌌느라고 입이 닳드만 이제 보니께 확실히 자랑할 만도 햐. 성님, 복 터졌슈. 싸우(사위)는 싸우대로 겁나 멋져 불재, 딸은 딸대로 똑똑하고 이뻐 불재. 세상 뭐가 부러울 것이 있것슈."

이웃 아주머니의 호사스런 칭찬에 방 안에서 잔기침 소리가 들렸다. 다들 수선을 피우는 통에 잠에서 깬 모양이었다. 지민이 안방 문을 열자 방 안에 앉은 채 어머니가 웨딩드레스를 예쁘게 차려입고 마루에 서 있는 유현을 바라보았다. 어머니의 짙은 그늘이 깔린 눈매에 하얀 미소가 어렸다. 굳이 말하지 않더

라도 곱다 고와, 하는 소리가 들려오는 듯하여 유현도 어머니를
바라보며 마주 미소 지었다.

'어머니, 저 예뻐요?'

'그랴, 이쁘다마다. 내 속으로 난 딸자식이라지만 내는 참말
로 복받은겨. 어찌 나처럼 뱅충맞은 속에서 너같이 똑똑하고 어
여쁜 딸이 나왔것냐. 이제 죽어도 여한이 없다, 여한이 없어.'

서로를 애틋하게 바라보는 모녀의 눈에 똑같이 눈물이 어른
어른했다. 두 사람을 지켜보는 다른 이들도 언제 짓까불며 호들
갑을 떨었나 싶게 코를 쿨쩍이며 너도나도 시선을 먼 곳으로,
또는 제 아래로 내리느라 바빴다.

웨딩드레스를 벗어놓고 밖으로 나오는데 연성이 급한 볼일이
라도 있는 것처럼 손을 잡아끈다. 모두 제자리로 돌아가 정신없
이 일하고 있을 때여서 유현은 다른 이들의 눈치를 보며 그를
따라 마루를 내려섰다.

뒤뜰로 돌아간 연성이 키가 한 자는 자란 고추밭에 들어가더
니 느닷없이 유현을 끌어안고 입을 맞추었다. 덕분에 무슨 중요
한 이야기가 있나 보다 하고 순순히 따라왔던 유현은 기겁하고
말았다.

"어머, 뭐예요?"

크게 소리도 지르지 못하고 펄쩍 뛰어오를 듯 고추밭을 나가
려 하자 연성은 유현의 허리를 단단히 잡아채 기어이 옆에다 주
저앉혔다. 누가 오기라도 할까 봐 유현이 집 쪽을 살피며 지레

목소리를 낮췄다.

"미쳤어요? 지금 대낮이라고요."

"알아요, 대낮인 거. 근데 도저히 못 참겠어요."

"아유, 참. 나, 빨리 일하러 가봐야 해요. 망측하게 이게 무슨 짓이에요? 누가 보기라도 하면 어쩌려고."

유현의 불안은 아랑곳없이 연성은 귓불까지 시뻘겋게 달아오른 채 쩔쩔맸다.

"아까 유현 씨 웨딩드레스 입은 거 보고 나니까 자꾸 눈앞에 어른거려서 아무 일도 못 하겠어요."

"그래서 지금 나더러 어쩌라고요? 결혼식이 한참 남은 것도 아니고 이제 내일인데, 하루를 못 참아서 이래요?"

"내일 밤 되려면 하루는 더 남은 거지. 유현 씨 그러지 말고 우리 키스만이라도…… 며칠 동안 키스 못했잖아. 나 진짜 죽을 것 같다니까."

울상을 짓는 연성을 보자 조금 더 지체했다간 꼼짝없이 그의 팔에 붙들려 키스를 하고 있어야 할 것 같았다.

"아유, 몰라요! 나 지금 전 부치는 거 도와주러 가야 하…… 엄마얏!"

연성이 확 잡아당기는 바람에 유현이 벌러덩 나장거리를 하고, 어느새 위에 올라탄 연성은 후끈 달아오른 얼굴로 유현을 내려다보며 감연히 외쳤다.

"나도 몰라!"

그러더니 유현의 입술에 제 입술을 마구 비벼댔다. 감숭감숭 연한 살갗을 괴롭히는 까칠한 수염은 둘째 치고 유현은 누가 올까 봐서 투정 부리듯 발버둥을 쳤다.

"읍, 읍! 연성 씨, 잠깐만요. 여기선 안 된다니까…… 흐읍!"

연성의 아래에 깔려 두 다리를 버둥거려 보았지만 키스는 점차 태양보다 더 뜨거워져서 얼마 후에는 유현도 가만히 몸부림을 멈추고 부딪쳐 오는 연성의 입술을 느꼈다. 내일이면 드디어 이 남자와 결혼을 한다. 독신녀라는 거짓 껍질은 완전히 벗어버리고 모두가 축복해 주는 결혼을 하게 되는 것이다. 아직도 실감이 나지 않지만 지금 정신없이 사랑의 키스를 퍼붓는 남자는 현실 속의 연성이 확실하였다. 그간의 추억들이 주마등처럼 하나하나 스쳐 지나가 새삼 가슴이 뭉클해진다.

싱싱하게 살이 오른 풋고추들이 주렁주렁 달린 고추밭에서, 우연한 팬과 작가 사이에서 어느덧 연인 사이가 된 두 사람은 오래도록 서로의 입술을 탐닉했다. 사랑의 운명은 어느 날 예고 없이 날아든 희소식과도 같은 것이다.

부스럭.

고추밭 저편에서 나는 인기척에 한참 키스에 정신이 팔려 있던 두 사람은 소스라치게 놀라 누가 먼저랄 것도 없이 벌떡 몸을 일으켰다. 고개를 죽 빼어 바깥을 살피자 몇 발 떨어진 곳에서 이웃 아주머니 둘이 눈을 빠끔거리며 쳐다보고 있었다. 놀란 듯 부러운 듯 두 아주머니의 표정이 괴괴하기 그지없다. 그만 키스하는 걸 들켜 버린 연성과 유현은 어쩔 줄을 몰라 하며 얼굴을 새빨갛게 물들이는데, 어머니를 형님이라 부르며 따르는 이웃 아주머니가 그제야 어설픈 웃음을 흘리며 말을 주워섬겼다.

"우리가 주책없게 방해가 됐네 그랴. 우린 싸게 갈 테니께 마저 하던 일 햐. 이거 참, 미안해서 워쩐디야. 고추 따러 왔다가 더 쌩쌩한 것 구경하고 가네. 호호호."

그러자 그이보다 더 나이가 어려 보이는 다른 아주머니가 두 사람을 향해 짓궂게 웃으며 장단을 맞췄다.

"글게 말여유. 새신랑이 보기보다 성질이 급하구먼유. 고추밭에서 거시기허믄 아들 낳는다는 건 또 워떻게 알구. 옛날 생각 나네유. 오호호."

"워메, 자네도 고추밭에서 큰놈 봤디야? 나도 그랬는디."

"그려유? 요즘이사 젊은 사람들이 모조리 도시로 가버려서 그렇지만서두유. 아, 우리 때만 혀도 동네 마실 다니다 보믄 이 밭저밭에서 좋은 구경 많았쥬. 크크큭."

"에이그, 애덜 듣것네."

"들음 좀 워때유? 내일이믄 결혼할 새신랑, 새각신디."

"어쨌든 좋을 때구먼."

"부럽구만유."

"부러우면 덕근이 아부지헌티 이야기혀서 이참에 늦둥이 하나 더 봐아~"

"됐슈! 낼 모레믄 손주 볼 나이에 주책이 마실 나갔다 허것네유. 깔깔깔.”

아주머니끼리 두런대는 소리가 집 모퉁이로 완전히 사라져서야 그때까지 고추밭 한가운데 선 채 몸 둘 바를 모르고 있던 유현이 연성의 가슴팍을 원망스럽다는 듯 후려쳤다.

“난 몰라!”

그러나 연성은 금세 느물스럽게 표정이 바뀌더니 또다시 유현을 와락 끌어안고 바닥에 쓰러뜨렸다.

“방금 들었쥬? 마저 하던 일 하라잖여.”

“제발 사투리 흉내 좀 내지 말아요. 차마 못 들어주겠네.”

유현이 빈정대면서도 쿡쿡 웃자 연성은 하하 따라 웃고는 그녀의 입술에 따사로이 입을 맞추며 익살을 떨었다.

“사랑혀유. 지는 마님의 영원한 종이 될 거구만유.”

“아하하!”

그 밤, 유현은 어머니와 나란히 누워 잠자리에 들었다. 아침부터 서두르려면 일찍 자야 했지만 좀체 잠을 이룰 수 없었다. 그건 어머니도 마찬가지인 모양이었다. 낮에 오는 길이 피곤했는지 지민은 일찌감치 곯아떨어졌고, 영주도 종일 음식 준비를 하느라 고단해 보이더니 그새 코를 갸릉갸릉 골며 잠이 든 곁에서 모녀는 서로 손을 꼭 잡은 채 누워 있었다.

산중 깊은 곳에서 간간이 소쩍새가 울었고, 처마 밑 어딘가에는 풀벌레 소리가 요란했다. 작은 창 안으로 교교히 스며들어오는 희뿌연 달빛이 고즈넉한데, 어머니가 달빛보다 더 고요한 목소리로 묻는다.

"아직도 세상을 원망허냐?"

유현은 나직이 대답했다.

"아니요."

"행복허냐?"

"예."

"세상을 용서혀라."

"예."

"니 아부지두 용서혀."

"예."

"이 에미도 용서혀고."

"……사랑해요."

어머니와 유현의 두 눈에 똑같이 서로를 향한 애틋한 눈물 꽃이 피어났다. 딸을 바라보는 마음이 아파도 아프다 하지 않고, 복 나갈까 좋아도 좋다 말 한마디 자분하게 해주지 않은 어머니지만 그 누구보다 두두룩이 사랑을 쏟아 부어준 어머니라는 걸 안다. 진작 외롭고 고적한 어머니를 껴안아주었어도 좋으련만, 이젠 더없이 잘해 드릴 수 있을 것 같은데 마음이 차도록 해줄 시간이 모자라서 못내 한이 되는 유현이다.

어머니의 아픔을 등으로만 바라보며 외면했던 세월. 이젠 어머니를 가슴으로 끌어안아 못다 한 사랑을 나눠도 좋으련만.

유현이 몸을 모로 돌려 어머니를 꽉 끌어안았다. 그리고 그

단내 나는 가슴에 얼굴을 묻고 어린아이처럼 흐득흐득 울었다.
울면 못 쓴다. 내일 신부 얼굴 미워진다. 어머니는 내내 유현의
등을 토닥여 주며 또 같이 울었다. 모녀의 곡진 울음소리 때문
이었을까. 산중 소쩍새도 처마 밑 풀벌레도 제 처소에서 가만히
부리와 날개를 접어들이고, 모녀의 정(情)을 따라 애달피 산중
긴긴 밤도 그렇게 가고 있었다.

사랑해요, 어머니.
낳아주셔서, 그리고 키워주셔서 고마워요.
나중에 또 어머니 딸로 태어나라고 하면 그럴게요.
그땐 어머니 마음 아프지 않게, 속 썩이지 않고 착한 딸이 될
게요.
고맙습니다, 어머니. 어머니 딸로 태어나 행복합니다.

"콜록, 콜록! 밖에 누구 왔남?"
담해(痰咳)를 앓는 반백의 노파가 마루문을 열고 나오다가는
마당에 서 있는 유현을 보고 무슨 일인지 털썩 엉덩방아를 찧었
다. 바닷바람에 시달려 깊게 주름 팬 얼굴이 반쯤 혼백이 떠난
사람처럼 유현을 바라보았다.
"해, 해순이냐? 해순이 맞는겨? 우리 해순이여?"

팍팍한 입술로 해순이를 거듭 찾는데 유현의 마음이 갈가리 찢어질 듯 아팠다. 언뜻 보기에도 어머니와 쏙 빼닮은 노파다. 어머니가 더 나이가 들면 저런 모습이지 않을까, 쉽게 상상이 갔다.

몇 발짝 가까이 다가가니 노파가 떼꾼한 눈을 끔쩍이면서 금세 정신을 돌이켜 말했다.

“워메, 시방 나가 귀신에 씌었다냐? 어째 멀쩡한 아가씨가 해순이로 보인디야? 우리 해순이는 저리 자그마한 아가 아닌디. 어려서부터 장골이라 생긴 게 이국 땅 양코배기 같다고 만날 놀려 쌌는디. 요 며칠 꿈에 우리 해순이가 자꾸 보였쌌드만 아무래도 나가 갈 때가 된겨.”

꿈에 해순이가 자꾸 보인다는 노파의 주절거림에 눈물이 핑 돌고 묵직한 납덩이를 삼킨 듯 목이 꾹 메어왔다.

노파의 허한 눈동자가 다시 유현을 바라봤다.

“근디 뉘슈, 아가씨는?”

유현이 속으로 심호흡을 가다듬고는 다소 긴장하여 물었다.

“예. 저…… 여기가 정상학 씨 댁이 맞나요?”

노파의 입에서 해순이라는 이름이 나왔으니 제대로 찾아온 것이 맞을 테지만 좀 더 확실한 연고가 필요했다. 그러자 노파의 투미한 눈동자에 불현듯 생기가 돌았다

“정상학이라믄 우리 영감 이름인디, 뉜데 우리 영감을 찾는겨?”

유현이 그제야 뒤를 돌아보고 그때까지 대문 밖에 서 있던 연성에게 들어오라는 시늉을 했다. 연성이 가슴에 안고 있던 영정

사진과 골분이 담긴 하얀 보자기를 갖고 들어오는데, 사진 속의 어머니는 곱게 화장을 하고서도 눈 아래 짙은 그림자가 병색이 완연하였다.

마른기침을 연신 내뱉던 노파가 뒤늦게 연성의 품에 안긴 영정 사진을 보고 굵은 주름으로 뒤덮인 이맛살을 괴이쩍게 찌푸렸다.

"저게 누구여? 오늘 내 눈에 자꾸 헛것이 보이네 그랴."

홀린 사람처럼 말을 어물거리던 노파의 눈에 어슴푸레 눈물이 어렸다. 성큼 노파에게 한 발짝 더 가까이 다가선 유현이 약간 머뭇거리던 끝에 어렵사리 말을 꺼냈다.

"안녕하세요, 할머니? 저 정해순 씨 딸 정유현이라고 합니다. 처음 뵙겠어요."

비록 거리감이 느껴지는 인사였으나 노파는 해순의 딸이라는 말에 경계하던 눈빛을 풀고 물끄러미 유현을 바라보았다.

"해순이…… 딸? 니가 해순이 딸이란 말이냐?"

"예. 정해순 씨가 제 어머니입니다. 삼십 년 전에 이 집에 살던 정해순, 할머니 큰딸이요."

"기여? 니가 참말로 우리 해순이 딸, 유현이여?"

이름까지 정확히 알고 있다는 게 내심 놀라웠지만 유현은 세월이 담긴 노파의 시선과 잠잠히 마주했다. 노파는 처음보다 담담한 표정이었다. 어쩌면 이런 날이 올 줄 알았다는 듯이. 아니면 이런 날을 줄곧 기다려 오기라도 한 듯이. 노파의 깊게 주름진 얼굴에서 딸에 대한 그리움과 기다림을 고스란히 읽을 수 있었다.

유현이 눈짓을 하자 연성은 성큼성큼 다가와 영정 사진을 노파에게 건네주었다. 그리고 그 옆에 골분 상자를 고이 내려놓았다. 떨리는 손으로 영정 사진 속의 얼굴을 몇 번이고 쓰다듬어 보던 노파가 비로소 오랜 세월 가슴에 품은 한을 피 토하듯 쏟아내었다.

"워메, 해순이가 이렇게 늙었다냐? 야 얼굴이 어째 이렇게 변해 버렸디야. 해순아. 해순아, 이것아. 어째 이 모양으로 돌아온 겨? 왜 더 일찍 오지 않구서. 해순아, 내 딸아. 이렇게 오려고 몇 날 며칠 꽃가마 타고 날 찾아왔더냐? 시집간다고 꽃가마 타고 마당에 내려서서는 큰절 할 때 내 알아봤구나. 너 이렇게 올 줄 알았다니께. 이 어미 보고 자퍼서 찾아올 줄 알았다니께. 해순아, 내 딸아. 불쌍한 내 딸아. 어흐흑!"

노파의 애간장 녹아드는 통곡이 계속해서 이어졌다. 영정 사진과 골분 상자를 번갈아 어루만지고 또 매만지면서 굵은 눈물을 후드득 흘리는 노파를 바라보며 유현도 기어코 뜨거운 눈물을 함빡 쏟고 말았다.

어머니는 어머니가 바라던 대로 예쁘게 꽃단장 하고 하늘나라로 갔다. 결혼식장에서 새로 지은 한복에 어여쁜 화장을 하고 신부의 부모석에 앉아 그저 조금 힘들어서 눈을 감고 있나 했다. 주례가 끝나고 이제 막 새로이 탄생한 부부를 향해 모두 박수로 열렬히 축하해 주고 있을 때까지 그 아무도 어머니가 돌아가신지 몰랐다. 유현은 웃음 띤 얼굴로 눈을 감은 채 앉아 있는 어머니가 조금 힘에 겨워서려니 생각했다. 그렇게 가실 줄은, 그토록 좋은 날 이별을 하게 될 줄은 꿈에도 몰랐다. 지난밤에도 그리 정다이 등을 토닥여 주셨건만.

마음에 늘 준비를 하고 있다고 여겼으면서도 막상 어머니의 죽음을 대하고 보니 믿어지지가 않았다. 마지막 인사라도 하는 듯 한복 앞에 곱게 모아 쥔 손이 옆으로 툭 떨어져서야 알았다. 어머니의 고개가 힘없이 한쪽으로 기우듬히 기울어지는 걸 보고서야 알아차렸다.

자기도 모르게 부케를 꽉 움켜쥔 손이 부들부들 떨렸고, 두 눈에서는 뜨거운 눈물이 하염없이 솟구쳤다. 세상에서 가장 행복한 날, 이날을 보기 위해서 어머니는 견디고 또 견뎌왔던 것이다. 어쩌면 어머니는 오로지 이 한순간을 위하여 평생을 딸아이 하나만 바라보며 모진 세월을 인고하였는지도 모르겠다.

연성의 부축을 받아 고이 잠이 든 어머니 앞에 가서 섰다. 어머니의 몸을 따뜻하게 꼭 안아주었다. 이 땅에 유현이 처음 왔을 때 어머니가 그랬던 것처럼. 어여쁘고 귀하게, 세상에서 가장 자랑스러운 어머니를 잊지 않고자 가슴에 꼭 보듬어주었다. 어머니 가시는 길에 마지막 효도를 할 수 있어서 기뻤다. 어머니 대신 하얀 면사포 쓴 모습을 보여 드릴 수 있어서 기뻤다. 웃으면서 떠날 수 있게 해드려서 진심으로 기뻤다.

유현은 눈물이 얼룩진 얼굴로 어머니에게 이생에서의 마지막 작별을 고했다.

'어머니……. 사랑하는 어머니, 안녕히 가세요. 우리 나중에,
이 다음에 다시 만나요.'

화려한 장미꽃에 가시가 있는 줄은
찔려 보고야 알았습니다.

말하지 못하는 외로움
듣지 못하는 서러움
보지 못하는 그리움 잊어보려
온종일 허공에 발바닥을 뒤집어 보고서야.

가로막는 언덕 위에 무리지어 핀
망초 꽃이 고운 줄을 이제야 알았습니다.
우리는 늘 한발 늦게야 깨닫습니다.

　　　　　　　　　　　　—라권찬의 '망초 꽃' 中에서.

울다 지쳐 망연히 앉은 어머니의 빈소 앞. 유현이 차분히 빗
어 내린 머리에 흰 리본을 달고 문상객들을 맞이한다. 기족이라
해봐야 세상천지 어머니와 둘뿐이니 외롭디외로운 상(喪)이 될
줄 알았건만, 어머니를 위하여는 동네 이웃들이, 유현을 위하여
는 영화판 동료와 선후배들이, 졸지에 결혼식이 장모 장례식이

되어버린 연성을 위하여는 그의 직장 동료와 친구들이, 그 외 지민이나 영주가 친자매처럼, 그리고 이젠 한가족이 된 연성의 부모님과 남매들이 자리를 가득가득 채우니 유현은 어머니의 마지막 떠나는 길을 홀로 지키지 않아도 되어 고맙고 뿌듯했다.

그 누구보다 이젠 남편이 된 연성을 보니 마음이 이루 말할 수 없이 든든하였다. 어머니 가시는 길, 눈물로 애곡하며 몇 날을 보내었더니 마음보다 몸이 먼저 지치는지라 그림처럼 앉아만 있어도 연성이 알아서 상주 노릇을 톡톡히 해내는 걸 보자 그 믿음직스러움에 때때로 작은 감동이 일었다. 문득 어머니 생각에 저도 모르게 눈물을 주르륵 흘릴라치면 아무 말 없이 다가와 손바닥으로 쓱쓱 눈물 훔쳐 주고, 먹어라, 쉬어라 끝도 없이 챙겨주면서 정작 본인은 삼 일 내내 꼬박 뜬눈으로 지새우는 것이다.

며칠 새 뺨이 홀쭉한데 연성은 눈에 띄게 야위어 버린 유현의 볼이 더 걱정인 듯하였고, 피곤하다며 슬쩍 사탕을 유현의 입에 넣어주고는 또 어디론가 바삐 다니면서 안팎일을 해대기에 여념이 없다.

여자 힘으로 한다, 한다 해도 그 같진 못할 듯하여 이제야 혼자가 아닌 둘이라는 사실에, 다른 누구도 아닌 연성이 남편이란 사실에 유현은 진심으로 감사하고 고마워서 눈물이 나고 또 나고 하였다. 살아생전 어머니가 말씀하시지 않았던가. 마음 놓고 딸아이 맡길 가족이 필요했다고. 피붙이인 어머니 대신 사랑으로 맺어진 가족임에야 부족할 게 무에 있겠나.

조문객들 사이에서 의젓하게 상주 노릇을 하는 남편 연성을 바라보며 유현은 눈물 어린 두 눈 속에 따뜻하고 아리따운 애정을 담아 곱게 매무새한 입가로 가만히 흘려보냈다.

어머니가 남긴 유언장에 적혀 있는 주소대로 찾아왔더니 다행히도 이사를 하지 않은 채 외할머니와 큰외삼촌이 함께 살고 있었다. 그때 왔을 때에도 문득 그런 느낌이 들더니만 '왜목마을'이 어머니의 고향이 맞았다. 짐승처럼 사람도 회귀 본능이 있어 누가 가르쳐 주지 않아도 그렇게 본능적으로 알아보는 것인가 싶어 참으로 신비했다.

방으로 들어가 연성과 함께 큰절을 올리고 앉자 노파는 손녀, 손부의 손을 잡고 놓을 생각을 하지 않았다. 인심 좋아 보이는 큰외숙모가 잠깐 시모의 점심을 챙기러 집에 들렀다가 부리나케 뱃일하는 큰외삼촌을 부르러 갔고, 그 사이 연성과 유현은 외할머니 앞에 앉아 어머니 이야기를 들었다.

"니 외할아부지가 해순이를 그렇게 내쫓아 불고는 병이 나서 오래 못살었다. 한 번은 고향에 올 줄 알았는디, 그 무정한 것이지 아부지 무서워서 고향 땅에 발을 못 들여놓은겨. 그리 정정하던 양반이 시름시름 앓기 시작허더니 꼬박 네 해를 자리보선 허다가 맥없이 가부렀어. 좀 일찍 왔으믄 좋았을 거인디."

끝없이 흐르는 눈물을 닦아내던 노파는 유현을 바짝 끌어당겨 눈에 가득 담고는 말을 이었다.

"그려도 이렇게 찾아와 주니 고맙구먼. 고향 땅이라고는 원망스러버서 발도 들여놓기 싫었을 거인디."

유현이 생긋 웃고는 노파를 안심시켰다.

"아니에요. 어머니가 돌아가기 전에 늘 입버릇처럼 얘기했는걸요. 고향 바다에 뼛가루 뿌려달라고요. 고향에 늘 오고 싶어했어요. 저라도 진작 어머니를 데리고 왔어야 하는데 죄송해요, 할머니."

"아녀. 니가 무슨 죄가 있간이. 그 핏덩이를 안고 한겨울 혹한 속에 보내면서도 에미가 돼갖고 암것도 못해줬구먼. 눈이 많이 내리던 날이었는디 아마 그해 초설(初雪)이었을 거여. 그 흔한 금가락지도 하나 없는 가난한 집이라, 눈물로만 채워 보냈구먼. 그 핏덩이가 이렇게 커서, 혼인까정 혔을 줄은 몰랐네 그랴. 살면서 사람들헌티 구박은 안 당혔냐? 아부지 없는 딸이라고 천덕꾸러기 취급허지 않았어?"

노파의 눈에는 이제 눈에 넣어도 아프지 않을 손녀를 향한 애틋함이 담겨 있었다. 유현의 손은 꺼칠하고 메마른 나무 장작 같은 외할머니의 두 손 안에 여태 갇혀 있었다. 그러고 보면 손이란 신비하여서 빈손이다가도 그 안에 담으려고만 들면 무엇이든 담을 수가 있는 것이었다. 오랜 세월 바닷물에 담갔을 노파의 손 안에는 이제부터 그 한 많은 세월 대신 손녀의 사랑이 담기리라.

"아뇨. 어머니가 그렇게 안 키웠어요, 할머니. 당당하게 잘살았으니 걱정하지 마세요. 그렇지 않았음 이렇게 고향에 오지도 못했을 거예요."

"그려, 그려. 내가 주책없구먼. 이제 자주 보믄 쓰것는디. 이 핼미가 딴 건 못혀줘도 우리 손녀, 손부는 내 죽는 날까정 책임지고 귀히 여길 거구먼. 니 호박죽 좋아허냐, 아가? 니 에미가 어려서 호박죽을 겁나 좋아혔어. 아마 니 에미 입맛 닮았으믄 너두 호박죽 귀신일 거인디."

평소 호박죽을 좋아하던 어머니가 생각나 유현은 뿌연 웃음을 머금었다.

"예, 저도 호박죽 엄청 좋아해요, 할머니. 저 올 때마다 호박죽 쒀주셔야 해요. 호박죽 먹으러 자주 올게요."

노파의 얼굴에 박꽃 같은 웃음이 걸렸다.

"암만. 워디 호박죽만 해주간이. 니 먹고 잡다는 거 다 해주재. 허허."

그날, 외삼촌 배를 타고 먼바다까지 나가 어머니의 골분을 뿌렸다. 그토록 돌아오고 싶어하던 고향 바다에. 이제 어머니는 영영토록 고향을 떠나지 않아도 되리라.

'어머니, 고향에 돌아오시니 좋죠? 이제 어머니 보려면 여기로 와야겠네요. 어머닌 제게 좋은 부모님과 신랑민 찾아준 게 아니에요. 잃어버렸던 고향도 찾아주셨어요. 제게도 어머니 외에 핏줄이 있다는 거 알게 해주셨어요. 너무 많은 걸 한꺼번에 얻어서 갑자기 부자가 된 기분이에요. 어머니도 거기서 행복하신가요?”

뱃머리에 섰던 연성이 문득 웃음을 띠고는 말했다.

“우리 여기 왔을 때 생각난다. 유현 씨도 그렇죠?”

“네. 그때 이상한 느낌 들긴 했었어요. 처음 와본 곳 같지 않았거든요. 아기 때 기억이 무의식적으로 내 머릿속에 남아 있었던 걸까?”

“그럴지도. 그래도 고향이라 생각하고 오니까 느낌이 또 다르지 않아요?”

“맞아요. 되게 서먹할 줄 알았는데 외할머니도 그렇고 외삼촌도 그렇고, 하나도 낯설지 않아서 도리어 이상해요. 후후.”

“그게 핏줄이라는 거겠지.”

하룻밤이라도 자고 가라는 노파와 가족들의 성화를 못 이겨 두 사람은 마련해 준 한쪽 방에 여장을 풀었다. 결혼식 날이 어머니의 장례 날이 되는 바람에 두 사람에게는 지금이 신혼여행인 셈이었다. 덕분에 첫날밤도 여태 못 치른 새신랑에게 팔베개를 하고 누웠다가 유현은 그제야 미안한 마음이 들었다.

“미안해요, 연성 씨.”

“뭐가?”

“그냥 이것저것. 모르는 사람들은 결혼식 날 장모 초상 치렀다고 하면 연성 씨가 엄청 불행한 남자처럼 보이지 않겠어요?”

“유현 씨는 어때요? 하필 결혼식 날 어머니가 돌아가셔서 불행해요?”

유현이 그의 널따란 품에 안겨 살래살래 고개를 젓고는 말했다.

"아뇨. 그래도 어머니가 살아오시면서 가장 행복한 순간에 갔다고 생각하니까 괜찮아요."

"어머니 끝까지 항암치료 받게 할 걸, 하는 후회는 안 돼요?"

"그것도 모르는 사람들은 무정한 딸이라고 손가락질할지 모르죠. 하지만 어머니 행복하게 가신 걸로 만족할래요. 그런 생각 했어요. 만일 나에게도 죽음과 삶 사이에서 선택해야 할 순간이 온다면, 어머니처럼 행복하게 죽는 쪽을 택하겠다고요."

"이젠 어머니 몫까지 행복하게 살 궁리해요."

"네, 그래야죠."

"그래서 말인데, 오늘 밤 우리 가족 하나 만드는 거 어때요?"

"가족? ……여기서? 안 돼요. 밖에 소리 다 들린단 말이에요."

유현이 일전 고추밭에서의 일이 생각나 펄쩍 뛸 듯 놀라자 연성은 어느 틈엔가 그녀의 위로 올라와 너붓이 속삭였다.

"소리 안 들리게 할게요. 그리고 우리 지금 신혼여행 중이라는 거 잊었어요?"

"어머니 상(喪) 중이기도 해요."

하지만 연성은 도무지 물러날 기미가 보이지 않았다.

"아마 어머니도 빨리 손자 보기 원하실걸?"

그러면서 유현이 입고 있는 하얀 색 티를 벗기니 그 안에서 뽀얀 살결이 눈부시게 드러난다. 붉게 달아오른 뺨을 하고서 유

현이 사랑스러운 눈길로 바라보자 연성은 급히 입술부터 한 모
금 머금었다. 서로의 몸을 살망살망 주무르고 만질만질한 가슴
을 움죽거리니 한층 격해진 숨소리가 뜨겁게 뒤엉키며 어둑한
방 안을 한동안 적시었고, 감미로운 성애의 속삭임이 방 안에
몰래 스며든 별빛을 타고 간헐적으로 들려오기 시작했다.

　연성의 늘씬하고 커다란 몸이 되알지게 밀고 들어올 때마다
유현은 자신도 알지 못하게 감춰졌던 본능이 살아 꿈틀거리는
소리를 들었다. 연성의 곱실한 머리카락 속에 제 손을 집어넣어
하아, 하아 바튼 숨을 내뱉다가는 마치 살바를 지르듯 그의 허
리를 와락 끌어당기며 몸을 비틀어대었다. 흐벅진 유현의 가슴
살이 연성의 입 안으로 사라졌다가는 토해지기를 몇 차례나 하
였던가. 짠 내 나도록 땀을 비 오듯 쏟으면서도 그와 함께 갔던
염전을 생각했고, 두 사람 다 그 속에서 하얗게 피어오르는 소
금 꽃이려니 마음이 해사했으며, 격정적인 몸놀림에 주위에 바
람이 이는가 싶으면 들녘에 흐드러지게 핀 망초 꽃이 되었으려
니 바람 속으로 마음껏 몸을 실었다.

　하늘의 별들도 제 짝을 찾아 사랑을 나눌 것만 같은 밤. 조금
의 두려움도 없이 사랑하는 이의 품에 안겨 보내는 꿈같은 첫날
밤에, 어머니의 품에 안겨 초설(初雪) 속에 울면서 정처없이 길
을 떠났던 아이는, 별빛 찬란히 쏟아져 들어오는 방에서 그렇게
또 하나의 새로운 인연을 짓고 있었다.

어머니가 살던 산읍에서 그리 멀지 않은 곳에 지어진 '해오름 장난감 마을'. 우리나라에서 볼 수 있는 모든 장난감의 집결지이면서, 주제별로 실제로 갖고 놀 수 있는 공간이 방마다 갖춰져 최근 관광객들의 인기를 듬뿍 받고 있는 곳이다. 그중에서도 특히 6, 70년대에 볼 수 있는 장난감과 닥종이 공예로 당시의 문화상을 한눈에 볼 수 있게 만든 방은 관광객은 물론이요, 남녀노소 할 것 없이 반응이 좋았다.

그 시절에는 장난감이 흔치 않았기 때문에 남자 아이들은 주로 팽이, 구슬, 딱지치기, 자치기, 말 타기, 호루라기 등을 하고 놀았고, 여자 아이들은 소꿉놀이, 고무줄놀이, 공기놀이, 꽈리

등이 전부였었다. 이 방에 들어올 때마다 유현도 아주 어렸을
적 추억에 잠기곤 한다. 어쩜 이렇게 아기자기하게 꾸며 놓았는
지 입가에 저절로 따뜻함이 배어나온다. 방 한쪽에는 천연 꽈리
를 놓아두어 누구라도 직접 불어볼 수 있게 해놓은 것이 특색있
었다.

꽈리 소리는, 뱀이 개구리를 잡아먹을 때 나는 소리와 흡사해
서 꽈리를 불면 뱀이 나타난다며 어른들은 불지 못하게 했었다.
하지만 여자 아이들은 어른들이 없는 곳을 골라 몰래 꽈리를 불
만큼 즐겨했다. 달려드는 참새 떼를 지키며 마당에서 말리던 멍
석 위의 곡식을 한가롭게 바라볼 때나 봄 언덕에 앉아 나물을
캘 때면 어김없이 들려오던 꽈르륵 꽈르륵 소리는 특별한 놀이
기구가 없던 시절, 여자 아이들의 무료함을 달래주는 데는 최고
였을 것이다.

하지만 아쉽게도 각종 장난감들이 보급되면서 이제는 들을
수 없는 추억의 소리가 되어버렸다.

연대별로 장난감들이 전시되어 있는 방과 조금 떨어져, 모든
놀이 기구가 거꾸로 만들어진 방에 들어가면 아이고 어른이고
부적응의 쾌감에 젖어드는 소리로 시끌시끌하다. 그 옆에는 거
울 방이다. 사방이 거울이어서 그 방에 들어가면 마치 미스터리
영화의 주인공이 된 양 기괴한 체험을 맛볼 수 있다. 물감 방,
이 방에 들어갔다 나오는 사람마다 얼굴이나 머리카락에 온통
색색깔의 물감투성이다. 비닐 옷을 입긴 하지만 물감을 흩뿌리

며 노는지라 엉망이 되는 것은 감수해야 한다. 그럼에도 찌푸린 얼굴을 찾아보기 어려운 것은 흔히 접할 수 없는 놀이 체험이어서일 게다. 물감 방에 들어가면 그 누구라도 금세 개구쟁이, 말괄량이가 되고 만다.

요즘 아이들은 컴퓨터 게임을 좋아하니, 이곳에서도 첨단 컴퓨터 시스템이 있는 로봇 방이 남자 아이들에게 단연 인기다. 크기도 작은 편이 아니라 특수 제작하여 어른 키만하게 만들었다. 어렸을 적 한 번씩은 목매고 보았던 만화 속 로봇들이 이곳에 다 모여 있다. 로봇들은 아이들이 조종하는 대로 움직이게 해놓아서 더욱 실감난다.

그런가 하면 여자 아이들은 인형 방을 단연 으뜸으로 꼽는다. 인형 방에는 온갖 인형들이 핑크빛 방 안에 모두 모여 산다. 여자 아이들이 좋아하는 인형은 주로 바비와 키티인데, 벽면 유리에는 인형들의 종류를 한눈에 볼 수 있게끔 전시를 해놓아서 판매도 가능하다.

언젠가 연성이 직접 만들어 유현에게 선물하였던 구체관절인형도 한 방을 차지할 정도로 인기가 높다. 꽤 높은 가격임에도 어른들에게나 아이들에게나 한결같이 인기가 좋은 것은 아무래도 구체관절인형 특유의 아름다움과 정교함 때문이리라. 흥미로워서 유현도 요즘 인형 만드는 재미에 푹 빠져 있다.

각양각색의 풍선만 있는 방도 있고—이 방에서도 꽃이며 동물 모양의 풍선 만드는 강좌를 해준다—찰흙 만들기를 할 수 있는 방,

레고 방, 나무 블록 방, 종이 인형 방, 악기 방, 그 외에도 종류가 헤아릴 수 없을 만큼 방이 많아 이곳 '해오름 장난감 마을'에 오면 하루해가 어떻게 가는지도 모르게 금세 지나간다.

건물 바깥에는 작으나마 놀이동산이 따로 있고, 자동차 전용 영화관, 심지어 수족관도 있다. 어머니가 남기고 간 땅에 '해오름'이란 이름으로 이 장난감 마을을 세우기까지 근 사 년이 걸렸고, 아직도 연성에게는 새로이 개발해야 할 과제가 숱하게 남아 있다. 사 년 전 이미 '장난감 마을'을 만들 계획을 추진 중이었던 연성과 건축 설계사인 재훈이 합작하여 지은 이곳은 개장한 지 얼마 되지 않아서 먼 제주도에서도 와볼 정도로 폭발적인 인기를 누렸다. TV로도 기사를 내보낼 정도니, '장난감 마을'이라는 타이틀이 메마른 사회를 살아가는 현대인들의 흥미를 돋운 모양이다.

그날, 유현이 태주를 우연히 본 곳은 주제별 방이 있는 건물 이층의 '크리스마스 방'이었는데, 때가 겨울이고 곧 크리스마스를 코앞에 두고 있어서 꽤 많은 사람으로 북적거렸다. 유현도 트리 장신구나 살까 하고 들렀다가 커다란 트리 앞에 서 있는 태주를 발견한 것이다. 편안한 캐주얼 차림의 태주는 이전처럼 목발을 짚지도, 그렇다고 휠체어 신세도 아닌 교통사고가 나기 전 모습과 같았다. 그로부터 사 년이 더 지나 있었으니, 그의 나이 37세일 것이었다. 이제 중년의 나이가 되어버린 남자는, 그러나 여전히 남자다운 이목구비와 세련된 모습을 하고 있었다.

유현은 잠시 그 자리에 서서 아는 척을 해야 할까, 모른 척 지나쳐야 할까 고민했다. 그러고 섰는데 그의 곁으로 한 여인이 다가와 자연스럽게 팔짱을 꼈다.

'어……!'

속으로 깜짝 놀라곤 여인을 바라보니 키가 크고 시원스럽게 생긴 미인이다. 세련된 태주와 썩 잘 어울려서 유현은 자기도 모르게 미소를 머금었다. 가끔은 그도 지금쯤 인연이 아닌 운명을 만나 행복하게 잘살고 있지 않을까 생각했었는데, 서로를 바라보는 눈길이 여간 따뜻하고 사랑스러운 것이 아니라 가슴에 흐뭇함이 차 올랐다.

그냥 모른 척 방을 나가야겠다고 생각하였을 때, 잠깐 한눈을 판 새 태주 쪽으로 걸어가는 아이가 눈에 띄었다. 유현의 미간이 난감한 듯 살짝 찌푸려졌고, 그예 아이는 태주의 바짓가랑이를 붙잡더니 손가락으로 트리의 어딘가를 가리켰다.

"아저씨, 저거 주세요. 저거 주세요."

별안간 바짓가랑이를 붙잡고 흔드는 아이 때문에 태주는 트리를 보고 있다가 고개를 숙여 내려다보았다. 누군가 했더니 곱실곱실 한 단발머리에 분홍색 키티 핀을 꽂은 앙증맞은 여자 아이가 커다랗고 맑은 눈으로 올려다보며 서 있다. 이제 서너 살쯤 되었을까. 그 얼굴에서 어딘지 모르게 눈에 익은 누군가를 떠올리고 태주는 빙그레 웃음 지었다.

"어머, 애 너무 예쁘다. 인형 같아."

태주의 옆에 서 있던 여인이 감탄하자 태주가 아이를 번쩍 안
아 올리며 물었다.

"꼬마 아가씨, 뭐 줄까? 어떤 거?"

아이는 손가락으로 정확히 자기가 원하는 것을 가리켰다.

"저거, 별 주세요."

트리가 제법 컸는데, 아이는 그 작은 키로 트리의 맨 꼭대기
에 있는 금별이 탐이 난 모양이다. 태주가 하하 웃으며 아이에
게 말했다.

"그래, 저기 가면 똑같은 별 팔 거야. 아저씨가 하나 사줄게.
근데 엄마는 어디 계시니?"

그때서야 아이가 두리번거리며 제 엄마를 찾다가 저만치 서
있는 유현을 발견하고 큰 소리로 불렀다.

"엄마!"

유현이 난처하여 머뭇거리고 있는데, 그녀를 먼저 발견한 태
주가 사뭇 얼굴이 굳어지더니 슬그머니 아이를 바닥에 내려놓
았다. 아이는 그 틈에 쪼르르 달려가 유현의 품에 쏙 안겼다.

"엄마, 별 사주세요. 별 갖고 싶어요."

곧잘 말을 잘하는 아이는 별이 갖고 싶다고 졸랐다. 아이의
자그마한 손을 잡고 유현이 고개를 끄덕여 사주겠다는 표시를
했다.

"알았어. 나중에 나갈 때 사자, 알았지? 지금은 구경만 하는
거야?"

"예!"

씩씩하게 대답하고 난 아이가 새로운 관심거리를 찾아 또다시 어디론가 쪼르르 가버린 뒤, 어느 틈엔가 태주와 여인이 유현의 앞에 서 있었다.

"오랜만이네?"

태주가 먼저 편안히 인사를 해오기에 유현도 그만 피할 때를 놓치고는 겸연쩍게 웃어 보이며 대답했다.

"예, 오랜만이에요."

유현의 시선이 자기도 모르게 여인 쪽으로 가자 태주가 별 거리낌 없이 소개를 해준다.

"내 아내야. 그리고 이쪽은……."

"안녕하세요? 정유현 작가님 맞으시죠?"

여인은 용케도 유현을 알아보고 생긴 것만큼이나 시원스럽게 알은체를 했다. 유현은 적이 당황했으나 겉으로야 아무렇지 않게 인사를 받았다.

"예. 안녕하세요?"

"이번에 TV에 나온 것 봤어요. 여기 장난감 마을 만든 분이 부군이시라고요?"

"아, 예."

"음, 이이랑 이번에 새로 개봉한 영화도 보러 갔었어요. 반응 엄청 좋던데. 물론 저도 감명 깊게 봤고요. 태주 씨한테 얘기 들었어요. 태주 씨가 정유현 작가님 열혈 팬이잖아요. 덕분에 저도 같이 팬 됐지만요. 호호.”

새로 개봉한 영화라면, 몇 해 전 연성과 함께 ‘왜목마을’에 갔을 때 초고 시놉시스를 잡았던 바로 그것을 바탕으로 만든 영화를 말함이다. 70년대 어촌을 배경으로 한 어촌처녀와 도시 멋쟁이 남자의 순박하고 아름다운 사랑 이야기. 유현은 그 영화 속에서 아버지와 어머니의 사랑을 마음껏 엿보았고, 영화는 ‘별의 혼(魂)’ 때처럼 이례적인 반응을 보이며 현재 기록에 기록을 갱신하는 등 승승장구하는 중이었다.

유현은 영화 ‘초설(初雪)’을 재미있게 보았다는 태주의 아내를 향해 진심을 담아 감사를 표했다. “고맙습니다.”

“그럼…… 우리 먼저 가볼게.”

태주의 작별 인사에 유현은 작게 고개를 끄덕였다.

“잘 가요. 부인도 안녕히 가세요.”

유현의 시선과 태주의 시선이 허공중에 부딪혔다. 그리고 누가 먼저랄 것도 없이 빙그레 마주 웃었다. 왠지 낯설고 멋쩍으면서도 다정히 방을 나가는 태주와 그의 아내를 보자 이루 말할 수 없는 안도감이 들었다. 태주에게도 진정한 운명의 상대가 있었던 것이다. 방을 나가기 전 마지막으로 쳐다보는 태주의 얼굴에서 옛 사랑에 대한 추억보다 현재의 사랑에 대한 행복감이 더 많이 느껴지는 걸 보더라도 알 수 있는 사실이었다.

그러고 보면 세월은 모든 것을 엷게 희석시키는 묘술이 있다. 그것이 슬픔이든 기쁨이든 아픔이든 간에. 그래서 사람들은 지나간 과거보다 미래에 자신의 운명을 걸고 사는 것일 게다.

‘부디 행복해, 태주 씨.’

태주와 여인이 가버린 자리에서 잠시 멍하니 지나간 세월을 뇌이고 있으려니 휴대전화가 울렸다. 전화를 받자 매일 들어도 싫증나지 않는 연성의 목소리가 경쾌하게 들려왔다.

[어디 있어요?]

“여기 크리스마스 방에…….”

[아, 찾았다!]

퍼뜩 입구를 쳐다보자 연성이 싱그러운 웃음을 날리며 방 안으로 뚜벅뚜벅 걸어 들어왔다.

“아직 못 샀어요?”

하고 묻는데, 어디선가 뽀로롱 나타난 것처럼 아이가 달려온다.

“아빠!”

“어쿠, 바다야!”

“흐응, 아빠, 나 별 사주세요. 큼 별 갖고 싶어요.”

금별이라는 건지, 큰 별이라는 건지 발음이 불분명한 아이는 이번엔 제대로 조를 상대를 만난 듯 코맹맹이 소리를 내며 제 아빠의 목에 꼭 매달린다.

“별?”

“응.”

“예, 해야지.”

“예.”

“근데 큼 별이 뭐지, 김바다?”

“큼 별. 큼 별이요.”

연성이 못 알아듣겠다는 듯 유현을 돌아보자, 유현은 손가락으로 트리 꼭대기에 달린 큼지막한 금빛 별을 가리켰다.

“아하, 우리 예쁜이가 저게 갖고 싶었구나? 그래, 사러 가자.”

“두 개 사주세요!”

아이가 정확히 손가락 두 개를 펴 보이며 다부지게 말했다.

“두 개? 똑같은 걸 두 개나 해서 뭘 하려고?”

“음, 아빠 별 하나, 엄마 별 하나.”

“그럼 바다 별은?”

“바다 별은 없어요.”

“왜?”

“바다 별은 코 자요.”

“뭐? 하하! 우리 바다, 졸리는구나? 그래, 빨리 가서 아빠 별이랑 엄마 별이랑 사고 이제 그만 가자. 오늘 실컷 놀았어, 바다?”

“예. 내일 또 올래요.”

“그러자. 내일 또 오자.”

‘해오름 장난감 마을’을 지으면서 유현이 자연스럽게 이곳에 터를 잡은 지도 어느덧 사 년째다. 연성의 직장 때문에 어쩔 수 없기도 했지만 어머니가 살던 이곳이 정답고 좋아져서 유현도 흔쾌히 마음을 정했다.

"유현 씨, 배 안 고파요? 종일 아이랑 놀아주느라 힘들죠?"

별 파는 곳으로 가며 연성이 조금 피로해 보이는 유현을 챙겼다. 둘째 아이를 가진 유현의 몸이 걱정되는 것이다.

"괜찮아요. 연성 씨야말로 일이 많아서 어떡해요? 계속 야근이잖아."

"미안. 한동안은 어쩔 수 없을 것 같은데? 속상해?"

"당신이 힘들어하니까."

"앞으로는 유현 씨 앞에서 힘든 표시도 안 내야겠다."

그러자 유현이 뾰로통하게 연성을 흘겼다.

"안 돼요. 힘들면 힘들다, 얘기해요. 무슨 일이든 다 얘기하기로 해놓고선."

"그런가? 하하! 알았어요, 그럴게."

바다의 소원대로 금별 하나, 은별 하나를 사서는 건물을 나오는데, 연성이 슬쩍 아이의 얼굴을 들여다보더니 황당한 듯 웃었다.

"후후. 이 녀석, 그새 잠들었잖아. 되게 피곤했나 보다."

아닌 게 아니라 아이는 제 아빠의 어깨에서 아주 잠이 폭 들었다.

"당연하죠. 일층부터 오층까지 죄다 훑고 다녔으니."

"유현 씨도 피곤할 텐데 어서 가서 쉬어요. 그리고 오늘은 집에 가서 저녁 먹을게요."

“어머, 그럼 반찬 해놓아야겠다!”

“그러지 말고 간만에 외식할까?”

“반찬 맛없을까 봐 그러죠?”

유현이 눈치 챘다는 듯이 말하자 연성이 하하 웃고는 들켰다는 듯이 대답했다.

“영어학원도 좋지만 요리학원부터 다니는 게 어때요?”

“치. 그래도 예전에 비하면 많이 나아졌다면서요?”

“응. 버리는 쓰레기가 그만큼 줄었잖아요. 차라리 재훈이보고도 이리로 이사 오라 그럴까?”

“재훈 씨는 왜요?”

“지민 씨가 가까이 살면 저절로 요리 솜씨 늘 거 아냐.”

“나더러 그 잔소리를 어떻게 견디라고?”

“하하! 아니면 분정네 아주머니 모셔다가 개인 강습을 좀 받든지.”

분정네라면 어머니와 이웃해 살던 그 아주머니다. 친정어머니처럼 어찌나 곰살궂은지 연성 아버지가 좋아하는 거라며 참죽나물을 비롯해 충청도 음식을 해다가 종종 싸 보내곤 했다. 그리 멀지 않은 곳에 사는 데다, 연성의 말을 듣고 보니 그럴싸하여 유현은 귀가 솔깃해졌다.

“그럴까?”

그러는 사이, 주차장까지 왔다. 아이를 뒷좌석에 조심스럽게 눕히고 연성이 운전석에 올라타는 유현을 배웅했다.

“사모님, 운전 조심.”

유현이 살짝 그의 입술에 입을 쪽 맞추고는 차에 올라탔다.

“나중에 봐요.”

그런데 연성의 얼굴이 차 안으로 쑥 들어오더니 운전석에 앉은 유현의 입술을 꼭 내리누른다. 구석진 곳에 차를 세워놓은 터라 누가 볼 사람이야 없겠으나 유현은 연성의 진한 애정 표현이 그다지 싫지 않았다. 결혼한 지 사 년이 지났는데, 그리고 예쁜 딸아이도 얻었는데, 아직도 연애할 때처럼 키스를 할 때마다 가슴이 두근거린다.

바람이 스치듯 입술을 뗀 연성이 수줍게 미소 짓는 유현에게 윙크를 찡긋하고는 다정히 속삭였다.

“여전히 아름다운 나의 아내. 정유현, 당신이 있어서 난 세상에서 가장 행복한 남자예요.”

✲

크리스마스이브다. 크리스마스 때면 늘 지민과 재훈이 집으로 와서 함께 보내었지만 올해는 ‘해오름 장난감 마을’에서 전 직원이 함께 파티를 하기로 해서 유현두 아친 일찍부터 와 있던 참이다.

오늘 같은 날은 더 바쁜 ‘장난감 마을’. 그러나 특별히 오늘 연성은 ‘해오름 장난감 마을’ 직원들을 위해 큰 파티를 마련했다. 매년 다른 이들의 행복과 기쁨을 위해서 가족이나 연인과 함께 보내야 할 크리스마스를 포기하여야 했던 직원들은 만세 삼창을 부를 정도였다니, 그간 노고가 이만저만이 아니었으리라.

전날 내려왔던 지민은 그곳 지하 식당을 꾸며 만든 파티장에서 유현과 종일 일을 거들었고, 이번에는 영주도 불러올려 제대로 된 크리스마스를 즐겨보자 단단히 마음먹었다. 그래 봐야 사장인 연성은 들떠 있는 직원들을 대신하여 코빼기 한 번 보기 힘들게 몇 배로 바빴지만.

어쩌겠는가. 그렇다고 사장 부인이나 되어서 투정을 부릴 수는 없는 것이다. 지민, 영주와 함께 이런저런 자잘한 일을 도우는 것으로 하루를 보내고, 폐장을 하고서야 열린 파티는 직원들과 그 가족들이 하나둘 모여들면서 본격적인 크리스마스가 시작되려나 싶었다.

시간에 맞춰 연성이 파티장에 나타나긴 했다. 하지만 앞에서 파티 개최며 한 해를 마무리하는 종무식 겸이라 식순에 의한 인사와 감사를 해대느라 가족 곁에는 오지도 못할 지경이었다. 그렇기는 이곳을 설계한 재훈도 별반 다를 게 없어서 그러려니 하고는 있지만 유현은 지민과 영주 보기에 민망하기까지 했다. 기껏 초대해서는 여자 셋이 이게 뭐람. 아니, 바다까지 넷인가?

바다는 그래도 함께 자리한 테이블의 또래 남자애랑 노느라 아직은 제 아빠를 찾지는 않아 다행이라 생각했다. 하지만 가족끼리 하는 게임에 들어갔을 때에는 어디로 가버렸는지 보이지 않는 연성과 재훈 때문에 여자 셋은 꿔다 놓은 보릿자루처럼 앉아만 있어야 해 불통한 마음도 들었다.

안 되겠는지 지민이 살짝 바깥에 나갔다가 돌아오더니 허탈하게 웃었다. 유현이 왜 그러냐, 물으니 두 남자가 글쎄, 바깥에 마주 서서 열심히 일에 대해 얘기를 나누고 있더라는 것이다.

"그렇게 일이 좋나? 차라리 일이랑 결혼을 하든지!"

지민이 입이 대발 나와서는 투덜거리자 영주가 재미있다는 듯이 깔깔 웃었다.

"그러니 해도 안 해도 후회하는 게 결혼이라잖아."

이 년 연애하고 재훈과 결혼한 지민은 한동안 애가 들어서지 않아 걱정이더니 얼마 전 둘째 아이를 가진 유현보다 한 달인가 늦게 임신을 하고, 이제 간신히 입덧이 가신 상태였다. 그래서 크리스마스도 즐겁게 보내겠다, 했더니 다 글렀다고 투정이었다. 그러면서 테이블에 있는 음식이란 음식은 모조리 먹어치울 듯 굉장한 탐식을 보여주었다. 입덧도 없고 그다지 탐식도 않는 유현에 비하면 참으로 대단한 먹성이었다.

연성과 재훈이 자리로 온 것은 게임이 끝나고 모두 자유로운 분위기에서 식사를 하고 있을 때였다. 아까부터 영주는 곁에 앉았던 어떤 남자와 도란도란 이야기를 나누고 있었는데, 유현과 지민이 보기에는 남자가 영주에게 특별한 관심이 있는 듯했다. 유현과 지민이 의미있는 눈길을 서로 주고받으며 이참에 영주가 남자에게 코가 꿰일 일이 생기면 얼마나 좋을까, 내심 기대가 들었다. 하지만 즐겁게 이야기를 나누고는 있으나 영주가 하는 걸로 봐서는 도통 남자 자체에 관심은 없는 듯했다. 그러니 유현이나 지민으로서는 얼마나 안타까웠겠는가.

이래저래 남편 헐뜯고, 밉니 곱니 해도 살아보니 남편밖에 없더라, 그런 마음이야 기혼녀들이나 알 일이다. 물론 그런 사람도 다는 아닐 테니 어쩌면 세상에서 가장 속 편한 여자는 영주가 아닐까 싶기도 하였다.

"아, 미안, 미안! 오래 기다렸지?"

유현도 내심 원망스럽던 차에 막상 바빠서 저녁도 제대로 못 먹었을 연성을 보자 언제 그랬냐 싶게 마음이 폭 노그라졌다.

"배고프죠? 어서 식사해요, 응?"

유현이 연성을 곁에 앉혀 이것저것 음식을 챙겨주자 지민은 한술 더 떠서 언제 남편 흉을 봤냐 싶게 눈웃음을 치며 애교를 떠는데, 영주가 보기에는 가히 못 봐줄 노릇이었다.

"자기야, 내 선물은?"

아직 아기가 없어 그런가, 지민은 결혼한 지 이 년이 되어가는데도 여전히 신혼이며 자기가 아기인 양 군다. 재훈이 말없는 웃음으로 지민의 귀에 뭐라고 속살거렸다. 그러자 지민의 눈이 동그래지며 볼까지 볼그레하게 물든다. 무슨 얘기를 했기에?

모두 궁금증이 동하던 차에 별안간 연성이 밥을 먹다 말고 배를 움켜잡더니 인상을 있는 대로 찌푸렸다.

"아우, 배야!"

깜짝 놀란 유현이 연성의 팔을 잡고 안색을 살폈다.

"왜 그래요? 배탈 났나? 빨리 약 먹어야겠네."

"약이…… 잠깐만 유현 씨 같이 좀."

"예, 예. 그래요. 영주 언니, 바다 좀 봐줘."

"어, 그래. 다녀와. 병원 가야 하는 거 아냐? 너무 무리했나 보다."

영주도 걱정스러운 기색이 가득한데, 어쩐지 재훈만 쓴 얼굴이 되어서는 미심쩍은 눈초리를 보낸다. 연성이 염려돼서 재훈의 안색을 살필 여력이 없었던 유현은 그 길로 연성을 부축하여 밖으로 나왔다. 직원들이 너도나도 걱정스럽게 한 마디씩 묻는데, 보건실로 가는 줄 알았더니 연성은 아예 건물 밖으로 나가 차로 향한다.

"병원 가야 할 것 같아요? 많이 아파요?"

유현은 연성이 어떻게 될까 봐서 안절부절못하여 발을 동동 구르고, 운전대를 잡으려는 유현을 말리고 차에 올라탄 연성은 아프기는커녕 너무나 태연한 얼굴로 어디론가 차를 몰아가는 것이다. 그제야 뭔가 수상한 낌새를 채고 유현이 의심스러운 눈으로 연성을 바라보았다.

"뭐예요? 지금 어디 가는 건데요?"

연성이 싱긋 웃더니 말했다.

"집에."

집?

유현의 눈살이 뜨악하게 찌푸려졌다. 지금 집에는 왜? 파티
는 어쩌고? 바다는!

"설마…… 도망 나온 거예요, 연성 씨?"

"응. 안 그럼 오늘 직원들한테 붙잡혀서 밤새도록 술 마셔야
해. 크리스마스이브인데 그럴 수야 없지 않겠어?"

"와, 감동."

"안 돼, 안 돼. 그 정도로는 어림없어."

"응? 그럼 뭐가 또 있나?"

"집에 가면 알지요."

연성의 말대로 집 근처에 다다랐을 때였다. 집이 온통 반짝반짝
예쁜 트리 같다. 종일 코빼기도 안 보이더니 이런 건 언제 했담?
그간 해야지, 해야지 하면서 통 시간이 없어 절절매던 사람이.

눈이 휘둥그레지고 입이 쩍 벌어져서 어리둥절하게 차에서
내려서는데 연성이 유현의 손을 잡아끌었다.

"진짜 선물은 안에."

"선물이 또 있다구요?"

"응. 이번엔 진짜 선물."

무얼까, 내심 기대감에 가득하여 집 안으로 들어가자, 거실
한쪽에는 유현과 바다가 만든 트리가 크게 차지하고 있었고, 그
아래에는 연애시절 연성에게 선물 받은 '연성 인형'과 '유현 인
형', 그리고 이젠 '바다 인형'까지 한 가족이 오순도순 모여앉
아 있다. 그간 여러 번 옷을 바꿔 입혔으나, 크리스마스라고 특

별히 연성이 가장 좋아하는 청록색으로 커플 티를 만들어 세 식구 똑같이 입혀놓았더니 더 닮은꼴이 되어버렸다. 지금은 꺼놓았으나 벽난로에는 연성, 유현, 바다 양말까지 크기별로 나란히 걸어두어 집안 곳곳에 크리스마스 분위기가 물씬 풍긴다.

하지만 나갈 때와 별반 차이가 없으니 집 외관처럼 뾰족한 뭔가가 있을 것 같진 않았다.

연성은 곧장 침실로 가더니 은근히 유현을 껴안고 입술을 비비기부터 했다. 그때부터 유현이 약간 미심쩍은 눈으로 연성을 바라보았고, 연성은 후후 웃으며 입고 있던 웃옷을 제 손으로 훌훌 벗어 던졌다.

“이게 선물?”

유현이 손가락으로 연성의 탄탄하게 박힌 가슴을 장난스럽게 콕콕 찌르자, 연성이 유현을 사뿐 들어 안고는 침대에 곱게 누이며 작은 소리로 속삭이듯 말했다.

“선물 마음에 드십니까, 부인?”

그때쯤 재훈은 재훈의 계획을 지레 눈치 채고 선수 쳐 도망간 연성 대신 직원들이 한 잔씩 주는 술잔을 받느라 진땀을 흘려야 했고, 재훈 외에 그 사실을 전혀 모르는 지민과 영주는 연성과 유현의 꺼진 휴대전화로 번갈아 걸어보며 사라진 후 다시는 피디장에 나나나지 않는 두 사람 때문에 속을 태워야 했다는 후문이다.

'별의 혼(魂)'에 대한 단상

이 작품만큼 우여곡절이 많았던 작품도 없었던 것 같다. 시놉시스부터 출간에 이르기까지 이래저래 자리를 못 잡고 헤매었는데, 이렇게 한 권의 책으로 나와서 너무 기쁘고 가슴이 벅차다. 그 숱한 과정을 통해 정말로 별처럼 반짝이는 작품이 되었길 소망하며…….

〈인연은 빗겨 가지만 운명은 만나는 것이다.〉

『별의 혼(魂)』을 쓰면서 인연과 운명에 대해 많은 생각을 했었다. 아울러 이 소설을 통해 독자들과도 공감을 나눌 수 있었으면 좋겠다.

『별의 혼(魂)』은 아주 오래전에 짜놓았던 시놉시스다. 약 육칠 년 정도 되었을까? 약간 언덕진 고개 위의 오층짜리 주택, 그곳 사층에 세들어 사는 유현은 시나리오 작가다. 더운 여름날 방충망도 없이 창문을 활짝 열어놓고 무료히 담배를 피우는 여자의 모습은 언제부터인가 내 머리 속에서 내내 떠나지 않고 한 장의 사진처럼 달라붙어 있었다.

원래 첫 시놉시스의 유현은 시나리오 작가가 아니라 만화가였지만, 몇 번의 시놉시스 수정 끝에 시나리오 작가로 재탄생했다. 시놉시스를 수정하는 과정에서 이 이야기를 스릴러로 만들어보면 어떨까 심각하게 고민을 했던 적도 있었다. 하지만 역시 로맨스로 자리를 굳히면서 더없이 잔잔한 이야기가 되어버렸다.

이 이야기를 스릴러로? 의외라는 분들도 계실 것이다. 스릴러 요소를 모조리 걸러내고 빼버렸으니 그건 그대로 두었다가 나중에.

　소금 꽃과 망초 꽃은, 유현이기도 하면서 유현 모이다. 그런 의미에서 두 사람은 하나이면서 또 둘이다. 망초 꽃의 꽃말이 '화해' 라니, 두 사람의 이미지로는 더할 나위 없이 좋다는 생각이 든다. 어머니의 삶을 닮고 싶지 않았던 유현은 사랑이 두려워서, 그리고 세상의 시선이 두려워서 차라리 독신을 선언하고 마는 소심쟁이다. 유현에게 연성은, 사랑과 세상을 똑바로 보게 해 준 또 하나의 눈이다. 그러고 보면 사랑이란, 이전에는 없던 '또 하나의 눈' 이라는 생각이 든다. 괜히 눈에 뭐가 씌었다고 할까.

　로맨스라고는 하지만 평범하고 약간은 소외된 사람들의 이야기가 하고 싶었다. 그래서 『별의 혼(魂)』은 연성과 유현의 로맨스이면서, 유현과 유현 모의 모녀 간 사랑 이야기이기도 하다. 때문에 로맨스에서 많이 벗어난다고 해도 저자로서는 그저 유구무언이다.

　이 소설을 쓰면서 몇 해 전 간암으로 먼저 하늘나라에 간 사촌 여동생이 많이 생각났다. 그렇다 해서 굳이 동생을 염두에 두고 쓴 것은 아니며, 영화 『별의 혼(魂)』의 '이나' 는 세상의 수많은 암환자를 대표한 인물이라 보면 무난하겠다.

　죽음으로 말미암은 이별에 꼭 슬프지만은 않다, 라고 반박하고 싶은 저자의 '죽음' 에 대한 작은 단상이라고 여겨주었으면 좋겠다. 짧은 이생보나 긴 후생이 있다고 믿는 저자이니만큼, 그래서 먼저 떠난 자나 남은 자들에게 조금은 위로가 되었으면 더할 나위 없이 기쁘겠다.

　유현과 연성이 유현 어머니가 못다 이룬 사랑의 몫까지, '이나' 와 '운' 의 슬프지만 아름다웠던 사랑을 대신하여 오래오래 행복하게 잘살았으면 한다. 그리고 사랑 앞에 용기를 잃고 때로 지치거나 주저하고 있는 이들에겐 희망을…….

오랫동안 헤매던 글이 '은빛비' 님과 '비니맘' 님의 개인 모니터 덕에 제자리를 찾은 것뿐 아니라 더 좋은 글로 완성되어서 깊은 감사를 드린다. 똑같은 글을 몇 번이나 모니터한다는 자체가 보통 지루하고 힘든 일이 아닐 텐데, 예리하게 집어주고 더 좋은 방향으로 활기를 불어넣어 주셔서 이 작품의 완성은 온전히 두 분의 몫이라 해야 할 것이다. 덧붙여, 소개 글은 '은빛비' 님의 작(作)이다. 저자인 나보다 훨씬 나은 센스에 얼마나 감탄했는지. 다시 한 번 고개 숙여 감사를.

부족한 글을 언제나 긍정적으로 보아주시는 청어람 이종민님, 그 외 편집부 가족 분들, 삶 속에 늘 행운이 깃드시길. 내가 글을 쓰는 데 있어 원동력인 달밀님들, 좋은 글동무들 영채, 화령, 나영 모두모두 건강하고 2007년도에는 소원하는 꿈 이루시길. 사랑하는 가족들, 기도해 주시는 많은 분들, 늘 행복하고 주의 평강이 함께하시길. 내 사랑하는 친구, 백경. 세상에서 가장 큰 재산은 가족 같은 친구라지. 언제나 널 위해 기도해. 우리 행복하자.

우리 모두 이 땅에서 별처럼 반짝이며 살다가 훗날 하늘의 별이 되어 어둠을 밝히 빛내며 살 수 있기를.

끝으로 내 인생의 주관자이신 그분께 무한한 감사와 사랑을.

—2007년 2월 겨울 끝자락에서 이조영.

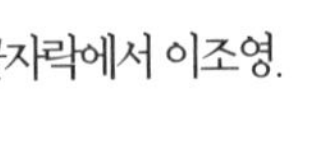